« Cooper non permette al lettore di distrarsi. E anche quando arriva alla parola fine, non fa nulla per sciogliere il dubbio che le sue profezie possano avere un solido e iettatorio fondamento. »

Ranieri Polese, CORRIERE DELLA SERA

Glenn Cooper si è laureato in Archeologia a Harvard e ha poi conseguito un dottorato in Medicina. È stato presidente e amministratore delegato della più importante industria di biotecnologie del Massachusetts ma ha lavorato a lungo come sceneggiatore e produttore cinematografico. Il suo primo romanzo, *La Biblioteca dei Morti*, ha riscosso un successo clamoroso, confermato dai libri successivi: *Il Libro delle Anime*, *La mappa del destino*, *Il marchio del diavolo*, *L'ultimo giorno*, *I Custodi della Biblioteca*, *Il calice della vita*, *Dannati*, *La porta delle tenebre* e *L'invasione delle tenebre*. Uno straordinario fenomeno editoriale con oltre 2.500.000 copie vendute solo in Italia.

www.glenncooperbooks.com

www.glenncooper.it

Dello stesso autore in edizione TEA:

La Biblioteca dei Morti
Il Libro delle Anime
La mappa del destino
Il marchio del diavolo
L'ultimo giorno
I Custodi della Biblioteca
Il calice della vita
Dannati
La porta delle tenebre

Glenn Cooper

Dannati

Romanzo

Traduzione di
Paolo Falcone

TEA

Per informazioni sulle novità
del Gruppo editoriale Mauri Spagnol visita:
www.illibraio.it

TEA – Tascabili degli Editori Associati S.r.l., Milano
Gruppo editoriale Mauri Spagnol
www.tealibri.it

Titolo originale
Down – Pinhole

Prima edizione SuperTEA maggio 2015
Prima ristampa SuperTEA gennaio 2016

DANNATI

Facile è la discesa nell'Averno: notte e giorno è aperta la porta dell'oscuro Dite, ma ritrarre il passo ed uscire all'aria superna, questo è il problema, qui sta l'impresa.

VIRGILIO, *Eneide*, Libro VI

1

Emily sentì un rumore di passi alle proprie spalle. Prima di affrontare la minaccia, tese i muscoli, prese fiato ed espirò con forza. Quando si voltò, vide un uomo armato di coltello.

Sin dall'infanzia, le avevano insegnato a fuggire di fronte al pericolo, ma in quel momento non aveva scelta. L'aggressore, ormai a meno di cinquanta centimetri di distanza, stava per affondare il colpo.

L'addestramento la fece agire d'istinto. Deviò la traiettoria dell'arma con un secco movimento laterale del braccio sinistro, colpì l'aggressore alla gola con la base del palmo della mano destra e gli sferrò un calcio all'inguine.

Quando l'uomo si accartocciò a terra, con un altro calcio Emily fece volare via il coltello che lui ancora stringeva nella mano.

Solo allora scappò.

La stanza riecheggiò di applausi e urla di approvazione.

« È così che si fa, signore e signori. Questo è il krav maga », disse John Camp, alzando la voce roca per farsi sentire in quel baccano.

« Ottimo lavoro, dottoressa Loughty. Avete visto come si è difesa e ha contrattaccato allo stesso tempo? È questo che dovete imparare a fare. »

Emily accettò con un inchino gli elogi e sorrise quando John le diede una pacca discreta sul sedere. Poi prese posto tra gli altri allievi, mentre l'istruttore si sistemava l'imbottitura protettiva per la dimostrazione successiva.

Alla fine della lezione, i presenti raccolsero le proprie cose e uscirono ordinatamente dalla palestra. Emily se la prese comoda e, quando tutti se ne furono andati, John le cinse la vita con un braccio.

« Avrei potuto batterti », disse lei, quando le loro labbra si staccarono.

« Grazie per non avermi fatto ingoiare le palle con quel calcio. »

« Mmm. Vedo che l'aria inglese ti sta trasformando in un vero Lord... »

« Sono uno che si adatta in fretta. »

Erano una bella coppia. John, più alto di lei di una trentina di centimetri, era di carnagione scura, aveva occhi color nocciola e corti capelli castani. Emily era una bionda naturale dagli occhi azzurri, con un lieve accento e la testardaggine ereditati dal padre scozzese, mentre la carnagione chiara e l'imperturbabilità venivano dalla madre svedese. John, invece, era americano al cento per cento. Erano entrambi in perfetta forma. John, che svolgeva un lavoro impegnativo, aveva un fisico invidiabile per un quarantatreenne. Emily, che di anni ne aveva trentasette e faceva un lavoro sedentario, doveva impegnarsi per restare in forma, e proprio per quel motivo frequentava il corso di autodifesa israeliana.

« Devo scappare », fece lei.

« Che fai stasera? »

« Torno in laboratorio. Mancano due giorni all'accensione di Hercules. »

« Ancora? Speravo restassi da me stanotte. »

« Sono pazza di te, ma al momento Hercules non ha rivali », replicò lei.

« Nervosa? »

« Tu che dici? »

«Ieri ho letto su un tabloid che Hercules creerà piccoli buchi neri che distruggeranno il mondo.»

«Non torturare la tua bella testolina, non abbiamo nessuna intenzione di distruggere il nostro splendido pianeta. Più che altro, rischiamo di rompere un giocattolo da tre miliardi di dollari. Questo sì che farebbe arrabbiare mamma e papà. E come mai leggi quegli stupidi tabloid?»

«Per le modelle in topless.»

«Lo immaginavo.»

«Dopo che l'esperimento sarà partito, dovremo ricominciare a dormire assieme.»

«Vuoi farlo diventare un vizio, eh?»

John le fece scorrere una mano lungo la schiena. «Ho vizi peggiori di te. Qualcuno mi ha detto che ho una personalità che dà dipendenza.»

«Credo di avertelo detto *io*.»

«E comunque mi sono messo sulla buona strada.»

«Fumo: eliminato. Donne: a esclusione della sottoscritta – spero – eliminato. Alcol: be', su questo ci stiamo ancora lavorando.»

«Ecco, la mia vita ridotta a una checklist.»

Emily lo baciò di nuovo prima di liberarsi dal suo abbraccio. «Oltre che a struggerti per me, come occuperai la serata?»

«Probabilmente farò il bucato.»

«Mi raccomando, separa i capi bianchi da quelli colorati.»

«Detto da un fisico delle particelle, è un consiglio che prenderò molto seriamente.»

Alle otto di sera, il laboratorio principale del Massive Anglo-American Collider fremeva di attività come se fosse pieno giorno. L'acceleratore di particelle era inattivo da due anni e c'erano forti pressioni perché fosse riavviato entro i tempi previsti. Ventiquattro mesi prima, un guasto elettrico a un solenoide aveva causato un danno ai magneti, un'esplosione di elio e un incendio. Erano stati spesi sessanta milioni di dollari per sostituire più di cento magneti superconduttori - con i rispettivi supporti - e ripulire il tubo a vuoto contaminato. Rimediare al danno di immagine non era stato altrettanto facile. I politici su entrambe le sponde dell'Atlantico avevano preteso la testa dei responsabili: stanziare miliardi per una ricerca all'avanguardia sulle particelle subatomiche era, nel migliore dei casi, un rischio non da poco.

Come direttrice del progetto Hercules, Emily era responsabile delle simulazioni del riavvio, motivo per cui quella sera stava sfruttando buona parte della capacità del server principale.

«Ha finito?»

«No, dottor Quint, mi occorrono altri quaranta minuti», rispose lei, senza staccare gli occhi dallo schermo.

Henry Quint, un uomo risoluto con la mascella squadrata, aveva la particolarità di non elogiare né denigrare di persona i membri della sua équipe. Sebbene i manager americani avessero la reputazione di essere tipi schietti, Quint aveva un modo più bizantino di relazionarsi, e preferiva che i suoi collaboratori venissero a sapere per vie traverse cosa pensasse di loro. «Gli ingegneri hanno bisogno di molta potenza di calcolo per simulare le bobine.»

«Quaranta minuti.»

«Bene, dirò loro di rivolgersi a lei in caso non fossero sufficienti.»

Il direttore del MAAC si allontanò a passo lento, mentre Emily borbottava cose spiacevoli sul suo conto. Quint era il suo superiore da due anni, ma a lei non era mai stato simpatico. Mentre il suo predecessore, Paul Loomis, era un fisico delle particelle molto competente, Quint era più un manager che uno scienziato. Emily non aveva mai socializzato con lui al di fuori del lavoro, a differenza di quanto era accaduto con Loomis, che le mancava da morire. Le uniche cose che la trattenevano dal mandare al diavolo Quint erano il progetto Hercules e la speranza dell'imminente fusione con il Large Hadron Collider del CERN.

Se tutto fosse andato per il verso giusto, le cose sarebbero migliorate ed Emily avrebbe avuto un nuovo direttore generale.

Il MAAC era il cugino gigante dell'LHC. L'acceleratore del CERN, un colosso ai tempi in cui era stato realizzato, sparava fasci di particelle in un tunnel circolare di ventisette chilometri sotto le campagne svizzera e francese. Il MAAC, lungo all'incirca centottanta chilometri, era quasi sette volte più grande. Il tunnel, che seguiva approssimativamente il percorso della Motorway M25 attorno alla zona di Londra, si trovava circa centocinquanta metri sotto il livello stradale. Il principale complesso di laboratori, un assieme di strutture architettonicamente anonime, sorgeva alla periferia di Dartford, a est della capitale.

Il MAAC era stato progettato per superare le prestazioni dell'LHC, in una gara a chi ce l'aveva più grosso tipica della mentalità americana. Gli inglesi erano stati coinvolti solo quando si era rivelato politicamente difficile costruirlo negli Stati Uniti. E, adesso, dopo miliardi di dollari spesi e un decennio di lavori, il MAAC era pronto a ripartire. Se tutto fosse filato liscio, Hercules I avrebbe fatto entrare in collisione i due fasci di protoni a venti TeV, una quantità di energia che l'LHC non era mai riuscito neanche lontanamente a produrre. E, se l'esperimento avesse avuto successo, Hercules II avrebbe portato l'energia alla sua massima capacità teorica di trenta TeV per fascio. Con tutta quella potenza, se i gravitoni esistevano, c'erano ottime possibilità che il MAAC li individuasse.

I gravitoni.

Le particelle subatomiche mediatrici di tre delle quattro forze fondamentali dell'universo erano già state scoperte: i fotoni per l'elettromagnetismo, i gluoni per la forza nucleare forte che garantiva la stabilità del nucleo atomico, e i bosoni W e Z per la forza nucleare debole, responsabile della decadenza radioattiva. La gravità era l'eccezione. Tutte le teorie unificate della fisica prevedevano l'esistenza dei gravitoni: anche se non erano mai stati osservati, i gravitoni erano l'obiettivo dell'intera comunità scientifica.

La gravità era la più debole tra le quattro forze fondamentali; e, più debole era la forza, più energia era necessaria per individuare le relative particelle mediatrici. Ed era lì che entrava in gioco Hercules. Gli esperimenti ATLAS e CMS dell'LHC avevano scoperto gli sfuggenti bosoni di Higgs. Se tutto fosse andato secondo i programmi, Hercules I e II del MAAC avrebbero trovato i gravitoni, facendo impallidire i risultati conseguiti dall'LHC.

Emily terminò le simulazioni e lasciò l'elaboratore centrale agli ingegneri. Dopo essersi stiracchiata, si avviò alla postazione di lavoro di Matthew Coppens. Era il primo fisico che lei aveva assunto per il progetto: un uomo scrupoloso che si era laureato a Oxford con il massimo dei voti. I due si erano conosciuti al CERN, dove avevano collaborato al programma ALICE. Quando Paul Loomis l'aveva reclutata per il MAAC, lei aveva colto la palla al balzo e aveva convinto Matthew a seguirla nelle vesti di vicedirettore del progetto: non aveva dovuto sforzarsi più di tanto, perché la moglie del fisico odiava vivere a Ginevra. Il figlio maggiore era autistico e la donna aveva avuto problemi con le scuole svizzere, a suo dire troppo fredde e distaccate.

Matthew, stempiato e magro, era chino sopra una pila di fogli stampati.

« Sempre alle prese con gli strangelet? »

« Mi conosci troppo bene », rispose lui alzando la testa.

« Senti, sono felice che dopo l'addio di Paul ci sia qualcuno che si preoccupa degli scenari più pessimistici, ma Hercules I ha le stesse probabilità di produrre strangelet di quante ne abbiamo noi due di vincere la lotteria per tre settimane di fila. Inoltre stiamo procedendo con molta cautela. Saliremo a trenta TeV solo dopo esserci accertati che a venti TeV non ci siano problemi. »

Matthew annuì e distolse lo sguardo.

« Tutto okay? » gli chiese lei.

« Sì. Sono un po' stanco, come tutti, del resto. »

« La famiglia? »

« Stanno tutti bene. »

Emily si rese conto che Matthew non aveva voglia di parlare, così lo lasciò in pace e si diresse in cucina per prepararsi una tazza di tè.

John Camp abitava in un appartamento a meno di cinque chilometri dai laboratori del MAAC. Viveva lì da poco più di due anni, il suo record personale di permanenza in una casa da quando era diventato adulto. Negli ultimi tempi, aveva cominciato ad apprezzare la regolarità della vita domestica, prendendo nuove abitudini, come apparecchiare la tavola e risistemare la cucina. John sapeva che quel cambiamento era dovuto a Emily. Prima che le operazioni di riavvio del progetto Hercules interrompessero la loro routine, lei restava a dormire a casa sua due o tre volte a settimana, e pretendeva che la camera da letto e la cucina fossero sempre in ordine. Ma il soggiorno era in puro stile John Camp, con l'enorme Samsung sintonizzato sui canali della NFL e della MLB per le partite dei 49ers e dei Giants, un mobile bar ben fornito, librerie IKEA stipate di testi di storia militare e foto di lui in posa assieme a commilitoni sorridenti armati di mitragliatrici.

John era steso sul divano con una lattina di birra; il televisore era acceso, ma con il volume al minimo. Stava leggendo un libro sulle campagne militari durante le Crociate, quando qualcuno suonò alla porta. A petto nudo e con i pantaloni della tuta tenuti a vita bassa, John si diresse verso l'ingresso. « Hai perso le chiavi? »

Il campanello squillò una seconda volta.

« Mi pare avessi detto che non saresti venuta, stasera. » Aprì la porta.

Non era Emily.

« Ehi, straniero », lo salutò la donna, alta, bellissima, con i capelli corvini.

« Darlene? » esclamò John, sistemandosi i pantaloni.

« Spero di non disturbare. Hai compagnia? »

« No, almeno per il momento. Questa sì che è una sorpresa. » La fece entrare, dandole un abbraccio di circostanza.

«Oggi ho fatto un servizio fotografico a Londra e domani parto per Milano. Visto che ero in zona...»

«Come mi hai trovato?»

«Mike Bettencourt. Mi ha dato il tuo indirizzo, ma non il numero di telefono. E sull'elenco non ci sei. Non pensavo che Dartford fosse così lontana da Londra... devo centosessanta sterline al tassista.»

John scosse la testa. Darlene era venuta *davvero* in taxi da Londra. Tipico di lei. Il tassista la stava aspettando in strada, nel caso avesse dovuto riportarla indietro. Darlene gli pagò la corsa mentre John prendeva i bagagli.

Quando furono in casa, la donna si guardò attorno con aria sorpresa. «Il tuo ultimo appartamento sembrava la sede di una confraternita universitaria. Avrai mica conosciuto un domatore di leoni?» Si sfilò la morbida giacca di pelle. Era vestita come una modella perché *era* una modella.

«Mi vedo con una persona, se è questo che intendi. Bevi qualcosa?»

«Un martini. Ricordi come mi piace prenderlo?»

«Sì, certo.» John infilò alcuni cubetti di ghiaccio nello shaker, mentre Darlene si lasciava cadere sul divano.

«Non dirmi che stavi vedendo una partita di cricket...»

«È quello che passa il convento», borbottò lui, spegnendo il televisore.

«Non sembri felice di vedermi.»

«Diciamo che non faccio i salti di gioia.» Versò il martini in un *tumbler*, scusandosi per non avere olive né un bicchiere adeguato.

Darlene prese un lungo sorso. «Ho i ricordi un po' confusi... Sei tu che mi hai mollata o sono stata io a lasciarti?»

«Ci siamo traditi a vicenda», rispose John, aprendo un'altra lattina di birra. «Ma ricordo che, a differenza tua, io ne ero rimasto profondamente risentito e turbato.»

«Odio quando usi parole che non capisco.»

«Mi hai fatto girare le palle.»

«Voi uomini siete così sensibili...» commentò lei, tirando su con il naso. «Com'è?»

«Com'è chi?»

«La tua nuova ragazza.»

«Non sono affari tuoi.»

«Okay. Perché hai lasciato il corpo diplomatico?»

«Ho deciso che non volevo prendermi una pallottola per l'ambasciatore americano. Era un coglione.»

«Riuscirai mai a rispondere seriamente a una domanda?»

«Sono andato in pensione dopo vent'anni di servizio. E, quando mi si è presentata l'occasione di lavorare qui a Dartford, l'ho colta al volo. Inoltre ho scoperto che la birra inglese mi piace da morire.»

«Anche la tua ragazza è inglese?»

«Come ti ho già detto, non sono affari che ti riguardano.»

«Posso fumare?»

«Sì, fuori.»

Darlene finì il martini e se ne fece versare un altro. «Non ti secca se resto, vero? Londra è così lontana.»

«Le lenzuola nella camera degli ospiti sono pulite. Domattina esco presto per andare a lavoro.»

«Posso fare una doccia?»

«Prego, da quella parte.»

Sorridendo, la donna si diresse in bagno, portandosi dietro il bicchiere.

Mentre sentiva lo scroscio dell'acqua, John si ritrovò a

ripensare al corpo nudo di Darlene. Era magra come un chiodo ma, a differenza di molte altre modelle, aveva un seno abbondante e tutte le curve al posto giusto. Ai vecchi tempi, aveva l'abitudine d'infilarsi nella doccia alle sue spalle per spassarsela un po'. Poi ricordò che era una stronza e fermò il film porno che stava girando nella sua testa.

Darlene tornò in soggiorno indossando solo un reggiseno e un perizoma neri, con i capelli avvolti in un asciugamano a turbante: sembrava una dea tenebrosa ed esotica.

« Darlene, guarda che non ho nessuna intenzione di rimettermi con te. »

« Rimetterti con me? È così che si dice adesso? »

« Senti, io non ti piaccio e tu non piaci a me. È per questo che ci siamo lasciati, ricordi? »

« Siamo due adulti consenzienti e domattina me ne vado. Qual è il problema? Ti ho già detto che mi sei mancato? »

« Tu invece per niente. Sei solo un po' sbronza, e parecchio arrapata. »

Lei si avvicinò e fece scorrere le dita lungo la sua schiena, fin sotto l'elastico dei pantaloni. « Ciò che succede a Dartford resta a Dartford... »

John chiuse gli occhi e annusò il profumo che Darlene si era appena messa nell'incavo tra i seni. Sarebbe stato così facile esplorarle il corpo seminudo con le mani.

I suoi pensieri lascivi furono interrotti dal rumore di una chiave nella serratura.

Riuscì a staccarsi Darlene di dosso, ma non abbastanza e, quando Emily entrò in casa e li vide, il suo sorriso si sciolse come burro in una padella arroventata.

« Non è come sembra », balbettò John.

« Vuoi scherzare? »

Darlene non finse neppure di essere imbarazzata. « Ciao, io sono Darlene, una vecchia amica di John. »

« È piombata qui da New York », tentò di spiegarsi John. « Non volevo... »

Emily non aveva nessuna intenzione di lasciarlo finire. Gli lanciò uno sguardo glaciale e, senza dire altro, uscì sbattendo la porta.

Darlene incrociò le braccia e commentò con un sorriso malizioso: « Carina, la ragazza ».

John si mosse verso la porta, ma poi decise che era inutile seguirla. Emily non gli avrebbe mai creduto: conosceva la sua reputazione di dongiovanni e spesso gliela rinfacciava per prenderlo in giro. Ma quella notte Emily non avrebbe scherzato con lui, né lo avrebbe perdonato. A essere onesti, lui per primo dubitava di se stesso, dal momento che non sapeva se sarebbe riuscito a staccarsi dalle curve profumate di Darlene. Si accasciò sulla sedia, portandosi le mani sul volto.

« Dio, John, pensavo che non avrei mai visto questo giorno. »

« Eh? Che giorno? »

« Quello in cui ti saresti innamorato. »

Il gran giorno era arrivato. Il parcheggio era andato riempiendosi fin dalle cinque del mattino, man mano che sopraggiungeva il personale impegnato nel countdown, previsto per le dieci.

John, che era arrivato un'ora prima degli altri, aveva parcheggiato nel posto riservato al responsabile della sicurezza. Dal suo ufficio in superficie teneva d'occhio il parcheggio e, quando vide Emily uscire dalla sua auto, fece in modo di trovarsi nell'atrio proprio mentre lei superava l'ingresso.

« Ehi. » Non riuscì a dirle altro.

« Non ho voglia di parlare con te. »

Il giorno precedente lei aveva rifiutato tutte le sue chiamate e non aveva risposto ai suoi SMS. Nel corso dell'ultima riunione prima del riavvio, Emily era rimasta seduta di fronte a lui per più di un'ora, ma per tutto quel tempo aveva evitato il suo sguardo.

« Sto da schifo », le confessò lui con un filo di voce, per non farsi sentire dai suoi uomini al banco della reception.

« Buono a sapersi. Devo andare, John, oggi ho ben altri pensieri per la testa. »

« Possiamo parlarne dopo? »

Lei passò oltre, dandogli una leggera spallata.

« Scusami... » sussurrò John. Poi, sapendo quanto fosse importante per lei quel giorno, aggiunse tra sé: « Buona fortuna ».

Poco dopo, John e Trevor Jones, il suo vice, si ritrovarono in ufficio per decidere come affrontare la ressa dei giornalisti. Trevor era un giamaicano di seconda generazione, ma non aveva preso l'accento dei genitori. Era un *east ender* dalla testa ai piedi, con la tipica spavalderia dei ragazzi cresciuti per le strade di Londra. A vent'anni era entrato nel Metropolitan Police Service e, nel giro di tre anni, era diventato sergente. Avrebbe continuato a fare carriera se non fosse stato per gli attacchi terroristici del 7 luglio. Quel giorno, mentre presidiava la scena dell'attentato sull'autobus, aveva deciso di mettersi in gioco in prima persona, così aveva dato le dimissioni e si era arruolato nell'esercito, dove era diventato sergente maggiore delle Royal Dragoon Guards. Quando John stava cercando un vice, il curriculum di Trevor aveva brillato come un faro nella notte. Occuparsi della sicurezza al MAAC era un lavoro monotono e noioso, ma John sapeva che un uomo con quell'esperienza non lo avrebbe deluso. Trevor era stato in missione nelle stesse zone calde dell'Iraq e dell'Afghanistan dove lui aveva prestato servizio come maggiore dei Berretti Verdi. Era dell'opinione che, se un uomo aveva il carattere per guidare in battaglia un gruppo di soldati, di certo poteva occuparsi della sicurezza di un laboratorio civile di fisica delle particelle.

«Tutti pronti a far volare protoni in giro per Londra?»

«Manca ancora un po'», mormorò John, in tono distratto.

Trevor lo squadrò dalla testa ai piedi, come se fosse una specie di creatura sconosciuta. «Scusa se te lo dico, ma oggi hai proprio un aspetto di merda. Tutto okay?»

«Non potrei stare meglio», rispose lui in maniera poco convincente. «Che ne dici di dare un'ultima occhiata ai protocolli di sicurezza?»

Trevor sfoggiò il suo caratteristico sorriso contagioso. «Sono qui apposta, capo.»

A quindici minuti dal riavvio dell'acceleratore, Emily era seduta nella sala controllo sotterranea, davanti a un muro di schermi LED. Matthew Coppens e il resto dello staff erano alle rispettive postazioni di lavoro, disposte in file semicircolari concentriche e rialzate, come le gradinate di un antico anfiteatro. Henry Quint, dall'alto dell'ultima fila, seguiva le operazioni toccandosi la cravatta e facendo scattare ossessivamente una penna a sfera. A parte autorizzare il conto alla rovescia finale, il direttore del laboratorio non aveva voce in capitolo sulla procedura di avvio.

«Che temperatura abbiamo raggiunto?» La tensione nella voce di Emily era appena dissimulata.

«È stabile a 1,7K», rispose l'esperto di sistemi di raffreddamento.

«Perfetto. Avviamo il sincrotrone.»

In quel momento, il MAAC era ufficialmente il luogo più freddo della Terra, più freddo persino dello spazio profondo.

Circa quarantamila tonnellate di azoto liquido avevano raffreddato cinquecento tonnellate di elio a 4,5K, che corrispondevano a -268,7º C. L'elio superfluido era poi stato pompato nei venticinquemila magneti del MAAC, dove le unità di refrigerazione lo avevano portato alla temperatura operativa di 1,7K.

Ogni magnete era lungo quindici metri e pesava trentacinque tonnellate. I solenoidi magnetici erano composti di fibre intrecciate di niobio e titanio sette volte più sottili dei capelli umani. Se dipanate, quelle fibre avrebbero potuto coprire venticinque volte la distanza tra la Terra e il Sole. A 1,7K i magneti diventavano superconduttori, facendo viaggiare l'elettricità senza resistenza e creando i potenti campi magnetici necessari a curvare i fasci di protoni all'interno dell'imponente tunnel ellittico.

Gli ioni di piombo sarebbero stati immessi nei cannoni di particelle e quindi canalizzati nel sincrotrone, dove sarebbero stati accelerati e trasferiti nel MAAC. Lì i due fasci di protoni, l'uno in senso orario e l'altro in senso antiorario, avrebbero subito un'ulteriore accelerazione all'interno di minuscole cavità fino a raggiungere la velocità di collisione di venti TeV. I due fasci avrebbero percorso l'anello di centottanta chilometri quasi alla velocità della luce, o circa milleseicento volte al secondo.

In prossimità del punto di collisione all'interno dello

spettrometro a muoni, un colosso alto come un palazzo di sette piani ubicato tre metri sotto la sala controllo di Dartford, i fasci sarebbero stati compressi fino a circa sedici micron, un quarto dello spessore di un capello umano, per incrementare la possibilità delle collisioni tra protoni. L'impatto tra i due fasci avrebbe prodotto una energia di collisione di duemila TeV, la più alta mai raggiunta in un acceleratore di particelle. Ogni collisione di ioni pesanti avrebbe generato una temperatura cinquecentomila volte più alta di quella del nucleo del Sole.

Seduto nel suo ufficio davanti a una schiera di monitor a circuito chiuso, John teneva d'occhio la sala controllo, il centro stampa, dove si stavano radunando i giornalisti, e il parcheggio, in cui adesso erano posteggiati i furgoni di diverse emittenti televisive. Ma la sua attenzione era tutta per Emily.

A cinque minuti dalla riaccensione, la sentì esclamare: « Avvisatemi quando il sincrotrone è alla massima potenza ».

« Massima potenza, accelerazione a duecento GeV », rispose immediatamente un tecnico.

« Okay », disse lei. « Quattro minuti all'accensione del MAAC. »

Poi, in francese, chiese all'addetto allo spettrometro, David Laurent, se il rilevatore di muoni fosse attivo. Era un siparietto che facevano spesso per farsi due risate. Aveva svolto il post-dottorato a Ulm, quindi il suo tedesco era perfetto, mentre il suo francese lasciava molto a desiderare. Sorridendole, Laurent le rispose che era tutto operativo.

A un minuto dall'avvio, Emily diede l'okay per iniettare gli ioni di piombo nei cannoni di particelle, e trenta secondi dopo chiese formalmente a Henry Quint l'autorizzazione finale per sparare i fasci.

« Procedete. »

Emily rivolse un cenno a Matthew Coppens.

Fissando le sue labbra mentre scandivano gli ultimi secondi del countdown, John si chiese se le avrebbe mai più baciate.

« ... quattro, tre, due, uno. Iniziare procedura di accensione. »

Sulla mappa ellittica del MAAC riprodotta sullo schermo centrale, apparvero due punti - uno rosso e uno verde - che subito cominciarono a spostarsi in direzioni opposte. A ogni rivoluzione dei puntini sulla mappa corrispondevano migliaia di orbite sottoterra.

Si levarono grida di giubilo nella sala controllo, ma Emily riportò la calma comunicando il progressivo aumento dell'energia di collisione. « Il rilevatore? » chiese a Laurent, questa volta in inglese.

« Abbiamo i tracciati della prima collisione. »

« Una in meno, ce ne restano centinaia di trilioni. »

John, che aveva zoomato sul suo volto, pensò che in quel momento Emily era la donna più felice del mondo.

Lei, intanto, continuava a scandire l'aumento dell'energia: « Quindici TeV, sedici, diciassette, diciotto, diciannove, venti. Massima potenza raggiunta! »

Ci fu qualche applauso.

Emily trasalì, notando che l'energia continuava a salire. « Matthew, che sta succedendo? L'energia è a ventidue TeV e non accenna a fermarsi! »

« Mi dispiace », sussurrò lui.

« Ti dispiace per cosa? Chi ha autorizzato l'aumento di energia? »

« Io, dottoressa Loughty », intervenne Henry Quint dall'alto della sua postazione.

« Perché non sono stata informata? »

« Possiamo discuterne più tardi, in privato? »

« È una cosa inammissibile. Voglio una risposta, adesso. Perché non sono stata informata? »

« Perché si sarebbe opposta. È una decisione che ho preso in autonomia per garantire la sopravvivenza operativa del MAAC. Adesso, per favore, prosegua fino a trenta TeV. »

Emily si voltò verso Matthew con uno sguardo di fuoco. « Lo sapevi e non mi hai detto niente... »

« Sono stato costretto. Mi avrebbe licenziato se ti avessi rivelato le sue intenzioni. »

John sentiva il sangue ribollirgli nelle vene. Anche lui, come Emily, non aveva molta stima di Henry Quint, e in quel momento gli avrebbe spaccato la faccia.

« È una cosa sicura, capo? » gli chiese Trevor, in piedi alle sue spalle.

« No, a giudicare dalla reazione di Emily. »

Lei seguiva in silenzio l'aumento graduale dell'energia di collisione. Lo scopo primario dell'esperimento Hercules I era di valutare se venti TeV fossero un'energia sicura prima di tentare di arrivare a trenta. Sapeva bene per quale motivo Quint aveva preso quella decisione. Per questioni politiche, in un colpo solo aveva buttato al vento ogni procedura di sicurezza.

« Ventisei TeV », sussurrò la donna. « Ventisette, ventotto, ventinove. »

Quando l'energia raggiunse i trenta TeV, Emily lasciò la sua postazione e, dando le spalle ai monitor, si rivolse a Quint e ai suoi collaboratori, ammutoliti.

John la seguì con una telecamera, allarmato dall'espressione angosciata sul suo volto.

« Dobbiamo scendere immediatamente a venti TeV », disse con voce calma. « Per favore, Matthew, fallo. »

« Non ci provi neppure, dottor Coppens », lo minacciò Quint. « Mi assumo ogni responsabilità. »

« Dottor Quint, se non permette al dottor Coppens di diminuire o interrompere il flusso di energia, non mi lascia altra scelta che rassegnare le mie dimissioni seduta stante. »

« È libera di fare ciò che vuole, dottoressa Loughty, ma questo esperimento proseguirà a trenta TeV », ribatté Quint, alzando la voce.

Le teste dei presenti si spostavano da Emily a Quint e viceversa, e nessuno sembrava prestare attenzione ai monitor.

Fu allora che David Laurent si accorse che c'era qualcosa che non andava con lo spettrometro a muoni. « Ehi! Il rilevatore sta dando i numeri! » strillò con la sua tipica vocina stridula. « Non so cosa stia succedendo. »

Emily stava per correre verso la sua postazione quando accadde qualcosa.

John batté le palpebre, confuso e incredulo. Prima che potesse aprire bocca, sentì Trevor urlare: « Ma che cazzo è successo? »

Emily era sparita.

E al suo posto c'era un'altra persona.

Nelle ore e nei giorni successivi, avrebbero rivisto migliaia di volte le registrazioni di quel momento, analizzandole fotogramma per fotogramma. Le telecamere in alta definizione registravano a sessanta fotogrammi al secondo. Qualunque cosa fosse, era avvenuta durante l'intervallo infinitesimale tra due fotogrammi.

Ogni ripresa mostrava la stessa cosa: un istante prima c'era Emily, quello dopo un uomo.

Un uomo robusto con capelli neri come la pece.

Quella mattina, John vide il suo volto rozzo e spaventato in primo piano; poi, su un secondo monitor con un angolo di visuale più ampio, lo vide fuggire dalla sala controllo spintonando con violenza i tecnici come se fossero birilli.

« Chiudi il laboratorio! » urlò a Trevor. « Che nessuno esca o entri. Resta qui, scendo nella sala controllo. »

« Va bene. Ma che sta succedendo, capo? »

« Non ne ho la più pallida idea. » E mentre correva verso gli ascensori, spaventato e infuriato, estrasse la pistola per la prima volta da quando aveva lasciato l'esercito.

2

John chiamò l'ascensore con la sua chiave di sicurezza. Nel suo stato d'animo, ogni secondo sembrava un minuto, e la discesa verso la sala controllo fu estenuante.

Non appena l'ascensore si fermò, lui sgusciò tra le porte che si stavano aprendo e raggiunse di corsa il gruppo di scienziati che vagavano sotto shock per la sala.

« Dov'è la dottoressa Loughty? » urlò.

Ammutolito, Matthew Coppens lo guardò con un'espressione confusa.

« Da dove è entrato quell'uomo? »

Nessuno sapeva rispondergli.

« Da che parte è andato? »

Qualcuno disse che l'intruso si era diretto verso la tromba delle scale. Fu allora che John notò il dottor Quint vicino a una delle uscite, con una mano premuta sulla testa, che sanguinava copiosamente.

John rimise la pistola nella fondina e chiamò Trevor al walkie-talkie. « Ha preso le scale! » Poi tuonò: « Interrompa l'esperimento, dottor Coppens! E qualcuno mi porti un kit di pronto soccorso! »

« No! » urlò Quint. « Camp, lei non ha l'autorità per decidere un bel niente. »

« Come capo della sicurezza, ho tutta l'autorità di questo mondo. Uno sconosciuto si è intrufolato chissà come nel laboratorio e la dottoressa Loughty è sparita. Non sappiamo cosa diavolo stia succedendo qui sotto.

Se dopo vorrà licenziarmi, liberissimo di farlo, ma adesso, dottor Coppens, interrompa questo maledetto esperimento! »

Matthew non se lo fece ripetere un'altra volta e diede inizio alla procedura di spegnimento dei magneti: l'energia di collisione diminuì immediatamente. John spiegò in fretta e furia a qualcuno come fasciare la testa di Quint prima di lanciarsi, pistola in pugno, verso le scale di emergenza.

La distanza tra la sala controllo e la superficie equivaleva a quella tra il pianterreno e il tetto di un palazzo di trenta piani. John prese fiato e cominciò la lunga salita.

Nel frattempo, Trevor stava seguendo la fuga dell'intruso sui monitor. L'uomo si fermava ogni paio di minuti per riprendere fiato, eppure John, che molti piani più in basso non riusciva a contattarlo al walkie-talkie per via della mancanza di campo, non sarebbe mai riuscito a raggiungerlo.

Trevor avvisò le guardie alla reception di prepararsi a intercettare l'uomo. Poi allargò l'inquadratura della telecamera puntata sulla porta delle scale nell'atrio per avere una visuale più ampia. « Bloccatelo usando armi non letali! » urlò nel walkie-talkie.

Tutte le entrate e le uscite del laboratorio erano state chiuse. Trevor avrebbe voluto raggiungere i suoi uomini nell'atrio, ma il protocollo di sicurezza prevedeva che il centro di comando non restasse mai vacante.

Quando l'intruso sbucò dalle scale, le guardie alla reception – due tizi enormi, di cui uno munito di taser – gli intimarono di fermarsi.

L'uomo, stravolto e allucinato, si scagliò contro di loro come un toro e ne mandò al tappeto una come fosse una bambola. La seconda guardia gli urlò ancora di fermarsi e gli sparò con il taser. I due piccoli dardi colpirono la ruvida giacca marrone dell'uomo, scaricandogli in corpo una scossa da cinquantamila volt.

Lo sconosciuto cadde a terra. Trevor, che stava seguendo la scena sul monitor, deglutì con forza quando l'intruso si tirò su troppo velocemente e assestò un pugno violento sul viso della guardia, prima di sfilarle la pistola e riprendere la fuga.

Mandando al diavolo il protocollo, Trevor estrasse la Browning 9mm e corse verso l'atrio mentre cercava di mettersi in contatto con il suo superiore: « John, riesci a sentirmi? »

La voce ansimante gracchiò dal walkie-talkie: « Ci sono quasi. Lo avete preso? »

Trevor sbucò nell'atrio mentre l'intruso batteva violentemente le mani sulla porta a vetri bloccata. « Fermo! » gli urlò, puntandogli contro la Browning.

L'uomo lo ignorò e cominciò a prendere a calci la porta.

La guardia che era stata scaraventata a terra si alzò ed estrasse la pistola.

« A terra, o saremo costretti a spararti », lo avvisò Trevor, avvicinandosi.

L'intruso si voltò appena, ma non disse niente. L'espressione furiosa e alterata era più eloquente di qualsiasi parola. Poi, dandogli di nuovo le spalle, si mise ad armeggiare con la sicura e il carrello della pistola.

« Butta la pistola o ti faccio secco », lo minacciò Trevor. « John, l'intruso ha una pistola », disse poi alla radiolina. « Chiedo autorizzazione ad aprire il fuoco. »

Adesso il segnale del walkie-talkie era forte. « Quell'uomo ci serve vivo. Non sparare, a meno che non sia assolutamente necessario. Aspettami, sono quasi arrivato. »

Lo sconosciuto fece fuoco, mandando in frantumi la vetrata.

« Fermo! » urlò di nuovo Trevor, ma quando si accorse che la guardia stava per premere il grilletto le ordinò di abbassare l'arma.

Proprio in quel momento, John irruppe nell'atrio e si guardò attorno per fare il punto della situazione: un uomo a terra, Trevor e l'altra guardia in posizione di sparo e l'intruso che correva verso il parcheggio.

« Ha sparato contro la porta! » esclamò Trevor.

« Non possiamo lasciarcelo sfuggire. Riesci a colpirlo a una gamba? »

« Ci provo. »

Trevor fece fuoco, ma mancò il bersaglio. Poi prese meglio la mira e sparò un secondo colpo. L'intruso si guardò la coscia destra, si voltò e svuotò il caricatore nella loro direzione, costringendo i quattro uomini a mettersi al riparo.

John, nascosto dietro un divano, mise fuori la testa con molta cautela. Dopo essersi accertato che nessuno fosse stato colpito, alzò la testa giusto in tempo per vedere l'uomo che spingeva rudemente una donna dietro il volante di una Ford Sedan. « Ha preso una giornalista! Trev, chiama la polizia, io provo a fermarlo! »

Superò con un balzo le porte frantumate, scivolando sui cocci di vetro, e corse verso il parcheggio, ma la Ford, dopo aver tamponato il paraurti di un'auto parcheggiata, si stava già dirigendo verso una delle uscite.

« Cancello A! Cancello A! » sbraitò nel walkie-talkie. « Un uomo armato con un ostaggio sta venendo dalla vostra parte. Prendete la targa dell'auto ma non tentate di bloccarla. Ci penserà la polizia. » Quindi non poté fare altro che guardare la Ford sfrecciare oltre il cancello e svoltare verso il centro di Dartford.

Le ore successive furono caotiche. Con Quint al pronto soccorso per farsi medicare la ferita alla testa, il comando delle operazioni era passato nelle mani di John. Per prima cosa, l'ex Berretto Verde fece allontanare i giornalisti, che per fortuna non avevano assistito a quanto era successo nell'atrio. I cronisti se ne andarono mugugnando, per usare un eufemismo, ma l'inasprimento delle misure di sicurezza non lasciava loro alternative. I filmati delle telecamere a circuito chiuso furono esaminati attentamente, e tutti i tecnici e gli scienziati presenti nella sala controllo al momento dell'incidente furono interrogati. Emily era scomparsa nel nulla, su quello non c'erano dubbi, ma John aveva ugualmente insistito perché il laboratorio fosse setacciato da cima a fondo. Al termine delle ricerche, durante le quali era stato trovato solo il cellulare sul banco della sua postazione di lavoro, John stesso andò a dare un'occhiata nella sua auto. Niente.

Emily era sparita senza lasciare tracce.

Incaricato di investigare sull'intruso, Trevor si teneva in contatto con la polizia, che stava rastrellando Dartford in cerca della donna sequestrata – una giornalista freelance di Londra –, e aiutava la scientifica a individuare impronte utili alle indagini. Il responsabile della comunicazione del laboratorio aveva diramato una dichiarazione ufficiale, secondo cui il MAAC era stato spento in assoluta sicurezza in seguito all'intrusione di un uomo armato che poi era fuggito sequestrando una giornalista. Per il momento, non erano state rilasciate altre informazioni.

Due ore dopo, Quint tornò al laboratorio con una vistosa fasciatura alla testa e convocò subito una riunione di emergenza. John lo mise al corrente delle ricerche su Emily e sull'intruso, e delle indagini della polizia. Matthew Coppens, che dal momento dell'incidente non aveva ancora smesso di tremare, riepilogò a beneficio dei presenti le operazioni del protocollo di spegnimento.

Quando Quint prese la parola, John notò che era incerto e poco concentrato. Il direttore generale si lanciò in un monologo sconclusionato su quanto fosse furioso il ministro dell'Energia, che era andato a trovarlo in ospedale, e quanto fosse complicato destreggiarsi tra le responsabilità scientifiche e quelle politiche.

John perse la pazienza. « Dottor Quint, in questo momento non può fregarmene di meno dei suoi problemi politici. La dottoressa Loughty è scomparsa, e lei non ha neppure menzionato il suo nome! Voglio sapere cosa diavolo è successo stamattina. Emily era sconvolta quando si è accorta che l'acceleratore aveva superato i venti TeV. La dottoressa Loughty è il direttore del progetto Hercules I, eppure è chiaro come il sole che lei e il dottor Coppens avete superato il limite prestabilito senza metterla a parte delle vostre intenzioni. »

« Senta, Camp, lei è il capo della sicurezza, si attenga al suo compitino e lasci la scienza agli scienziati », ribatté rabbiosamente Quint. « E, invece di puntare il dito contro chissà chi, le suggerirei di farsi un esame di coscienza. Per colpa sua c'è stata una falla senza precedenti nel sistema di sicurezza interno, e uno sconosciuto non autorizzato ha avuto accesso all'area più sensibile del laboratorio. Mi creda, ho già informato il ministro delle sue inadempienze. Se dopo quanto successo oggi cadranno delle teste, le assicuro che la sua sarà la prima. »

« Camp non ha nessuna colpa! » sbottò improvvisamente Matthew Coppens. « Gli unici responsabili siamo io e lei. »

Quint congedò tutti i presenti, a eccezione di John e Matthew. « Dottor Coppens, la avviso, non tollererò oltre questo tipo di insubordinazione. Quanto a lei, Camp, sono seriamente intenzionato a sollevarla dal suo incarico. Sono a conoscenza del rapporto che la lega alla dottoressa Loughty, e mi dispiace che questo le abbia offuscato il giudizio. Pretendo obiettività dagli uomini del mio staff, in particolare durante i momenti di crisi. »

Matthew scoppiò a piangere. « Non avrei mai dovuto darle retta... Ho tradito Emily. »

John gli passò una scatola di fazzoletti. « Faccia come vuole. Intanto ecco quello che voglio sapere: perché avete superato il limite prestabilito di venti TeV? E gradirei una sua opinione su quanto è successo stamattina. Emily è sparita in meno di un sessantesimo di secondo. »

Matthew fece per rispondere, ma Quint lo anticipò: « Dottor Coppens, la avviso... »

« Non può impedirmi di parlare. Se vogliamo ritrovare Emily, deve venire a galla tutta la verità. »

« Chiuda il becco, dottor Quint, oppure quella ferita alla testa le sembrerà un graffietto », sibilò John.

Quint si irrigidì e non replicò.

Matthew appallottolò il fazzolettino intriso di lacrime e lo lanciò sul tavolo. « È colpa della fusione con l'LHC. È noto che la decisione è stata presa a causa dei ritardi accumulati dal MAAC. E tutti sanno che la gestione del MAAC finirà a Gestner, il direttore generale del CERN. Il dottor Quint aveva solo un modo per non perdere il posto: l'esperimento Hercules doveva portare subito a una scoperta più importante di quella conseguita al

CERN con il bosone di Higgs. Secondo Quint, i gravitoni andavano trovati oggi... Non tra due anni con il progetto Hercules II, ma oggi. Ecco perché ci siamo spinti fino a trenta TeV.»

«Anche se non era sicuro», commentò John.

«Ignoravamo che non fosse sicuro», intervenne Quint senza tradire nessuna emozione. «E continuiamo a ignorarlo.»

«Va bene, dottor Coppens», continuò John come se Quint non fosse presente. «Cosa crede che sia successo questa mattina?»

«Ha mai sentito parlare degli strangelet?»

3

Matthew illustrò a grandi linee i principi della fisica delle particelle. John aveva sentito alcuni di quei termini durante le riunioni dello staff, ma si era sempre distratto quando le discussioni diventavano troppo tecniche. In quel momento, invece, era concentratissimo.

Matthew spiegò che i quark erano le particelle fondamentali della materia. Combinandosi tra loro, formavano gli adroni, come per esempio i protoni e i neutroni, gli elementi basilari del nucleo atomico. C'erano sei differenti tipi di quark, tutti identificati e battezzati con nomi poco convenzionali durante la seconda metà del XX secolo: up, down, strange, charm, top e bottom, ognuno caratterizzato dal proprio spin e carica. I quark strange erano altamente instabili ed esistevano per momenti brevissimi prima di perdere potenza e diventare quark up. Gli strangelet erano particelle ipotetiche che consistevano di un numero uguale di quark up, down e strange combinati assieme.

« Ipotetiche », commentò Quint con disprezzo. « Lo ha sentito, Camp? Ipotetiche! »

« Esatto, ipotetiche », ribatté Matthew. « Ma lo era anche la maggior parte delle particelle elementari prima che venisse dimostrata la loro esistenza. »

« Continui », lo esortò John.

Si pensava che gli strangelet potessero formarsi in presenza di una grossa concentrazione di energia, come durante i primi stadi della nascita dell'universo, o all'interno di una stella di neutroni, o in seguito a collisioni dirette di raggi cosmici.

«E all'interno del MAAC?» chiese John.

«È proprio questo il punto. Sì, teoricamente gli acceleratori di particelle possono produrre gli strangelet. A oggi, però, nessun collisore, neppure l'LHC, c'è mai riuscito. Tuttavia, questa mattina abbiamo raggiunto l'energia di collisione più alta mai prodotta.»

«E quindi?»

«David Laurent sta analizzando i dati dello spettrometro con i suoi collaboratori. Se e quando scoprirà qualcosa, verrà subito a riferirmelo.»

«Mettiamo il caso che il MAAC abbia prodotto questi strangelet...»

«Siamo ancora nel campo dell'ipotetico, ma è uno di quei fattori di rischio infinitesimamente piccoli di cui bisogna sempre tenere conto negli esperimenti con gli acceleratori di particelle. Partendo dal presupposto che gli strangelet, e in particolare gli strangelet a carica negativa, siano particelle altamente instabili, lo scenario peggiore possibile sarebbe il seguente: entrando in collisione con il nucleo di materia ordinaria, uno strangelet ne favorisce la trasformazione in materia oscura. Questo processo libera una notevole quantità di energia, che produce uno strangelet più grande e più stabile; a sua volta questo strangelet entra in collisione con la materia ordinaria e produce altra materia oscura. E così via, in una reazione a catena, finché tutta la materia ordinaria del mondo non viene convertita in una massa liquefatta di materia oscura. Tutto questo accadrebbe - sempre ipoteticamente - in un battito di ciglia.»

John era perplesso. «Non mi sembra che sia il nostro caso.»

« No, è chiaro, ma io mi sono concentrato anche su scenari meno catastrofici... »

« Del tipo? »

« Okay, so che qui sono l'unico a pensarla a questo modo e, come può constatare dalla sua espressione, il dottor Quint mi considera un folle, tuttavia sono convinto che una produzione limitata di materia oscura è di gran lunga più probabile di una disastrosa reazione a catena che coinvolge enormi quantitativi di materia ordinaria. E questa piccola quantità di materia oscura prodotta decadrebbe innocuamente in una minuscola frazione di secondo. »

« E quindi? »

« Durante la produzione di materia oscura verrebbe generata un'energia immensa, molto più elevata su base unitaria di quella prodotta da una fusione o da una fissione nucleare. »

« Ma non c'è stata nessuna esplosione », obiettò John.

« Giusto. Ma sto parlando di un'intensa produzione di energia su una scala minuscola. Qualcosa di enorme e di infinitesimale allo stesso tempo, se ciò ha senso. »

« Dottor Coppens, ci sta solo facendo perdere tempo », sbottò Quint, irritato.

« La prego, Camp, mi ascolti, ho quasi finito », insistette Matthew. « L'esistenza degli strangelet è puramente teorica, ma la stessa cosa vale per i gravitoni. Eppure il dottor Quint e qualsiasi altro scienziato che lavora al MAAC credono che verranno trovati. Per quanto ne sappiamo, dopo aver analizzato tutti i dati, potremmo scoprire di averlo fatto oggi stesso. La gravità è una forza particolare e, se ci pensiamo, estremamente debole. Dopotutto, mentre prendo questa penna dal tavolo, i muscoli del mio esile braccio stanno avendo la meglio sull'attrazione gravitazionale della Terra. La comunità scientifica crede che la gravità sia così debole perché i gravitoni sono in grado di disperdersi ovunque, non solo nelle nostre tre dimensioni osservabili, ma anche in tutte le dimensioni extra del cosmo. La supersimmetria e la teoria delle stringhe sostengono l'esistenza di extradimensioni. Secondo la maggior parte dei più grandi fisici teorici odierni, il nostro universo esiste in un multiverso composto di un numero probabilmente infinito di altri universi, con i quali però è impossibile comunicare o entrare in contatto. Siamo come moscerini intrappolati su carta moschicida nello spazio tridimensionale del nostro universo. Ma la gravità, che è la distorsione dello spaziotempo, è una specie di viaggiatore interdimensionale. I gravitoni possono liberamente penetrare negli altri universi. Mi segue? »

John annuì timidamente.

« Ed eccoci arrivati agli strangelet. Avevo espresso i miei timori a Emily, però lei giustamente lo riteneva uno scenario del tutto improbabile. Ma se le energie di collisione senza precedenti del MAAC avessero prodotto una relativa abbondanza di strangelet e gravitoni? E, se in un volume di spazio trilioni e trilioni e trilioni di volte più piccolo della capocchia di uno spillo, questi strangelet avessero generato passeggeri ma immensi quantitativi di energia, analoghi a quelli scaturiti in prossimità del tempo zero del Big Bang, probabilmente fondendo assieme materia ordinaria e gravitoni? E se questo processo avesse permesso alla materia e ai gravitoni di imboccare un passaggio extradimensionale? »

Quint scattò in piedi. « Senta, è passato dalla scienza alla fantascienza diversi minuti fa. Credevo di essere io ad aver preso una botta in testa... Ma lo sta ascoltando, Camp? Il vicedirettore del progetto Hercules sostiene che la dottoressa

Loughty sia andata a farsi un giro in un'altra dimensione. Adesso basta, ho delle telefonate da fare. »

Bussarono alla porta. Era Trevor. « Scusate l'interruzione, c'è una novità importante. La polizia ha appena trovato l'auto rubata. La giornalista è morta... le hanno spezzato il collo. »

John si alzò e strinse il braccio di Matthew. « Adesso devo andare, ma abbiamo ancora molte cose di cui parlare. Molte, molte cose. »

Trevor gli riferì che la scientifica aveva rilevato impronte chiare sulla maniglia e sui frammenti di vetro della porta d'ingresso. Per fortuna, quella mattina gli addetti alle pulizie avevano pulito e disinfettato il laboratorio da cima a fondo, cancellando la miriade di impronte risalenti al giorno precedente. La perquisizione dell'auto invece era in corso.

« Ci troveranno del sangue, sono certo di averlo colpito. »

« Quanto ci vorrà per i risultati delle impronte? »

« Le stanno analizzando con l'IDENT1. Se quel tizio ha dei precedenti, avremo un nome. »

« E i testimoni nella sala controllo che dicono? Lo hanno sentito parlare? Hanno notato qualcosa di particolare? »

« No, a quanto pare l'uomo non ha aperto bocca. Ma chi gli è stato più vicino ha detto che aveva uno strano odore. »

« Puzzava di sporco? »

« In un certo senso... Diciamo che puzzava di carne andata a male, in decomposizione. »

John scosse la testa. « Magnifico. Che mi dici dei vestiti e delle scarpe che indossava? Possono esserci utili? »

« Dalle testimonianze e dalle immagini delle telecamere pare che indossi vecchi abiti da contadino, vestiti rozzi e raffazzonati. Di una taglia sbagliata. Un tecnico ha notato un dettaglio curioso. »

« Sentiamo. »

« Dice che l'uomo portava una cintura di corda. »

« Una corda? »

« Sì, un pezzo di corda che gli teneva i pantaloni. »

John stava studiando i filmati a circuito chiuso quando Trevor lo chiamò al telefono.

« Brutte notizie, capo. Il database delle impronte digitali non ha trovato niente. »

« Merda. A che anno risalgono le prime impronte schedate? »

« Al 1987. »

« Direi che quell'uomo ha fra i trenta e i quarant'anni, se in passato ha commesso un reato dovrebbe esserci... E, visto quello che ha combinato, non sarebbe una sorpresa se avesse dei precedenti. Forse non è inglese. Puoi inviare le impronte all'Europol, all'Interpol e all'FBI? »

« Già fatto. »

« Che mi dici del sangue? »

« Lo stanno analizzando all'NPIA. Ci vorranno alcuni giorni, ma dubito che venga fuori qualcosa. »

« Va bene. Senti, adesso devo tornare da Matthew. Ha una teoria assurda che voglio approfondire. »

« Ah, sì? E sarebbe? »

« Fidati, è assurda. »

Matthew stava esaminando i diagrammi dello spettrometro con David Laurent.

«Trovato niente?» chiese John.

«Sono dati preliminari, di norma bisognerebbe attendere delle conferme», rispose Matthew.

«Ma questa non è una situazione normale.»

«Giusto. Comunque, quanto sto per dire va preso con le dovute cautele. Forse abbiamo trovato i gravitoni.»

«E probabilmente anche gli strangelet», aggiunse David, eccitato.

«Non dimentichiamo che l'acceleratore è rimasto attivo solo per pochi istanti», si affrettò ad aggiungere Matthew. «Il numero di collisioni è di molto inferiore a quello preventivato, dunque non abbiamo abbastanza dati statistici per trarre una conclusione certa.»

«Ma è possibile che la sua teoria sia esatta?»

«Potrei dire che c'erano le condizioni perché si verificasse. Dopotutto, Emily si trovava a meno di tre metri sopra il punto di collisione dei fasci.»

«Dottor Laurent, lei cosa ne pensa?»

David scrollò le spalle nella maniera tipica dei francesi. «Ogni scienziato deve essere aperto a qualunque evenienza, ma devo confessare che agli strangelet non avevo mai pensato.»

«E come si spiega quanto è successo?»

«Non me lo spiego.»

«Questo è di grande aiuto, grazie tante», commentò John. «Odio fare questa domanda, ma è possibile che Emily sia stata... polverizzata da qualche strano campo di energia? In parole povere, Emily potrebbe essere morta?»

«Non lo so, davvero», rispose Matthew. «È tutto possibile, fino a che i dati non lo escludono.»

« Fantastico. »

« Novità sullo sconosciuto? » chiese Matthew.

« Niente di rilevante. E le sue impronte non sono presenti nel database della polizia. »

« A quando risalgono le prime impronte schedate? »

« Al 1987. Perché? »

« Non esistono registri più vecchi? »

« Non ne ho idea, lo chiederò a Trevor. Ma il tizio sembrava abbastanza giovane. Se fosse stato arrestato in passato, le sue impronte avrebbero dovuto trovarsi nel database centrale. »

Matthew sembrava nervoso. « Penso sia il caso di fare una ricerca anteriore al 1987. »

Tornato nel suo ufficio, John convocò Trevor. « Che dovrei fare se volessi cercare delle impronte schedate prima del 1987? »

« Credo ci sia uno schedario cartaceo con impronte risalenti all'inizio del secolo scorso. La National Fingerprint Collection un tempo si trovava negli uffici di Scotland Yard, ma è stata spostata in un'altra sede, sempre a Londra. Hai intenzione di cercarci le impronte di quel tizio? »

« Sì. »

« Ma è troppo giovane... »

« Puoi farlo e basta, per favore? »

« Sì, certo. Mi ci vorrà un po', è una ricerca manuale. »

« Quanto? »

« Non saprei. Dovrei avere ancora qualche amica che lavora alla NFC. Vedo cosa posso fare. »

Rimasto solo, John accese il televisore per seguire le ultime notizie sulla caccia all'uomo. Un elicottero di Sky News stava trasmettendo in diretta le immagini di una pattuglia intenta a perlustrare a ventaglio un quartiere di villette a schiera. Tolse il volume e si mise a fissare il vuoto.

Emily era sparita.

Le mani si strinsero involontariamente a pugno per la rabbia e la frustrazione. Aveva una voglia matta di bere qualcosa. Forse non l'avrebbe rivista mai più, e l'ultimo ricordo di lei sarebbe stato lo sguardo deluso che gli aveva rivolto quella mattina.

Scese la notte e, poco alla volta, il parcheggio cominciò a svuotarsi. John non aveva intenzione di tornarsene a casa e scese nella sala controllo. Accese le luci, si sedette alla postazione di Emily e rimase a fissare il pavimento almeno per un'ora, sperando irrazionalmente che la donna riapparisse come per magia nel punto preciso in cui era scomparsa. Forse si addormentò, perché ebbe un sussulto quando Trevor entrò nella stanza.

«Scusa, capo.»

«Come sapevi che ero qui?»

«Ti ho visto su una delle telecamere.»

«Che succede?»

«La NFC ha terminato la ricerca manuale.»

John si mise seduto dritto. «Hanno fatto in fretta.»

«Te l'avevo detto che ci lavoravano un paio di amiche.»

«Allora?»

«È una cosa assurda, folle...»

«Avanti, non tenermi sulle spine.»

«Le impronte sono di un certo Brandon Woodbourne, che ha vissuto a Dartford.»

«E sappiamo dove vive adesso?»

«Di certo non da queste parti, capo.»

«Smettila di fare il misterioso, non sono dell'umore adatto.»

«Sì, d'accordo. Solo che è assurdo, te l'ho detto. Brandon Woodbourne è nato il 15 novembre 1915 ed è stato impiccato nella vecchia prigione di Dartford l'8 aprile 1949.»

John si passò le mani sul volto. «Non c'è niente di assurdo, Trevor. Non è la stessa persona, tutto qui. Le tue amiche devono aver fatto un errore, oppure ci sono due serie di impronte molto simili.»

«Non c'è nessun errore, combaciano alla perfezione. Ed è impossibile che due persone abbiano impronte identiche.»

«Come vuoi, ma ho visto quel tipo con i miei occhi, e di certo non era uno zombie. Hanno una sua foto segnaletica?»

«No, solo la scheda con le impronte digitali.»

«So già che sarà uno spreco di tempo, ma per fugare qualsiasi dubbio domattina andremo a cercare una sua foto in biblioteca. Qualche giornale avrà di certo documentato la sua esecuzione.»

«Possiamo farlo subito, buona parte dei quotidiani è stata digitalizzata e messa online.»

«E tu che ne sai?»

«Ho aiutato Trisha a fare una ricerca scolastica.»

«Qual è il sito?» John si collegò sul computer di Emily con il proprio ID.

«Non me lo ricordo. Scrivi 'archivio quotidiani' o 'quotidiani britannici' sul motore di ricerca.»

Il primo risultato era il sito del British Newspaper Archive.

«È questo. Controlla se c'è qualche giornale di Dartford.»

Venne fuori solo il *Dover Express*, un quotidiano del Kent. Dopo aver inserito la data dell'esecuzione di Woodbourne, John si ritrovò davanti l'anteprima della prima pagina. Per poterla leggere, doveva acquistare un miniabbonamento di due giorni.

«Che spreco di tempo», si lagnò, mentre inseriva il numero della sua carta di credito. Un istante dopo, cliccò sull'immagine minuscola. Non c'erano foto, ma un lungo articolo annunciava l'esecuzione di Brandon Woodbourne, l'assassino seriale di Dartford, per mano del celebre boia Albert Pierrepoint. Woodbourne, un muratore, aveva ucciso otto giovani donne a Londra e nel Kent. Era sospettato di altri omicidi irrisolti, ma l'uomo aveva deciso di portarsi la verità nella tomba.

L'articolo continuava nelle pagine interne e John si rese conto che, in realtà, alcune foto erano state pubblicate.

Dopo aver cliccato su una miniatura, una foto sgranata di Brandon Woodbourne riempì un quarto dello schermo.

«Cristo santo!» esclamò Trevor.

Sbattendo le palpebre, John tirò fuori dalla tasca il fermo immagine delle telecamere a circuito chiuso e l'affiancò alla foto sul computer.

Non c'era nessun dubbio.

Era lo stesso uomo.

4

« E si aspetta che io le creda? » Sir George Lawrence, il direttore dell'MI5, si sporse in avanti, e il suo viso occupò quasi completamente lo schermo nell'ufficio di Henry Quint.

« Sir George, non mi aspetto niente. Sto solo esponendo i fatti. »

« I miei uomini hanno confrontato le impronte e le foto del 1949 di Brandon Woodbourne con le impronte e le immagini delle telecamere di sicurezza relative all'incidente di ieri », intervenne da Washington Campbell Bates, il direttore dell'FBI. « Le impronte coincidono al cento per cento e l'esame biometrico ha stabilito che le foto corrispondono al novantanove virgola qualcosa per cento. Per noi, si tratta dello stesso uomo. Non chiedetemi come sia possibile, ma è lo stesso uomo. »

Alla videoconferenza partecipavano anche il segretario americano per l'Energia, Leroy Bitterman, che si trovava nel quartier generale dell'FBI assieme a Bates, e il suo omologo del governo inglese, Karen Smithwick, seduta accanto a Quint.

Oltre al direttore del MAAC, Bitterman era l'unico altro scienziato presente: prima di entrare in politica, era stato professore di geofisica al California Institute of Technology. « Il filmato della scomparsa della dottoressa Loughty e della simultanea apparizione di Woodbourne è a dir poco impressionante. »

«Sì, a dir poco impressionante», gli fece eco Smithwick.

«Dottor Quint, lo spettrometro a muoni è ubicato tre metri sotto il punto in cui si trovava la dottoressa Loughty?»

«Esatto, dottor Bitterman.»

«E lo spettrometro o il collisore hanno riportato qualche danno?»

«No. Dopo lo spegnimento del MAAC, i nostri ingegneri hanno fatto dei controlli e tutti i componenti sono integri.»

«Sono stati riscontrati livelli anormali di radiazioni?»

«No.»

«Per quale motivo avete superato il limite stabilito di venti TeV?» continuò Bitterman, giocherellando con il farfallino.

Quint aveva preparato la risposta a quella domanda. «Preso atto dei ritardi accumulati dal programma, ho ritenuto opportuno aumentare giudiziosamente l'energia di collisione fino ai livelli di Hercules II nel tentativo di trovare i gravitoni.»

Con la stessa velocità con cui era svanita Emily, Karen Smithwick aveva visto volatilizzarsi le sue speranze di diventare ministro dell'Interno in occasione dell'imminente rimpasto di governo, e adesso non degnava Quint di uno sguardo. «È stata una decisione sconsiderata. Il primo ministro sarà lieto di accettare le sue dimissioni.»

Per sua fortuna, Quint non dovette replicare, perché in quell'istante Bitterman alzò la testa dai fogli che stava leggendo. «Ho dato un'occhiata al rapporto del dottor Coppens e sembra che abbiate trovato i gravitoni, dottor Quint. Questa è la notizia buona. Quella cattiva è che avete trovato anche gli strangelet.»

«Esatto, sebbene quei dati siano provvisori. A quanto pare, si sono verificati sia lo scenario migliore possibile sia quello peggiore.»

George Lawrence, che era entrato nel Security Service dopo aver conseguito una laurea specialistica in lettere classiche a Cambridge, non ne poteva più di quei discorsi tecnici. «Sentite, non ho tempo per i vostri successi o insuccessi scientifici. Voglio una spiegazione plausibile per la scomparsa di questa Loughty e la contemporanea apparizione di un uomo che è stato impiccato sessantacinque anni fa! Un morto che ha ucciso una donna e che è ancora a piede libero.»

«Non guardi me, non ho niente di sensato da dire al riguardo», replicò subito Bitterman.

«Il dottor Coppens ha una teoria, anche se è piuttosto discutibile», intervenne Quint.

«Vista la situazione, non mi stupisce», ribatté Bates.

«È qui fuori. Posso farlo entrare?»

Quint aveva creato un team per la gestione della crisi. Ne facevano parte Matthew Coppens, David Laurent, John Camp e Stuart Binford, il responsabile delle pubbliche relazioni del MAAC, ma poi John aveva insistito perché fosse coinvolto anche Trevor Jones, dal momento che stava collaborando con la polizia alla ricerca di Woodbourne. Il direttore li convocò nel suo ufficio e dettò le regole: il resto dello staff sarebbe rimasto all'oscuro di ogni cosa fino a quando lui non avesse deciso altrimenti.

John sorseggiava un caffè. Era arrabbiato, nervoso; quella notte non aveva chiuso occhio. Quint lo aveva voluto nella sua squadra, eppure lui non aveva nessuna voglia di giocarci. Avrebbe voluto fare ciò che gli riusciva meglio: annientare il nemico per raggiungere il suo obiettivo. Solo che non sapeva chi fosse il nemico.

Quint aveva l'atteggiamento di un professore che redarguisce uno studente. « Prima di continuare, dovete sapere che i nostri superiori inglesi e americani esigono uno stretto controllo sul flusso di informazioni riguardanti l'incidente di ieri. »

John fece una smorfia. Non era stato un incidente, ma un fottuto disastro di proporzioni bibliche!

Prima di saltare sul carro del MAAC, Binford era stato un giornalista scientifico del *Times*. Era un tipo nervoso e dallo sguardo costantemente irrequieto. Quel giorno sembrava strafatto di metanfetamine. « Ha una minima idea della situazione in cui mi trovo? I giornalisti sono un branco di cani assetati di sangue e io la stramaledetta volpe. »

« Mi rendo conto delle difficoltà, ma lei deve attenersi al copione. »

« Attenermi al copione? Mi sta chiedendo di insabbiare la verità! Finora ho riferito alla stampa dell'irruzione di uno sconosciuto e del conseguente spegnimento dell'acceleratore, ma non ho fatto parola dell'energia di collisione raggiunta né della sparizione di Emily. Per non parlare del fatto che l'intruso è un uomo morto da decenni! »

« Non stiamo insabbiando un bel niente, Binford, il punto è che non abbiamo ancora il quadro preciso. Inoltre, i servizi di sicurezza su entrambe le sponde dell'Atlantico insistono affinché non vengano divulgate tutte le informazioni in nostro possesso. Non è il caso di scatenare il panico diffondendo notizie non filtrate e non verificate. »

«A questo punto tanto vale che inserisca la segreteria telefonica sul cellulare e me ne vada al pub. Nessuno crede a quello che sto raccontando.»

«Lei farà quello che è necessario fare, come tutti i presenti», ribatté gelido Quint. «Se proprio vuole saperlo, io per primo mi trovo in una posizione tutt'altro che piacevole. Il governo si aspetta le mie dimissioni una volta risolta la crisi.»

«Non vedo l'ora», mormorò John.

«Come dice, scusi?»

«Ho detto che non vedo l'ora. Il giorno in cui si dimetterà, ci sarà da festeggiare.»

«Grazie della stima. Mi rincuora sapere che posso fare affidamento su di lei.»

«Potrà fare affidamento su di me fino al giorno in cui ritroveremo Emily, dopo di che non muoverò più un dito per aiutarla.»

Quint gli rivolse un sorriso tirato. «Non si preoccupi, scoprire cos'è accaduto alla dottoressa Loughty è il nostro obiettivo principale. Se è ancora viva, e se sarà possibile, la troveremo e la riporteremo a casa. Dottor Coppens, vuole illustrare la teoria che questa mattina ha esposto ai nostri superiori?»

D'istinto, Matthew si alzò, ma si risedette subito. «Non ho nessuna risposta, solo opinioni basate sugli elementi in nostro possesso. Primo: abbiamo portato l'energia di collisione a trenta TeV, il livello più alto mai testato. Secondo: nonostante la breve durata dell'esperimento, abbiamo individuato segnali rilevatori di gravitoni e strangelet. Occorrerebbero un esperimento più lungo e un numero maggiore di collisioni per ottenere una categoria statistica di cinque sigma, ma penso che abbiamo un quadro piuttosto chiaro della situazione. Terzo: quando è scomparsa, Emily si trovava direttamente sopra l'acceleratore. Quarto: Emily è scomparsa in una frazione di tempo compresa tra microsecondi e nanosecondi, o anche meno. Le immagini delle telecamere non ci consentono di essere più precisi. Quinto: un uomo, che in seguito si è scoperto essere stato giustiziato sessantacinque anni fa, è apparso al posto di Emily nello stesso intervallo di tempo. Stando a quanto dicono Camp e Jones, questo tizio, tale Brandon Woodbourne, è a piede libero dopo aver ucciso una donna. Questi sono i fatti. Tutti d'accordo?»

Tutti annuirono.

«Adesso passiamo alle ipotesi. Vorrei sottolineare che la mia teoria non poggia su nessun fondamento empirico, sto solo cercando d'inserire gli elementi a nostra disposizione all'interno di una struttura esplicativa. Siete già a conoscenza delle mie teorie sull'extradimensionalità e sui passaggi creati dagli strangelet, in cui possono incunearsi i gravitoni e la materia. Prendete ciò che sto per dirvi con le dovute cautele, ma credo che Emily possa aver imboccato uno di questi passaggi, una sorta di deformazione spazio-temporale. Il fatto che Brandon Woodbourne, un uomo deceduto diversi anni fa, sia apparso al suo posto suggerisce che sia avvenuto uno scambio di materia, come se questo processo fosse stato possibile solo mantenendo un equilibrio tra le due dimensioni.»

Trevor non nascose il suo stupore: «Senta, io ho ricevuto un'educazione cristiana e tutto il resto, ma Woodbourne è morto da un sacco di tempo. Sta dicendo davvero che è tornato dall'aldilà, dall'oltretomba o come lo vuole chiamare?»

Matthew si prese qualche secondo prima di rispondere. «Sì. O almeno questo è ciò che penso. Con grande disappunto dei miei genitori, io non sono un credente. Al massimo ho una visione agnostica di concetti come una divinità suprema, l'aldilà e cose del genere, ma quest'uomo, morto più di sessant'anni fa, si è materializzato davanti ai nostri occhi. E, a quanto abbiamo avuto modo di vedere, sembrava avere la stessa età di quando è stato impiccato nella prigione di Dartford che, come lei stesso mi ha detto, Jones, sorgeva qui nei dintorni prima di essere demolita negli anni '60. La teoria che sto esponendo è che il MAAC ha creato un passaggio molto piccolo - non più grande di un foro di spillo - nella struttura dell'universo, mettendo in collegamento la nostra dimensione con un'altra. »

« E lei crede che Emily sia finita in quest'altra dimensione? » chiese John.

« È ciò che mi auguro. Dopotutto, Brandon Woodbourne è qui da noi ed è vivo e vegeto. »

David Laurent era molto scettico. « Hai davvero propinato queste assurdità agli americani e agli inglesi? »

« Temo di sì. »

« E loro? »

« Di certo erano increduli, ma mi hanno ascoltato e posto domande appropriate. Soprattutto Bitterman. È uno scienziato, a differenza del nostro ministro dell'Energia, che credo gestisse una ditta di pulizie prima di entrare in parlamento. »

« Voglio sapere solo una cosa », intervenne John. « Come riportiamo Emily indietro? »

Matthew fece un respiro profondo. « Dobbiamo riaprire il passaggio. »

« E come? »

« Immagino che la cosa migliore da fare sia ricreare le

condizioni originali, ripetere per filo e per segno l'esperimento di ieri.»

«Avrei preferito che il dottor Coppens mi avesse parlato di questa idea prima di esporla ai nostri superiori, ma ormai i giochi sono fatti», puntualizzò Quint.

«Come hanno reagito?» chiese John.

«Devo ammettere che mi hanno sorpreso... Prenderanno in considerazione questa possibilità. L'idea che questa storia trapeli all'esterno li terrorizza. Vogliono che Woodbourne venga acciuffato e consegnato all'MI5, non alla polizia. E ovviamente vogliono trovare la dottoressa Loughty. Con tutto il clamore che c'è stato attorno all'incidente, i suoi genitori mi stanno tartassando di telefonate perché vogliono parlarle. L'MI5 mi ha consigliato di rifilargli una storia qualsiasi, tipo che la figlia sta bene ma è in quarantena a causa di una fuga di radiazioni. Nel frattempo, hanno mandato alcuni agenti a Inverness per fargli firmare l'Official Secrets Act. Faranno lo stesso con la sorella, che vive a Croydon. Per come la vedo io, il segreto potrà essere mantenuto per un po', ma non per sempre. Alla fine queste storie vengono sempre fuori.»

«Ammettiamo che gli inglesi e gli americani ci diano il via libera. Come procediamo?» continuò John.

«L'ideale sarebbe collocare Woodbourne nello stesso punto del laboratorio in cui si trovava Emily quando è scomparsa, ed Emily nello stesso punto in cui si è materializzata all'altro capo del passaggio.»

John alzò le braccia al cielo, frustrato. «Ma è assurdo! Questo presuppone una cosa difficile – catturare Woodbourne e portarlo qui vivo e vegeto – e un'altra impossibile: rintracciare Emily, sempre che sia ancora viva, e fare in modo che si posizioni in un determinato punto nello stesso momento in cui l'acceleratore è al massimo della potenza... Buon Dio, non è che possiamo mandarle un SMS! »

« Non riesco a credere che stia partecipando davvero a questa discussione folle », intervenne all'improvviso David. « Ma, se Matthew ha ragione, c'è un unico modo per far sì che questo scambio avvenga: qualcuno deve raggiungere l'altra dimensione, trovare Emily e portarla nel punto giusto al momento giusto. »

« Ma, se mandiamo qualcun altro dall'altra parte, non ci ritroveremmo con un altro Woodbourne tra i piedi? » obiettò Trevor.

« Forse, se questo processo comporta un bilancio di massa », rispose Matthew. « Ma questa volta non saremmo impreparati, no? Lei e John lo bloccherete prima che si renda conto di cosa stia accadendo. Perché tutto funzioni, dobbiamo prima acciuffare Woodbourne e quindi sperare che il nostro 'inviato' nell'altra dimensione trovi Emily e si posizioni con lei nel luogo giusto al momento giusto. A quel punto faremo ripartire l'acceleratore e, se tutto andrà secondo i piani, li scambieremo entrambi con Woodbourne uno e Woodbourne due. »

« Non fa una piega. Ma chi mandiamo dall'altra parte? » chiese Quint.

« Questa è la parte facile », disse John. « Ci vado io. »

John ricordava con quanta lentezza fossero trascorsi gli ultimi sette giorni della missione in Afghanistan. E la sua squadra non era certo rimasta con le mani in mano in attesa che venisse aviotrasportata a Bagram. Quella settimana c'erano stati esercitazioni, operazioni tattiche quotidiane e un intenso scontro a fuoco. Se solo fosse riuscito a portare il culo sull'aereo per gli Stati Uniti, aveva pensato allora, avrebbe avuto una ragionevole possibilità di arrivare alla vecchiaia. Ma ricordava bene come le lancette del suo orologio da polso sembravano non spostarsi mai di un millimetro.

E i giorni successivi alla scomparsa di Emily stavano passando ancor più lentamente.

C'erano riunioni infinite con gli agenti dell'MI5 e dell'FBI. Bitterman e Smithwick in persona erano arrivati a Dartford per coordinare le operazioni. Guidati da Matthew, i tecnici e gli ingegneri del MAAC avevano cominciato la procedura di riavvio dell'acceleratore.

John e Trevor, invece, si occupavano di Brandon Woodbourne. Una coppia aveva denunciato un'intrusione nella propria abitazione, a poco più di tre chilometri dal laboratorio. Di ritorno da un breve viaggio, avevano visto qualcuno svignarsela dal loro giardino. La casa era stata saccheggiata e c'erano tracce di sangue nella vasca da bagno.

I due si recarono sul posto, una villetta a schiera su Carrington Road, una tranquilla strada residenziale. Dopo aver setacciato l'appartamento in cerca di impronte, la scientifica aveva confermato che Woodbourne era stato lì. Non c'era centimetro della casa che l'uomo non avesse toccato. Il soggiorno era disseminato di lattine di cibo in scatola e cartoni vuoti di latte e di succhi di frutta. I proprietari non erano grandi bevitori, ma l'intruso si era scolato tutte le bottiglie di liquore e di birra che aveva scovato. Sembrava che fosse riuscito ad accendere la cucina a gas, ma non il forno a microonde. Dalla cassetta del primo soccorso mancava una quantità di garza sufficiente a fasciare una ferita da arma da fuoco. Il letto al piano di sopra era disfatto e il tubetto di dentifricio in bagno semivuoto. La scientifica aveva preso lo spazzolino per il test del DNA. La biancheria intima femminile, sparsa per tutta la camera da letto, presentava tracce di sperma. Quelle, assieme alle macchie di sangue, erano state portate al laboratorio di analisi.

John infilò i guanti e prese il telecomando malconcio che Woodbourne aveva scagliato contro il televisore, mandando in frantumi lo schermo. « Non sapeva come accenderlo. Negli anni '40, i televisori avevano al massimo un paio di manopole. »

Sorridendo, Trevor disse che sua madre aveva lo stesso problema. « Dev'essersi innervosito guardando le TV accese dietro le finestre delle altre case. »

Stando ai proprietari, l'unica cosa che mancava era un set completo di coltelli da cucina.

« Ai suoi tempi Woodbourne accoltellava le vittime dopo averle strangolate. »

« Ha anche una pistola, con otto pallottole nel caricatore », aggiunse Trevor. « Sarà un bel problema prenderlo vivo. »

« Ucciderà ancora, senza esitazioni. Secondo te perché ha scelto questa villetta? »

« Innanzitutto perché era vuota. La polizia sta interrogando i vicini per scoprire se qualcuno ha visto o sentito qualcosa. »

« Cerca di recuperare il suo vecchio fascicolo della polizia, sempre che esista ancora. »

« Perché? »

« Scommetto sei pinte della rossa migliore che viveva qui attorno. »

« Ma negli anni '40 quest'area doveva avere un aspetto completamente diverso. Queste villette saranno state costruite negli anni '60 o '70. »

« Non importa. I cani vecchi tornano sempre dove sono cresciuti. »

John stava guardando per l'ennesima volta il filmato della sparizione di Emily quando fu convocato nella sala conferenze di Quint. Sapeva che quel giorno erano presenti anche le alte sfere, ma ignorava di cosa avrebbero parlato.

Quando entrò, tutti gli occhi si posarono su di lui.

Quint gli presentò in modo sbrigativo i ministri dell'Energia americano e britannico, il direttore dell'FBI e il capo dell'MI5. « È stata presa una decisione. Fra tre giorni riavvieremo il MAAC, replicando le condizioni dell'esperimento Hercules. Con una sola differenza: quando l'acceleratore raggiungerà la massima potenza, lei sarà nel punto in cui si trovava la dottoressa Loughty. Sempre che nel frattempo non ci abbia ripensato. »

« Non ho cambiato idea. Ma perché attendere così tanto? Fra tre giorni sarà una settimana che Emily è sparita. »

« È una decisione mia », rispose Smithwick. « Ho preteso tutto il tempo necessario affinché ogni cosa si svolga nella maniera giusta. Va approntato un serio piano per la sicurezza, non possiamo permetterci che si ripeta ciò che è accaduto con Woodbourne. Il primo ministro è stato chiarissimo al riguardo. »

« Sono d'accordo », intervenne George Lawrence. « Le comunico inoltre che in sua assenza, Mr Camp, la sicurezza del laboratorio passerà nelle mani dell'MI5. »

« Per me non ci sono problemi, a patto che il compito di portare Woodbourne al laboratorio venga affidato a Trevor. »

« Ho dato un'occhiata alle credenziali di Mr Jones, credo che sia perfetto per interagire con gli agenti locali. Sono certo che la polizia sarà molto più propensa a collaborare con uno dei loro piuttosto che con un membro dell'MI5. »

« Avete pensato alla logistica dell'operazione? Supponendo che io riesca ad arrivare tutto intero dall'altra parte, non abbiamo idea di quello che troverò. Inoltre, se nell'altra dimensione il tempo scorre come in questa, anche lì sarà trascorsa una settimana. Potrei avere grosse difficoltà a rintracciare Emily, senza dimenticare che non riuscirò a comunicare con voi. Come faremo a coordinare il nostro ritorno? »

Leroy Bitterman sollevò un dito per chiedere la parola. « Abbiamo riflettuto a lungo sulla questione, e siamo giunti alla conclusione che questo sia l'unico piano che abbia un minimo di senso. Mr Camp, lei avrà una settimana di tempo per rintracciare la dottoressa Loughty e riportarla nel punto esatto in cui è comparsa dall'altra parte. Se tutto va bene, in questo lasso di tempo Mr Jones dovrebbe riuscire a trovare Woodbourne. »

« E se questi sette giorni non fossero sufficienti a rintracciare Emily o ad arrestare Woodbourne? »

« Ripeteremo l'esperimento ogni settimana per tre volte », rispose Quint.

« E se non bastasse neppure un mese? »

« Vorrà dire che è stato sfortunato o che è morto », ribatté con cinismo il ministro inglese. « Il governo non permetterà che questa storia vada avanti per più di un mese. Se non dovessimo riuscire a ritrovare la dottoressa Loughty nel tempo stabilito, il MAAC verrà spento definitivamente. Ci inventeremo qualcosa per spiegare alla famiglia la morte della donna e l'assenza del suo cadavere. Woodbourne sparirà una volta per tutte dopo che verrà catturato. Dal momento che è già morto, non credo che violeremmo qualche legge o i suoi diritti civili. E poi c'è lei, Camp. Ha famiglia? »

« Nessuno sentirà la mia mancanza. »

« Eccellente », sorrise Smithwick.

E alla fine arrivò il giorno dell'esperimento.

John lasciò i piatti sporchi nel lavello e spense le luci. S'infilò una fiaschetta di whisky nella tasca posteriore dei pantaloni, ma subito ci ripensò.

Quando arrivò nel laboratorio, Trevor lo stava aspettando nel suo ufficio con una tazza fumante in mano.

« Spero ci sia il caffè dove sto andando. »

« Tra le altre cose. »

« Tipo? »

« L'ossigeno, per cominciare. »

« Ora sì che sono più tranquillo. »

« Sempre a disposizione, capo. »

John si fece improvvisamente serio. « Devi trovare Woodbourne. »

« Lo troverò. »

Trevor uscì e John preparò tutto l'occorrente per la missione: una 9mm nella fondina sul fianco, cinque caricatori da quindici cartucce nella cintura multiuso, un coltello tattico con una lama di diciassette centimetri, un coltellino svizzero della Leatherman, il suo vecchio orologio da polso militare, uno Zippo, alcuni fiammiferi in un tubetto di metallo e una bussola. Poi infilò nello zainetto un poncho impermeabile, qualche razzo di segnalazione, alcune manette di plastica, un rotolo di corda e uno di filo metallico. Nient'altro. Non esisteva un equipaggiamento standard per il tipo di viaggio che stava per intraprendere.

Lo squillo del telefono lo fece sobbalzare. Matthew gli comunicò che poteva scendere.

Quando entrò nella sala controllo, tutti gli sguardi si posarono su di lui.

Matthew gli andò incontro. «Pronto?»

«Sì.»

«Mancano cinque minuti al riavvio. Il sincrotrone è al massimo della potenza. Possiamo procedere.»

Una X realizzata con del nastro isolante segnava il punto in cui Emily era scomparsa. John prese posizione. Aveva la nausea, quasi fosse un attore che non aveva mandato a memoria le battute in attesa che il sipario si alzasse. Come la volta precedente, Quint era sulla gradinata più alta della sala controllo e faceva scattare nervosamente la penna a sfera.

All'improvviso le doppie porte si spalancarono e Trevor entrò alla testa di un gruppo di agenti dell'MI5 in tenuta antisommossa, con in mano fucili d'assalto a canna corta e pistole, pugnali e taser infilati nelle cinture. Quando si furono disposti a ventaglio, Trevor chiuse a chiave le porte e fece un cenno di saluto e l'occhiolino a John. «Questa volta non ci faremo scappare nessuno», disse poi a Quint.

Immobile come una statua, John palpava la fondina della pistola e la cintura cercando di controllare il respiro. Riuscì a rilassarsi immaginandosi in una situazione di pericolo più familiare, a bordo di un elicottero in procinto di atterrare in un territorio nemico. Allora, come in quel momento, la morte era la peggiore delle ipotesi. E lui era in grado di affrontarla.

A un minuto dal riavvio, Matthew ordinò l'iniezione dei cannoni di particelle e poco dopo Quint diede l'autorizzazione finale a procedere.

La mappa ellittica del MAAC alle spalle di John mostrava i fasci di protoni che ruotavano nel sottosuolo.

Matthew scandiva a gran voce i livelli sempre più alti dell'energia di collisione: « Venticinque TeV. Ci stiamo avvicinando al punto critico ».

« John, non è troppo tardi per tirarti indietro », esclamò Trevor.

« No, andrò sino in fondo. » Chiuse gli occhi, con il volto di Emily impresso nella mente.

« Trenta TeV! » annunciò Matthew, e un istante dopo John avvertì un improvviso silenzio, come se fosse finito sott'acqua.

Trevor fu il primo a lasciarsi andare a una sfilza di imprecazioni. Poi impugnò la pistola e avanzò di qualche passo, seguito dagli agenti dell'MI5.

John era sparito.

Al suo posto, un ragazzo lercio, vestito di stracci, si guardava attorno con terrore.

« Chi sei? » gli urlò Trevor.

« Chi sono io? Chi diavolo siete voi? »

5

Il fetore lo colpì ancor prima di rendersi conto di dove fosse. Più intenso che in una lurida latrina in un avamposto afghano, il tanfo dolciastro e pungente di decomposizione gli fece venire la nausea.

Bagnato da una pioggerella fredda, John si guardò attorno, disorientato: si trovava su una strada sterrata e fangosa delimitata da modeste casette di legno, con tetti ricoperti di paglia e le imposte sbarrate. Due grossi corvi neri spiccarono il volo sparendo in una vicina macchia di alberi. Un cavallo nitrì da qualche parte.

I pantaloni erano lenti: la cintura era slacciata perché non c'era più la fibbia. Quasi tutta l'attrezzatura era sparita: la fondina, la pistola, i caricatori e i portacaricatori di nylon, il coltello e il fodero, il coltellino svizzero, ma anche l'orologio, la bussola e l'accendino. Dopo una rapida ispezione, si accorse che la stessa sorte era toccata alle cerniere della giacca e a quella dei pantaloni, e a tutti i bottoni di plastica degli indumenti. Anche gli anfibi sembravano un po' larghi, e infatti le asole metalliche per i lacci si erano volatilizzate. Lo zaino di tela era a terra ai suoi piedi, privo delle fibbie metalliche che tenevano unite le cinghie. Quando si chinò per raccoglierlo, scoprì che era vuoto a eccezione della corda. Dopo averne staccato un pezzo per stringersi i pantaloni, mise il resto in tasca.

Era certo che non fosse trascorsa più di una manciata di secondi da quando Matthew aveva urlato: «Trenta TeV!»

Dov'era finito il laboratorio?

Che razza di posto era quello?

Tenendo a freno l'impulso di chiamare a gran voce il nome di Emily, mosse qualche passo prudente nel fango.

« Duck, stupido zuccone, dove ti sei cacciato? » disse una voce ovattata da una delle case.

John si immobilizzò.

« Vieni dentro, là fuori è pericoloso. » Un ragazzo spalancò le imposte e si affacciò alla finestra. Quando vide John, rimase a bocca aperta.

John cominciò a correre. Sentì una porta aprirsi di schianto alle sue spalle e il suono di passi pesanti sul terreno melmoso.

« Fermo! Non ti faccio niente! »

Le imposte lungo la strada si dischiusero l'una dopo l'altra. Guardandosi alle spalle, l'ex Berretto Verde constatò che il suo inseguitore non era armato. Dopo essersi fermato, si voltò per osservarlo meglio: era poco più di un ragazzino magro. Poteva spezzarlo in due a mani nude.

« Bravo, amico, non c'è bisogno che te la dai a gambe. Io sono Dirk. Fatto buon viaggio? »

John non rispose.

Dirk continuò ad avvicinarsi. Era scalzo, le caviglie gli affondavano nel fango a ogni passo. La maglietta e i pantaloni erano sporchi e laceri, i capelli arruffati. Quando fu a un metro da John, annusò l'aria come un cane e d'un tratto l'espressione da scaltra si fece allarmata. « Per la miseria! Un altro. »

« 'Un altro' cosa? »

All'improvviso Dirk si voltò e raggiunse di corsa il punto in cui era apparso John.

« Duck! Duck! Che t'è successo? »

John si incamminò con cautela verso di lui.

« Hai visto mio fratello? È più alto di me... sembra uno sgombro, ma più brutto. »

« Sei la prima persona che vedo in questo posto. Dove siamo? »

Il ragazzo indietreggiò come se le impronte profonde degli anfibi fossero radioattive. « Gliel'avevo detto di non uscire, gliel'avevo detto che era pericoloso. Ciò che è successo una volta può succedere di nuovo. »

« Cos'è successo? C'entra per caso una donna? »

Dirk cominciò a piagnucolare per la disperazione. « Non posso farcela senza Duck, ho soltanto lui! »

John avrebbe voluto afferrarlo per la maglietta e scuoterlo, ma il tessuto gli sembrava talmente logoro che forse gli si sarebbe sbriciolato tra le mani. « Se non cominci a rispondere alle mie domande, ti farò molto male », lo minacciò, avvicinando il volto al suo. « Hai detto che sono un altro. Un altro cosa? »

Dirk si pulì il naso sporco di moccio con il dorso della mano. « Un altro vivente. »

« E tu non lo sei? » chiese lui con una risatina.

« Io? Vuoi scherzare? Io sono morto più di duecento anni fa! »

John lo fissò senza dire niente.

« Sarà meglio che entriamo », consigliò il ragazzo. « Se arrivano gli spazzini, finirai incatenato mani e piedi. »

John lo seguì, pronto a difendersi se fosse stato necessario.

La casa era buia, a eccezione di un angolo illuminato dal tenue bagliore di un fuocherello nel camino. Quando i suoi occhi si abituarono all'oscurità, John individuò un tavolo rozzo e un paio di sgabelli, due letti simili a brandine e qualche pentola attorno al fuoco. Le assi sfalsate del pavimento erano ricoperte di fango. Era un'abitazione primitiva, ma almeno non puzzava come in strada.

John aprì le imposte sul retro per dare una sbirciata fuori: c'era un piccolo appezzamento di terra coltivata e, meno di un chilometro più avanti, un fiume.

«Hai fame?»

John scosse la testa. Quella mattina aveva fatto colazione in un luogo molto lontano.

Dirk si versò un mestolo di zuppa oleosa in una ciotola e cominciò a mangiarla con un cucchiaio di legno. «Scusa per il buio, devo tenere le imposte chiuse per via degli spazzini. Ho qualche candela, ma non mi va di sprecarle, sono preziose. Birra?»

«Sì, volentieri.»

Dirk prese un piccolo barilotto in un angolo.

«Parli strano, lo sai?»

«Sono americano.»

«Già, l'America... Ne ho sentito parlare.»

«Ah, sì?»

«È da lì che viene il tabacco. Ne hai?»

«No, ho smesso.»

«Perché?»

«Quella roba ti ammazza.»

Dirk riempì due boccali di birra e ne porse uno a John. «È un problema che non mi riguarda. Parlando di cose serie, dov'è Duck? Sai che fine ha fatto?»

John prese un piccolo sorso. Aveva un sapore dolce, simile alla birra d'orzo, e forte. «Non male.»

«Non male? È la migliore birra in circolazione. La preparo io.»

Bevendo un altro sorso, John avvertì un leggero fastidio a un dente. Ci passò sopra la lingua e si accorse che l'otturazione era sparita. Spostando la lingua da una parte all'altra, scoprì che mancavano altre otturazioni, ma per il momento ignorò il problema. « Rispondi alla mia domanda, e ti dirò tutto quello che so su tuo fratello. »

« D'accordo. Cosa vuoi sapere? »

« Che posto è questo? »

« Non lo sai? »

« Amico, non ne ho la più pallida idea. »

I suoi modi affabili sembrarono funzionare. Il volto del ragazzo si addolcì e le labbra cominciarono a tremare. « È l'Inferno, ecco cos'è. »

John scosse la testa. « Sì, me ne sono accorto subito che è un posto di merda, ma non hai risposto alla mia domanda. Dove siamo? »

« Te l'ho detto, all'Inferno. »

John sentì un moto di rabbia crescergli dentro. Avrebbe voluto afferrare quel ragazzo per il collo, ma si trattenne. « Ti do un'altra possibilità, poi comincerò a spezzarti le dita. »

Dirk liquidò la minaccia con un'alzata di spalle. « Tipica reazione. Ce l'hai un nome? »

« John Camp. »

« Come ho detto, John Camp, la tua è una reazione normale. Nessuno crede di essere all'Inferno quando ci arriva. Un istante prima sei vivo e quello dopo sei morto e ti ritrovi qui. Tutti si aspettano gli angeli e i cancelli del Paradiso e cose così, ma non trovano niente di tutto ciò. Se da vivo ti sei comportato male, è qui che finisci. L'Inferno, l'Ade, chiamalo come vuoi. Io e Duck, e tanti altri, lo chiamiamo l'Oltre. »

« L'Oltre? E perché? »

« E che ne so, magari è una cosa della Bibbia. »

« Okay, Dirk, voglio stare al tuo gioco. Quando saresti morto? »

«Nel giugno 1790. L'ultima cosa che ricordo è un prato di papaveri vicino al patibolo. Era una bellissima giornata di sole... Non c'è giorno peggiore per andarsene, avrei preferito la pioggia.»

«Stai dicendo che sei stato impiccato?»

«Sì. Anche Duck, eravamo l'uno accanto all'altro. L'attesa è stata terribile, ma non il momento dell'impiccagione. Si è aperta la botola e un istante dopo ero qui. Dolore non ne ho sentito.»

«Perché siete stati impiccati?»

«Abbiamo ammazzato il panettiere. Non volevamo ucciderlo, solo prendergli il borsello, ma lo abbiamo randellato troppo forte sulla testa. Il giorno dopo eravamo già sulla forca.»

«Non mi sembra che tu abbia il collo spezzato, e neppure dimostri più di duecento anni.»

«L'unica cosa buona di questo posto è che ci arrivi tutto intero, anche se sulla Terra ti hanno fatto a pezzi. Questo però non vuol dire che sei... come si dice... invulnerabile. Puoi rimanere ferito. Però non invecchi. Hai per sempre l'età che avevi quando sei morto.»

John si era sempre vantato di saper distinguere le menzogne dalla verità. In Afghanistan aveva condotto numerosi interrogatori e, nonostante le differenze culturali, molto spesso era riuscito a capire se i prigionieri erano sinceri o no. Gli uomini sono uomini, a qualsiasi latitudine. Se qualcuno gli raccontava frottole, di solito lui se ne accorgeva dallo sguardo. E quello di Dirk era praticamente fermo davanti a sé. Prima che potesse fargli un'altra domanda, John sentì come un rombo all'esterno. Qualche secondo dopo, alcuni cavalli al galoppo si fermarono davanti alla casa, nitrendo e sbuffando.

« È arrivato qualcun altro? » urlò un uomo. « Avanti, portateli fuori. Ho un bel gruzzoletto qui con me. »

« Zitto », sussurrò Dirk. « E non guardare fuori. »

« Dirk? Duck? Ci siete? Non è che ne avete un altro speciale, eh? »

« Dammi un motivo per cui non dovrei vendergli il tuo culo », bisbigliò il ragazzo.

« Gli hai per caso consegnato una donna di nome Emily? »

« Perché non avrei dovuto? Da queste parti non è facile intascare qualche pezzo d'argento. »

John si alzò stringendo i pugni per la rabbia.

« Fermo o urlo che sei qui », lo minacciò Dirk.

« Fallo, e non rivedrai mai più tuo fratello. È questo che vuoi? »

Dirk scosse la testa. « È tutto quello che ho. »

« Allora ascoltami bene. Io so dov'è, e sono l'unico che può riportarlo qui. Ma ti aiuterò solo se tu aiuterai me. »

Qualcuno bussò con forza alla porta.

« Nasconditi sotto il letto. Fa' in fretta, o sei spacciato. » Poi, alzando la voce, Dirk disse in direzione della porta: « Arrivo, arrivo! »

« È a lui che hai venduto Emily? » chiese John mentre si infilava sotto uno dei due letti.

« Sì. Sbrigati! »

« Sai dov'è? »

« No. »

« Chiediglielo. Scoprilo. »

Dirk aprì la porta e un soldato robusto e barbuto, con una tunica di pelle e una spada nella cintura, lo guardò in cagnesco. « Perché ci hai messo tanto? »

« Mi stavo tirando l'uccello. »

« Trovati una donna. »

«Non ce ne sono molte da queste parti, capitano.»

«Potresti sempre farti tuo fratello. O una capra.»

Il soldato lo spinse bruscamente da parte ed entrò in casa strizzando gli occhi. «Dov'è Duck?»

«Non c'è. A proposito di donne, com'è andata con la vivente?»

«Non sono affari che ti riguardano.» Il soldato prese uno dei boccali. «Chi altro c'è in casa?»

«Nessuno. Quello è di Duck.»

«Ed è uscito senza finire la sua birra?»

«Abbiamo litigato. Gli ho mollato un pugno e se n'è andato.»

«Davvero?»

«Davvero.»

Il soldato cominciò a guardarsi attorno con aria sospettosa.

Dalla sua posizione, John riusciva a vedere un paio di stivali alti fino al ginocchio che facevano scricchiolare le assi del pavimento. Quando si fermarono a pochi passi da lui, sentì l'uomo annusare l'aria.

«Cos'è questo odore?»

«Quale odore?»

«Questo.» Il soldato scaraventò via il letto. «In piedi!» urlò, sguainando la spada.

John si alzò lentamente.

«Un altro vivente! In cinquecento anni che sono qui, non ne avevo mai incontrato uno, e adesso ne vedo due in pochi giorni. Qual è il tuo nome?»

«John Camp. E il tuo?»

«Faresti bene a chiamarmi 'signore' e 'padrone'.» Poi, tenendolo sotto tiro con la spada, gli intimò di uscire.

«Mi porterai dove hai condotto la donna?»

«Non credo, quelli come te hanno un altro mercato.»

« Dimmi dov'è. »

« Qui le regole sono facili. Obbedisci e non fare domande. »

« Allora temo che non verrò con te. »

« Ti farà a fette », lo mise in guardia Dirk.

John prima lanciò un sorriso amichevole al soldato, poi si avventò fulmineo contro di lui, spostandogli la mano armata con l'avambraccio e sferrandogli un potente pugno sul naso piatto. Un fiotto di sangue sgorgò dalle narici e l'uomo si portò d'istinto la mano libera sul volto. John ne approfittò per piegargli il polso all'indietro e impossessarsi della spada, quindi gli diede un calcio sul mento. Benché stordito, lo spazzino riuscì a estrarre un pugnale dalla cintura e si scagliò su di lui con occhi di fuoco, ma John sollevò la spada e lo infilzò all'altezza dell'ombelico. L'uomo emise un verso strozzato e si afflosciò.

Allertati dai rumori della colluttazione, gli altri soldati si precipitarono nella casa. Erano in quattro, ma l'oscurità all'interno fu un alleato prezioso per John. Ebbe solo un secondo per prendere familiarità con la spada che impugnava nella mano destra: corta e pesante, aveva una larga lama doppia e una punta acuminata. Non ne aveva mai usata una in combattimento, ma era molto abile con il coltello. Lanciando uno spaventoso urlo di guerra, attaccò il primo soldato che aveva varcato la soglia e, un istante dopo, nella stanza si levò il clangore delle spade che s'incrociavano. Vedendo bloccata l'unica via di fuga, Dirk s'infilò sotto il secondo letto. Sfruttando il fatto che i suoi occhi erano già abituati alle tenebre, John portò alcuni attacchi precisi che costrinsero il soldato a indietreggiare e, dopo avergli bloccato la mano armata, gli sferrò un calcione al petto. L'uomo barcollò all'indietro, facendo cadere il compagno che gli era alle spalle, ma il suo posto fu subito preso da un altro soldato, che sembrava molto più abile con la spada.

Il fragore metallico delle lame venne interrotto da un suono sordo quando la spada di John trapassò lo sterno dell'avversario. L'uomo cadde in ginocchio, portandosi le mani al petto. Altri due spazzini si fecero subito avanti, imprecando e affondando i colpi. Uno dei due riuscì a deviare la sua spada, l'altro lo colpì alla fronte con il pomo della spada, facendolo indietreggiare di qualche passo. John cercò di ignorare il dolore e di recuperare la lucidità, ma aveva poco tempo a disposizione: i due soldati sollevarono le spade per infliggergli il colpo di grazia. Disperato, l'ex Berretto Verde impugnò l'arma con entrambe le mani e, con un ampio fendente parallelo al pavimento, squarciò la gola a entrambi. Due geyser di sangue caldo schizzarono dalle ferite.

Buumm!

L'inconfondibile suono di un proiettile di grosso calibro si levò nella stanza, che per un brevissimo istante fu illuminata a giorno.

Sentendo un dolore lancinante al braccio sinistro, John vide un altro soldato sulla porta con una pistola fumante in mano. Era giovane e sembrava spaventato. Il proiettile successivo, esploso da meno di un metro di distanza, lo avrebbe centrato in pieno. Sarebbe morto in quel luogo, ed Emily non sarebbe mai più riuscita a tornare indietro.

Attese un lungo secondo. Poi un altro.

E poi venne colpito, non da una pallottola, ma da una rivelazione: quell'arma non avrebbe sparato una seconda volta.

Era una pistola a pietra focaia, un pezzo da museo.

Il soldato lasciò cadere l'arma e cercò di sguainare la

spada, ma John con uno slancio repentino gli affondò la sua lama nel ventre.

Spossato e ansimante, John si piegò sulle ginocchia. Aveva già ucciso in passato, però mai in quel modo. Era stato brutale e primitivo, niente a che vedere con gli scontri a fuoco cui era abituato.

Il pavimento era scivoloso per via del sangue.

Dirk uscì da sotto il letto ed emise un fischio sonoro. « Mai visto nessuno maneggiare così bene la spada! Sei per caso un soldato, John Camp? »

« Un tempo », rispose lui, tentando di riprendere fiato.

« Buon per te, ti tornerà utile. » Dirk scavalcò i cadaveri e sbirciò fuori: c'erano solo i cavalli impastoiati. « Non ce ne sono altri », disse, prima di accendere una candela.

John si tolse la giacca e la maglietta per controllare la ferita. Per fortuna era poco profonda, e bastò fasciarla stretta con un lembo della maglietta che aveva tagliato con la spada.

Dopo aver messo la giacca direttamente sulla canottiera, raccolse la pistola e frugò nelle tasche del cadavere. Trovò due borse, una con un corno colmo di polvere da sparo e l'altra piena di pallottole di piombo e ovatta. John era in grado di usare qualsiasi arma da fuoco, comprese quelle antiche. « Avevo una pistola, ma è sparita nel nulla. » Versò la polvere da sparo nella canna, vi lasciò cadere un proiettile e un po' di ovatta e compresse il tutto con la bacchetta del caricatore. Per finire, esaminò la pietra focaia e innescò lo scodellino.

« Il metallo non passa », spiegò Dirk. « Solo carne, ossa e vestiti. Andiamo, ti porto da un uomo che ti aiuterà a scovare la donna che stai cercando. Poi tu mi aiuterai a trovare Duck, giusto? »

« Mantengo sempre la mia parola. » John prese la candela e iniziò a perquisire gli altri cadaveri, ma si rialzò di scatto. « Cristo onnipotente! »

I soldati mostravano segni di vita: quelli con le ferite al petto e all'addome si contorcevano debolmente, i due sgozzati aprivano e chiudevano la bocca come pesci fuor d'acqua.

« Sono ferite mortali... Non possono essere ancora vivi. »

Dirk ridacchiò. « Nessuno muore nell'Oltre. Ecco una cosa che non ti ho ancora detto: non c'è modo di andarsene da qui. »

6

« Presto, prendetelo! » urlò un agente dell'MI5.

Trevor invece ordinò di non muoversi. Un altro agente chiese al personale del laboratorio di evacuare la sala controllo e tutti si diressero verso le uscite in modo rapido ma ordinato.

Il ragazzo alto e magro non impugnava nessuna arma. Immobile nel punto in cui fino a un istante prima c'era John, tremava come un cagnolino bagnato e infreddolito. Trevor capì che la forza non era necessaria, quindi rinfoderò la pistola. « Come ti chiami? »

In preda al panico, lo sconosciuto fissava gli uomini con le pistole puntate sul suo petto.

« Non avere paura, non ti faremo del male. Io mi chiamo Trevor. E tu? »

« Duck. »

« Duck? »

« Sì. »

« Gran bel nome... Sì, mi piace. Allora, Duck, adesso andiamo a fare due chiacchiere in un posticino tranquillo, va bene? Ma prima devo perquisirti. »

« Perquisirmi? E che vuol dire? »

« Devo controllare che tu non abbia armi nascoste. »

« Mio fratello ha un coltello, io non ho niente. »

« Ho capito. Posso controllare lo stesso? »

Duck deglutì e annuì.

Trevor gli palpò la maglia maleodorante e i pantaloni

lerci, poi gli fece sfilare le scarpe inzaccherate di fango. Il tanfo dei piedi lo fece sobbalzare. «Okay, sei pulito... Quanti anni hai, Duck?»

«Bella domanda.»

«Non lo sai? Secondo me ne hai diciotto o diciannove. Venti al massimo.»

«Ah, questo intendevi! Ho diciannove anni.»

«Sì, questo intendevo. Che avevi capito?»

«Gli chieda da dove viene, per l'amor del cielo!» sbottò Henry Quint, che era rimasto nella sala controllo.

«Chi è quello?» chiese Duck, allarmato. «Il signore di questa contea?»

«Sì, in un certo senso», rispose Trevor. «Gli chiederò anche questo, dottor Quint, mi lasci però fare le cose a modo mio, okay?»

Quint biascicò qualcosa mentre faceva scattare nervosamente la penna a sfera.

«Abbassate le armi», ordinò Trevor agli agenti. «Duck farà tutto quello che gli diremo di fare, da bravo ragazzo. Dico bene, Duck?»

«Dove siamo?»

«A Dartford, in Inghilterra.»

«Non sembra Dartford, questa.»

«La conosci?»

«Ci sono nato!»

«Okay, Duck. Mi sa che noi due abbiamo molto di cui parlare. Prima però ti farai una doccia e ti metterai qual cosa di pulito. Hai fame? Sete?»

«Birra ce n'è?»

«Sono certo che te ne troveremo una», sorrise Trevor.

« Dov'è il ragazzo? » chiese Quint.

A metà pomeriggio, Trevor era stanchissimo. Era stata una giornata assurda.

« Sta facendo un pisolino in uno degli alloggi riservati alle guardie notturne. »

« È sotto sorveglianza? »

Nell'ufficio del direttore c'era anche Ben Wellington. Il capo degli agenti di sicurezza dell'MI5 aveva seguito Trevor come un'ombra tutto il giorno. Era uno degli elementi più qualificati dell'agenzia, con studi conseguiti a Eton e Oxford, il tipo d'uomo destinato a raggiungere i vertici dei servizi di sicurezza. Indossava un completo su misura nuovo di zecca e una cravatta di seta; i capelli erano tagliati di recente. « Ci sono tre agenti davanti alla porta, chiusa a chiave dall'esterno, e telecamere nella stanza e in bagno. »

« Non c'è pericolo che fugga », intervenne Trevor. « E, in tutta franchezza, non credo proprio che abbia voglia di farlo. Sembra decisamente felice di stare qui a mangiare e a bere quanto vuole. »

« Wellington, mi dica cos'ha scoperto », disse Quint.

« È meglio che veda la registrazione dell'interrogatorio. E suggerisco di mostrarla anche durante la videoconferenza delle diciotto. »

« D'accordo. »

« Si allacci la cintura di sicurezza », sghignazzò Trevor.

« Cosa intende? »

« Potrebbe cadere dalla poltrona. »

Trevor selezionò il file nel server del dipartimento di sicurezza e fece partire il filmato. Come sua abitudine, Quint cominciò a prendere appunti su una delle sue agendine, ma poco dopo lasciò cadere la penna e si limitò a fissare le immagini. Duck, seduto all'estremità del tavolo fra Trevor e Wellington, indossava una tuta arancione che gli andava troppo larga, sebbene fosse la taglia più piccola in dotazione. Nel corso dei quaranta minuti di interrogatorio, il ragazzo non fece che dimenarsi sulla sedia, grattarsi e chiedere continuamente biscotti al cioccolato e Coca-Cola.

Dopo dieci minuti, Quint chiese di fermare il filmato. « Voi credete a questa roba? »

Wellington sollevò una mano in segno di impotenza. « Al momento è impossibile dimostrare la veridicità di quello che ci ha raccontato. A differenza di Brandon Woodbourne, la cui morte nel 1949 è documentata, Duck è stato giustiziato nel 1790, o almeno così lui dice. Dubito che troveremo dei resoconti di questa presunta esecuzione, ma, a quanto mi ha riferito la nostra sezione di ricerca storica, nel XVIII secolo c'era una trentina di giornali a Londra e nei vari distretti. Ho già mandato alcuni uomini alla British Library. »

« Sembra tutto così assurdo... E che razza di nome è Duck? »

« Gliel'ho chiesto mentre gli davamo una ripulita », rispose Trevor. « A proposito, non sapeva far funzionare la doccia, ne era spaventato... Per non parlare di come ha reagito quando abbiamo tirato lo sciacquone del water. A ogni modo, non ho mai visto così tanto sporco venire via da un essere umano. Tornando al nome, mi ha spiegato che i suoi genitori lo chiamavano così perché camminava come un'anatra.* Dice di avere un fratello maggiore che si chiama Dirk. E comunque, nonostante la doccia, puzza ancora. »

* *Duck* si traduce in italiano con anatra. (*N.d.T.*)

Quint gli chiese di spiegarsi meglio.

« Una puzza tipo di carne marcia, come un cadavere in decomposizione da un paio di giorni. »

« Un odore davvero sgradevole », aggiunse Wellington. « Ho mandato a chiamare un medico e un'infermiera dell'agenzia, più tardi sottoporremo il ragazzo a una serie di analisi. »

« Va bene, fate ripartire il filmato. » Terminata la visione, Quint si alzò e si versò una tazza di caffè.

« È d'accordo con me nel mostrare questo filmato ai suoi superiori? »

« Sì », rispose il direttore, risiedendosi. « Vedere per credere, come si suol dire. Anche se, come scienziato, tutto questo mette a durissima prova il mio intero sistema di credenze. »

« Duck e Brandon Woodbourne vengono dal luogo dove, a detta del ragazzo, adesso si trova la dottoressa Loughty », osservò Trevor. « Possiamo solo presumere che vi sia finito anche John. »

Wellington annuì. « Abbiamo prove inoppugnabili che Woodbourne sia morto alla fine degli anni '40, eppure adesso sembra vivo e vegeto. E ci sono pochi dubbi che lo stesso valga per Duck. Se la British Library dovesse rivelarsi un buco nell'acqua, chiederemo a un linguista di studiare il modo di esprimersi del ragazzo per scoprire se è compatibile con quello del XVIII secolo. Oltre a ciò, dobbiamo basarci su quello che abbiamo: la descrizione di questo luogo chiamato Oltre. »

« Con Duck abbiamo appena iniziato », intervenne Trevor. « Riprenderemo l'interrogatorio quando si sveglierà, lo spremeremo come un limone finché non ci avrà detto tutto quello che sa sul suo mondo. »

« Come ha avuto modo di constatare, dottor Quint, il

ragazzo è poco concentrato, infantile e non molto sveglio. Sarà un'impresa 'spremerlo come un limone', per usare l'espressione di Trevor, ma è indispensabile farlo subito. Più informazioni raccogliamo, maggiori possibilità avremo di comprendere Brandon Woodbourne e ciò con cui abbiamo a che fare. »

Trevor aprì il portatile e selezionò la telecamera fissa sul letto di Duck, che dormiva profondamente con il piumino tirato fino al collo e un'espressione beata sul giovane volto. « Non abbiamo molto tempo, l'acceleratore verrà riattivato tra sei giorni e mezzo. Dobbiamo fare tutto quanto in nostro potere per trovare Woodbourne. Quanto a John, ci scommetto la testa che sta facendo l'impossibile per rintracciare Emily in questo posto dimenticato da Dio. »

Des e Adele Fraser, una coppia sui sessant'anni, poggiarono le valigie sul vialetto d'ingresso della loro casa su Hillside Road. Avevano preso un taxi da Gatwick a Crayford, pochi chilometri a ovest di Dartford, perché il figlio era a Manchester per lavoro. Era mezzogiorno e il sole splendeva luminoso.

« Hai tirato tutte le tende quando siamo partiti? » chiese Des alla moglie.

Lei guardò le finestre della modesta villetta a schiera. « Non mi ricordo. Siamo partiti due settimane fa... sembra passato un secolo. »

« Intanto entra, io penso alle valigie. »

Adele lasciò la porta aperta per il marito, che prima prese le borse più leggere e poi tornò fuori per quella più pesante. Dopo averla sistemata nell'ingresso, si lamentò per i dolori alla schiena e disse che non sapeva se ce l'avrebbe fatta a portarla in camera da letto al piano superiore. Poi, con la coda dell'occhio, notò che la moglie in salotto era immobile come una statua e che non si era ancora sfilata il cappotto. «Tutto bene, cara?»

Un uomo spuntò da dietro la parete puntandogli contro una pistola. «Chiudi la porta. E il becco.»

«E tu chi sei?» fece Des, con aria indignata.

«Fa' come ho detto o ammazzo la signora», lo minacciò Woodbourne.

Des chiuse la porta e si avvicinò alla moglie. Il salotto era sottosopra, con il pavimento cosparso di lattine di cibo vuote, utensili e piatti rotti.

«Sedetevi. Tu, come ti chiami? Preparami qualcosa da mangiare. Non ne posso più di cibi in scatola.»

«Adele», rispose la donna, con la voce ridotta a un sussurro per la paura.

«Va bene, Adele, cucinaci qualcosa di buono. Se provi a scappare dal retro, faccio secco tuo marito senza pensarci due volte. E ho tagliato i cavi del telefono, quindi non prenderti il disturbo.»

«Devo controllare che in dispensa ci sia qualcosa da mangiare, siamo stati via due settimane.» Si tolse il cappotto e, dopo aver scambiato un'occhiata disperata con il marito, si diresse in cucina.

«Quello è un televisore, vero?» Woodbourne indicò lo schermo piatto con la pistola.

«Certo.»

«Non vedo il tubo catodico e non so come si accende. Pensaci tu.»

«Bisogna usare entrambi i telecomandi.»

Woodbourne si guardò attorno. «E cosa sarebbero?»

«Questi.» Des li raccolse dal tappeto. «Uno è per il televisore, mentre l'altro è per la TV via cavo.»

« Fallo e basta. »

« Che canale? »

« Mi prendi in giro? La BBC. »

« Uno, due, tre o quattro? »

« Non fare il furbo con me, c'è solo un canale. Voglio sentire se al notiziario parlano di me. »

Des mise sul canale delle news della BBC. Quando vide le immagini a colori, Woodbourne rimase sorpreso e meravigliato.

« Perché dovrebbero parlare di te? Cos'hai fatto? »

« Le solite cose... Venni, vidi, vinsi. Chi è che l'ha detto? Mi sfugge sempre il nome. »

« Giulio Cesare. »

« Sì, lui. Ce l'hai un transistor? »

Des osservò Woodbourne con curiosità. Non sembrava avere più di quarant'anni e gli abiti che indossava – una camicia e un paio di pantaloni presi dal suo armadio – facevano risaltare il fisico muscoloso. I capelli neri erano pettinati e impomatati all'indietro. Il suo corpo puzzava di putrefazione e di bagnoschiuma femminile. « Un transistor... Erano secoli che non sentivo chiamare così una radio. Sul comodino accanto al letto c'è una radiosveglia. »

« Ecco cos'era quell'affare... Non sono riuscito ad accendere neppure quello. »

« Perché sei qui? »

Woodbourne attraversò la camera zoppicando e strofinandosi la coscia. « Un amico viveva da queste parti, ma non sono riuscito a trovare la sua casa. L'avranno demolita. Avevo bisogno di un tetto sulla testa e visto che qui non c'era nessuno sono entrato. La mia auto è in garage. Quella nel vialetto è la tua? »

« Sì. »

« Perché l'avete lasciata qui? »

«Siamo andati a trovare nostra figlia in Australia.»

«Un bel viaggio, eh?»

«Ho notato che zoppichi. Sei ferito?»

«Sto bene, è solo un graffio.»

«Senti, perché non te ne vai dopo che hai mangiato? Non chiameremo la polizia.»

«È quello che dicono tutti.»

«Quindi non è la prima volta che fai una cosa del genere...»

«Ci hai preso.»

Non passò molto prima che una sua foto apparisse in TV, un'immagine delle telecamere del MAAC.

«*Ancora nessuno sviluppo sul caso dello sconosciuto che ha fatto irruzione nel laboratorio del MAAC a Dartford, interrompendo un importantissimo esperimento scientifico. In seguito quest'uomo ha preso in ostaggio e ucciso la giornalista Priscilla Knowles, che si trovava sul posto per seguire l'evento. Nonostante la più massiccia caccia all'uomo nella storia del Kent, l'assassino è ancora a piede libero. A questo proposito, le autorità invitano di nuovo i cittadini a chiamare il numero in sovrimpressione se dovessero avvistare il fuggitivo che, ricordiamo, è armato ed estremamente pericoloso.*»

«Dunque non sapevate niente di me?» Woodbourne sembrava soddisfatto.

Le mani di Des avevano cominciato a tremare. «Ne avevamo sentito parlare a Adelaide.»

«Quel giornalista non ha raccontato neppure metà della storia», disse Woodbourne, con uno strano sorriso.

«Non ho bisogno di sapere altro. Devo andare in bagno, posso?»

«Vai pure.»

Des passò davanti alla cucina e rivolse alla moglie stravolta una parola di conforto.

La porta del bagno non aveva la chiave, così vi si appoggiò con la schiena e tirò fuori dalla tasca il cellulare. Stava per comporre il numero delle emergenze quando Woodbourne entrò con una spallata.

«Non chiuderti dentro. Che hai lì?»

«Il mio cellulare», biascicò lui.

«L'unica cosa che voglio vederti in mano è l'uccello. Da' qua.» Dopo averlo studiato per un po', chiese: «A che serve?»

«Non lo sai?»

Woodbourne lo afferrò per il colletto della camicia, lo trascinò di peso in salotto e lo spinse sul divano. «Se l'avessi saputo non te l'avrei chiesto, paparino.»

Ora Des era terrorizzato. «Non hai idea di cosa sia un cellulare. Non sai accendere un televisore e non ne hai mai visto uno a colori. Parli di transistor... Chi sei? Dove sei stato tutto questo tempo?»

«Vengo dall'Inferno.»

«Sono certo che hai passato un brutto periodo, ma, ti prego, non farci del male. Noi non ti abbiamo fatto niente...»

Woodbourne annusò il profumo di pancetta e uova proveniente dalla cucina. «Mi sa che non hai capito. Io *ero* all'Inferno. Sai cosa è successo l'8 aprile 1949?»

«No.»

«All'alba mi hanno portato nel cortile della prigione di Dartford, dove era stato allestito un patibolo, tutto per me. Riesco ancora a sentire l'odore della segatura. C'era un giovane prete brufoloso con una Bibbia, ma gli ho detto di togliersi dalle palle. Tutto è successo talmente in fretta che quasi non ho avuto il tempo di pensarci. Un tizio mi ha messo un cappuccio sulla testa e un cappio al collo e ha tirato una leva. Un istante dopo stavo penzolando nel vuoto. È stato come volare, ma è durato un attimo.»

«Stai dicendo che sei stato giustiziato nel 1949?»

«Proprio così. E poi sono finito dritto all'Inferno, il posto più squallido che tu possa immaginare. Pensavo che ci sarei rimasto per l'eternità, come tutti gli altri, e invece pochi giorni fa mi sono ritrovato dalla parte giusta della barricata. Sessantacinque anni dopo. Ancora non ci credo.»

«Sei pazzo», mormorò Des, scuotendo il capo.

La risata fragorosa di Woodbourne fece fermare di colpo Adele, che proprio in quel momento stava tornando in salotto con un vassoio.

«Se potessi scambiare quello che ho passato con un po' di manicomio, non ci penserei un secondo.»

7

John aveva già cavalcato in passato, ma non era certo esperto. La sella era sottile, con un pomolo sporgente e un arcione basso, mentre le staffe erano troppo alte per le sue gambe. Approfittando della docilità della sua giumenta marrone, smontò per regolarle.

« Ce la fai? » Dirk montava senza difficoltà uno stallone nero.

« Chi vivrà vedrà. Comunque preferirei una sella decente, o meglio ancora un'auto. »

« Tutti i nuovi arrivati si lamentano di ciò che avevano da vivi e che qui non hanno. Il mio consiglio è sempre lo stesso: smettila di frignare. È già una fortuna che non dobbiamo camminare. »

I due cavalli presero a trottare sulla strada melmosa. La spada sporca di sangue batteva ritmicamente contro la coscia di John, inguainata nel fodero che aveva preso a uno dei soldati. La pistola a pietra focaia, troppo ingombrante e pesante per tenerla in tasca, era in una sacca assieme alla polvere da sparo e alle pallottole. John sussurrò qualcosa alla giumenta e le carezzò la nuca, chiedendole di non fare nulla di strano, poi, con un leggero colpo di redini, la spronò ad aumentare l'andatura per stare al passo con lo stallone del ragazzo. La ferita alla spalla pulsava a ogni scossone, ma lui stringeva i denti.

Qualche centinaio di metri dopo, il piccolo villaggio lasciò il posto a un territorio selvaggio. Sotto un cielo senza vita, John e Dirk si facevano largo tra vaste distese di erbaccia incolta e giunchi di palude.

« Come si chiama questo posto? »

« Dartford. »

« Come sulla Terra. »

« Non c'è motivo di chiamarlo in un altro modo, no? »

« Che accadrà ai soldati? »

« Ci penseranno gli abitanti del villaggio. I cavalli verranno mangiati, per evitare che la carne imputridisca. Probabilmente ne terranno uno per arare la terra. »

« Che vuol dire che ci penseranno gli abitanti del villaggio? »

« Lo scoprirai molto presto. »

« Dove stiamo andando? »

« A Greenwich. »

« La geografia di questo posto è simile a quella della Terra? »

« Cos'è la geografia? »

« La posizione dei fiumi, delle colline, delle montagne... »

« Io non mi sono mai spinto più lontano di Londra, ma qui ogni cosa è come la ricordo da vivo. »

« Chi è l'uomo che incontreremo? »

« Come ti ho detto, è qualcuno che potrebbe aiutarti a trovare la tua signora. »

« Ha un nome? »

« Fai un sacco di domande, lo sai? »

« Credimi, ho appena cominciato. »

« Solomon Wisdom. »

John non trattenne una risatina. « Mi sa che è un tipo molto saggio, eh? »*

Dirk annuì con convinzione. « Molto saggio, sì. Ed è anche ricco. »

Poco dopo, raggiunsero il fiume che John aveva scorto dalla finestra sul retro della casa di Dirk. Il corso d'acqua era ampio e la corrente era impetuosa. Non c'erano segni di vita sulle due rive, ma in lontananza, a est - sempre che i punti cardinali di quel luogo corrispondessero a quelli della Terra -, c'era una barca a vela che procedeva nella direzione opposta alla loro.

« Il Tamigi? »

« Sì. Lo seguiremo fino a Greenwich. Non è la strada più breve, ma è la più sicura. Bexley è un postaccio, va a finire che ci cacciamo nei guai. »

Sulla sponda opposta, una fila di piloni disposti a distanza regolare l'uno dall'altro si estendeva a perdita d'occhio. Sembravano pali telefonici.

« E quelli che sono? »

« Non ne ho idea, ma non sono qui da molto. Che ne dici se aumentiamo l'andatura? Sarà meglio arrivare a Greenwich prima che faccia buio. »

« Perché? »

« Gira un mucchio di gentaglia, la notte. »

Cavalcarono in silenzio per circa un'ora, con gli zoccoli che battevano pesantemente sull'erba umida, finché Dirk non tirò le redini e si fermò.

« Meglio far abbeverare i cavalli. »

Gli animali infilarono subito il muso nell'acqua e si

* *Wisdom* si traduce in italiano con « saggezza ». Inoltre, il nome Solomon è un chiaro riferimento a re Salomone, figura biblica celebre proprio per la sua saggezza. (*N.d.T.*)

dissetarono. John rimase a osservare un falco che, dopo aver disegnato cerchi sempre più stretti nel cielo, si lanciò in picchiata tra i giunchi e ne riemerse con una preda tra gli artigli.

«Le bestie possono morire?»

«Sì, loro sono fortunate, hanno un modo per andarsene da qui.»

«Che posto del cazzo...»

Facendo un verso di assenso, Dirk strappò una manciata d'erba e la porse al suo stallone.

John lo imitò e diede da mangiare alla giumenta. Poi raccolse dell'acqua con le mani a coppa e l'annusò. «Si può bere?»

Dirk fece un sorrisetto.

«Domanda stupida, vero?» L'assaggiò e, dal momento che sembrava buona, bevve anche il resto. «Qui è sempre così?» chiese, indicando il cielo.

«'Così' come?»

«Il clima...»

«Dipende dalla stagione. A volte fa un caldo schifoso, altre un freddo cane. È quando c'è una via di mezzo come oggi che si sta bene.»

«Sulla Terra è lo stesso.»

«No, non è lo stesso. Qui il sole non si vede mai, c'è sempre una specie di foschia. All'inizio ti mancano la luce e quella sensazione di calore, poi ci fai l'abitudine.»

«E senza il sole come lo calcolate lo scorrere del tempo?»

«Per quanto mi riguarda, non c'è bisogno di calcolare un bel niente. Prima è buio, poi c'è la luce, che altro ti serve sapere?»

John aveva bisogno di un sistema migliore: di lì a sette giorni, i tecnici del MAAC avrebbero riavviato il sincrotrone per riportarlo sulla Terra assieme a Emily. « Non hai un orologio? »

« So cosa sono, ma non ne ho mai visto uno. Andiamo, rimettiamoci in marcia. »

Lungo il cammino, s'imbatterono in altri campi arati di recente, pronti per la semina. Come sulla Terra, anche lì era primavera. Eppure non sembrava proprio un periodo rigoglioso e carico di speranza. Non c'era rinascita, a Oltre.

Delle colonne di fumo e alcune piccole imbarcazioni apparvero in lontananza.

« Quella è Thamesmead », annunciò Dirk, rallentando l'andatura. « È un villaggio abbastanza grande. Sarebbe bene aggirarlo, ma noi tireremo dritti, senza dare nell'occhio. Se dovessimo imbatterci in qualche piantagrane, ci penserai tu a cavarci fuori dai guai. Va bene, John Camp? »

« Come faccio a non dare nell'occhio vestito così? »

« Il problema non è questo – tutti gli ultimi arrivati sono vestiti più o meno come te –, ma il tuo odore. »

« Che ha che non va? »

« È diverso dal nostro, sa di carne fresca. La donna aveva il tuo stesso odore. »

« Qualche giorno senza lavarmi e non sarà più un problema. »

« Vedremo. »

« Era spaventata? » chiese John.

« La donna? »

« Si chiama Emily. »

« Qui le donne sono rare, non ne ho viste arrivare molte... Però posso dirti che la tua Emily era spaventata, sì, ma mi è sembrata anche una tipa forte, più simile a un uomo da questo punto di vista. Si è difesa con le unghie quando gli spazzini sono venuti a prenderla. Ha rotto un paio di nasi.»

«Non ho difficoltà a crederlo», sorrise John.

Poco fuori Thamesmead, affiancarono un carretto trainato da un mulo che portava un carico di erba di palude. Il vecchio conducente si voltò spaventato e, mentre veniva superato, lanciò loro uno sguardo torvo.

Il villaggio era diviso in due da una strada malmessa. Sul lato del fiume, sorgevano piccole casupole di fango dal tetto di canne, mentre sulla riva c'erano rozze barchette a remi e reti da pesca ammucchiate. Un intenso tanfo di pesce marcio appestava l'aria. Le costruzioni sul lato interno erano più solide: le più piccole ricordavano le casette con il tetto di paglia di Dartford, le più grandi erano strutture di legno a due piani con l'intonaco screpolato. Alcune galline beccavano di qua e di là, vicino a poche capre impastoiate. Qualche edificio aveva una stalla sul retro, da cui facevano capolino i musi di cavalli ossuti, di certo meno in salute di quelli cavalcati da John e Dirk. Un uomo uscì da una casetta con il tetto di paglia, vide i due stranieri e tornò indietro come un topo terrorizzato. Alcuni suoni metallici si levavano da una baracca priva della porta, all'interno della quale un omone stava lavorando sull'incudine. Il martello rimase fermo a mezz'aria quando il fabbro li vide passare.

«Non ci sono chiese», sussurrò John.

«Qui non ne abbiamo bisogno», ghignò il ragazzo.

Un terrapieno di una ventina di metri sovrastava il villaggio. Appollaiata sulla cima c'era una specie di fortezza, un tozzo edificio di pietra che, se fosse stato più alto, avrebbe ricordato una torre normanna. Era quasi come se la gente del villaggio fosse rimasta all'improvviso a corto di pietre. La torre tronca aveva alcune feritoie che davano sul fiume e un grosso portone di legno.

« Abbassa lo sguardo », lo mise in guardia Dirk. « Non dobbiamo attirare l'attenzione del signorotto locale. »

« È uno cazzuto? »

« Che vuol dire 'cazzuto'? »

« Ha le palle quadrate? »

« Be', non ho mai avuto l'occasione di controllargli i gioielli di famiglia... Non so che forma abbiano, ma non credo proprio che ti piacerebbe sciacquarti il gargarozzo in sua compagnia. »

« Dirk, mi sa che io e te avremo bisogno di un interprete. Anche Solomon Wisdom è un signorotto? »

« Nient'affatto. Lui è un mercante. »

« Ah, sì? E cosa tratta? »

« Ma i poveracci che finiscono qui, ovviamente! » ridacchiò Dirk.

Mentre attraversavano il villaggio, John rimase di nuovo sopraffatto dal fetore repellente che aveva già sentito a Dartford.

« Cos'è questa puzza? Fogne? »

Dirk annusò l'aria, come se lui non avesse sentito niente. « Forse. Comunque mi sa che siamo vicini alle celle di putrefazione. »

« E sarebbero? »

« Posti schifosi, ma non mi va di parlarne. Se vuoi, fattelo spiegare da Mr Wisdom. »

Un gruppo di uomini lerci si riversò fuori da una casupola senza porta, una specie di bottega con un barile di birra su un tavolo, e circondò i due nuovi arrivati.

« Siamo spacciati », disse Dirk tirando le redini. « Tu sta' buono e lascia parlare me. »

John si concentrò sul capo del gruppo, un giovanotto a

torso nudo con un grosso randello. A giudicare dalle chiazze di sangue rappreso sul cranio, si era rasato i capelli di recente. Il petto pallido e flaccido era ricoperto di tatuaggi decisamente moderni. Sembravano simboli di una gang.

« E voi chi cazzo siete? » disse con ferocia, indicandoli con il bastone.

« Ehi, amico, lasciaci passare, siamo in missione per conto del re. »

« Non sono tuo amico, ragazzo. Scendete da quei cazzo di cavalli. »

Spaventato, Dirk stava per obbedire, ma John gli intimò di restare in sella.

« Che problemi hai, bellezza? » chiese il bandito, aggrottando la fronte. « Sei duro di comprendonio? »

Un uomo più anziano gli puntò contro l'indice. « Non senti niente, Reggie? Non ha il nostro stesso odore. »

« Scusami tanto, stupido bastardo. Sono in questo posto da troppo poco tempo per notare la differenza tra i vari aromi della merda, e quindi, no, non sento niente. Ma ti dico cosa vedo: un paio di cazzoni su due cavalli, probabilmente sgraffignati ai soldati, che se ne vanno a spasso sulla *mia* strada, nel *mio* villaggio. Adesso portate il culo a terra, se non volete qualche bastonata. »

La risposta di John spiazzò tutti i presenti: « Come ti butta, Reggie? Buona la pinta che ti sei scolato? »

Reggie sembrava confuso. « Che ci fa un dannato yankee nel mio villaggio? »

« Che strano, e io che pensavo che questo posto appartenesse al tizio che vive in quella torre lassù. »

« Che si fotta. Su questa strada comando io. »

Alcuni suoi uomini mormorarono un assenso.

« Da quanto tempo sei qui? Non da molto, eh? »

Reggie fece roteare il randello mentre si avvicinava con cautela alla giumenta di John. « Dal 1997. »

« Mi sa che sei un vero duro. Il tatuaggio sul petto è un simbolo dei Firm, vero? Era la tua gang? »

L'uomo continuava ad avanzare. « Dici bene, stronzo di uno yankee. I migliori di Thamesmead. »

« Questa Thamesmead è un po' diversa da quella che conoscevi. Ti piace? »

« Era un buco di culo di cemento prima, ed è un buco di culo di legno adesso. E ora basta chiacchiere, coglione. Mi prenderò i vostri cavalli, la tua spada e tutto quello che hai nella bisaccia. »

« Questa? » John la slacciò dal pomo della sella e c'infilò dentro una mano.

Quando Reggie partì all'attacco, con il bastone sollevato sopra la testa, John premette il grilletto. Per un istante tutti - uomini e bestie - sembrarono pietrificarsi.

Ancor prima che il rumore assordante dello sparo si dissipasse del tutto, i tatuaggi del bandito sparirono sotto una chiazza rossa. Reggie si portò le mani al petto e cadde sulle ginocchia, forse sorpreso come il giorno in cui si era ritrovato all'Inferno.

I cavalli si alzarono sulle zampe posteriori. John afferrò al volo le redini con una mano, mentre con l'altra sguainava la spada. Ma gli altri uomini non avevano nessuna intenzione di vendicare il loro capo.

Uno indicò la torre tozza, dalla quale stavano uscendo alcuni soldati. « Arriva il signore! »

Tutti si dispersero correndo verso il fiume.

« Vai, John Camp, veloce come il vento! » esclamò Dirk.

La giumenta reagì immediatamente quando John le colpì i fianchi con i talloni, e nel giro di pochi secondi si erano già lasciati il villaggio alle spalle. Dopo dieci minuti di galoppata, si voltarono a controllare la situazione. Sembrava che nessuno li stesse seguendo, ma per non correre rischi mantennero un'andatura sostenuta.

« Non perdi tempo, eh? » ansimò Dirk, quando alla fine rallentarono.

« In guerra, per prima cosa devi eliminare il generale nemico. In una rissa, ti sbarazzi subito del figlio di puttana più aggressivo. »

Dirk sembrava colpito. « Sicuro che non ci sei già stato, qui nell'Oltre? »

Erano di nuovo in aperta campagna. I cavalli avanzavano tra l'erba alta, discostandosi dalla riva ogni volta che il terreno paludoso rendeva problematico il cammino. Dopo poco più di un'ora, il corso del fiume fece una brusca curva e una collina apparve in lontananza.

John era stato diverse volte all'Osservatorio di Greenwich, uno dei luoghi di Londra che preferiva. Riconobbe la posizione della collina rispetto al Tamigi, ma non notò altre similitudini con la zona corrispondente sulla Terra. Non c'era traccia del parco e, al posto dei maestosi edifici in mattoni rossi, sulla sommità della collina c'era un unico edificio di legno in stile Tudor.

« Siamo arrivati », annunciò Dirk. « Quella è la dimora di Mr Wisdom. »

John seguì il ragazzo lungo un ripido sentiero battuto, con l'arcione della sella che spingeva fastidiosamente sulla parte inferiore della schiena. Arrivati in cima, smontarono e legarono i cavalli luccicanti di sudore a un palo. L'edificio di tre piani in legno massiccio con pannelli d'intonaco bianco era il più raffinato che John avesse visto fino a quel momento.

Alcune guardie uscirono dalla porta principale sguainando le spade, ma si fermarono quando videro Dirk.

« Che ci fai qui? » chiese un uomo tozzo dai capelli rossi.

« Ho un ospite speciale per Mr Wisdom. È in casa? »

La guardia si avvicinò e annusò l'aria, quindi tornò di corsa dentro chiamando a gran voce il padrone.

Solomon Wisdom emerse nella luce fioca del tardo pomeriggio. Era un uomo alto e magro, con i capelli tendenti al grigio che gli arrivavano sulle spalle, un paio di baffi e un lungo volto olivastro. Indossava una redingote nera a metà coscia, pantaloni neri, una ruvida camicia bianca e un fazzoletto da collo nero; un abbigliamento che si addiceva a un impresario di pompe funebri vittoriano, pensò John.

Wisdom osservò il suo ospite per qualche secondo, annusando l'aria man mano che gli si avvicinava, finché l'espressione arcigna non si sciolse in un sorriso sbieco. Gli tese una mano ossuta. Il suo eloquio era ricercato, elegante. « Bontà divina! Benvenuto, benvenuto! Quale avvenimento straordinario! Il mio nome, caro signore, è Solomon Wisdom. E il vostro? »

« John Camp. »

« È un accento americano quello che ho udito, Mr Camp? »

« Sì. »

« Bene, ancor più esotico. Vi prego, entrate. Presumo veniate da Dartford, dico bene? »

Dirk gli rispose con tono deferente: « Proprio così, Mr Wisdom, signore. Non è stato facile, signore, abbiamo avuto noie sia a Dartford sia a Thamesmead, ma l'importante è che ora siamo qui ».

« Venite, venite. Vi farò portare cibo e bevande in

quantità, ne abbiamo di cose di cui parlare. Quasi non riesco a contenermi.»

Il mercante li condusse in una larga sala in fondo all'atrio. L'arredamento era essenziale: una stuoia di canne intrecciate, un tavolo su cavalletti completo di sedie e, ai lati del camino spento, un paio di poltrone con ottomane imbottite. Le pareti erano spoglie. Gli unici oggetti all'apparenza di valore erano un paio di massicci candelieri d'argento sul tavolo, con residui di sego giallo solidificato sulle aste, una pila di piatti d'argento anneriti e numerose coppe dello stesso materiale.

«Prego, accomodatevi», disse, indicando le sedie attorno al tavolo. «Cosa posso offrirvi da bere? Ho della birra, ovviamente, una botte di vino d'importazione e alcuni orci di un rum invero speciale. Se solo sapeste come sono riuscito a entrarne in possesso... Ma è una storia che al momento non vi interessa.»

«Per me tutto», disse John.

«Davvero? Straordinario!»

«Stavo scherzando. Una birra va bene.»

«Ah, l'umorismo, una qualità che da queste parti scarseggia.»

«Una birra anche per me, Mr Wisdom», disse Dirk.

Ignorandolo, il mercante si affrettò fuori della sala per tornarci poco dopo. Alle sue spalle, la guardia dai capelli rossi reggeva goffamente un vassoio con tre grossi boccali di birra. Dopo averlo posato sul tavolo, scivolò accanto al padrone e gli sussurrò in un orecchio che avevano trovato una pistola nella bisaccia di John.

Wisdom annuì, congedò l'uomo e passò le birre ai suoi ospiti prima di sollevare il boccale per un brindisi. «A quella che sarà, senza dubbio alcuno, una serata memorabile e stimolante.»

John era assetato, così scolò il boccale in pochi sorsi veloci.

« Non restartene lì come un idiota, porta altra birra! » urlò Wisdom al suo uomo. « Perbacco, Mr Camp, complimenti! »

Lui si pulì la bocca con il dorso della mano. « Potete chiamarmi John. »

« Va bene, John, a patto che voi mi chiamiate Solomon. »

« Posso chiamarvi anch'io Solomon? » s'intromise Dirk.

« Certo che no! » lo rimproverò il mercante, per poi concentrarsi di nuovo sull'americano. « Bene, quasi non so da dove cominciare. Ho una marea di curiosità da soddisfare, le mie domande vi sommergeranno come un'ondata in seguito al cedimento di una diga. »

« Anch'io ho delle domande, Solomon, ma prima risponderò alle vostre. Sentiamo. »

Il padrone di casa posò il boccale e l'espressione di funerea solennità tornò sul suo volto. « Voi non siete morto, vero? »

« Lo spero proprio. »

« Eppure siete qui. »

« Già. »

« Com'è possibile? »

« È una lunga storia. »

« Ho molta birra e ancor più tempo. Ascolterò con la massima attenzione qualunque parola uscirà dalla vostra bocca. »

La guardia posò un altro boccale sul tavolo e John ne approfittò subito. « Non sono uno scienziato, ma la scienza ha giocato un ruolo importante in questa faccenda.

Giusto per regolarmi, posso chiedervi in che anno avete... lasciato la Terra? »

« Intendete quando sono morto? Non c'è bisogno di usare giri di parole, questa è una domanda piuttosto comune nel luogo in cui ci troviamo. Sono morto nel 1874. »

« E allora temo che avrete grosse difficoltà a credermi. Io per primo non riesco a capire bene cosa sia accaduto. La tecnologia ha fatto enormi progressi rispetto al periodo in cui siete vissuto. » John si lanciò in una spiegazione ultrasemplificata della struttura dell'atomo e del funzionamento degli acceleratori di particelle, senza mai staccare gli occhi di dosso dal mercante, la cui espressione però non lasciava trapelare niente. Dirk, invece, stava chiaramente pensando ad altro, tanto che quando finì la sua birra chiuse gli occhi e chinò il capo sul petto. John parlò del programma Hercules, dei problemi insorti durante l'esperimento e anche di Emily e di Woodbourne.

All'improvviso Dirk sgranò gli occhi. A quanto pareva, anche lui stava ascoltando. « Ah! Dunque il figlio di cagna è finito sulla Terra. Be', potete tenervelo. È un bel piantagrane, quel tipo. »

« Vive nel tuo villaggio? » chiese John.

« Diciamo che gira tutta la contea... È poco più di un errante, bivacca di qua e di là, ruba, tormenta gli abitanti dei villaggi. Gli piace pugnalare e strozzare la gente. Ho chiesto ad alcuni soldati che conosco di occuparsi di lui, ma non è facile acciuffarlo. »

Pensando che prima o poi avrebbe dovuto informarsi su chi fossero quegli erranti, John riprese il discorso e parlò al mercante della teoria del ponte creatosi tra i due universi e di come fosse arrivato nel luogo che Dirk chiamava Oltre.

Wisdom annuì sorridendo. « Oltre... Che nome bizzarro. So che i sempliciotti usano chiamare così questo posto. La parola 'Inferno' li fa tremare come foglie. È così pregna di implicazioni, così biblica. »

John si accorse che alle sue spalle c'era un'altra persona solo quando la sentì schiarirsi la gola.

Una donna grassa e anziana, con il volto ricoperto di nei e i capelli bianchi avvolti in un fazzoletto, era ferma sull'uscio. « Mr Wisdom, posso servire la cena? »

« Sì, sì, fai pure », rispose lui con impazienza. Poi si rivolse di nuovo a John. « Sono fortunato ad avere una femmina, per quanto il suo aspetto sia ripugnante. Perlomeno la sua abilità in cucina rende la mia esistenza più tollerabile. »

« Ho una fame da lupi », disse Dirk, con voce infantile. « Posso avere anch'io qualcosa da mangiare? »

« Sì, anche tu siederai alla mia tavola. John, perdonate la mia villania. C'è un gabinetto esterno sul retro della mia dimora. Se volete fare un bagno, c'è una tinozza piena d'acqua. Dopo, mangeremo, berremo ancora e parleremo fino allo sfinimento. »

John si alzò. « Ne approfitto volentieri. » Quindi uscì.

Dirk chiese timidamente al mercante se poteva fargli una domanda.

« Che vuoi? »

« Avete intenzione di dirgli che vi ho portato la donna? »

Wisdom lo fulminò con lo sguardo. « Non gliel'avrai spifferato, vero? »

« Certo che no! Avete minacciato di tagliarmi la lingua se dovessi raccontarlo in giro. »

« La lingua, le mani, l'uccello e, per Dio, la testa. L'americano non deve saperlo. Nessuno deve saperlo, intesi? »

Dirk annuì con forza, come se fosse convinto che muovere con vigore il capo gli conferisse una maggiore credibilità. «Siete stato bravo a non fargli capire che sapevate già cosa fosse accaduto sulla Terra.»

«Puoi dirlo forte», sogghignò il mercante. «Potrei ambire ai palcoscenici di Drury Lane, se ci fosse una Drury Lane all'Inferno. Adesso chiudi il becco, sta tornando.»

John prese di nuovo posto, e di lì a poco la vecchia posò sul tavolo un capiente piatto da portata e posate d'acciaio.

«Montone con contorno di patate lesse», disse Wisdom, con un certo orgoglio. «Io preferisco pasteggiare con del vino rosso. Ve lo consiglio, John, è piuttosto buono. Lo faccio arrivare dalla Gallia.»

«Gallia? Sarebbe la Francia?»

«Sì, ovviamente. Qui all'Inferno i nomi degli Stati sono quelli di una volta.»

«Vada per il vino. E l'Inghilterra come la chiamate?»

«Britannia.»

John si rese conto di quanto fosse affamato solo quando si trovò davanti il cibo, così prese subito a divorarlo ignorando l'odore pungente della carne. Un boccone troppo coriaceo gli spezzò il dente più vulnerabile. John sputò il frammento per terra e si scolò la coppa di vino per anestetizzare il dolore al dente. Il vino era passabile, e la sua coppa non era mai vuota. Almeno in quel posto l'alcol non gli sarebbe mai mancato.

«Dunque, avete intrapreso un viaggio in una terra sconosciuta per una donna. Un comportamento invero cavalleresco.»

«È il mio lavoro, sono il responsabile della sicurezza del laboratorio.»

« Ho come la sensazione che ci sia dell'altro dietro le vostre azioni. »

« La vostra sensazione è esatta. »

« Allora farò il possibile per aiutarvi. L'impresa in cui vi siete imbarcato e la vostra storia non mi lasciano indifferente, racchiudono tutti gli elementi di un dramma shakespeariano: eroismo, amore, il pericolo dell'ignoto. »

« Sono d'accordo, anche se io stavo pensando più a Dante che a Shakespeare. »

L'espressione del mercante si fece sognante. « Quanto mi mancano le loro opere, quanto mi mancano i libri! Mi è stato riferito che qui circola qualche volume, ma purtroppo non ne posseggo nessuno. Questa è solo una delle numerose privazioni di chi è all'Inferno. Siete un uomo di lettere, John? Sembrate troppo robusto e muscoloso per le aule universitarie. »

« Sono un soldato professionista, ma ho studiato storia militare al college. »

« Affascinante. In America? »

« A West Point. Ne avete mai sentito parlare? »

« Sì, certo. Se non erro, vi hanno studiato anche Grant e Lee, i due generali della guerra civile. »

« Esatto. »

« Quando sono morto, il vostro presidente era Grant. »

« È rimasto in carica fino al 1877. »

« Dunque siete un uomo d'armi e di studi. Meraviglioso, meraviglioso. Eravate un ufficiale, presumo. »

« Sì, un maggiore dell'esercito degli Stati Uniti. »

Dirk colse al volo l'occasione per intrufolarsi nella conversazione: « Non è solo uno che dà gli ordini, Mr Wisdom, John è un vero e proprio guerriero. Si è sbarazzato senza problemi di un attaccabrighe a Thamesmead, e prima ancora di un'intera squadra di spazzini a Dartford ».

«Sul serio? Quale squadra, Dirk?»

«Quella del capitano Withers... Quel poveraccio non spazzerà più un bel niente, poco ma sicuro. John l'ha passato da parte a parte con la sua stessa spada.»

«Ecco perché l'arma che portate ha un'aria così familiare. Sono molto impressionato.»

«Non è stata una passeggiata», si schermì John. «Ho una spalla ferita.»

«Lo avevo notato. Appena possibile, vi faremo applicare bende pulite e un unguento. In quali zone avete combattuto quando eravate un soldato?»

«In Iraq e Afghanistan.»

«Iraq... È un Paese che non conosco.»

«Ai vostri tempi era sotto il dominio dell'impero ottomano, e nell'antichità di quello persiano.»

«Ah, certo, Babilonia! Qui è nota con questo nome. Quindi nel XXI secolo state ancora combattendo le Crociate?»

«Immagino che i nostri nemici le chiamino così.»

«Le guerre non avranno mai fine, tanto nel vostro mondo quanto nel nostro.»

«A proposito, volete parlarmi di questo mondo? Per trovare Emily, devo saperne di più.»

«Avete ragione, è ora che io soddisfi le vostre curiosità. Posso cominciare parlandovi di me?»

«Prego.»

«Quanti anni mi date?»

«Non saprei, una cinquantina?»

«Nel 1874, quando sono morto, avevo cinquantacinque anni. Vivevo a Londra, dove lavoravo come avvocato in uno studio legale di una certa fama. La vita mi sorrideva, o almeno così credevo. Avevo una moglie piacente e due figli – un maschio e una femmina – i quali, dopo un'adolescenza ammirevole, avevano dato buona prova di sé durante la prima età adulta. Ignoro cosa ne sia stato di loro, ma mi basta sapere che non sono finiti in questo luogo dimenticato da Dio. Le cose sono cambiate nel volger di un istante. Entrando in possesso di alcune missive, ho scoperto che la mia signora e il mio socio in affari, un certo Abner Coopersmith, intrattenevano una relazione amorosa. Accecato dall'ira, ero determinato a ottenere la mia vendetta. Conoscevo un uomo a Londra, un irlandese di nome Caffrey, noto per essere un esperto nel ramo degli esplosivi. Era un tempo, quello, in cui ero in contatto con gente di ogni risma, dagli aristocratici alle canaglie. Caffrey mi ha fornito il barile di polvere da sparo che ho poi nascosto nel seminterrato dell'abitazione di Coopersmith su Tavistock Square, dopo di che ho incendiato una lunga miccia e mi sono allontanato. La casa è crollata, John, seppellendo il mio socio, sua moglie e i loro figli. La polizia ha sospettato da subito di me e, quando è venuta a prendermi, sono riuscito a sfuggirle per il rotto della cuffia. Mi sono nascosto per un po' finché, disperato per la vita che avevo perduto – non per quella di Coopersmith, ve l'assicuro –, non mi sono lanciato dal punto più alto della cattedrale di St Paul. Un istante dopo l'impatto con il suolo, mi sono ritrovato qui, all'Inferno, in un campo impregnato d'acqua. Caffrey è stato catturato e impiccato poche settimane dopo. Permettetemi di presentarvelo.»

La guardia con i capelli rossi, immobile contro una parete, fece un cenno con la testa.

«I nostri destini sono intrecciati», continuò Wisdom. «Caffrey mi ha servito da vivo, e continua a servirmi da morto.»

«Incredibile», mormorò John.

«Vero? Dopo tutti questi anni, uno tende a dimenticare quanto folle sia questa vicenda, ma qui abbiamo l'abitudine di condividerla con ogni nuovo arrivato. Tornando alla mia storia, una squadra di sudici spazzini mi ha raccolto dalla strada e mi ha portato da un certo Mr Cosgrove, un ex banchiere del XVII secolo che viveva poco distante. Da gentiluomo qual era, costui mi ha spiegato con molta calma ogni cosa riguardo a questo posto. Vedete, John, gran parte di coloro che giungono qui non sono, come dire, uomini raffinati: sono la feccia della Terra, come il nostro amico Dirk.»

«Nessuna offesa, Mr Wisdom.»

«Ne sono sollevato, Dirk... Cosgrove mi ha preso in simpatia, dal momento che eravamo fatti della stessa pasta, e invece di vendermi a qualche signore mi ha preso sotto la sua ala protettiva, iniziandomi alla sua attività. È così che sono diventato - voglio essere schietto con voi, John - un mediatore di carne. Gli spazzini raccolgono i nuovi arrivati e li portano a uomini come il sottoscritto che sono sparpagliati in tutto il regno. Il mediatore valuta se costoro hanno qualche competenza particolare, quindi li vende al signore che in quel momento necessita maggiormente dei loro servigi. Se i nuovi arrivati non posseggono alcuna dote appetibile, di solito vengono consegnati al signore locale, che ha sempre bisogno di gente che semini i campi o gli svuoti le latrine. Per farla breve, il mio lavoro consiste nel comprendere i desideri dei miei clienti e, cosa più importante, quanto sono disposti a pagare.»

«Non voglio offendervi, Solomon, ma sembra un lavoro piuttosto ripugnante. Siete un mercante di schiavi.»

«Ma qui è tutto ripugnante! È una mera questione di forza e puro e semplice potere. Io non sono che un ingranaggio di un enorme meccanismo, cosa di cui sento di non dover chiedere scusa ad alcuno. Sono però un ingranaggio astuto e ingegnoso. So chi ha bisogno di un uomo di scienza o chi necessita di soldati. So a chi potrebbe fare comodo un artigiano o un mercante. E so chi desidererebbe avere una donna... oddio, qui tutti ne vorrebbero una, visto il loro numero esiguo. Quelle più avvenenti sono le più ambite... Ma sto divagando. Cosgrove mi ha trattato bene, e gli va riconosciuto il merito di avermi messo a parte dei segreti del suo lavoro. A quanto si racconta in giro, eravamo i due mediatori più operosi di tutta la Britannia. Quando una disgrazia ha colpito il mio mentore, ho assunto personalmente le redini dell'attività e, nel corso degli anni, ho accumulato una notevole ricchezza.»

Notando un sorriso compiaciuto sul volto del mercante, John sospettò che dietro l'uscita di scena di Cosgrove ci fosse lo stesso Wisdom, ma non disse niente.

«Ho guadagnato oro e argento a sufficienza per costruire questa dimora, una riproduzione della casa della mia infanzia a Greenwich. Non era ubicata sulla sommità di questa collina, ovviamente, dal momento che qui sorgeva l'Osservatorio, ma da quassù si gode un panorama incantevole, non trovate?»

«Ho bisogno di capire come funzionano le cose in questo posto», disse John, facendo segno a Caffrey di riempirgli la coppa.

«Cominciamo dall'inizio, allora. I nuovi arrivati spuntano all'Inferno nel punto esatto in cui sono morti. Vi faccio un esempio: se siete a Greenwich nel momento del trapasso, vi ritroverete a Greenwich, alla stessa latitudine e longitudine. Da un punto di vista geografico, l'Inferno è in tutto e per tutto uguale alla Terra, sebbene qui si avverta di meno la mano dell'uomo. Mi è giunta voce che, nel vostro mondo e nel vostro tempo, gli uomini spianano colline e montagne, deviano i corsi dei fiumi e diboscano foreste. Diciamo che, per certi aspetti, questo mondo è meno evoluto.»

«Ditegli cosa succede a quelli che affogano», intervenne Dirk. «È una cosa che mi fa scompisciare dalle risate.»

«Sì, be', non so quanto lo troverà divertente il nostro ospite... Poniamo che qualcuno anneghi in mare aperto, a seguito di un naufragio, o in un fiume. Anche in questo caso il nuovo arrivato si ritroverà nello stesso punto in cui è morto, nella stessa scomoda situazione. Se è in grado di mettersi in salvo a nuoto, tanto meglio, altrimenti annega di nuovo senza praticamente rendersi conto di cosa gli sia accaduto.»

«Ma io ho detto a John che qui nessuno può morire», puntualizzò Dirk.

«Esatto. L'eternità è un periodo di tempo invero lungo, ma è ciò che ci attende in questo luogo. Non possiamo morire, e non moriamo. Ci ammaliamo, certo, possiamo subire ferite o soffrire d'inedia, ma le nostre esistenze non si spegneranno mai.»

«A Dartford ho ferito cinque uomini in maniera abbastanza grave da ucciderli, eppure continuavano a muoversi.»

«Dunque lo avete visto accadere. Vi faccio un altro esempio, di gran lunga più estremo. Una testa recisa di netto presenta ancora tracce di vita, anche se non è più attaccata a un corpo. Le labbra si aprono e si chiudono, sebbene non siano in grado di formulare parole senza il supporto della cassa toracica e dei polmoni. Le palpebre continuano a muoversi, tanto che è possibile insegnare alla testa a batterle una volta per un 'sì' e due volte per un 'no'. E, anche quando le sue carni sono ormai ridotte a una poltiglia putrescente e le ossa a frammenti e polvere, in essa c'è ancora un barlume di coscienza, una coscienza che continua a soffrire. In eterno. È questo il nostro infausto destino.»

«Come potete esserne sicuro?»

«Non è facile dimostrare ciò che ho detto, ma tutte le prove portano a tale conclusione. Basta entrare in una cella di putrefazione per rendersene conto.»

«Per ora ho sentito solo il fetore che emanano.»

Wisdom si alzò e fece un cenno con la testa a Caffrey. «Allora dovete visitarne una. Le mie parole rasentano l'astrazione se non sono avvalorate da una testimonianza diretta. Radunerò alcune guardie che ci accompagnino alla cella più vicina, a Greenwich. Non è distante, ma con questo buio è più sicuro muoversi con una scorta armata.»

Benché alticcio, John riuscì a fare un inventario delle armi in suo possesso, un'abitudine risalente ai tempi dell'esercito. La spada era infilata nella cintura, ma la pistola era rimasta sul cavallo. «Avevo una bisaccia...»

«Ho incaricato Caffrey di portarla nella vostra stanza, la pistola e le pallottole sono al sicuro. Sono un vostro legittimo trofeo, oltre che oggetti di valore. Sarebbe un peccato se qualcuno, approfittando delle tenebre, ve li sottraesse.»

L'aria della sera era immobile. Un manipolo di soldati, con spade e lanterne in mano, faceva strada in direzione di Greenwich. Dirk sembrava felice di quella compagnia e chiacchierava allegramente con loro, intrattenendoli con il racconto degli scontri di John con gli spazzini e il tizio tatuato di Thamesmead. Ai piedi della collina, il villaggio era immerso nelle tenebre, a eccezione di alcuni fuochi sparsi qua e là. John camminava accanto a Wisdom, che reggeva una lanterna.

John gli fece la domanda che lo stava tormentando da quando era arrivato: «Chi stacca i biglietti per questo posto?»

«Non credo di aver capito...»

«Come si finisce all'Inferno?»

«Capisco! Bisogna macchiarsi di crimini tra i più deprecabili: omicidi, massacri, comportamenti violenti, atti di ferocia. In vita, quando ero un cristiano timorato di Dio, credevo che la lista dei peccati che ti spalancassero le porte degli Inferi fosse molto più lunga. Blasfemia, idolatria, ateismo, fornicazione, adulterio e così via. Eppure mi sbagliavo. L'Inferno è solo per coloro che hanno perpetrato gravi violenze verso i propri simili.»

John si fermò di colpo. «Immagino allora che sia pieno di soldati.»

Wisdom rispose dopo una breve pausa. «Una riflessione carica di un significato profondo, vista la professione che svolgevate un tempo. Dopo anni trascorsi a osservare e studiare questo luogo, sono giunto alla conclusione che gli atti brutali commessi sul campo di battaglia nel corso di una guerra legittima godano di una particolare dispensa. Se così non fosse, probabilmente l'Inferno sarebbe molto più popolato.»

«*Jus ad bellum*», chiosò John.

«Il vostro latino è pari alla vostra erudizione. Sembra che dopotutto il diritto di guerra, così come è stato forgiato dagli uomini, abbia un alto senso morale.»

John si rimise in marcia, riflettendo in silenzio. «E i bambini?» chiese dopo alcuni istanti.

«Non ce ne sono. Per quanto anch'essi siano capaci di atti atroci, qui non ne troverete.»

«Chi decide chi finisce all'Inferno?»

«I misteri abbondano, quaggiù», rispose il mercante, alzando le spalle. «È ragionevole pensare che possa esserci un'entità superiore di qualche tipo, un Dio forse, che seleziona le anime come mele - le buone di qua, le marce di là -, ma né per me né per nessun altro di mia conoscenza c'è stato un giorno del giudizio. Ci siamo ritrovati qui, punto. Ignoro, quindi, la risposta alla vostra domanda. Nonostante il cognome che porto, non possego una saggezza tale da saperlo.»

«Quindi Satana non l'avete mai incontrato.»

«Ah! I primi tempi mi aspettavo di imbattermi nel gentiluomo cornuto ogni volta che giravo un angolo. A quanto so, però, il principe delle tenebre non si è mai manifestato ad alcuno. Ovviamente c'è gente che crede in lui. Forse esiste, ma io ne dubito.»

«Torniamo ai bambini. Qui ci sono uomini e donne, figli non se ne fanno?»

Wisdom si concesse una risatina. «L'atto carnale è molto popolare all'Inferno. Certo, il numero esiguo di donne è il motivo per cui abbondano i casi di sodomia. A differenza di quanto accade nel regno animale, tuttavia, il coito non prelude alla creazione di una nuova vita. In parole povere, qui la razza umana non si riproduce. Se così non fosse, sospetto che ci sbraneremmo l'un l'altro per sopravvivere. La popolazione aumenta soltanto in seguito all'arrivo di nuove anime dannate.»

«Quanti siete?»

«Chi lo sa? Non esiste un sistema per quantificare il nostro numero, né si avverte il bisogno di farlo. Di certo siamo meno che sulla Terra, basta guardarsi attorno: le strade sono meno affollate di quelle che ero solito percorrere in vita. Pensateci. Quanti uomini sulla Terra hanno commesso reati talmente gravi da essere condannati per l'eternità? Uno su cento? Uno su mille? Uno su diecimila? E le donne quante sono? Il gentil sesso è di gran lunga meno incline alla barbarie, questo è fuor di dubbio. A questo aggiungeteci il fatto che ogni nuovo arrivato può avere la fortuna di restare in salute per centinaia - o migliaia - di anni. Nessuno invecchia, qui. A meno di eventi catastrofici, manteniamo lo stesso aspetto e la stessa età di quando siamo arrivati. Pensate che qualche tempo fa ho conosciuto un giovanotto grande e grosso che è morto in Britannia prima della nascita di Cristo, un soldato dell'esercito romano. Eppure, a meno che la sorte non gli abbia voltato le spalle, costui vivacchia ancora a Londra. »

John ammutolì, perso nei suoi pensieri. Sembrava tutto un sogno contorto. Sperava di risvegliarsi da un momento all'altro nel suo letto, al fianco di Emily. Ma, a pochi metri dai piedi della collina, il tanfo putrido della loro destinazione lo convinse che ogni cosa era terribilmente reale.

« Ci siamo quasi », annunciò Wisdom, porgendogli una sciarpa.

« Cosa dovrei farci? »

« Coprirvi il naso. Vi conviene inoltre bere un sorso di questo. »

John stappò la fiaschetta che il mercante gli aveva passato e ne annusò il contenuto. Rum.

« Avrei tanto voluto che qualcuno mi avesse offerto da bere, la prima volta in cui sono entrato in una cella di putrefazione », si lamentò Wisdom.

Poco dopo, la colonna si fermò davanti a un grosso capanno alle spalle di una fila di misere casette. John prese un altro sorso di liquore e si avvolse la sciarpa attorno a naso e bocca. Gli uomini di Wisdom sollevarono il pesante chiavistello di legno e aprirono le doppie porte cigolanti. Furono investiti da una zaffata nauseabonda. Dirk ebbe un conato di vomito; le guardie, all'apparenza immuni a quel tanfo, sollevarono le lanterne.

John mosse un passo verso la luce.

Quello era l'Inferno.

Pile di putridi e fetidi resti umani erano ammucchiate lungo le pareti della cella. Sarebbe stata una visione più tollerabile se quelle frattaglie fossero state gli scarti inerti di un mattatoio. Ma quelle carni putrescenti si muovevano, formando una ripugnante massa ondeggiante e fremente. A peggiorare le cose, c'erano i suoni che si levavano tra le mura, un'agghiacciante cacofonia di bassi gemiti, lamenti e sporadiche parole: nomi, invocazioni d'aiuto, suppliche.

John indietreggiò e ingollò il resto della fiaschetta all'esterno del capanno. « Dio. »

« Non c'è nessun Dio, qui », disse allegramente una delle guardie, prima che Wisdom le intimasse di chiudere la bocca.

« Mi dispiace, John, ma era necessario affinché poteste comprendere le mie parole. » Poi ordinò ai suoi uomini di chiudere le porte.

« A cosa servono queste celle? »

« Svolgono diverse funzioni. In un mondo in cui è impossibile privare un uomo della sua vita, il confino in una cella di putrefazione è la punizione estrema. Oltre a questo, hanno anche un'utilità pratica: i corpi smembrati vi vengono ammucchiati per evitare che il tanfo appesti le aree popolate o la campagna, anche se, come avrete notato, questo non sempre accade. »

« Da quanto tempo sono lì dentro? »

«Non ne ho la più pallida idea. Qualcuno da secoli, immagino.»

«Ma è impossibile. Un corpo umano si decompone nel giro di poche settimane.»

«Non all'Inferno. Qui il decadimento della carne è un processo molto più lento. E più crudele. Ora torniamo nella mia dimora. Mangeremo e berremo ancora prima di ritirarci per la notte.»

«Credo che non toccherò più cibo per il resto della mia vita.»

«Oh, vi passerà.»

A metà strada, John si era ripreso a sufficienza per porre ancora una domanda: «Sono qui per un motivo ben preciso, trovare la mia amica. Solomon, voi mi date l'idea di un uomo con numerose conoscenze: sapete dove posso trovarla?»

«Ho sentito che gli uomini del duca di Guisa l'hanno portata in Gallia a bordo di una nave.»

«Allora portatemi in Gallia, aiutatemi a riportarla a casa.»

«Ciò che mi chiedete è oltre le mie possibilità.»

«Troverò un modo per ripagarvi.»

«Non è una questione di denaro... Domattina vi accompagnerò da un uomo che potrebbe aiutarvi.»

«Chi sarebbe?»

«Il sovrano di questo regno.»

«Un re? Lo conosco?»

«Credo proprio di sì. È Enrico VIII.»

8

Emily era sbarcata da un pezzo, ma aveva ancora l'impressione che la terra sotto i suoi piedi si muovesse. La piccola imbarcazione a remi che l'aveva condotta a riva stava tornando verso il veliero a tre alberi, ormeggiato al largo della costa rocciosa.

Si sentiva sporca e avrebbe fatto volentieri un bagno. I suoi abiti - la gonna, la camicia e le comode scarpe che indossava dal giorno dell'esperimento - erano lerci, i capelli arruffati e la pelle coperta di fuliggine a causa del fumo delle lampade a olio sottocoperta.

« Mia signora, dobbiamo andare », disse il soldato.

Quell'uomo l'aveva aiutata per gran parte della traversata. Mentre la burrasca infuriava, lui l'aveva tranquillizzata, le aveva reso più confortevole il viaggio portandole una ciotola di brodo e alcuni cuscini, e si era scusato per il disagio. Le aveva detto che, se avessero navigato con un mare tranquillo e vento favorevole, avrebbero raggiunto le coste della Gallia in mezza giornata. Sfortunatamente, il viaggio da Hastings era durato due giorni e due notti.

Si chiamava Phillipe Marot. Il suo inglese era passabile, così come il francese di Emily, e alternando le due lingue erano riusciti a intavolare una conversazione. Durante il soggiorno in Britannia, Emily aveva appreso le informazioni principali sul mondo surreale in cui si era ritrovata all'improvviso, ma il capitano Marot le aveva fornito molti più particolari.

A differenza di John, lei era finita in quel luogo del tutto impreparata. Un secondo prima era nella sala controllo del MAAC, e quello dopo era in mezzo a una pozza di fango in un fetido villaggio, dove due fratelli - Dirk e Duck - l'avevano esortata con urgenza a entrare nella loro rozza abitazione. Era convinta di essere morta, ma i due ragazzi, dopo averla annusata, le avevano assicurato che era proprio - e stranamente - viva.

Di lì a poco era finita nelle mani di un personaggio ripugnante di nome Withers. Dopo essersi difesa dai suoi soldati con calci e pugni, quel tizio le aveva legato le mani, l'aveva fatta montare in sella al suo cavallo e l'aveva condotta in una grande casa in cima a una collina, dov'era stata interrogata da un uomo viscido che si era presentato come Solomon Wisdom. Alle prime luci dell'alba, un soggetto disgustoso di nome D'Aret l'aveva condotta a Hastings. D'Aret, che più volte si era qualificato come ambasciatore e agente di un certo duca di Guisa, l'aveva portata in un'abitazione sulla costa. Alcuni loschi francesi l'avevano tenuta legata fino a sera, quando con delle torce avevano segnalato a una lancia al largo di avvicinarsi a riva. Sotto un cielo senza luna, era salita su un veliero, dove era stata affidata al capitano Marot.

Tutto ciò accadeva mentre lei, frustrata e impaurita, tentava di capire cosa le fosse accaduto. Sprovvista di carta e penna, aveva fatto i calcoli a mente ed era giunta alla conclusione che quel fenomeno - che si augurava di cuore fosse reversibile - era stato provocato dagli strangelet. La sua mente razionale le aveva suggerito che l'unico modo possibile per tornare nel suo mondo e nel suo tempo era ripetere l'esperimento Hercules. Pregando un Dio che non era mai sembrato così lontano, aveva sperato che la sua équipe fosse giunta alla stessa conclusione. E, rabbrividendo, aveva riflettuto che, per tornare indietro, avrebbe dovuto trovarsi proprio nel punto in cui si era materializzata, e proprio nel momento in cui il MAAC veniva riattivato. La conclusione era ovvia.

Forse non sarebbe mai più tornata a casa.

A bordo del trealberi, era stata confinata in una cabina chiusa a chiave dall'esterno. Per la prima volta sola da quando era cominciata quell'assurda disavventura, era scoppiata in un pianto a dirotto.

Quel mondo – che si chiamasse Oltre, come le avevano detto Dirk e Duck, o Inferno – doveva essere una specie di dimensione parallela con un proprio sistema di bizzarre regole fisiche. La sua vita precedente le era sembrata spaventosamente lontana. Aveva ripensato a John, con il rimorso di non avergli dato la possibilità di scusarsi. Il pensiero di restare intrappolata in quel mondo, senza poter più rivedere lui, i suoi amici e i suoi familiari, era una pugnalata gelida al cuore. E, mentre la nave si allontanava sempre più dalla Britannia, si era lasciata andare alla disperazione.

Sentendola piangere, Marot era entrato nella cabina per consolarla e per chiederle cosa ci facesse una donna come lei in quel luogo infelice. Nel corso di quella turbolenta traversata, Emily aveva appreso molte cose sul conto del capitano e aveva scoperto cosa le sarebbe accaduto una volta approdata in Gallia.

Francesco, duca di Guisa, era un nobile arrogante, molto temuto tanto dai nemici quanto dagli alleati. Era giunto all'Inferno nel 1563, assassinato da un ugonotto all'età di quarantaquattro anni, quand'era ancora un uomo nel pieno delle forze e vigoroso. Per quel motivo, il duca aveva un enorme appetito sessuale e, grazie al suo denaro e al potere, si procurava qualsiasi donna desiderasse. Le spie come D'Aret godevano di una totale autonomia e potevano stringere accordi per assicurarsi le donne prescelte. Con le guance rosse per l'imbarazzo, Marot l'aveva informata che lei era la donna più affascinante ed esotica che avesse mai visto.

« Vi prego di perdonare la mia ignoranza », aveva detto lei. « Chi è - o era - questo duca? »

Marot era sembrato più interessato a lei che alla sua domanda. « Avete un accento affascinante. Siete scozzese? »

« Sì, sono nata in un paesino vicino a Inverness. »

« Capisco. Ebbene, i Guisa hanno avuto un ruolo importante nella storia europea. La sorella del duca, Maria di Guisa, ha sposato il vostro re, Giacomo V, dalla cui unione è nata Maria Stuarda. »

« È successo *molto* prima che io nascessi. » Emily aveva studiato il volto del capitano. Era un bell'uomo sui trent'anni, con occhi espressivi. Forse avrebbe potuto trovare in lui un alleato. « Sembrate una persona a modo, Phillipe, di gran lunga più gentile di tutti coloro che ho incontrato finora. Per quale motivo siete qui? »

« Perché è ciò che merito. Mi sono macchiato di un crimine atroce quando ero un soldato al servizio del duca. Era il 1562, un anno prima che egli venisse assassinato e dieci anni prima che io stesso perissi in battaglia. Mentre stava tornando al castello di Joinville, nei pressi di Parigi, il duca ha deciso di fare una sosta in uno dei suoi possedimenti, Wassy-sur-Blaise. Gli abitanti erano sospettati di tendenze ugonotte, e il duca voleva accertarsene di persona. Udendo i rintocchi di una campana e le voci dei fedeli in preghiera, è entrato nella chiesa locale. E qui, con suo sgomento, ha assistito a un'odiosa invettiva anticattolica. È scoppiato un pandemonio. Io mi trovavo nella piazza del mercato assieme ad alcuni gendarmi, quando ho sentito urlare e gridare. Il duca, infuriato, è uscito dalla chiesa alla testa di un gran numero di ugonotti - uomini, donne e bambini - e ha ordinato di ucciderli all'istante. Io non ho esitato. Ho fatto fuoco con il mio archibugio, ho ricaricato, e ho sparato ancora e ancora. Quel giorno mi sono sporcato del sangue di donne e bambini innocenti. Quando gli spari sono cessati, c'erano cinquanta cadaveri a terra e molti più feriti. L'onta di quel massacro mi ha accompagnato per tutto il resto della mia misera esistenza. Ed eccomi qui, condannato per l'eternità. Il duca era già all'Inferno quando sono arrivato, potente quasi come lo era stato sulla Terra. Mi sono messo di nuovo al suo servizio e, da allora, ho ripreso a compiere atti esecrabili in suo nome, anche se temo che consegnarvi a lui sarà di gran lunga quello più spregevole.»

Abbracciando con lo sguardo la costa frastagliata della Gallia, Emily valutò le opzioni a sua disposizione. Non aveva idea di quali orrori l'attendessero, e un'occasione simile avrebbe potuto non presentarsi più. E così, mentre Marot stava scambiando due parole con un altro soldato, un uomo orribile con una folta barba, cominciò a correre più veloce che poteva sulla riva.

Marot le urlò di fermarsi e si lanciò all'inseguimento. L'altro soldato, molto più agile, le fu addosso in un attimo, l'afferrò per i capelli e la scaraventò con violenza a terra. Poi sollevò un braccio per sferrarle un pugno, ma il capitano gli intimò di non farlo.

Mentre i due uomini discutevano animatamente, Emily cominciò a piangere per la frustrazione e il dolore e a tremare in modo incontrollabile. Marot fece allontanare il soldato, si fece dare una coperta e aiutò Emily ad alzarsi.

Circondata dai soldati, la donna lo seguì come un automa verso un gruppo di case nell'entroterra.

«Sapete andare a cavallo?» chiese il capitano.

«No.»

«Nessun problema, dovremmo avere una carrozza. Sono desolato che il mio uomo vi abbia fatto del male, ma, vi prego, non tentate più la fuga. La mia autorità non è illimitata.»

Dopo circa un chilometro, si fermarono davanti a una piccola casa di pietra, da cui uscirono due uomini che si misero a parlare con Marot.

«Sarebbe meglio mangiare e bere qualcosa prima di metterci in cammino.»

«Solo un po' d'acqua, se è pulita. Ho ancora lo stomaco sottosopra.»

Poco dopo, una carrozza coperta trainata da quattro cavalli si accostò alla casa. Marot aiutò Emily a salire e si sedette di fronte a lei. Le annunciò che erano diretti a Joinville, al castello del duca, e che, se tutto fosse andato secondo i piani, sarebbero arrivati alle prime luci del mattino seguente. Il cocchiere fece schioccare le redini e il viaggio ebbe finalmente inizio. Dopo aver appoggiato due archibugi a canna corta accanto allo sportello della carrozza, il capitano controllò che la polvere da sparo fosse asciutta.

«Avete intenzione di usarli?» chiese Emily, stringendosi la coperta sulle spalle.

«Spero di no. A ogni modo, non avete nulla da temere, sono un tiratore eccellente.»

«E a chi dovreste sparare? Non siamo in territorio amico?»

«Non esistono territori amici. Non si è mai al sicuro, neppure tra le mura di un castello. Questi luoghi brulicano di ladri e canaglie. La campagna è di tutti e di nessuno. »

Emily decise di giocarsi le sue carte. « Ho bisogno del vostro aiuto. »

« Per cosa? »

« Scappare. Solo tornando a Dartford, forse riuscirò a fuggire da questo mondo. Vi prego, aiutatemi. »

« Vorrei poterlo fare, mia signora, ma qui non sono contemplati i gesti nobili. Se la morte fosse la punizione peggiore, vi aiuterei senza battere ciglio... Morire sarebbe una liberazione, dopo tutti questi secoli. Ma non morirei. Verrei invece condannato a un'eternità di indicibili sofferenze. »

« Non capisco... »

« Finirei in una *salle de décomposition.* » Quindi le spiegò cosa fosse una cella di putrefazione.

Emily ammutolì.

Erano circondati da un fitto bosco, e la strada che portava a Parigi era poco più di un sentiero d'erba. I continui sobbalzi della carrozza non erano certo l'ideale per il mal di stomaco di Emily. Marot le offrì un tozzo di pane integrale avvolto in un canovaccio di stoffa e tentò inutilmente di convincerla a mangiarlo. A mezzogiorno, quando ormai faceva abbastanza caldo da rinunciare alla coperta, la donna cedette alla fame e ne masticò un pezzo.

« Siete sposato? »

« Lo ero. Avevo anche un figlio. Purtroppo, però, ero spesso impegnato nelle campagne militari del duca e ho trascorso poco tempo in loro compagnia. Ignoro persino se sappiano come e quando sono morto. »

« E qui? »

« Non ho una donna. Non disdegno la compagnia di

una femmina di tanto in tanto, anche se non ce ne sono molte all'Inferno.»

«Davvero?»

«Sì. Le donne non sono malvagie come gli uomini. Non è ancora così nella vostra epoca?»

«Direi di sì. A volte penso che, se fossimo noi a governare la Terra, non ci sarebbero guerre inutili né massacri di innocenti.»

«Lo credo anch'io.» Marot ordinò al cocchiere di fermarsi in una radura per una breve sosta. Poi indicò alcuni grossi alberi a Emily, dietro i quali la donna avrebbe potuto espletare i suoi bisogni fisiologici.

Emily si allontanò dagli occhi indiscreti dei soldati e si sistemò dietro un tronco. Mentre osservava il cielo plumbeo al di sopra delle fronde degli alberi, sentì Marot abbaiare ai suoi uomini di tenere gli occhi aperti. Appollaiato su un ramo, c'era un grazioso uccellino giallo che le ricordava un rigogolo e, più in basso, un paio di scoiattoli neri che saltellavano allegramente. Era tutto così naturale, così ordinario, così simile a ciò cui era abituata. D'un tratto, urla disperate ruppero l'incantesimo e fecero fuggire gli animali.

Marot apparve al suo fianco, con il viso stravolto dalla paura. «È Clodoveo!» urlò a un soldato.

«Chi è Clodoveo?» chiese Emily.

«Un re barbaro vissuto secoli fa, un uomo estremamente malvagio che rivendica il dominio su questa foresta.»

Mentre il capitano la trascinava via, una lancia si conficcò nel tronco e, un istante dopo, iniziarono a piovere frecce. Uno dei soldati della scorta fu colpito alla testa. Dopo aver spinto Emily sotto la carrozza, Marot ordinò di armare gli archibugi e di attendere il suo comando per fare fuoco.

La strada si riempì di cavalli montati da uomini con lunghi capelli e indumenti di pelle e cuoio. Impugnavano spade, lance e piccoli archi, e levavano spaventose grida di battaglia in una lingua gutturale. Emily si appiattì il più possibile a terra e chiuse gli occhi, terrorizzata come mai prima. Poi sentì urlare: « Fuoco! » E una decina di archibugi sputò piombo verso i nemici. Marot lasciò cadere il fucile scarico e imbracciò il secondo.

Alcuni uomini caddero, gli altri si dileguarono per sfuggire alla raffica successiva. Marot spinse Emily nella carrozza e ricaricò in fretta il fucile. I soldati rimontarono in sella e il cocchiere, schizzato al posto di guida, spronò i cavalli al galoppo.

Per alcuni secondi regnò il silenzio; poi un urlo belluino squarciò l'aria e una lancia sfondò la parete della carrozza. Sorpreso, Marot smise di versare la polvere da sparo nella canna e abbassò lo sguardo: la casacca blu si stava tingendo di rosso.

« Mio Dio, siete stato colpito! » esclamò Emily. « Dobbiamo fermarci! »

« No », ribatté lui, poi ebbe la forza d'impartire un ultimo comando al cocchiere: « Non fermatevi... per nessun motivo al mondo... »

« Dobbiamo arrestare l'emorragia! »

« Vi prego, concedetemi un po' di spazio. » Emily obbedì, quindi Marot afferrò l'asta di legno e si sfilò la lama insanguinata dal fianco. « Così va meglio », disse, prima di accasciarsi su di lei.

Emily cercò di tamponare l'emorragia, ma la lancia aveva lacerato la milza e il sangue sgorgava copioso. Il capitano doveva essere privo di sensi o morto, eppure le sue labbra continuavano a muoversi in un balbettio senza suoni.

«Dobbiamo aiutarlo!» urlò al cocchiere.

Per tutta risposta, l'uomo latrò di buttare Marot fuori dalla carrozza, nella speranza che Clodoveo si accontentasse di quel trofeo e desistesse dall'inseguimento.

Emily si rifiutò di farlo, così il cocchiere ripeté l'ordine al soldato più vicino.

Il cavaliere si piegò su un fianco, aprì lo sportello della carrozza e afferrò Marot per la casacca. Un attimo prima che fosse scaraventato fuori, i suoi occhi vitrei si fissarono su Emily e la bocca si piegò in una specie di sorriso.

Proseguirono al galoppo fino a quando non raggiunsero un'ampia radura, da dove i nemici potevano essere avvistati a debita distanza, e fecero una sosta per far riposare gli animali. Il soldato che aveva inseguito Emily sulla spiaggia prese il posto di Marot sulla carrozza. Puzzava in modo insopportabile e, per tutto il tempo che le rimase seduto di fronte, non proferì una parola. Le scarpe di Emily sguazzavano nel sangue del capitano e, quando la luce cedette il posto alle tenebre, la pozza rossastra, ormai ridotta a una poltiglia appiccicosa, gliele incollò al pavimento.

Doveva essersi addormentata per alcune ore, perché riaprì gli occhi di scatto nel momento in cui la carrozza s'inclinò bruscamente prima di arrestarsi davanti al castello del duca.

Un soldato urlò di abbassare il ponte levatoio, quindi la carrozza superò il fossato, oltrepassò la saracinesca sollevata ed entrò nel cortile principale.

Il suo compagno di viaggio le porse una mano, ma Emily lo ignorò e scese da sola. La debole luce prodotta dalle fiamme di un pozzo di fuoco le permise di guardarsi attorno. Si trovava in uno spiazzo circondato da alte mura, su cui svettava una torre rettangolare di pietra, con una porta fiancheggiata da due aste di metallo sormontate da un braciere acceso.

Il soldato la condusse davanti a un'altra torre - rotonda, cupa e sinistra - che sorgeva all'interno di un secondo cortile. Dopo aver aperto il pesante portone di legno, urlò qualcosa in direzione delle scale buie.

Di lì a poco, una megera scheletrica con capelli striati di grigio apparve sulla porta. L'irritazione per essere stata svegliata in piena notte lasciò il posto all'inquietudine, quando si accorse che l'ospite era una creatura diversa da tutte le altre.

La donna la scrutò facendosi luce con una candela, poi gracchiò qualcosa di incomprensibile al soldato in una specie di dialetto francese. Emily capì parte della risposta dell'uomo, il quale disse più o meno che il capitano Marot ne sapeva più di lui sul suo conto ma che era morto nel corso di una schermaglia.

La vecchia, che indossava una larga sottoveste di lino, si rivolse di colpo a Emily. Resasi conto che la nuova arrivata non la capiva, passò a una versione appena più moderna di francese. A quanto pareva, quella non era la sua lingua madre perché parlava lentamente e scandiva bene le parole. « Io sono Marie, mi occupo delle ragazze. Hai qualcosa di particolare, tu... »

« Così pare », rispose lei, seguendola lungo la stretta scalinata a chiocciola.

La camera che si apriva sul primo pianerottolo era disseminata di materassi occupati da donne che dormivano. La camera al secondo piano era diversa: c'erano un solo letto e alcuni semplici mobili contro le spoglie pareti di pietra.

Marie accese alcune candele con quella che aveva in mano e scosse la figura stesa sul letto.

Imprecando, la donna sotto le coperte si mise seduta, guardandosi attorno con occhi di fuoco. Era giovane, quasi coetanea di Emily, e aveva una pelle liscia color ebano. Il suo francese era moderno e gergale. « E tu chi diavolo sei? »

« Mi chiamo Emily », disse lei con un filo di voce.

La donna indirizzò la sua rabbia verso la vecchia. « Che sta succedendo, schifoso mucchio d'ossa? »

Marie le spiegò che era arrivata una nuova ragazza.

« Questo lo vedo da me, non sono mica cieca », sbottò la donna. « Voglio sapere cosa ci fa nella mia camera. »

« Lei è speciale, devi darle il tuo letto. »

« Col cavolo! Nemmeno per idea. »

« Posso dormire da un'altra parte », propose Emily.

Scuotendo la testa, Marie andò di sotto chiamando a gran voce il soldato.

Emily barcollava, sfinita e disorientata.

« È sangue, quello che hai sulle scarpe? »

« Sì. »

« Tuo? »

« No. »

« E di chi è? »

« Del capitano Marot. »

« Ci ho scopato qualche volta. Non era male al confronto dei tizi che bazzicano da queste parti. Peccato. »

« E tu come ti chiami? »

« Jojo. Levami una curiosità... Hai l'aria di una che è sbarcata da poco, ma sei diversa da tutti gli altri. »

« A quanto pare non sono morta. »

Jojo gettò via la coperta e le si avvicinò per guardarla

meglio. « Per la miseria! Hai ragione, hai un buon odore. Com'è possibile? »

« Posso sedermi? Non mi sento molto bene. »

La donna le porse una sedia. Poi, vedendola tremare e singhiozzare, le passò la coperta.

« Grazie. Sono una scienziata, stavo conducendo un esperimento con un sincrotrone, quando... »

« Frena, tesoro, ti ho già persa. È successo un casino, sei qui, sei viva, okay, non mi serve sapere altro. Piuttosto, come sei finita in questo cesso di castello? »

« Sono passata di mano in mano come un animale da fiera. A quanto pare, questo duca di Guisa è uno cui piacciono le donne. »

« Già. Per essere un ammasso di carne morta da cinquecento anni, è uno che si dà parecchio da fare. Io sono la sua favorita, o almeno lo ero fino a oggi. Stanotte ha scelto un paio di altre ragazze, così mi riposo un po'. »

Marie tornò assieme al soldato, che urlò a Jojo di trovarsi un materasso nella stanza di sotto. La donna, però, non voleva saperne di andarsene e, per difendersi, afferrò un candeliere spento.

« Posso dormire io di sotto », propose Emily, per tranquillizzare gli animi, tuttavia Marie ribatté che gli ordini erano ordini. « Sentite, il letto è abbastanza grande. Se a Jojo sta bene, possiamo dormirci assieme. »

L'altra scrollò le spalle, Marie scrollò le spalle e la negoziazione si concluse. Pochi secondi dopo, le due donne erano di nuovo sole.

« Là ci sono un catino d'acqua e un telo non troppo sporco. Puoi dormire in mutande o mettere una delle mie camicie da notte. Ho un po' di vino, serviti pure se vuoi. Se ti scappa, di sotto c'è una latrina che scarica nel fossato. Questo ti fa capire molte cose sul posto di merda dove siamo.»

Emily cominciò a spogliarsi. I bottoni di legno della camicia di cotone erano rimasti al loro posto nel passaggio da una dimensione all'altra, ma non la clip di plastica del reggiseno, che da quando era arrivata le ciondolava sulla pancia.

Jojo scoppiò a ridere. «Mi è successa la stessa cosa. Anzi peggio. La mia gonna aveva una fibbia di metallo e mi è scesa del tutto.»

«A me sono spariti i collant, l'orologio e gli anelli.»

«Non me lo dire, questa cosa mi ha fatto letteralmente girare le palle», replicò Jojo, annuendo. «Come se non fosse abbastanza essere stata ammazzata, mi sono ritrovata qui senza i miei bellissimi gioielli. Chissà dove va a finire tutta questa roba...»

«A quanto pare, gli oggetti metallici e sintetici non arrivano in questo mondo», le spiegò Emily, sfilandosi il reggiseno.

«Da' qua, chiederò al fabbro di metterci una spilla.» Poi, guardandole il seno, aggiunse: «Portiamo quasi la stessa taglia».

Date le circostanze, Emily ritenne saggio non fare storie. «Sei qui da molto?»

«Intendi in questo patetico castello o all'Inferno?»

«Tutte e due.»

«All'Inferno sono arrivata cinque anni fa, in questo schifo più o meno un anno dopo.»

Emily iniziò a lavarsi. L'acqua era fredda, ma era piacevole sentirsela scorrere addosso. «Posso chiederti cosa ti è successo?»

«Il miglior amico del mio ragazzo mi ha sparato.»

«Santo cielo. Perché?»

«Gli ho fregato la roba. Ma ti sembra normale ammazzare una persona solo perché ti ha rubato l'erba? Sono morta a La Courneuve, e a La Courneuve mi sono ritrovata, anche se non ci somigliava per niente alla città che conoscevo, era più un merdoso villaggio... ma lo sai come funziona, no? Poi, siccome sono giovane e carina, tutti i luridi porci di questo mondo hanno cercato di mettermi le mani addosso, ma per un po' sono riuscita a tenerli alla larga. Una volta scoperto come funzionavano le cose, ho aspettato l'arrivo di quel pezzo di merda che m'ha ucciso... Sapevo che il mio ragazzo gliel'avrebbe fatta pagare.»

«Ed è arrivato?»

«Altroché! Mi è spuntato davanti con le braghe calate, per il motivo che sappiamo. Quando mi ha visto andargli incontro con una mazza di ferro in mano... Avresti dovuto vedere che faccia assurda ha fatto. Gli ho sfondato il cranio per benino. Spero se li goda tutti i prossimi cinquanta milioni di anni nella cella di putrefazione in cui è finito.»

Emily indossò una delle camicie da notte di Jojo e bevve una coppa di vino, sperando che l'alcol la stordisse un po'. «Perché sei finita all'Inferno?»

«Quando facevo la puttana, in Mali, ho ammazzato qualche cliente. Ero convinta che fosse legittima difesa, ma a quanto pare non era poi così legittima.»

«Avrei mille domande da farti, Jojo, ma sono stanca morta. Posso andare a dormire?»

«Fa' pure. E tranquilla per le domande, abbiamo tutto il tempo del mondo.»

Francesco, duca di Guisa e signore del castello, venne a sapere dell'arrivo di Emily un istante dopo essersi svegliato nella sua camera, che si trovava nella torre principale. Le due concubine stavano ancora dormendo e, quando l'uomo capì che quello non sarebbe stato un giorno come tanti, le buttò giù dal letto senza troppi riguardi.

« Non è morta? » chiese al soldato che aveva scortato Emily, mentre un servitore lo vestiva in fretta.

« Così sembra, mio signore. »

« Straordinario. Ed è giovane? »

« Sì. »

« È bella? »

« A mio parere, sì. Molto. »

« È stata profanata? »

« Non che io sappia, mio signore. Di certo non da quando ci è stata consegnata. »

« E D'Aret quanto l'ha pagata? »

« Mi è stato detto cinquecento corone. »

« Per la miseria! Se la donna non le vale, gli farò tagliare la testa. E Marot? »

« Ammazzato dagli uomini di Clodoveo. »

« Quel vecchio bastardo... Giuro che un giorno lo farò squartare e lo darò in pasto ai porci. » Il duca congedò il soldato con un gesto della mano. « Adesso siete voi il mio capitano. »

« Grazie, mio signore. »

Sei giorni dopo essere stato trafitto dalla spada di un ugonotto, il duca di Guisa era morto nel suo letto, circondato dai medici di corte. In vita era stato considerato un titano, un nobile francese che però di francese aveva ben poco: la notevole altezza e i capelli biondi avevano dato adito a voci secondo cui nelle sue vene scorresse sangue straniero, forse germanico. Era inoltre un uomo spietato, che vendicava nel sangue ogni sgarbo e affronto subiti.

I Guisa avevano regnato incontrastati per tutto il XVI

secolo, da quando Claudio, il padre di Francesco, aveva ricevuto il titolo ducale dal re di Francia.

Fermamente cattolica, la dinastia dei Guisa era stata temuta soprattutto dai protestanti ugonotti, fatti spesso oggetto di violenze e soprusi. Il figlio maggiore di Francesco, Enrico di Guisa, che gli ugonotti avevano soprannominato le Balafré, « lo sfregiato », aveva fondato la sanguinaria Lega Cattolica e, ispirato dalle opere di Machiavelli, aveva ordinato il famigerato massacro della notte di San Bartolomeo a Parigi, durante il quale erano stati trucidati settantamila protestanti.

Le vicende dei Guisa non si erano interrotte con la loro morte. Arrivato all'Inferno, Francesco aveva scoperto che il padre stava apportando delle migliorie a una fortezza sulla Marna, nella medesima area in cui sulla Terra sorgeva il castello di famiglia. Dopo essersi assicurato l'appoggio di alcuni alleati giunti di recente agli Inferi, Claudio aveva preso possesso della fortezza uccidendo il proprietario, un vecchio rozzo e bislacco che era rimasto al potere dal suo arrivo nel XIV secolo, poi aveva chiesto e ottenuto il benestare del re. Claudio aveva accolto il figlio a braccia aperte, illustrandogli il suo progetto di creare una dinastia in grado, un giorno, di rovesciare il trono, ma Francesco, che era duca a sua volta, non si accontentava di svolgere un ruolo da comprimario. Grazie alle macchinazioni del figlio, adesso Claudio giaceva senza testa in un deposito nei pressi del fiume.

Anche Enrico era finito nell'Oltre. Francesco, consapevole che il figlio non gli era secondo quanto a crudeltà, aveva ordinato a Marot di decapitarlo prima che potesse causare guai. All'Inferno c'era posto per un solo duca di Guisa.

Francesco scartò un vestito dietro l'altro, finché il servitore non gliene portò uno che reputò adatto all'occasione. Prima di scendere nel salone, si controllò nell'unico specchio a figura intera di tutto il castello. Era un uomo alto e magro, ma i capi che indossava lo facevano apparire più grosso: una tunica a maniche lunghe fissata al collo da una spilla d'argento, un surcotto senza maniche di un azzurro pallido e un mantello blu scuro ricamato e foderato di pelliccia. Le gambe erano fasciate da calzebrache bianche e da un paio di comodi stivali alla coscia.

Nel frattempo, Marie aveva svegliato Emily e l'aveva assistita nelle abluzioni mattutine.

« Dove sono i miei vestiti? »

« Li ho bruciati. »

« E perché? » sbottò Emily.

« Erano orribili e indegni di un duca. »

Jojo si gustava la vestizione di Emily dal letto, divertita da quello spettacolo. « In questo posto si mettono roba che manco mia nonna, sarà meglio che ti abitui. Al duca piace sfilarci i vestiti uno alla volta, come se fossimo cipolle. È la parte che gli prende più tempo, la scopata invece dura un attimo... Per fortuna il tizio si spompa subito. A proposito, spero ti piaccia farlo alla pecorina. »

Emily tremava d'angoscia e di rabbia allo stesso tempo. « Se mi sfiora anche solo con un dito, lo ammazzo. »

Jojo scoppiò a ridere. « Vai così, ragazza! Potere al popolo! »

Nell'immediato, però, Emily doveva vedersela con Marie, che insisteva per farle indossare capi su capi. Alla fine la megera vinse le sue resistenze mettendosi a stridere come un uccello ferito, ed Emily si ritrovò di fatto immobilizzata in una corazza di cotone, taffettà, damasco ed ermellino.

« Porca... » Si guardò in un piccolo specchio che le restituiva un riflesso leggermente distorto. « Mi sembra di essere a una folle festa in maschera. »

« Vedi di non farti ammazzare prima del tempo, tu e io abbiamo molte cose di cui parlare. » Jojo le fece un cenno di saluto. « Intanto che sei via, mi godrò il mio giorno di libertà da quel cazzetto reale. »

Alla luce del giorno, Emily poté osservare meglio il castello. Era grigio e deprimente come il cielo, con mura e torri in pietra posata a secco senza nessun senso del gusto o dell'eleganza. Era una struttura semplice e funzionale, né più né meno di una fortezza. I cortili brulicavano di uomini dai volti apatici che svolgevano ogni tipo di mansione: c'era chi tagliava legna, chi badava alle capre e ai polli e chi macellava pecore. Tutti lanciavano occhiate furtive a Emily, ma sembravano troppo spaventati per incrociarne lo sguardo.

Emily fece un profondo respiro prima di entrare nella torre principale. Tra le mura del salone sarebbe stato impossibile per chiunque capire se all'esterno era giorno o notte. Privo di finestre, era illuminato esclusivamente da candele e lampade a olio. La foschia soffocante che aleggiava nella stanza provocò un accesso di tosse a Emily. Davanti a un enorme camino spento, c'era un lungo tavolo da banchetto imbandito con ogni prelibatezza. Seduto al centro, il duca di Guisa mangiava fingendo di non essersi accorto dell'arrivo di Emily.

« Mio signore, la donna speciale è qui », annunciò Marie.

Il duca tagliò un pezzo di carne con il coltello e lo portò alla bocca senza sollevare lo sguardo. Dopo aver deglutito, alzò la testa e inarcò le sopracciglia. « Falla avvicinare. »

Marie la spinse avanti. La reazione di Emily fu primordiale, simile a quella di un piccolo roditore di fronte a un serpente che si scalda al sole. Il lungo volto asciutto e le labbra umide le ricordavano un rettile e, quando mosse la lingua per staccare un brandello di cibo incastrato fra i denti gialli, lei fu preda di un conato di vomito.

« Ha mangiato? »

« No », rispose Marie.

« Parla la nostra lingua? »

Determinata a non farsi intimidire, Emily rispose in francese con tutta l'irriverenza di cui era capace: « Vi sono davanti, perché non me lo chiedete direttamente? »

« Lasciaci soli, Marie. » Il duca prese una cipolla da un piatto e la mangiò con studiata lentezza, ignorando la nuova arrivata. Dopo un po', le disse: « È buona norma parlare solo se invitati a farlo ».

« Le vostre regole non sono le mie. »

L'uomo ridacchiò, investendola con una zaffata di alito nauseabondo. « Siete unica sotto molteplici aspetti. Accomodatevi. »

Emily obbedì lisciandosi le gonne vaporose, quindi assunse un'aria di sfida incrociando le braccia sul petto.

« Potete mangiare, se avete fame. »

« Tè non ne avete, presumo. »

« No, il tè è merce rara in queste terre. »

« Caffè? »

« Ignoro cosa sia. »

«Altre due ragioni per odiare questo posto infame », mormorò lei in inglese.

« Vi proibisco di utilizzare un linguaggio straniero in mia presenza! » esplose il duca. « Ditemi, che anno è sulla Terra? »

« Il 2014. »

« Come passa il tempo... Quanti anni avete? »

«Trentasette. E voi?»

«Un'altra insolenza. Non vi ho autorizzato a pormi domande.»

«E io vi ho detto che le vostre regole non sono le mie.»

«Non siete morta, eppure siete finita all'Inferno. Com'è possibile?»

«Non lo capireste perché io stessa ho difficoltà a capirlo. Ma la sostanza dei fatti non cambia: sono all'Inferno, e la cosa non mi piace per niente.»

«Nessuno è felice di trovarsi qui. I forti e gli scaltri, tuttavia, trovano un modo per sopravvivere; i deboli e gli imbecilli incontrano maggiori difficoltà. Voi siete forte o debole?»

«Indovinate.»

«Siete invero un uccellino raro... Come vi chiamate?»

«Dottoressa Emily Loughty.»

«Un dottore donna! Sono felice di non vivere nel vostro tempo. Forse però potreste incidermi una vescica.»

«Non sono quel genere di dottore.»

Il duca aggrottò la fronte, confuso. «Ho saputo che siete stati attaccati da Clodoveo. Avete visto quello schifoso bastardo con i vostri occhi?»

«Da quando sono all'Inferno ho incontrato un mucchio di schifosi bastardi.»

«Clodoveo è orbo di un occhio.»

«Non l'ho visto. Chi è?»

«Clodoveo, figlio di Meroveo, sovrano dei franchi un migliaio di anni prima che io nascessi. Non sopravvivi tutto questo tempo all'Inferno se non hai cervello. Oggi possiede alcune zone della foresta, ma si mantiene depredando me e i miei alleati e vendendo i suoi servigi ai signori d'Alemagna.»

«Ha ucciso Phillipe Marot, che mi ha trattato con rispetto. Chiunque sia, questo Clodoveo non è mio amico.»

«Marot non è morto, ma sono certo che vorrebbe esserlo. Purtroppo per lui è ancora vivo, anche se è in uno stato pietoso di agonia infinita.»

Nonostante la facciata da dura che aveva assunto, le labbra cominciarono a tremarle. Voleva urlare. Voleva uscire da quella sala. Voleva tornare a casa.

Il duca si avventò sulla sua paura. «Senza la protezione di un principe potente, una creatura rara quale voi siete di certo soffrirebbe, e forse morirebbe, in questo mondo spietato. Ma per vostra fortuna, grazie al mio uomo, D'Aret, adesso godete di una posizione privilegiata in questo castello.»

«Una posizione privilegiata? E quale sarebbe?»

Il duca l'afferrò per un braccio. «A quattro zampe sul mio letto, ovviamente. Ne riparleremo dopo che sarò rientrato da uno o due giorni di caccia.»

Emily tornò all'inglese. «Lo vedremo, verme schifoso.»

9

All'alba, dopo una colazione frugale, Solomon Wisdom e John s'incamminarono verso il fiume. John era ancora annebbiato dal troppo vino della sera precedente e gli faceva male la spalla ferita, anche se a dargli più noia era il dente scheggiato. A un certo punto aveva anche pensato di estrarlo, ma riflettendoci meglio aveva deciso di tenersi il fastidio. Wisdom gli mostrò la sua barca ormeggiata, vantandosi delle sue ricchezze e del suo potere. Prima di salire a bordo, John salutò Dirk dicendogli di tornare a Dartford e di aspettarlo lì; da parte sua, il ragazzo si fece ripromettere di aiutarlo a ritrovare il fratello. Una ciurma di una decina di uomini issò la vela e pochi istanti dopo salparono.

L'imbarcazione era un burchiello di dodici metri con un basso pescaggio e una randa più o meno quadrata; il ponte concavo era scoperto. Solomon e John si accomodarono su una panca a prua, mentre l'equipaggio si occupava della navigazione e scrutava le rive del Tamigi per eventuali pericoli. John aveva la spada infilata nella cintura e la pistola carica nella bisaccia ai suoi piedi.

Il fiume, che in quel punto era soggetto alle maree e mandava un odoraccio, era deserto a eccezione di una manciata di pescherecci. Wisdom indicò la sua dimora per strappargli un complimento, e John lo accontentò. Man mano che procedevano verso occidente, gli insediamenti si facevano più numerosi e animati. Piccoli villaggi, più o meno come Dartford, sorgevano su entrambe le rive e, quando furono in prossimità dell'area in cui John aveva calcolato ci fosse Londra, il traffico fluviale aumentò e una città vera e propria apparve all'orizzonte.

Quella versione di Londra, però, era una bassa e disordinata distesa di casette di legno e costruzioni più grandi in mattoni. Un edificio in pietra alto come un palazzo si ergeva più o meno nel punto in cui sulla Terra c'era la Torre di Londra. Nelle sue immediate vicinanze, c'era l'unico ponte che attraversava il fiume, una struttura di legno che in quel momento era percorsa da un carro trainato da un cavallo. Era una città monocromatica, avvolta dal fumo di migliaia di piccoli falò. John notò l'assenza totale delle guglie delle chiese; gli faceva uno strano effetto vedere Londra priva di quelle tipiche dita protese verso il cielo.

La riva brulicava di uomini impegnati in mansioni d'altri tempi: caricavano e scaricavano chiatte con argani a mano, trasportavano sacchi e casse, tagliavano tronchi d'albero con seghe da carpentieri e asce e gettavano rifiuti nel fiume. Poi, mentre veleggiavano più vicini al lato settentrionale, John notò che i pali allineati lungo tutto il corso del fiume erano collegati da corde o cavi metallici.

«Sono pali del telefono?»

«Non ho idea di cosa sia un telefono. Comunque, no, sono pali del telegrafo.»

«Quindi avete il telegrafo in questo posto?»

«Sì, ma è proprietà del sovrano.»

«Ah.»

«A quanto ne so, anche il re di Gallia è in possesso di un simile apparecchio. È stato Cosgrove, il gentiluomo che mi ha iniziato al lavoro di mediatore, a capire come sfruttare le particolari competenze di un ex operatore telegrafico giunto all'Inferno, se non erro, una ventina di anni prima del sottoscritto. Costui aveva fatto a pezzi e mangiato la sua affittacamere, o qualcosa del genere, ma Cosgrove ne aveva colto il potenziale e lo aveva venduto al re per una somma ingente. E lui, che a sua volta aveva compreso quanto potesse tornargli utile lo strumento maneggiato in vita dal nuovo arrivato, lo aveva incaricato di spiegare a fabbri e artigiani come costruire batterie, serpentine, cavi metallici e qualsiasi altro elemento necessario per far funzionare un telegrafo. »

« Questo tipo è ancora in circolazione? »

« Oh, no. Per un periodo se l'è passata bene, il re lo aveva persino ricompensato facendogli dono di una casa a Londra. Diversi anni fa, tuttavia, si è azzuffato con alcuni uomini ancor più spregevoli di lui, i quali, ironia della sorte, lo hanno fatto a pezzi. Dubito però che costoro lo abbiano anche mangiato. »

Il viaggio proseguì per altre quattro ore, con il timoniere che seguiva la rotta migliore per catturare il vento e contrastare le correnti.

John si alzò e si appoggiò all'albero. « Quanto manca? » chiese, senza accorgersi che il mercante si era appisolato.

Wisdom aprì gli occhi di scatto e si guardò attorno. « L'insediamento che vedete su quella collina è Richmond. Kingston non è distante. »

Dietro un'ansa del fiume, poco oltre un ponte di legno, uno spettacolo inquietante si presentò agli occhi di John: sulla riva meridionale c'erano cinque uomini appesi a una forca. Ma non oscillavano inerti al vento, con le mani legate dietro la schiena, bensì muovevano le gambe in una danza macabra. I membri dell'equipaggio li indicarono ridendo.

« Santo cielo », mormorò John. « Dobbiamo tirarli giù. »

« È vietato aiutarli. Erano già qui quindici giorni fa. »

« Ma si muovono ancora. »

« Non avete ancora ben capito come funziona questa realtà, John. Quegli uomini sono stati impiccati, però non sono morti. »

« Cos'hanno fatto per meritarsi una simile punizione? »

« Non ne ho idea, ma, qualunque reato abbiano commesso, ha scatenato l'ira del re o di uno dei suoi uomini. Guardate laggiù, piuttosto. Siamo arrivati a Hampton Court. »

Il palazzo era stato costruito per volere del cardinale Wolsey, Lord cancelliere di Enrico VIII. Il sovrano se n'era impossessato dopo che il religioso aveva perso il suo favore, quindi l'aveva ampliato perché accogliesse la sua immensa corte.

In vita, Enrico VIII aveva posseduto più di sessanta palazzi, ma si diceva che Hampton Court fosse stato il suo preferito. Nel corso degli anni, i sovrani successivi avevano apportato ulteriori modifiche e aggiunte, e la moderna attrazione turistica era un guazzabuglio di capricci architettonici in stile Tudor e Stuard. John l'aveva visitato una sola volta assieme a Emily, e di quell'esperienza conservava gli stessi ricordi di chi visita un museo: immensi saloni, infinite gallerie di quadri, arazzi, sculture e, alla fine, un fastidioso dolore ai piedi.

Il palazzo che sorgeva nell'Oltre non era come quello che lui conosceva. Sebbene fosse più imponente di qualsiasi altro edificio che aveva visto lungo il fiume, impallidiva al confronto del suo equivalente sulla Terra. Le mura erano composte prevalentemente di mattoni, ma la modanatura della facciata che dava sul Tamigi aveva la tipica struttura in stile Tudor con larghe assi di legno incrociate.

C'erano numerose torrette e comignoli da cui uscivano colonne di fumo. Il palazzo non era circondato da eleganti giardini curati, ma da campi di erbaccia incolta.

Il timoniere ormeggiò a valle di un grosso ed elegante trealberi con numerosi cannoncini fissati sul ponte. Alcuni marinai dall'aria annoiata guardarono i nuovi arrivati con sospetto, finché un uomo più anziano, l'ufficiale superiore, non si avvicinò a Wisdom.

«Siete stato qui solo due settimane fa. Cosa vi porta di nuovo a Kingston?»

«Devo vedere il re.»

«Per quale motivo?»

«Affari urgenti. Un nuovo arrivato che sua maestà vorrà di certo incontrare.»

«E perché mai?» chiese l'altro, fissando John.

«Perché quest'uomo non è morto.»

L'ufficiale spalancò la bocca e, mentre si allontanava in tutta fretta lungo il pontile, esortò Wisdom a raggiungere il portone del palazzo.

Prima di entrare, John fu costretto a consegnare la spada e la pistola. Poi una squadra di soldati dai volti inespressivi scortò i due uomini in una piccola stanza completamente spoglia. Vi rimasero per un bel po', senza che venisse offerto loro da mangiare o da bere, fino all'arrivo di un uomo dalla corporatura minuta, con una carnagione olivastra, una barba curata e un lungo abito nero. Dopo aver rivolto un saluto cordiale a Wisdom, chiese gentilmente di parlargli in privato. Mentre confabulavano in un angolo della stanza, l'uomo lanciava sguardi interessati verso il nuovo arrivato con i suoi occhi da furetto.

Infine, il mercante tornò da John. «Il re vuole parlare prima con me. Voi verrete invitato a entrare quando egli lo riterrà più opportuno.»

John camminava avanti e indietro come se si trovasse nella cella di una prigione. Affacciandosi a una delle piccole finestre di vetro piombato che davano sul fiume, vide un airone azzurro posarsi sulla riva e volare via all'arrivo di un uomo con una canna da pesca. John stava per incontrare uno dei sovrani più celebri della Storia, ma riusciva a pensare soltanto a Emily. Era spaventata? Era ferita? Aveva abbandonato ogni speranza di tornare a casa?

Ti troverò, giurò a se stesso.

Ti troverò.

Wisdom tornò un'ora dopo, con un sorriso sbilenco sulle labbra. «Il re è ansioso di conoscervi.»

John notò un rigonfiamento sotto la casacca del mercante. «Sembrate soddisfatto. Vi ha pagato bene?»

Il sorriso sparì in un istante. «Sono soddisfatto, sì, perché ho aiutato il sovrano e ho aiutato voi.»

«Avete aiutato anche il duca di Guisa?»

«Non c'entro niente con quella storia.»

«Allora come sapete che Emily è in Francia?»

«Questo regno pullula di spie.»

«D'accordo, Solomon. Andiamo, non vedo l'ora di scoprire qual è il vero aspetto di Enrico VIII.»

La sala del trono ricordava vagamente quella visitata da John sulla Terra. Aveva lo stesso alto soffitto a volta sostenuto da contrafforti in legno decorato, ma mancavano le vetrate colorate e gli arazzi. Lungo le pareti laterali c'erano tre o quattro file di uomini con abiti di epoche diverse, tra cui qualcuno con indumenti relativamente moderni. Nessuno si muoveva né parlava, e tutti gli occhi seguivano John mentre camminava verso il re, seduto su un trono intagliato in fondo alla sala. A un certo punto

Wisdom si fermò, lasciando che John percorresse da solo gli ultimi metri che lo separavano da Enrico VIII.

Il sovrano non somigliava affatto ai classici ritratti di Holbein. Era corpulento, sebbene non proprio grasso, dimostrava fra i cinquanta e i sessant'anni, con un viso sbarbato solcato da profonde rughe e guance incavate. Non era bello, ma neppure brutto. I capelli grigi con una riga nel mezzo erano piuttosto lunghi, con riccioli ribelli sulla fronte che il re ricacciava di continuo indietro con le dita. Non c'era traccia delle famose guance floride e della barba rossastra. Solo gli abiti che indossava corrispondevano all'idea che John aveva di un monarca del XVI secolo: una tunica bordeaux con cintura, una calzamaglia, scarpe basse e un enorme mantello imbottito con i bordi in pelliccia. Sulla Terra, quell'uomo sarebbe stato scartato in qualsiasi gara di sosia di Enrico VIII.

Quando John fu a tre metri dal trono, il consigliere al fianco del re gli ordinò di arrestarsi.

Enrico lo osservò con attenzione, annusando l'aria un paio di volte.

« È consuetudine inchinarsi davanti al sovrano. »

Enrico VIII intervenne prima che John decidesse se e come accontentarlo. « Tralasciamo pure le formalità, Cromwell. Costui non appartiene al nostro tempo, né è un suddito del mio regno. A quanto mi pare di aver capito, John Camp, voi non dovreste neanche essere qui. »

« Esatto, signore, o vostra maestà. Non voglio mancarvi di rispetto, ma non so come chiamarvi. »

Enrico VIII agitò una mano con fare sbrigativo. « Vostra maestà va bene. Master Wisdom mi ha informato delle particolari circostanze che vi hanno portato in questo luogo. Circostanze che non pretendo neppure di comprendere. »

« Allora siamo in due », disse John, per poi aggiungere subito: « Vostra maestà ».

Il re sorrise. « Non dovete dirlo ogni volta che mi rivolgete la parola, la scorrevolezza del nostro colloquio ne risentirebbe. Ditemi, John Camp... »

John lo interruppe: « Chiamatemi John, per non pregiudicare la scorrevolezza del nostro colloquio ».

Enrico VIII rise di cuore. « Molto bene, John. Ditemi, avete fame? »

« Mangerei volentieri qualcosa. »

« Allora daremo un banchetto, durante il quale potremo parlare a piacimento. Cromwell, accompagnate il nostro ospite nella sua camera affinché possa riposarsi fino a sera. »

Senza dire una parola, Cromwell e John uscirono dal salone e imboccarono un lungo corridoio deserto.

John dovette rallentare per tenere l'andatura pacata del consigliere. « Quindi voi siete Thomas Cromwell? »

L'uomo si fermò e lo guardò con evidente soddisfazione. « Mi conoscete? »

« Nel mio tempo siete celebre quasi quanto Enrico VIII. »

« Voi mi adulate, signore. »

« Posso chiedervi una cosa? »

« Fate pure. »

« Il re vi ha fatto giustiziare, eppure siete ancora al suo servizio. »

« Enrico si è pentito delle sue azioni », sospirò Cromwell. « Quando ci siamo ritrovati in questo luogo, mi ha chiesto perdono e io gliel'ho concesso. L'Inferno è un luogo molto, molto duro e godere del favore di un sovrano non è cosa da poco. Ho fiducia che il legame di fedeltà che ci unisce durerà per tutto il tempo in cui rimarremo qui.»

Ripresero a camminare.

«Siete il suo consigliere?»

«Il re ne ha più di uno, ma io sono il consigliere principale, il suo cancelliere.»

«Allora spero che gli consiglierete di aiutarmi.»

«Ascolterò le vostre richieste e vedremo se sarà possibile giungere a un accordo.»

La stanza era piccola, con una finestra che dava su un pascolo per cavalli. Dopo che Cromwell si fu congedato, John si lavò le mani e il volto in un catino, si adagiò sul materasso duro e irregolare e, in attesa che qualcuno tornasse a chiamarlo, si abbandonò al sonno.

Il Black Hawk MH-60 stava sorvolando a bassa quota il distretto di Sangin, nella provincia di Helmand. Era una notte senza luna, ma John non aveva bisogno di luce per sapere che sotto l'elicottero si estendeva un vasto e brullo altopiano roccioso, riarso da un sole inesorabile. Nel corso della sua prima missione, il paesaggio afghano lo aveva colpito per la sua maestosa bellezza. Adesso, invece, lo considerava alieno e senza vita come la superficie lunare, luoghi con cui lui e i suoi uomini non avevano nulla a che spartire. Altri cinque giorni, però, e sarebbero tornati a casa; con un po' di fortuna, quella sarebbe stata la loro ultima missione.

Il copilota del Black Hawk comunicò che erano vicini alla zona di atterraggio.

«Cinque chilometri», ripeté lui ai suoi uomini.

Gli undici Berretti Verdi sotto il suo comando erano uomini di valore; molti portavano lunghe barbe e un taglio di capelli non regolamentare. John li conosceva come fossero suoi fratelli, e avrebbe fatto di tutto per loro. Nel giro di una settimana sarebbero tornati a Eglin, dove si sarebbero ubriacati in un bar di Fort Walton Beach prima di riportare le chiappe alla base. Forse dopo avrebbe accettato un nuovo incarico, forse no. Ormai era stufo marcio di addestrare gli afghani con la paura che uno di loro gli puntasse contro un M-16. Quella notte erano gli unici in missione, come piaceva a lui. Quella notte dovevano occuparsi di un solo talebano.

Anche Mike Entwistle, l'ufficiale al suo fianco, era uscito da West Point. Presto sarebbe stato promosso e avrebbe comandato una sua squadra delle forze speciali.

« Mike, i tuoi uomini ci metteranno un paio di minuti in più per arrivare sul retro della casa. Fammi tre clic alla radio quando sarete in posizione. »

« Ricevuto. Come hai detto che si chiama il bersaglio? »

Andy Tannenbaum, il sergente dell'intelligence, tirò fuori da un taschino una foto sgranata. « Il figlio di puttana si chiama Fazal Toofan. Gli piace ammazzare la gente con le bombe. »

« Anche a me », intervenne Stankiewicz, l'esperto di esplosivi.

Ben Knebel, l'ufficiale medico, tirò su con il naso. « Cristo, T-Baum, la gente normale ha la foto della propria donna nel portafogli, non il brutto muso di un talebano! »

« Basta così, gente », intervenne John. « Restiamo concentrati e niente cazzate, okay? Voglio rivedervi tutti interi alla fine della missione. Gli ordini sono di catturare vivo il figlio di puttana, ma se è necessario possiamo eliminarlo. Intesi? »

Gli uomini controllarono le sicure degli MP-5 e le batterie delle torce e dei laser: era una perfetta dimostrazione di come si potesse essere rilassati e tesi allo stesso tempo. Dopotutto, quello non era il loro primo rodeo.

John cominciò il conto alla rovescia per l'atterraggio e recitò a mente la solita preghiera. Poi l'elicottero toccò il freddo e inospitale deserto afghano.

John venne svegliato da forti colpi alla porta. Si strofinò gli occhi e scattò in piedi.

Un giovane servitore lo informò che era atteso al banchetto del sovrano. John scacciò dalla mente il sogno che stava facendo e seguì il ragazzo. Mentre percorrevano il lungo corridoio, ne approfittò per fare alcune domande – Quanta gente viveva nel palazzo? A che epoche appartenevano? – ma desistette dopo una serie di « non so » e « non posso rispondere ». Attraversarono la sala del trono, che in quel momento era deserta, ma John udì il brusio di una moltitudine di voci e, quando varcò la soglia del salone delle feste, vide almeno un centinaio di persone sedute a lunghi tavoli rettangolari. Il suo ingresso passò inosservato, poi i convitati si accorsero della sua presenza e nella sala calò il silenzio. Gli uomini posarono i boccali di birra, seguendolo con lo sguardo mentre procedeva in direzione del re.

John dovette mascherare il disgusto per l'odore pungente che si respirava in quel luogo chiuso, uno sgradevole miscuglio di sudore e tanfo di decomposizione, come se tutta quella gente fosse allo stesso tempo viva e morta. I convitati indossavano capi di ogni tipo, tra cui larghe toghe, farsetti elisabettiani e uniformi militari appartenenti a epoche e culture diverse. Quegli abiti, rappezzati e rattoppati più volte nel corso di anni e forse di secoli, erano la prova che ciascuno di loro era rimasto ancorato alla propria epoca. Le donne presenti, all'incirca una ogni venti uomini, lo fissavano con occhi tristi e infossati. Una ragazza che in vita era stata di certo molto bella allungò una mano e gli sfiorò una gamba, quindi la ritrasse con un'espressione sognante, quasi bramosa. L'uomo seduto al suo fianco, un bruto tarchiato in abiti medievali con una barba sporca di cibo, le schiaffeggiò il volto con il dorso della mano.

John si fermò, lanciandogli un'occhiata feroce. « Fallo di nuovo e ti strappo il braccio. »

Quello si alzò posando la mano sul pomo della spada. Era più basso di John di mezzo metro, ma non sembrava affatto intimorito dalla differenza di altezza. « Questa donna è mia e ci faccio quello che mi pare. » Aveva un marcato accento francese.

« Non quando ci sono io nei paraggi », rispose John, preparandosi allo scontro.

L'uomo stava per estrarre la spada, quando si levò una voce: « Blouet, somaro d'un normanno, sedetevi o i miei cani pasteggeranno con le vostre cervella », esclamò a pieni polmoni il re. « John, non attardatevi con quel poco di buono. Il nostro Blouet viveva in un'epoca in cui gli uomini usavano la spada più della testa. Venite, vi sto aspettando. »

Blouet imprecò a denti stretti mentre si risiedeva. John fece l'occhiolino alla donna esterrefatta e riprese a camminare.

Al tavolo del re c'era una ventina di persone, fra cui tre donne. Wisdom stava mangiando della carne con le mani unte. Alla destra di Enrico VIII, c'era una signora elegante dai capelli argentati, con una gonna in broccato di seta verde; alla sua sinistra, una bionda minuta e affascinante con un vestito giallo simile a quello che avrebbe potuto indossare una ragazza del XX secolo. John venne fatto accomodare di fronte al re, tra Cromwell e una ragazza mora dallo sguardo spento.

« Prego », disse il re. « Mangiate. Bevete. »

Un servitore gli riempì subito il boccale di birra chiara. Il tavolo era talmente stretto che John riusciva quasi a sentire l'alito del sovrano. In presenza di uno degli uomini più celebri della Storia, e circondato da gente morta, si sentì d'un tratto sopraffatto e si scolò mezzo boccale in un sorso.

« Ah! Che bevitore! Avete visto, Cromwell? Ve l'avevo detto che quest'uomo mi piaceva! »

Il consigliere accennò un sorriso.

Enrico VIII posò una mano sulle spalle della donna più anziana: aveva un portamento austero e regale, ma gli occhi erano tristi. « Vorrei presentarvi la persona che ho più cara al mondo. È mia moglie, mia madre, mia sorella. La mia regina. L'imperatrice Matilde. »

John si alzò porgendole la mano, ma la donna si limitò a rivolgergli un cenno con la testa. Lui tornò a sedersi, imbarazzato, frugando inutilmente tra i suoi ricordi in cerca di un personaggio storico con quel nome.

Quasi che gli avesse letto nella mente, Enrico VIII continuò: « Matilde, figlia di re Enrico I, moglie esemplare di Enrico V, imperatore del Sacro Romano Impero, madre di Enrico II d'Inghilterra. Si è battuta contro suo fratello Stefano e, per poco, non è salita al trono d'Inghilterra. Ovviamente tutto ciò è accaduto moltissimi anni fa. Matilde è passata a miglior vita nel... Che anno era, mia cara? »

« Il 1167. »

« Appunto. Matilde è una santa donna e, se non fosse stato per una colpa del tutto insignificante, adesso sarebbe in Paradiso, non qui. Ciò detto, sono felice di averla al mio fianco.»

«Lieto di fare la vostra conoscenza», disse John.

La donna si lasciò sfuggire un sospiro, un sospiro che racchiudeva la disperata tristezza di chi era all'Inferno da quasi mille anni.

«Mangiate, John, mangiate!» lo esortò il sovrano.

Il tavolo scricchiolava sotto il peso dei vassoi colmi di selvaggina, pesce e pasticci di carne. Non essendoci posate, i commensali mangiavano con le mani.

«Norfolk, porgete un pugnale al nostro ospite!» disse il re a un uomo affascinante con una barba nera e curata seduto accanto a Matilde.

Scuro in volto, questi estrasse uno stiletto dalla cintura e lo conficcò con violenza nel tavolo, a pochi centimetri dalla mano di John. Lui non batté ciglio e, dopo aver estratto la lama, infilzò un petto di cappone sotto lo sguardo truce dell'uomo.

Enrico VIII scoppiò a ridere. «Il nostro John de Mowbray, duca di Norfolk, è un uomo sanguigno. È sempre diffidente verso i nuovi arrivati, però è un soldato e un comandante molto valido. In vita ha servito un mio predecessore, Enrico V, e ahimè è spirato in giovane età, ma proprio per questo la mia corte si è arricchita di un elemento di gran vigore.»

«Vi ringrazio per lo stiletto», disse John, puntandolo provocatoriamente contro il duca. «Ha un'ottima lama.» Con la coda dell'occhio notò che la donna al suo fianco si era portata una mano sulla bocca per nascondere un sorriso soddisfatto.

«Continuiamo con le presentazioni. Questa bionda fanciulla alla mia sinistra è Faye, vissuta in un'epoca più vicina alla vostra che alla mia. Per ragioni piuttosto evidenti, costei è una delle mie preferite.»

La ragazza salutò John rivolgendogli un sorriso tirato.

«Non siate timida, raccontategli la vostra storia.»

«In realtà non c'è molto da raccontare. Sono morta a Londra nel 1923, e mi trovo in questo luogo perché ho commesso alcune azioni di cui non vado fiera. Dopo avermi trovata, Mr Wisdom mi ha portata dal re, convinto che potessi essere di suo gradimento. Tutto qui.»

«Eccome se siete di mio gradimento», esclamò Enrico VIII, palpandole il seno. Matilde si voltò con un'espressione di rassegnato disgusto sul volto.

Il re cambiò bruscamente argomento: «Master Wisdom mi ha detto che siete anche un soldato».

«Sì. O meglio lo ero.»

«Un soldato rimane tale per tutta la vita», s'intromise Cromwell.

«In quale esercito avete militato? E a quali campagne avete partecipato?»

«Ero un ufficiale delle forze speciali dell'esercito degli Stati Uniti d'America. Per lo più ho combattuto in Medio Oriente, in una terra che qui è conosciuta come Babilonia.»

Annuendo con convinzione, Enrico VIII si alzò e ordinò a tutti i presenti di fare altrettanto. «Brindiamo al nostro ospite, John Camp, il quale ho appena scoperto essere un guerriero e crociato del suo tempo. Dopo che avremo sconfitto i nostri nemici in Europa, rivolgeremo la no stra ira su Selim e le sue orde a oriente!»

La sala proruppe in un grido di giubilo, poi ognuno tornò a sedersi.

«Ho sentito che adesso si usano armi capaci di abbattere un uomo da un'enorme distanza, è vero? » gli chiese Norfolk, in un tono che trasudava disprezzo.

« Sì. Maggiore è la distanza e meglio è. »

« Un vero guerriero uccide il suo avversario guardandolo negli occhi e sentendo sul volto il suo alito caldo. »

« Oh, John è in grado di farlo », disse Solomon Wisdom, che si stava sforzando di seguire la conversazione dal fondo del tavolo. « A Dartford ha sgominato una squadra di soldati armato solo di una spada. »

« È la verità? » chiese il re.

« Si fa quel che si può per difendersi. »

« Una verità universale », sentenziò Cromwell.

« Wisdom mi ha detto che siete stato addestrato in una speciale guarnigione militare chiamata Point West. »

« West Point. »

« Cosa vi hanno insegnato? »

« Be', a usare il cervello, direi. Ho studiato scienze e matematica, psicologia, tattica militare, sistemi di difesa e molta Storia, militare e politica. »

« Ah! I soldati non sono topi da biblioteca. I soldati combattono. Usano la forza bruta. Non sgobbano sui libri! » sbuffò Norfolk.

« Avete studiato anche le mie imprese? » volle sapere il re, ignorando il duca.

John ci pensò a lungo. « A essere onesti, non ricordo... Forse la battaglia di Agincourt... »

« Al tempo non ero ancora nato », s'incupì il sovrano.

« E la vittoria di vostra figlia Elisabetta sull'invincibile armata spagnola. »

Il re sembrò rianimarsi. « Questo è un argomento che mi interessa, forse ci torneremo più avanti. Avrei tanto voluto incontrare Elisabetta quando era all'apice del suo potere, ma per sua fortuna non è mai arrivata in questo posto. »

Di lì a poco il re iniziò a confabulare con Matilde. John stava cercando il sale o il pepe per condire le pietanze, quando la donna al suo fianco gli sfiorò una coscia con la gamba.

« Come state? » chiese lui.

« Bene, grazie. »

« Come vi chiamate? »

« Phoebe. »

« Bel nome. E da dove venite? »

« Da Londra. Sono nata nel 1762 e morta nel 1787. »

John rimase colpito dall'espressione apatica.

« Temo di non aver ancora compreso bene l'etichetta di questo posto. Vi offendete se vi chiedo delle circostanze che vi hanno portato qui? »

« Intendete il motivo per cui sono nell'Oltre? »

« Sì. »

« Non è una domanda irrispettosa. Ero una donna dell'alta società, ma a un certo punto della mia vita ho ceduto al fascino di un soldato, un ufficiale di ritorno dalla guerra nelle colonie, il vostro Paese. Era sposato e, quando mi ha abbandonata, la mia reputazione ne ha risentito e sono caduta in disgrazia. Da quel momento, la mia esistenza è stata molto dura e ho dovuto compiere azioni terribili per non soccombere. Quando ho contratto la sifilide e ho capito che la mia vita era giunta al termine, mi sono consolata pensando che le mie sofferenze avrebbero avuto fine. Mi sbagliavo. »

« Mi dispiace. »

Sentendo una mano scivolargli sulla coscia, John guardò la donna con aria interrogativa.

«Il re desidera che io sia vostra per tutto il tempo in cui vi tratterrete a corte.»

I suoi sensi erano annebbiati dalla birra, ma era abbastanza sobrio da domandarsi quanto potesse essere piacevole fare sesso con un cadavere. «Ne sono lusingato. A ogni modo, ne riparleremo più tardi.»

Nel frattempo, Norfolk si era avvicinato al re per bisbigliargli qualcosa all'orecchio.

Enrico VIII annuì e si alzò. «Prestatemi tutti ascolto!» disse a gran voce. «Il duca di Norfolk desidera sfidare il nostro ospite per saggiarne le doti di combattente. Master Camp è un rinomato soldato, mi aspetto di assistere a uno scontro leale e avvincente.»

«Ho voce in capitolo in questa storia?» chiese John a Phoebe.

«No. Ogni desiderio del re è un ordine.»

John scosse la testa. «Merda, ho appena mangiato...»

«Fate spazio qui davanti.»

Alle parole del sovrano, due servitori si affrettarono a spostare un paio di tavoli.

«Maestà, avete un concetto di ospitalità davvero particolare», ironizzò John.

Enrico VIII scoppiò a ridere. «È una consuetudine della casa. Inoltre, Norfolk non riesce a dormire se prima non ha praticato dell'attività fisica.»

«Come volete, vostra maestà.»

«Avrete bisogno dello stiletto», lo avvertì il duca, estraendo un altro pugnale dalla cintura.

«Oh, certo, attività fisica...» disse John. «Da queste parti vi piacciono i coltelli, eh?»

«Per vostra fortuna, Norfolk non ha scelto la spada, un'arma di cui è maestro.»

« Preferisco battermi a mani nude, se per voi è lo stesso. »

« Come volete », ribatté il duca, avvicinandosi. « Ma non aspettatevi nessuna pietà. »

« Lo stesso vale per voi. »

Sebbene avesse bevuto una notevole quantità di birra, Norfolk appariva lucido e reattivo. Si piazzò di fronte a John, con la lama del coltello rivolta a terra, la presa ideale per portare un attacco dal basso verso l'alto allo stomaco. Gli occhi accesi di rabbia fecero capire a John che non si trattava di una semplice dimostrazione. Qualcuno si sarebbe fatto male.

John assunse la posizione di combattimento: la gamba sinistra in avanti, le dita leggermente piegate, il peso del corpo sulla punta dei piedi. I commensali sgomitavano per vedere meglio la scena. Nel frattempo, i due sfidanti avevano cominciato a girare in tondo, studiandosi. Lo sguardo di John era fisso su quello del duca: di solito così riusciva ad anticipare le intenzioni del suo avversario e a guadagnare una frazione di secondo di vantaggio.

Non avrebbe fatto lui la prima mossa. Il krav maga era una tecnica di combattimento difensiva. Spiazzato dall'atteggiamento del rivale, Norfolk perse la pazienza e partì alla carica. John fece un passo alla sua destra, gli afferrò il polso con entrambe le mani e, approfittando dello slancio dell'attacco, gli piegò il braccio con forza e lo scagliò di schiena a terra. Mantenne la presa fino a quando sfilargli il coltello dalla mano non fu facile come staccare una foglia da un albero.

L'azione di difesa e contrattacco era stata fulminea.

Norfolk si rialzò di scatto, massaggiandosi il polso.

« Maestà, avete visto cosa ha fatto? » disse Cromwell.

« Sì, invero straordinario. »

Sorridendo, John porse il coltello al duca dalla parte del manico. « Vi è caduto questo. »

Infuriato, Norfolk prese l'arma e, quando John gli voltò le spalle per tornare al suo posto, lanciò un urlo di rabbia e partì di nuovo all'attacco, brandendo il pugnale alto sopra la spalla.

John ruotò su se stesso e deviò la traiettoria dell'arma con un rapido movimento laterale del braccio, quindi sferrò un calcio all'inguine e un colpo alla gola con il palmo della mano.

Norfolk lasciò cadere il pugnale e s'afflosciò sulle ginocchia, senza fiato, mentre nella sala si levava un mormorio di stupore. John raccolse l'arma e, dopo averla soppesata, la lanciò contro una trave di legno della parete.

« Ben fatto! » esultò Enrico VIII.

Norfolk però non ne aveva avuto abbastanza, perché si rimise in piedi ed estrasse la spada.

« Fate sul serio? » chiese John.

Per tutta risposta, il duca impugnò l'arma a due mani e attaccò per l'ennesima volta.

John non aveva mai affrontato un avversario armato di spada, quindi si lasciò guidare dall'istinto. Nell'istante in cui Norfolk fu a mezzo metro da lui, spiccò un salto e, con la gamba destra, gli bloccò il braccio, mentre chiuse quella sinistra a tenaglia attorno all'avversario. La gravità fece il resto. John cadde di schiena, trascinando con sé Norfolk, poi si rivoltò per metterlo a terra. Per finire, afferrò il suo gomito e lo girò con violenza. La spada scivolò via.

John l'allontanò con un calcio, mentre i presenti esplodevano in grida di approvazione. Stordito e ormai inerme, Norfolk fu aiutato a rialzarsi da un paio dei suoi uomini.

Enrico VIII e gli altri commensali erano rimasti colpiti da quella dimostrazione di forza e velocità. E, per la prima volta, John vide Phoebe sorridere. Lui contraccambiò con un saluto.

« Eccellente! » tuonò Enrico VIII. « Venite, John Camp, continueremo la nostra conversazione nelle mie stanze. Abbiamo molte cose di cui parlare. »

Mentre John riprendeva fiato, un uomo si avvicinò e gli porse un boccale di birra fresca. « Meraviglioso, meraviglioso », disse, con un chiaro accento italiano. « *Complimenti.* »

« Mai provocare un Berretto Verde... » replicò John, ansimando.

« Chiedo scusa, *signore*, ma credo di non avere capito. »

John ingollò la birra. « Fa niente. Non siete inglese, vero? »

« Mi chiamo Giovanni Guacci, ambasciatore d'Italia alla corte di Enrico VIII. » Poi, abbassando la voce, aggiunse: « Devo mettervi in guardia. Non fidatevi del re, per nessuna ragione al mondo. È un uomo sleale, infido. Vi spremerà come un limone e, quando non gli servirete più, vi butterà in una cella di putrefazione. Solo io posso aiutarvi a ottenere ciò che volete ».

« Ah, sì? E secondo voi cosa voglio? »

« Lady Emily, ovviamente. »

10

Non appena il duca di Guisa lasciò il castello per la battuta di caccia, Emily si liberò degli strani abiti che indossava. Per il resto del giorno rimase confinata nella fredda torre in compagnia di Jojo. Marie salì due volte, all'ora dei pasti, con un vassoio di carne fibrosa e pane raffermo che Jojo spolverò di gusto. Emily, invece, riuscì a mangiare soltanto il pane. A sera, sapeva tutto della vita da prostituta di Jojo in Africa e di quella piuttosto movimentata in Francia. Per evitare di uscire di senno, a sua volta aveva iniziato a spiegarle il funzionamento del MAAC, ma la ragazza si era rivelata poco interessata.

« Non possiamo andare a fare due passi? » chiese Emily, dopo un lungo silenzio.

« Non è permesso andarsene in giro. »

« Perché? »

« Chi lo sa? Magari per non distrarre gli uomini al lavoro. O forse hanno paura che ce la filiamo. Avranno i loro buoni motivi. »

« Ma non ti annoi a non fare niente tutto il giorno? »

Jojo si versò un'altra coppa di vino. « Mi sbronzo e cerco di pensare alle cose divertenti che facevo un tempo. A volte scendo di sotto per chiacchierare con le altre. E, i giorni in cui vengo scelta dal duca, almeno mangio qualcosa di decente. Se mai mi togliessero il vino, allora sì che sarei nella merda. »

« Che vita! » si lasciò sfuggire Emily.

«È migliore di tante altre, bellezza. E, per una come me, va più che bene così.»

«Be', io non me ne resterò con le mani in mano in attesa di essere stuprata da quell'essere ripugnante. Devo andarmene, devo tornare in Inghilterra. Ti va di aiutarmi?»

«Sei una ribelle, eh? Fatti un sorso di vino e smettila di dire assurdità.»

Due sentinelle appostate sui bastioni avvistarono alcune torce in lontananza.

«Chiunque siano, si stanno avvicinando a gran velocità», disse una.

«Devo dare l'allarme?»

«Non ancora, aspetta. Se fosse un attacco, credi che userebbero delle torce?»

Qualche minuto dopo, le sentinelle riuscirono a distinguere due cavalieri e un portinsegna con lo stendardo del duca di Guisa.

«È il duca. Sta tornando dalla battuta di caccia.»

«In piena notte?»

«Forse c'è stato un incidente. Sarà meglio aprire i cancelli.»

«Sei sicuro?»

«Vuoi essere smembrato per aver vietato al duca di entrare nel suo castello?»

Prima di infilarsi sotto le coperte, Emily si era lasciata convincere a bere un po' di vino. Jojo stava già russando, quando lei se ne versò una seconda coppa. Al piano di sotto non si sentiva volare una mosca, segno che anche le altre concubine stavano dormendo.

Un grido d'allarme la fece trasalire.

Un attimo dopo si levò un coro di voci maschili concitate e il suono di un corno squarciò l'aria.

«Jojo, svegliati!» Dovette scuoterla prima che lei reagisse.

«Ma che cazzo...» biascicò l'altra.

«Sta succedendo qualcosa. Ascolta!»

Dopo essersi strofinata gli occhi, Jojo lanciò uno sguardo spaventato a Emily. «Non mi piace per niente. Vestiamoci.»

Dal trambusto proveniente dal piano di sotto, capirono che anche le altre donne si stavano vestendo in tutta fretta. Le voci all'esterno della torre divennero urla, e colpi d'arma da fuoco si levarono all'interno delle mura.

«Che facciamo?»

«Barrichiamoci dentro.»

«Ma che sta succedendo?» chiese Emily, mentre trascinavano il letto verso la porta.

«Un attacco.»

«È già successo in passato?»

«Una sola volta da quando sono qui, ma quella volta non sono riusciti a entrare.»

«Chi era?»

«Clodoveo.»

«Merda.»

La battaglia s'intensificò e, poco dopo, le due donne, rintanate in un angolo, sentirono dei passi che salivano le scale seguiti da colpi alla porta.

«Aprite! Sono Marie!»

Emily e Jojo la fecero entrare solo dopo essersi accertate che fosse sola. La vecchia spiegò in un fiume di parole che alcuni uomini avevano teso un'imboscata al duca e gli avevano sottratto lo stendardo, poi avevano fatto irruzione nel castello. « Uno di loro ha chiesto di te », disse a Emily afferrandola per le spalle.

« Sanno chi sono? »

« Gli ho sentito dire: 'Dov'è la vivente?' »

« Dove posso nascondermi? »

« Nelle segrete? » suggerì Jojo.

Marie dubitava che ce l'avrebbero fatta a raggiungerle, ma Jojo insistette per provarci.

Le tre donne scesero al primo piano, dove le altre concubine erano nel panico: piangevano e si tenevano abbracciate. Emily avrebbe voluto portarle con loro, ma Jojo le diede della pazza e la spinse fuori dalla torre, dove imperversava la confusione. Sotto la luce delle torce, gli uomini urlavano di rabbia e paura, le spade cozzavano tra loro e le frecce fendevano l'aria.

Il soldato barbuto promosso a capitano vide il terzetto di donne e gli corse incontro, abbattendo i nemici con fendenti precisi finché uno di loro, tozzo e con un baricentro basso, non gli oppose maggiore resistenza. Ogni volta che cercava di avanzare, era costretto ad arretrare di qualche passo per evitare di essere affettato dall'ascia brandita con ferocia dall'avversario. Poi il soldato perse l'equilibrio e l'altro ne approfittò per sfondargli il cranio.

Emily notò che aveva un occhio coperto da una benda di cuoio.

Clodoveo.

Erano in trappola. L'unica via di fuga era bloccata dal condottiero merovingio, che prese ad avanzare verso di loro. Non potevano neanche rientrare nella torre, perché il passaggio era ostruito dai soldati feriti ammassati a terra.

Clodoveo puntò l'ascia verso le tre donne e urlò qualcosa in una lingua gutturale incomprensibile. Un gruppo di uomini con barbe nere le accerchiò e cominciò a stringersi su di loro come un cappio. Uno fece un improvviso salto in avanti e decapitò Marie con un fendente preciso. Poi sollevò la spada per fare altrettanto con Jojo, ma Emily si frappose tra lui e la sua compagna di sventure.

Quando Clodoveo gli ordinò qualcosa, il soldato ribatté in un dialetto che Emily conosceva: « Voglio anche la testa della negra ».

« Prima dovrai passare sul mio cadavere », urlò lei.

Clodoveo sembrava comprendere il suo tedesco, ma forse non lo parlava, perché rispose nella sua lingua. Imprecando, il suo uomo rinfoderò la spada. Le ultime guardie a difesa del castello stavano soccombendo, il suolo era cosparso di sangue e brandelli umani. Aspre grida di giubilo si levarono tra gli uomini di Clodoveo.

Tremando come una foglia, Emily strinse Jojo in un abbraccio protettivo. Un uomo gliela strappò dalle braccia e se la caricò in spalla come un sacco di patate. Il giustiziere di Marie si chinò per fare altrettanto con Emily e, nonostante un calcione che lei gli assestò nell'inguine, la sollevò di peso e la mise in sella al suo cavallo. Il compagno fece lo stesso con Jojo.

« Dove ci state portando? » chiese Emily.

Clodoveo emise una mezza risata prima di rispondere. « Alemagna. Barbarossa. »

Emily si voltò verso il castello in fiamme e, sopra lo scalpitio degli zoccoli e il sibilo del vento, udì le urla strazianti delle concubine che stavano bruciando vive.

11

Un servitore ravvivò il fuoco e lasciò i tre uomini da soli. Enrico VIII si adagiò su un divano imbottito vicino al camino, Cromwell e John presero posto su due sedie di legno. La sala del consiglio privato, una stanza spaziosa con pareti in legno, un mediocre dipinto raffigurante una scena di caccia, numerosi ornamenti in argento e due liuti sul tavolo, era accanto alla camera da letto del re. I tre uomini sorseggiavano vino da coppe d'argento.

«Devo confessarvelo, John, non ho mai visto nessuno battersi alla vostra maniera.»

«Sono fuori allenamento, domattina sarò tutto un dolore.»

«Norfolk starà di certo covando vendetta», commentò Cromwell.

Il re annuì con aria grave. «Ditegli allora di tenere a freno l'ira o ci saranno delle conseguenze. John è un ospite di riguardo.»

«State dicendo che non dovrò dormire con un occhio solo?»

«Con Lady Phoebe nel vostro letto, credo proprio che non dormirete affatto.»

John non gli rivelò cosa pensava di quell'offerta. «Siete un uomo molto ospitale, maestà.»

Enrico VIII assunse un'espressione pensosa. «Siete il primo essere vivente che vedo dal giorno della mia morte. Avevo dimenticato che aspetto avessero.»

«Io credo di somigliare a chiunque altro in questo posto. L'unica differenza è il mio odore, che tutti mi dicono essere diverso dal vostro.»

«Non parlavo del vostro odore, anche se ammetto che esso possiede una certa gradevolezza, quasi fosse un profumo. Né parlavo del vostro aspetto fisico, che è abbastanza comune. È il vostro sguardo. Non è disperato e afflitto come quello degli altri dannati. Voi non avete un'aria sottomessa.»

«Potrei dire la stessa cosa di voi, maestà.»

«Ah! All'Inferno è meglio essere un re che un uomo comune, questo è fuor di dubbio, ma cosa non darei per godermi il riposo eterno. Maledico un Dio silenzioso e invisibile migliaia di volte al giorno per il crudele fato che mi è toccato in sorte. Le giornate grigie e tediose sembrano mesi, i mesi anni, gli anni secoli. Vivo nella perpetua paura di contrarre malattie o subire ferite che mi condannerebbero a un'eternità di dolore e imputridimento. Fino a oggi, tuttavia, la fortuna mi ha arriso. Le mie condizioni fisiche non sono peggiorate rispetto a quando ero in vita, e non sono ingrassato da allora, ma la mia vecchia gamba gottosa continua a dolermi. In questo luogo l'arte e la musica scarseggiano, e non potrebbe essere altrimenti dal momento che pochi artisti e musici hanno compiuto in vita azioni tanto deprecabili da meritare l'Inferno. Pensate che io stesso ho dovuto spiegare a un rozzo falegname come costruire quei liuti che vedete sul tavolo, anche se questi strumenti non produrranno mai il dolce suono di quelli che ero solito suonare sulla Terra. Non abbiamo neppure il conforto della nostra vecchia religione, che abbiamo abbandonato. A che serve, se non esiste speranza di redenzione? Qui non si odono le risate dei bambini né il pianto dei neonati. Senza la possibilità di procreare, perché gli uomini dovrebbero faticare e cooperare per un mondo migliore? Essi pensano solo ai loro bisogni primari: mangiare, dormire, fornicare ed evitare un'eternità di putrefazione. Lavorano solo se minacciati o per pura avidità, non per più nobili motivi, come un bene maggiore o costruire un futuro per i propri figli. In vita, avevo sudditi. Da morto, solo schiavi. L'Inferno è un luogo deprimente e triste, John.»

«Ciò nonostante, come ha detto sua maestà, è meglio essere un re, o un cancelliere nel mio caso, che un umile servo», chiosò Cromwell.

Ma Enrico VIII si stava crogiolando nello sconforto, e continuò a parlare della sua misera condizione: «Eppure neanche un re può dormire sonni tranquilli. Ci sono duchi e conti nel mio stesso regno che vorrebbero rovesciarmi, e numerosi sovrani europei e non solo che mirano alla conquista della Britannia, proprio come io miro alla conquista dei loro possedimenti. In questo momento, la flotta iberica sta veleggiando verso le nostre coste per attaccarci. Ieri abbiamo combattuto i francesi, domani toccherà ai tedeschi. A volte ci difendiamo, altre volte attacchiamo. Ci sono guerre senza fine, qui, alleanze mutevoli, ma non la pace. Mai».

John si piegò in avanti. «Posso chiedervi come siete salito al potere? Di certo ci saranno stati altri sovrani prima di voi.»

«È così. Il mio predecessore era Edoardo IV, uno York. Quando sono arrivato all'Inferno, benché disorientato da quanto era accaduto, mi sono dovuto nascondere con una certa urgenza: Edoardo mi vedeva – a ragione – come un potenziale usurpatore e voleva la mia testa. Per fortuna ho trovato ad attendermi un esercito di sostenitori. Oppressi dal re, costoro si sono schierati al mio fianco per rovesciarlo. Adesso il corpo di Edoardo, ovviamente decapitato, si trova in una cella di putrefazione reale nei pressi di uno dei miei palazzi qui a Londra. Prima di lui, Enrico II ha regnato per circa trecento anni con l'aiuto di sua madre Matilde, una donna molto scaltra che è sempre riuscita a carpire la benevolenza del sovrano di turno, incluso il sottoscritto. Prima di Enrico, be', ci sarà stato qualche altro vecchio re. E così via.»

«Solo i re possono ambire al trono?»

Enrico VIII spalancò le braccia, come a dire che la risposta era ovvia. «Chi meglio di un monarca sa come si governa un regno? Quasi tutti i sovrani in Europa, e anche nelle terre più a oriente, sono uomini che in vita sedevano su un trono.»

Cromwell si alzò per versare altro vino nelle coppe. I tre uomini rimasero alcuni secondi a fissare le fiamme.

«Posso farvi una domanda?» disse Enrico VIII, rompendo il silenzio. «Non ho mai ucciso un uomo con le mie mani, e neppure ne ho ferito alcuno se non durante una giostra o una competizione ludica. Tuttavia in questo luogo mi ritrovo al fianco di una schiera infinita di assassini e canaglie di ogni risma. È una grave ingiustizia, ma non c'è nessuna autorità superiore che ascolti il mio appello.»

John ripensò ai crimini di cui Enrico VIII si era macchiato in vita. Aveva fatto decapitare due mogli, Anna Bolena e Caterina Howard, mandato al rogo decine di preti nella sua guerra personale contro la Chiesa cattolica e condannato a morte più di centomila ladri e borseggiatori nel tentativo di ristabilire l'ordine entro i confini del suo regno. E i numerosi oppositori – tra cui Cromwell – che aveva fatto rinchiudere nella Torre di Londra erano stati torturati, sventrati e smembrati. Se non lo meritava lui l'Inferno, chi altro?

«Immagino ci sia qualcuno o qualcosa che detti le regole», si limitò a rispondere John.

«Neppure io mi sono mai macchiato del sangue di altri uomini», intervenne Cromwell.

«E voi, John? La vostra situazione è invero bizzarra. Siete condannato a restare qui o conoscete un modo per tornare fra i vivi?»

«Spero proprio di tornarci. Sulla Terra ci sono alcune persone dotate di grande intelligenza che stanno lavorando perché ciò accada. Prima però ho una missione da compiere.»

«C'è di mezzo una donna», spiegò Cromwell.

«Ah!» esclamò il re.

«Si chiama Emily. Devo trovarla e riportarla a casa, sempre che ciò sia possibile. È per questo motivo che sono venuto da voi, per chiedervi aiuto. Mi è stato detto che Emily si trova in Francia - o Gallia, come la chiamate qui - e ho bisogno di un mezzo per raggiungerla. Potete mettere a mia disposizione una nave per la traversata?»

Cromwell inarcò le sopracciglia.

Enrico VIII si alzò e cominciò a passeggiare per la sala, in apparenza assorto nei propri pensieri. Prima di tornare a sedersi sul divano, pizzicò una corda di uno dei liuti sul tavolo. «Non è una richiesta da poco, John. A ogni modo, sono disposto ad aiutarvi, ma dobbiamo trovare un accordo che soddisfi entrambi.»

«Esatto, un accordo che soddisfi entrambi», ripeté Cromwell.

«Non saprei proprio cosa fare per voi.»

Il re si allungò per dargli una pacca sulla gamba. «Siete un soldato! E per giunta un soldato molto abile, da quel che ho potuto vedere, un combattente di enorme valore. I miei spazzini e mediatori di carne, come Master

Wisdom, battono il regno alla ricerca di persone con particolari conoscenze che possano assicurarmi un vantaggio sui miei nemici. Ahimè, la maggior parte dei nuovi arrivati, anche coloro che in vita erano uomini d'armi, si dimostra tutt'altro che utile. Sono tempi difficili, John. Le mie spie in Iberia mi riferiscono che re Pietro di Castiglia ha preparato la più grande invasione mai concepita. Le sue navi sono di gran lunga più numerose delle mie, e pare che sia riuscito a forgiare cannoni ben più potenti di quelli in dotazione al mio esercito. Mi è stato ripetuto più volte, *ad nauseam*, che mia figlia Elisabetta ha conservato il suo regno sconfiggendo l'invincibile armata spagnola, ma nulla mi garantisce che io sia in grado di fare altrettanto. E dunque, John Camp, ecco la mia richiesta. Siete in grado di creare armi più potenti di quelle di re Pietro? »

John rifletté a lungo prima di rispondere. « Ho bisogno di vedere di quali risorse disponete. Comunque, sì, maestà, credo di potercela fare. Per essere chiari, se vi aiuto a ottenere un vantaggio sul campo di battaglia, voi metterete una nave a mia disposizione, giusto? »

« Diciamo che sarebbe una buona base di partenza per un accordo », rispose Cromwell.

Enrico VIII gli rivolse un sorriso d'intesa e annuì.

Quando John tornò nella sua stanza, accompagnato dall'ennesimo servo taciturno, trovò una donna addormentata nel letto.

Lui la scosse con delicatezza. « Ehi? »

Phoebe si svegliò e gli rivolse un sorriso stanco. « Vi chiedo scusa », disse, togliendosi le coperte di dosso. Era nuda.

John era mezzo ubriaco e sfinito. La sua metà sbronza le sarebbe saltata volentieri addosso, ma alla fine a prevalere fu la metà sobria. Aveva una missione da compiere e i flirt, in particolare con un cadavere, non erano in programma.

«Sentite, apprezzo davvero il gesto, ma sono costretto a declinare l'invito.»

«Non sono di vostro gradimento?»

«Non è questo. Siete una donna bellissima, però sono esausto e il mal di denti mi sta uccidendo. Inoltre mi attende una giornata molto impegnativa.»

«Siete sicuro? Posso soddisfare ogni vostro desiderio.»

John vacillò per un istante, poi si costrinse a pensare di nuovo a Emily. «Ci sono stati momenti della mia vita in cui avrei accettato senza esitazioni, non stanotte però.»

Phoebe scoppiò in lacrime. «Se il re viene a sapere che non ho fatto il mio dovere, mi farà punire con severità.»

John si sedette accanto a lei e le mise una mano sulle spalle. Era la prima volta che toccava una donna da quando era all'Inferno. La sua pelle era calda e liscia, come quella di una persona viva. «Nessuno verrà a saperlo. Potete dormire qui con me. Se domani il sovrano dovesse chiedermi di voi, gli dirò che siete stata straordinaria. D'accordo?»

Phoebe riprese a piangere.

«Ho forse detto qualcosa che vi ha offesa?»

«No, no. È solo che, da quando sono arrivata nell'Oltre, nessun uomo mi aveva mai dimostrato una simile gentilezza.»

John si tolse gli stivali e s'infilò nel piccolo letto. «Consideratela la vostra serata libera.»

«Se cambiate idea, potete penetrarmi come più vi aggrada.»

«Sto bene così, grazie. Al momento, l'unica cosa che vorrei è un letto matrimoniale.»

La mattina, dopo aver fatto colazione, John lasciò la stanza, mentre Phoebe continuava a dormire tranquilla. Un servitore lo accompagnò al fiume, dove Cromwell lo stava aspettando a bordo di una chiatta reale. Durante il breve tragitto verso Richmond, un uomo dai capelli rossicci che non aveva mai visto lo avvicinò tendendogli la mano e sorridendogli in modo amichevole.

«Piacere di conoscerti. Teddy Beecham, al tuo servizio.»

«John Camp.»

«Sei uno tosto.»

«Chi, io?»

«Sì, sei un grande. Sei vivo e sei all'Inferno. Cazzo, che roba assurda.»

«Senti un po', chi sei, Teddy?»

Il suo abbigliamento era un misto di moderno e antico: indossava una polo sbrindellata con bottoni di legno al posto degli originali di plastica, e un paio di larghe ghette rinascimentali. «Sono una delle tante anime condannate in questo maledetto posto dimenticato da Dio.»

«Potresti essere un po' più preciso?»

E così John scoprì che Teddy aveva partecipato alla guerra delle Falkland come paracadutista. Congedato e pensionato per essere rimasto ferito in battaglia, era tornato a casa e si era immischiato con alcuni gangster: dei tizi dell'Essex, li chiamò lui. Una tragica cazzata lo aveva portato a commetterne un'altra e, *puf*, nel 1989 si era ritrovato nell'Oltre.

John lo prese subito in simpatia e i due cominciarono a scherzare come compagni d'armi che si conoscevano da anni. Al suo arrivo, Teddy era stato venduto da Solomon Wisdom a Cromwell, che era sempre alla ricerca di uomini con competenze militari.

Per sua stessa ammissione, Teddy non si era rivelato un acquisto particolarmente indovinato, dal momento che, per dirla con parole sue, era « un tizio che da civile aveva ammazzato un poveraccio e in guerra non ne aveva beccato uno ». A ogni modo, Enrico VIII teneva in gran conto i soldati moderni per la loro conoscenza delle armi e delle tattiche di guerra più recenti e lo aveva arruolato nel suo esercito.

« Mi hanno incaricato di verificare le tue competenze », spiegò Teddy.

« Resterai a bocca aperta. »

La chiatta attraccò nei pressi di una piccola città, i cui abitanti si dileguarono non appena videro sbarcare un contingente di soldati del re. Cromwell assicurò che la loro destinazione era vicina. Mentre risalivano una collina, John si accorse che stavano seguendo il corso di un piccolo affluente del Tamigi, in direzione di una colonna di fumo nero che si levava verso il cielo smorto.

Qualche minuto dopo, la sorgente del fumo apparve all'orizzonte: un'alta ciminiera che svettava sopra un edificio in mattoni simile a un grande fienile. Accanto all'edificio era accatastata una montagna di ceppi.

« La fucina di sua maestà », annunciò Cromwell, con orgoglio. « La più efficiente del regno. »

« Andiamo a dare un'occhiata », disse John.

Teddy entrò nell'edificio e ne uscì poco dopo assieme

a un uomo enorme. Nudo dalla cintola in su, aveva il busto e le braccia sudati e ricoperti di fuliggine. Rimase costernato nel vedere Cromwell, quasi si stesse arrovellando il cervello per capire cosa potesse aver fatto per ricevere la visita del tirapiedi del re.

Le parole del cancelliere lo tranquillizzarono: « Mastro forgiatore William, c'è qui un ospite speciale che vuole esaminare la vostra fucina. Costui possiede delle conoscenze che potrebbero tornare utili al nostro sovrano ».

William annuì e riuscì persino a sorridere.

John gli tese la mano e lui annusò l'aria mentre gliela stringeva. « Sì, non sono di queste parti. È una lunga storia. Mi chiamo John. »

« Una lunga storia, sì... Molto bene, John che non sei di queste parti, seguimi. Ti mostrerò come lavoriamo. »

Dentro faceva caldo. Molto caldo.

Il gigantesco forno custodiva un nucleo ardente alimentato da un enorme mantice di cuoio. Era impossibile fissare le fiamme senza ripararsi gli occhi e, in un istante, i suoi abiti furono fradici di sudore. Una squadra di uomini seminudi abbassava e alzava la leva del mantice – una trave lunga quasi la metà della fucina – aiutandosi con un sistema di corde collegate a un tirante.

La fornace brulicava di operai dai volti duri e inespressivi; c'era chi, armato di tenaglie, trasportava lingotti di metallo da una parte all'altra, e chi lavorava il ferro su grosse incudini, producendo un fracasso assordante. Con i loro movimenti da automi, più che uomini sembravano una lunga colonna di formiche. Nonostante il calore, osservando quello spettacolo John sentì un brivido corrergli lungo la schiena. Il frastuono era talmente intenso che William dovette ordinare ai fabbri di fare una pausa, in modo che potesse parlare con il suo ospite. Gli operai si sedettero addossati al muro, ansimando e asciugandosi il sudore.

« Bene, John che non sei di queste parti, cosa sai della lavorazione del ferro? »

« Qualcosa. »

« Vale a dire? »

« In accademia, ho studiato la storia degli armamenti. E comunque le armi mi hanno sempre interessato: mio padre era un armaiolo, come anche mio fratello. »

William diede una pacca sulla schiena di Teddy. « Alcuni tra gli ultimi arrivati, come Mr Beecham, mi hanno raccontato che le armi sono diventate piuttosto elaborate e incredibilmente potenti. Io sono passato a miglior vita nel 1701, dunque presumo che i miei metodi siano più primitivi dei vostri. »

« Eri un fabbro anche in vita? »

« Sì, e anche in gamba. Ero al servizio di re Guglielmo III, mi occupavo della lavorazione dell'artiglieria dell'esercito reale. Ho vissuto a contatto con il fuoco e sono morto nel fuoco. »

« In che senso? »

« Ho compiuto delle azioni che non sono state apprezzate, e ho ricevuto la mia giusta punizione. Sono stato gettato nel mio stesso forno. Per fortuna, il fuoco era alla massima potenza, non ho sofferto a lungo. »

« Brutto modo di morire. »

« Proprio così. La cosa buona è che, quando sono arrivato qui, re Enrico ha riconosciuto il mio talento. Sebbene l'esistenza di ciascuno di noi sia, è proprio il caso di dirlo, infernale, soffro meno di molti altri proprio perché le mie abilità sono tenute in gran conto. Tu, invece, non hai sperimentato il momento del trapasso, vero, John che non sei di queste parti? »

«Per quanto ne so, sono ancora vivo.»

«Straordinario. Allora, cosa desideri vedere?»

John si diresse verso una bassa pila di cannoni: il più grande era lungo poco più di tre metri e mezzo. Li studiò con attenzione e da ogni angolatura. «Ferro, non bronzo.»

«A occidente, le miniere sono ricche di minerali ferrosi, e le foreste per il carbone abbondano.»

«Palle da trentotto libbre?»

«Quarantadue.»

John emise un fischio di ammirazione. «Sono tutti cannoni ad avancarica. Quelli a retrocarica hanno molti vantaggi, tra cui una maggiore precisione e gittata. Siete in grado di fabbricarli?»

«Ne ho sentito parlare, ma sono successivi al periodo in cui sono vissuto. Mi limito a realizzare ciò che conosco meglio.»

John guardò dentro la bocca di un cannone, chiedendo che qualcuno gli facesse luce. Teddy gli passò una torcia.

«Sono ad anima liscia, vero?»

«Sì.»

«Hai mai sentito parlare della rigatura delle canne?»

«Anche questa innovazione è successiva al mio tempo, ma l'ho studiata e ho provato a realizzarla.»

«Con quali risultati?»

«Buoni con le canne di pistole e fucili, più modesti con quelle dei cannoni. Sono riuscito a tornire solchi poco profondi in obici con proiettili conici da quattro libbre, ma il re vuole cannoni più grandi con gittate maggiori per le sue postazioni di terra e per i vascelli.»

«Qual è la gittata massima di questi cannoni?»

«A filo d'aria, con una palla da quarantadue libbre, direi sui trecento passi. Da una postazione elevata, forse anche mille. »

« E se ti dicessi che posso insegnarti un sistema per triplicare la gittata migliorando anche la precisione? »

« Non ho il tempo né i mezzi per fabbricare cannoni a retrocarica, se è questo che intendi. In passato ho preso in considerazione l'idea di realizzarne qualche esemplare, ma ho preferito rinunciare. »

« È come insegnare a una scimmia a pilotare un aereo », intervenne Teddy.

William non apprezzò e gli lanciò un'occhiataccia.

« Non sarebbe una passeggiata, certo. La fusione della culatta può essere un problema... E poi, costruire la canna e ottenere proiettili con le tolleranze minime necessarie sono tutte sfide impegnative. Non credo che riuscirei a spiegarti ogni cosa. In realtà, potrei modificare i vostri cannoni ad avancarica. »

Cromwell, che per tutto il tempo se n'era rimasto in disparte, si avvicinò ai tre uomini. « E come ci riuscireste? »

« Datemi carta e penna e ve lo mostro. »

« La carta è un bene troppo prezioso per uno come me, ma posso procurarti uno straccio e un calamaio », disse William.

John uscì dalla forgia e si sedette sull'erba; il clangore metallico all'interno riprese subito. Dopo aver intinto la penna d'oca nell'inchiostro, disegnò le sezioni trasversali di un cannone e di un proiettile conico sotto lo sguardo attento di Cromwell, William e Teddy. Quando ebbe finito, spiegò che, a metà del XIX secolo, un generale francese di nome La Hitte aveva inventato un sistema di rigatura in grado di migliorare la precisione e la gittata dei cannoni ad avancarica. Il proiettile conico aveva una serie di alette sulla superficie che si inserivano alla perfezione nei solchi di uguale diametro, che correvano all'interno della canna con un andamento elicoidale.

Cromwell era piuttosto confuso, William invece afferrò lo straccio e cominciò a tirare fuori idee su come tornire i solchi nelle canne già forgiate e come modificare i proiettili per saldarci sopra le alette.

«I proiettili possono anche essere cavi, nel qual caso vengono riempiti di mitraglia», spiegò John.

«Ne abbiamo bisogno per colpire e affondare le navi spagnole», replicò Cromwell.

«Vi consiglio allora quelli solidi.»

«Quanto tempo vi occorre per forgiare un cannone e i proiettili?» chiese il cancelliere a William.

«Tre giorni, forse, lavorando a pieno regime.»

«Avete un solo giorno.»

«Ma è impossibile, vostra grazia.»

«Gli spagnoli arriveranno sulle nostre coste molto prima di quanto ognuno di noi vorrebbe. Se ci tenete alla vostra testa, dovete riuscirci in un giorno. John Camp resterà qui ad aiutarvi. E domattina, quando farò ritorno con il re, voglio vedere un proiettile scagliato a una distanza prodigiosa.»

Dopo che il cancelliere si fu congedato, William scosse la testa e disse: «Sono riuscito a sopravvivere in questo posto per lungo tempo, e adesso a causa vostra, mio amico vivente, con tutta probabilità trascorrerò il resto della mia esistenza in una cella di putrefazione».

«Mi sa che sei fregato», disse Teddy.

«È questo che riferirai al cancelliere?» chiese John.

«No, gli dirò che il pudding va assaggiato per sapere se è buono, come diciamo noi inglesi. Ci tengo alla mia testa.»

«Toglimi una curiosità, Teddy. Non credo di essere la

prima persona all'Inferno a sapere com'è fatto un cannone La Hitte, eppure i vostri armamenti sono fermi al XVIII secolo. »

« Lo so, lo so. Vedila così. I soldati moderni come noi due sanno vita morte e miracoli delle armi più avanzate – fucili automatici, missili a ricerca di calore, persino le maledette bombe atomiche –, ma saperle costruire è tutto un altro paio di maniche. Per realizzare un'arma nuova o migliorarne una esistente c'è bisogno che il tizio giusto, con le competenze giuste, arrivi all'Inferno al momento giusto. Tieni però conto che questi cervelloni... be', non hanno niente a che spartire con la feccia che c'è quaggiù, è difficile dunque che finiscano all'Inferno. Ma mettiamo che un giorno una testa d'uovo dovesse arrivarci: innanzitutto deve resistere i primi giorni senza farsi sbudellare da qualche lurido figlio di puttana, dopo di che deve entrare in contatto con qualcuno come il nostro William, che possa mettere in pratica le sue conoscenze. Inoltre puoi anche spiegare a William come costruire un missile Exocet, tuttavia qui manca la tecnologia necessaria a realizzarlo. »

« Però posso insegnargli a costruire un cannone La Hitte. »

« Sì, be', il fatto che un tizio del XXI secolo sappia tutte queste cose su un cannone di duecento e passa anni fa mi fa uscire fuori di testa. Te l'ho detto che sei un grande. Quello che sto dicendo è che forse in passato – dieci, venti o trent'anni fa – ci sarà stato pure uno che sapeva come costruire l'aggeggio di La Hitte, ma forse al tempo qui non avrebbero comunque avuto i mezzi per realizzarlo. »

« Credo di aver capito cosa intendi. »

« Bene. Detto questo, vi lascio al vostro lavoro. Ho un letto caldo che mi aspetta al palazzo, e se sono fortunato troverò una femmina non eccessivamente brutta con cui spassarmela un po'. A domani. »

« Possiamo farcela, William », disse John, quando rimasero soli. « Dividi i tuoi uomini in quattro squadre: la prima preparerà il tornio per lavorare l'anima della canna, la seconda farà il cannone, la terza forgerà i proiettili e l'ultima si occuperà delle alette. Io ricaverò degli stampi basandomi sui miei schizzi e cercherò di calcolare quanti solchi vanno tracciati all'interno della canna. »

« Anche se ci riuscissimo, è probabile che il cannone esploda perché indebolito dalle scanalature. Accade persino a quelli che faccio adesso. »

« Per quale motivo? »

« Il ferro battuto tende a spaccarsi troppo spesso per i miei gusti. »

« Hai detto che i minerali ferrosi vengono estratti dalle miniere nelle regioni occidentali del Paese? »

« Esatto. »

« Be', è questo il problema. Il ferro è debole perché i minerali ferrosi inglesi contengono un'alta percentuale di fosforo. Nel XIX secolo due inventori, Bessemer e Gilchrist, hanno scoperto un sistema per produrre acciaio di qualità per la forgiatura dei cannoni, però hanno utilizzato forni potentissimi ed enormi macchine a vapore. Il modo più facile per aggirare questo problema è servirsi dei minerali ferrosi svedesi, che hanno la più bassa concentrazione di fosforo d'Europa, ovviamente dando per scontato che la conformazione del sottosuolo di questo mondo sia simile a quella terrestre. Comunque anche questa non è un'opzione, quindi dobbiamo trovare un altro modo... Sì, l'unica possibilità è rigare il cannone più grosso che avete e sperare che regga. Se ne avremo il tempo, lo rafforzeremo con delle fasce metalliche esterne. Ecco, sarà meglio formare una quinta squadra che si occupi di questo.»

«Mi ricorderò la storia dei minerali nordici.» William si strofinò il collo, poi appoggiò il grosso braccio attorno alle spalle di John. «Al lavoro, adesso. Mi seccherebbe non poco se questo fosse il mio ultimo giorno con la testa attaccata al corpo.»

Era passata la mezzanotte. John non poteva vedere la luna a causa della spessa coltre di nubi che sembrava non diradarsi mai, eppure lui sospettava che ci fosse, perché il cielo notturno era venato di grigio. Accasciato all'esterno della fornace, stanco morto e accaldato, si stava prendendo una breve pausa. Il fumo che si levava dalla ciminiera intorbidiva l'aria. William gli aveva dato del pane e un otre di acqua fresca. Il lavoro procedeva tra alti e bassi. Gli stampi per i proiettili erano venuti bene ed erano già operativi. Purtroppo non poteva dire lo stesso del taglio del cannone: avevano già rovinato due esemplari e William stava per riprovarci con un terzo.

Sopra il fragore proveniente dall'interno dell'edificio, percepì un rumore che lo allarmò. Il nitrito di un cavallo. Si alzò di scatto e, guardandosi attorno, raccolse una sbarra di ferro. Poco dopo, da dietro l'edificio emerse un uomo a piedi che teneva un cavallo per le briglie. Quando transitò sotto il fascio di luce arancione proveniente dalla porta aperta della fucina, John lo vide portarsi un dito sulle labbra.

Era Guacci, l'ambasciatore italiano. «Dobbiamo parlare.»

«Come sapevate che ero qui?»

« È il mio lavoro sapere questo genere di cose. Vi prego, venite con me. Potete fidarvi di me. »

La sua voce era rassicurante e John decise di assecondare il suo istinto. Seguiti dal cavallo, i due uomini s'incamminarono fino a raggiungere la sponda del fiume.

« Cosa volete da me? »

Guacci aveva lunghi capelli tenuti da un nastro. Indossava una camicia di tipo rinascimentale, una calzamaglia e un paio di stivali. « La donna che cercate si trova in Gallia. »

« Lo so. »

« E cos'altro sapete? »

« Mi è stato detto che è con un certo duca di Guisa. »

« Esatto. Sapete dove si trova esattamente? »

« No. »

« Sapete almeno come arrivare in Gallia? »

« A questo ci sto lavorando. »

« Non sarà facile. »

« In questa storia non c'è niente di facile. Ma, se non dovessi farcela, vi garantisco che morirò provandoci. »

« Conosco bene il duca di Guisa, con il mio aiuto avrete maggiori possibilità di trovare lui e, di conseguenza, la donna. A proposito, sapete com'è finita nelle mani di quell'uomo? »

« No. »

« Le sue spie in Britannia l'hanno acquistata da Solomon Wisdom. »

« Quel figlio di puttana... Gliela farò pagare. »

« Mai fidarsi di nessuno all'Inferno, vi serva di lezione. »

« Poco fa mi avete detto di fidarmi di voi. »

« Voglio essere del tutto onesto con voi, John. Sono certo che avete i mezzi per aiutarci, dunque, se noi vi aiuteremo, voi sarete ben disposto ad aiutarci.»

«'Noi' chi? Il re d'Italia, chiunque egli sia?»

«Il re d'Italia è Cesare Borgia. Ne avete mai sentito parlare?»

John scoppiò a ridere. «Altroché! È passato alla Storia per le sue gesta ignobili.»

«Ecco, appunto. Cesare Borgia è un despota, per molti aspetti peggiore di Enrico VIII. Sono entrambi uomini spietati, ma per Borgia la crudeltà è un divertimento. Sono stato al suo servizio in vita e, almeno all'apparenza, lo sono anche qui, in veste di suo ambasciatore. In verità lavoro per un'altra persona.»

«Chi?»

«Questa è un'informazione che al momento non posso ancora condividere con voi. La sua incolumità - e la mia - dipendono da questo segreto.»

«In che modo potrei aiutarvi?»

«Vi ho osservato, siete un uomo molto abile e intelligente. Ciò che state facendo in questa fornace ne è una dimostrazione.»

«Sapete a cosa sto lavorando?»

«A corte, anche i muri hanno orecchie per ascoltare e bocche per parlare.»

«Bisogna aspettare domattina per capire quanto sono in gamba.»

«Non sono solo le vostre abilità a interessarmi. Voi siete l'unico che non è condannato a restare all'Inferno per l'eternità. Questo vi consente di prendere decisioni basate non soltanto sull'avidità e sulla paura. Se e quando incontrerete il mio signore, sono certo che sceglierete di abbracciare la nostra causa.»

«E quale sarebbe?»

« Per ora non vi dico altro. Ma, prima di andare, voglio mettervi a parte dei piani del re: se domani il vostro cannone dovesse fare cilecca, vi farà uccidere, se invece dovesse funzionare, troverà un modo per raggirarvi. Allora, volete ascoltare la mia proposta per intralciare i piani di Enrico e salvare la donna dal duca di Guisa? »

John ci rifletté alcuni secondi. « Sono tutt'orecchie », disse alla fine.

Era la giornata più luminosa da quando John era arrivato all'Inferno. Il cielo aveva una delicata sfumatura perlacea. Un operaio corse ad avvisare William dell'arrivo della chiatta reale proprio mentre il fabbro e i suoi uomini, aiutandosi con un paranco, stavano adagiando su un affusto l'unico cannone ad anima rigata che erano riusciti a fabbricare.

« Assicuratelo bene e portatelo fuori », ordinò William al caposquadra.

John stava scegliendo, tra le decine di proiettili forgiate durante la notte, quelli con le alette meglio lavorate, eliminando a mani nude i trucioli residui.

« Credi che funzionerà? » chiese William.

« Non ne ho idea. Comunque lo scopriremo presto. »

« Già. Vada come vada, questa notte è stato un onore lavorare al tuo fianco. »

« Sei una brava persona, William. »

« Intendi per essere una canaglia finita all'Inferno? »

« Credo di sì. »

Il cannone era all'esterno della fornace quando Enrico VIII, Cromwell, Norfolk e il loro seguito arrivarono, chi a piedi, chi a cavallo.

Teddy si staccò dal gruppo per avvicinarsi a John e William. « Com'è andata? »

« Chi lo sa? Il pudding va assaggiato per sapere se è buono, no? E tu? Te la sei spassata stanotte? »

« Macché. Sono andato a letto solo come un cane. »

Il re smontò dal cavallo e si diresse verso il cannone. « Non sembra differente dagli altri », constatò con rabbia.

« All'esterno è un cannone come tanti, a eccezione delle fasce sulla canna. La differenza è all'interno. » John gli parlò poi del sistema La Hitte, gli mostrò i proiettili conici dotati di alette e gli consigliò di dare un'occhiata all'interno della canna. Nel frattempo, aveva notato una catenina d'argento che pendeva dal taschino della giacca militare di Norfolk; sembrava in tutto e per tutto la catena di un orologio da tasca. I suoi sospetti trovarono conferma quando il duca lo tirò fuori per controllare l'ora.

« Dunque questo affare è in grado di scagliare un proiettile a circa due miglia di distanza? »

John era talmente concentrato sull'orologio che non fece caso alla domanda del re, che un attimo dopo la ripeté con tono irritato.

« Lo spero, non abbiamo avuto modo di testarlo », rispose alla fine lui. « E non ci avete concesso abbastanza tempo per limare i difetti. »

Le fiamme visibili attraverso la porta aperta della fucina guizzavano negli occhi del re. « Se la vostra arma dovesse deludere le mie aspettative, oggi verrà versato del sangue. »

« Ottimo. Questo sì che è incoraggiante. »

Enrico VIII lo fissò con uno sguardo pensoso, come se stesse cercando di capire se quello di John fosse stato un complimento. Poi indicò Richmond ai piedi della collina. « Vedete quelle quattro case laggiù? I miei uomini hanno misurato la distanza tra esse e il punto in cui siamo ora: sono circa due miglia. È il vostro bersaglio.»

«Sono abitate?»

«Cromwell?»

«Credo di sì, vostra maestà.»

«Allora cambiamo bersaglio», sentenziò John.

«No», ribatté subito il re. Poi, chiedendo una coppa di vino, aggiunse: «Colpite il bersaglio che vi ho indicato. Ora».

John sussurrò a William di aggiungere altra polvere da sparo alla carica.

«Ma così il cannone andrà certamente distrutto!» bisbigliò di rimando il fabbro.

«Una manciata in più di polvere da sparo non farà nessuna differenza. Se esploderà, non sarà certo per questo motivo. Fai in modo che non ci sia nessuno vicino al cannone quando farà fuoco.»

Il re prese posto su un trono da campo allestito per l'occasione, mentre William e John calavano un grosso sacco di polvere da sparo nella canna e lo comprimevano sul fondo con il calcatoio. Quindi posizionarono il miglior proiettile che avevano forgiato quella notte nella bocca, lo avvitarono verso il basso con un'asta appositamente realizzata da John e, infine, lo fissarono con un tampone di paglia e ovatta. Aiutandosi con leve e morse, gli operai sollevarono la canna fino a un angolo di quarantacinque gradi rispetto al suolo. Dopo aver discusso del punto d'impatto con John, William infilò una carica nella culatta attraverso il focone e attese che uno dei suoi uomini gli portasse una torcia. Poi chiese al re se fosse pronto. Annuendo, Enrico VIII diede il via alla dimostrazione.

«Accendi la miccia e fila via», gli consigliò John.

« Non se ne parla. Preferisco saltare in aria assieme alla mia macchina piuttosto che essere decapitato con un coltellaccio smussato. »

La carica principale sembrò metterci un'eternità a incendiarsi, anche se in realtà impiegò solo un paio di secondi.

Dapprima ci fu un boato assordante, poi un fischio acuto mentre il proiettile, ruotando su se stesso a spirale, descriveva una parabola nel cielo. John cercò di seguirlo con lo sguardo, ma quando lo perse di vista si concentrò sulle quattro case e trattenne il fiato. D'un tratto, un'alta colonna d'acqua si sollevò dal Tamigi, un centinaio di passi oltre il bersaglio designato.

William cominciò a saltellare per la gioia e a urlare per il sollievo. « Ce l'abbiamo fatta! Ce l'abbiamo fatta! »

Enrico VIII sollevò il pugno in segno di trionfo e raggiunse John a grandi passi. « Bravissimo, John Camp. La mira non è stata delle migliori, ma siete riuscito a soddisfare le mie aspettative. »

« Il merito è tutto di William, maestà. Nessun fabbro moderno ci sarebbe riuscito in un solo giorno e con gli attrezzi a disposizione nella fornace. »

« Eccellente, eccellente. Cromwell, provvedete a dargli una nuova casa e passategli una donna della corte. Non una delle mie preferite, sia ben chiaro, ma neanche una derelitta. »

Teddy provò ad approfittare della situazione: « Vostra maestà, anch'io ho fatto la mia parte ».

« Voi ci avete detto solo che avremmo dovuto 'assaggiare il pudding', e un pudding riceverete », replicò Cromwell. « E non vi faremo mozzare il capo. »

William si asciugò il sudore dalla fronte con uno straccio e sorrise a John. Proprio allora arrivò un cavaliere al galoppo. L'uomo smontò di sella e porse un biglietto al capitano delle guardie, che a sua volta lo consegnò al cancelliere.

« È un messaggio telegrafico », disse Cromwell. « Vostra maestà, vi chiedo solo il tempo di decifrarlo. »

« Fate presto! » comandò il re, che cominciò a passeggiare nervosamente. « Sapete, John, anche se lo utilizzo ormai da un secolo, questo codice Morse continua a essere un vero e proprio mistero per me. Pensate che la prima volta che me ne hanno parlato avevo capito 'codice Moro', e mi sono chiesto cosa potesse mai farsene re Selim di un simile apparecchio. »

Dopo aver decifrato il messaggio, Cromwell annunciò che la flotta iberica era stata avvistata al largo dell'isola di Wight.

« Dobbiamo prepararci! » tuonò Enrico VIII. « Le nostre spie mi hanno riferito che hanno intenzione di ancorarsi al largo di Southend-on-Sea e di raggiungere Londra via fiume. William, quanti cannoni siete in grado di realizzare per domani? »

Il sorriso del fabbro si spense all'istante. « Forse un altro, vostra maestà. »

« Domattina all'alba voglio tre cannoni e una montagna di proiettili sulle chiatte. John Camp, voi ne installerete due sulla riva e uno a bordo della mia ammiraglia, e mi aiuterete a sconfiggere gli iberici una volta per tutte. »

« E dopo metterete a mia disposizione una nave? »

« Una volta che ci saremo sbarazzati di quei cani, avrete tutto ciò che desiderate! »

12

Woodbourne non aveva mai riflettuto sul perché impiegasse più tempo a strozzare un uomo rispetto a una donna.

Era notte inoltrata. Qualche ora prima, aveva imbavagliato i Fraser - ficcando loro in gola uno straccio da cucina - e li aveva legati. Des al letto della camera padronale, Adele a quello della camera degli ospiti. Poi era tornato in salotto, dove si era addormentato davanti al televisore acceso. Dopo essersi svegliato, si era scolato l'ultima birra, era salito al piano superiore con due coltelli da cucina e aveva acceso la luce.

Des si dimenava nel tentativo di liberarsi. Woodbourne si sedette sul bordo del letto e lo guardò come un ragazzino perfido osserva uno scarafaggio che ha infilzato con uno spillo. Forse Des intuì le sue intenzioni, perché provò a spostare lo straccio con la lingua. Woodbourne attese che si fosse calmato, poi gli mise le mani al collo. Cominciò con delicatezza, quasi timidamente, come se non fosse del tutto convinto di quello che faceva. Lo stesso Des era perplesso per il suo comportamento. Ma, quando le mani si serrarono con più forza e il flusso d'aria diminuì, l'uomo strabuzzò gli occhi e riprese a dibattersi. Quasi fosse irritato da quella reazione, Woodbourne strinse con più energia, tanto che le mani cominciarono a tremare per lo sforzo. Quando Des smise di muoversi, lui fece una pausa per sgranchirsi le dita, prima di serrargliele di nuovo alla gola per una trentina di secondi. Per finire, gli recise la giugulare.

Pochi secondi dopo, entrò nella camera degli ospiti. Non accese la luce, perché il volto terrorizzato di Adele era illuminato a sufficienza dal lampadario nel corridoio.

«Ora tocca a te.»

Adele sembrava rassegnata; tremava come una foglia, ma non tentò di opporre resistenza. Mentre le affondava i pollici nella laringe, Woodbourne capì per quale motivo impiegava più tempo a strangolare una donna. Non stringeva le mani con la stessa forza che usava con gli uomini, perché la loro agonia lo inebriava. E così si trastullò con Adele come un gatto con il topo, serrando e allentando la presa, ancora e ancora. Dopo aver tratto il massimo piacere da quel gioco, Woodbourne si staccò da lei e, mentre il volto di Adele da viola tornava rosa, le affondò un coltello nel cuore e l'altro nella gola.

Tornò di sotto, lavò le lame sporche di sangue, indossò abiti e scarpe puliti e, dalla finestra, lanciò un'occhiata alla strada buia. Era meglio levare le tende. Non sapeva dove sarebbe andato, ma se fosse rimasto in quella casa di certo l'avrebbero trovato. Si mise al volante dell'auto di Des e partì nella notte.

Come uno studente in attesa di essere ricevuto dal preside, Quint faceva anticamera fuori dell'ufficio del ministro Smithwick a Whitehall. Due uomini uscirono dalla stanza e lo guardarono come fosse un pesciolino boccheggiante sulla riva.

Di lì a poco, la donna apparve sulla porta e lo invitò a entrare. «Mi faccia un resoconto della situazione», disse, sedendosi alla sua scrivania. «Tra un'ora devo aggiornare il primo ministro.»

Quint si era chiesto per quale motivo fosse stato convocato, ed era giunto alla conclusione che si trattava di una dimostrazione di forza. Una telefonata sarebbe stata più che sufficiente. «Mancano due giorni al riavvio del MAAC successivo alla 'partenza' di Camp. L'acceleratore è in condizioni perfette, è improbabile che si verifichino problemi di natura meccanica. Ovviamente, non abbiamo idea se Camp stia bene, se sia ancora vivo né se sia riuscito a trovare la dottoressa Loughty.»

«Sì, bene, ma ci sono novità sul caso Woodbourne?»

«Nessuna. La pista sembra essersi raffreddata.»

«E cosa farete se da qui a due giorni non sarà stato acciuffato?»

«Metteremo il ragazzo, Duck, nel punto in cui è sparito Camp e vedremo cosa succede.»

«'Vedremo cosa succede'... Dottor Quint, le sue parole non sono affatto rassicuranti.»

«Non so cos'altro dirle. Stiamo vagando al buio in un territorio inesplorato. Basandoci sugli elementi in nostro possesso, siamo giunti alla conclusione che ci sono almeno tre scenari possibili. Se non dovessimo trovare Woodbourne, forse solo uno tra la dottoressa Loughty e Camp tornerà sulla Terra al posto di Duck, sempre che i due si trovino nel punto giusto al momento giusto. Oppure Duck potrebbe non fare ritorno nel suo Oltre. O magari un altro abitante di quel mondo, che per caso si trovasse nel punto prestabilito al posto della dottoressa Loughty o di Camp, potrebbe prendere il posto di Duck sulla Terra. Come vede, ci sono troppe incognite.»

La donna appariva sempre più seccata e infastidita. «Il mio predecessore era contrario alla sua nomina, e io ero d'accordo con lui. Siamo in Inghilterra, e il suo ruolo sarebbe dovuto essere ricoperto da un inglese.»

« L'ottantacinque per cento dei fondi è stato stanziato da Washington. »

« Non importa. Le mie perplessità alla fine si sono dimostrate fondate. Lei è stato avventato, ha agito come un cowboy. Un inglese non avrebbe mai ordinato in autonomia il superamento del limite di energia prestabilito. Detto ciò, l'ho fatta venire perché voglio che rassegni le sue dimissioni, qui e adesso. »

« La considero una decisione poco saggia, signora ministro, soprattutto in un momento critico come questo. »

« La sua opinione non mi interessa. Esigo una lettera di dimissioni senza data. La conserverò nel cassetto della mia scrivania e la tirerò fuori quando lo riterrò più opportuno, forse anche tra due giorni, dopo la riattivazione del MAAC. »

Quint era livido di rabbia. « Anche se non le interessa, le dirò comunque cosa penso di tutta questa storia. Intanto, non avremmo mai potuto prevedere questi sviluppi; in secondo luogo, tutto ciò sarebbe comunque successo tra due anni, nel corso dell'esperimento Hercules II. E sa una cosa? I dati preliminari suggeriscono che abbiamo trovato i gravitoni, vale a dire l'obiettivo primario del MAAC. Direi quindi che la mia decisione ha fatto risparmiare decine di milioni di dollari, anticipando questa scoperta di due anni. »

« Non è così che la vedo io, non è così che la vede Leroy Bitterman e, soprattutto, non è così che la vede il primo ministro! » ribatté la donna, alzando la voce.

Quint assunse un'espressione pensierosa. « L'ultima cosa di cui avete bisogno è una mina vagante che sfugga al vostro controllo. Finora abbiamo mantenuto il massimo riserbo su quanto è accaduto a Dartford. Ma come crede che reagirà l'opinione pubblica se venisse a sapere che il vostro superacceleratore – già accusato sui tabloid di poter provocare minibuchi neri in grado di distruggere la Terra – ha aperto un varco che porta dritti all'Inferno? Crede che il primo ministro sarebbe felice di affrontare l'argomento durante una conferenza stampa? »

« Mi sta minacciando? »

Quint rispose con un sorriso beffardo. « Le sto solo dicendo che sarebbe una grande dimostrazione di buon senso non escludermi dal progetto. E le sto dicendo, con tutto il dovuto rispetto, che potete anche stracciare i piani di fusione con gli svizzeri. Con la scoperta dei gravitoni, abbiamo dimostrato che il MAAC è un successo e che io merito di restare al mio posto. »

Dopo un'abbondante colazione a base di uova, pane tostato, funghi grigliati e tre sottili fette di bacon, Duck aveva avuto dei brevi colloqui con uno psicologo, un linguista e uno storico. Tornato in camera, aveva visto il DVD di *Toy Story* senza muovere un muscolo per tutti gli ottanta minuti del film. Sbalordito, aveva chiesto a Delia, l'agente di sorveglianza dell'MI5, se i personaggi fossero reali. L'analista di mezza età che, dietro consiglio dello psicologo, era stata incaricata di prendersi cura di Duck mantenendo un approccio materno, gli aveva spiegato che erano personaggi di fantasia. Duck, però, non le aveva creduto, e lei aveva lasciato cadere l'argomento. A pranzo aveva mangiato una grossa pizza con salsiccia piccante accompagnata da un litro di Pepsi. Sorridendo, Duck si lasciò cadere sul piumino per schiacciare un pisolino, ma l'arrivo di Trevor mandò in fumo i suoi piani.

« Come andiamo, ragazzo? »

« Com'è che si chiama quella roba che ho mangiato? »

« Pizza. Buona, vero? »

« Mi piace. Posso averne anche a cena? »

« Certo, di pizza ce n'è quanta ne vuoi. » Trevor sfogliò il fascicolo con le trascrizioni degli interrogatori. « So che sei stanco e vorresti dormire, ma devo farti qualche altra domanda su Brandon Woodbourne. »

« Ancora? Ve l'ho già detto, quel tizio è uno scalzacane. »

« Un cosa? »

« Un farabutto, un tagliagole... Come dite voi? »

« Uno stronzo? Un bastardo? Un assassino? »

« Sì, giusto, ma non un assassino, perché all'Inferno non puoi ammazzare nessuno. »

« Ma puoi fare del male, giusto? »

« Altroché! »

« Lo hai mai visto fare del male a qualcuno? »

« No, ma ho sentito delle storie. Gli piacciono i coltelli e strozza le sue vittime, per poi sgraffignare tutto quello che hanno addosso. »

« E tu non lo hai mai visto all'opera perché non vive nel tuo villaggio, è così? »

« Esatto. Non ce l'ha una casa. Gira di villaggio in villaggio, come già t'ho detto. Ma sempre da solo, è un lupo solitario. »

« Da quello che hai sentito, gli piace aggredire gli uomini o le donne? »

« Non ci sono molte femmine nell'Oltre. »

« Gli hai mai parlato? »

Duck sprimacciò il cuscino per far capire a Trevor di non voler rinunciare al suo sonnellino. « Sì, una volta, se non ricordo male. »

« E di cosa avete parlato? »

« Un giorno io e Dirk ce lo troviamo davanti mentre

stiamo ammazzando un pollo in strada e dice che ne vuole un po' perché ha fame. Io corro in casa e da dietro le persiane chiuse gli dico di andare a farsi fottere, ma Dirk divide il pollo in due e gliene lancia una metà, perché, diciamocela tutta, mio fratello aveva paura. E così Woodbourne mi prende a male parole e giura che un giorno me la farà pagare, ma a Dirk racconta che era ancora vivo l'ultima volta che una persona era stata buona con lui, una bionda che alla fine non aveva ammazzato proprio per quel motivo. Ma tu pensa... L'avrebbe scannata senza pensarci due volte se quella fosse stata sgarbata.»

In quel momento, Delia entrò nella stanza, e Duck disse che pure lei era una donna buona.

Lei accettò il complimento con un sorriso prima di sussurrare a Trevor che aveva chiamato la polizia del Kent. «Deve andare a Crayford.»

«Come mai?»

«Due cadaveri in una casa. Pensano sia stato Woodbourne.»

Rientrato dal suo viaggio d'affari, il figlio dei Fraser era passato a casa dei genitori perché non si erano fatti ancora sentire dopo essere tornati dall'Australia. Era entrato usando la propria chiave ed era svenuto alla vista della carneficina al piano superiore. Quando si era ripreso, aveva telefonato alla polizia, che aveva isolato la villetta e aveva chiamato Trevor.

Subito dopo il vicecapo della sicurezza del MAAC, arrivò anche Ben Wellington con la scientifica dell'MI5. Gli agenti passarono al setaccio la scena del crimine e analizzarono subito le impronte digitali su un computer portatile. Nessuno si stupì che appartenessero a Woodbourne, dal momento che l'auto della giornalista assassinata era parcheggiata in garage. Trevor e Wellington indossarono un paio di stivali e andarono a dare un'occhiata nelle camere da letto. Marito e moglie presentavano tracce di strangolamento e profonde ferite da arma da taglio.

«Li ha finiti a coltellate dopo averli soffocati», disse Trevor. «A quanto pare è il suo modus operandi.»

L'agente dell'MI5 sembrava scosso: nel suo lavoro non si era mai imbattuto in un duplice omicidio così cruento. «Come con la giornalista.»

«È un tipo prevedibile.»

Wellington diede le spalle al cadavere legato e insanguinato di Adele e si diresse verso la porta. «A quanto sostiene il figlio, manca la loro auto. La centrale di polizia sta comunicando la targa, il modello e il colore a tutte le pattuglie.»

«Continuerà così. Si nasconderà in un'altra casa vuota. Se questi poveracci fossero rimasti qualche altro giorno in vacanza, forse Woodbourne se ne sarebbe andato una volta finito il cibo.» Trevor si diresse verso le scale.

«Potrebbe essere ovunque», disse Wellington.

«È ora di dare ai giornali la foto di Woodbourne... Abbiamo bisogno della collaborazione dei cittadini.»

«Non credo sia una buona idea.»

«Se non lo facciamo, Woodbourne sarà sempre un passo davanti a noi.»

«Non ho bisogno di ricordarle quanto sia delicata questa storia.»

«Ma non dobbiamo raccontare a tutti che è morto! E neppure come si chiama. Nessuno riuscirà a risalire alla sua identità.»

Wellington si sfilò gli stivali e uscì sul vialetto, respirando l'aria fresca a pieni polmoni. « D'accordo, proverò a parlarne con i miei superiori. »

Woodbourne era arrivato a Londra attorno alle quattro del mattino. Mentre percorreva le strade buie e deserte, poteva solo intuire quanto la capitale fosse cambiata dai suoi tempi: se si fosse diretto più a ovest, avrebbe di certo visto i grattacieli della City o le nuove attrazioni come il London Eye. Invece Hackney era tra i quartieri meno riqualificati, e Shoreditch aveva un'aria decisamente familiare. Woodbourne era nato e morto nel Kent, e aveva vissuto quasi sempre nei dintorni di Dartford, ma il periodo più bello della sua vita erano stati i dodici mesi che aveva trascorso in un monolocale di Shoreditch, poco prima di compiere quarant'anni.

Aveva già ammazzato sette donne e tre uomini nel Kent, quando aveva risposto all'annuncio per l'affitto dell'appartamento di Shoreditch, e avrebbe ucciso altre cinque volte prima di essere catturato, processato e impiccato. Al tempo aveva deciso di trasferirsi a Londra per mantenere un basso profilo; era un luogo abbastanza distante dalle scene dei suoi crimini e, allo stesso tempo, sufficientemente vicino a Crayford, così da poter correre dalla vecchia madre se si fosse sentita male. L'appartamento senza acqua calda in cui era andato a vivere si trovava in un vicolo su Glebe Road. E in quel vicolo, a una porta di distanza dalla sua, aveva conosciuto Sarah.

Woodbourne stava procedendo lungo Kingsland Road. La strada era pressoché identica a come la ricordava, anche se non riconobbe nessun negozio o edificio in particolare. Invece svoltare su Glebe Road gli sembrò naturale come respirare. La strada era stretta e piena di curve, delimitata da un lato dall'orribile muro di mattoni della ferrovia. Aveva sempre apprezzato la sensazione di costrizione che provava in quel vicolo: gli dava un senso di sicurezza, perché era un ottimo posto dove nascondersi.

Girò un po' per disfarsi dell'auto e, alla fine, la parcheggiò in un sito industriale su Clarissa Street. Lasciò la chiave inserita, nella speranza che qualcuno la rubasse. Poi prese la busta con i vestiti di Des e i coltelli e percorse a piedi i due chilometri e mezzo per tornare a Glebe Road, dove si appostò nell'ombra in attesa che gli si presentasse un'occasione. Non aveva molto tempo a disposizione prima che albeggiasse, forse un paio d'ore. Aveva bisogno di un posto dove nascondersi, e moriva dalla voglia di farsi una donna e fumare una sigaretta. Da quando era tornato sulla Terra, non era ancora riuscito a fare nessuna delle due cose. Avrebbe potuto scoparsi quella vecchia grassona di Adele, ma ai suoi tempi andava solo con donne giovani e attraenti. Aveva conosciuto un bel po' di tizi, in particolare all'Inferno, che non si facevano troppi problemi: brutte o belle, vecchie o giovani, uomini o donne, per loro era uguale. Ma non per lui. Meglio masturbarsi. La tipa che aveva preso in ostaggio a Dartford era molto carina, ma non aveva avuto il tempo di combinarci niente. E, come se non bastasse, nessuna delle persone che aveva incontrato fino a quel momento fumava. Dopo tutti quegli anni l'astinenza da nicotina non era più un problema, ma ricordava ancora con piacere il profumo e il sapore tostato di una buona sigaretta.

Cominciò a piovere. Passò un'ora e, mentre stava cercando di scassinare il portone del decrepito palazzo di tre piani dove aveva vissuto, sentì dei passi. Vedendo una donna con un ombrello camminare verso di lui, si appiattì contro il vano dell'ingresso, nascosto dal buio. Lei si fermò e tirò fuori le chiavi.

« Non fiatare. Ho una pistola. »

Quando l'ombrello le scivolò di mano, Woodbourne notò che la donna era giovane e bionda.

« Ti prego, non mi uccidere », lo supplicò con un accento dell'Europa dell'Est.

« Entro subito dietro di te. Se fai la brava, non ti faccio niente. »

« Per favore... »

Woodbourne raccolse l'ombrello, lo chiuse e la seguì nell'edificio.

« A che piano stai? »

« L'ultimo. »

« Andiamo. »

« Cosa vuoi da me? »

« Zitta. »

La scalinata era come la ricordava, quasi che non fosse mai stata dipinta dai tempi della guerra. Lui non era mai stato nell'appartamento al secondo piano, ma aveva sentito spesso dei passi sul suo soffitto. Tremando, la donna girò la chiave nella toppa ed entrò nel piccolo salone con angolo cottura.

Woodbourne richiuse la porta con il chiavistello, lanciò la busta e l'ombrello su una sedia e infilò la pistola nella tasca dei pantaloni. « Da dove vieni? »

« Come? »

Woodbourne non riusciva a staccare gli occhi dai capelli biondi. « Non sei inglese. Di dove sei? »

« Sono polacca. »

« Che ci fai a Londra? »

« Lavoro. »

« Dove? »

«Faccio le pulizie in un ufficio.»

«È da lì che stai tornando?»

«Sì.»

«Ho capito. Attacchi quando l'ufficio si svuota, giusto?»

«Sì.»

«Vivi sola?»

Gli occhi della donna si spostarono impercettibilmente e Woodbourne estrasse di nuovo la pistola.

«No! È mia figlia! Ti prego, non farle del male!»

«Quanti anni ha?»

«Dieci.»

«E la notte la lasci sola in casa?»

«Devo lavorare, che altro posso fare?»

«Non puoi lasciarla a qualcuno?»

«Se c'è qualche emergenza, la signora al piano di sotto sa che mia figlia è in casa.»

«Capisco. Hai una paglia?»

«Eh?»

«Una paglia. Una cicca. Una sigaretta.»

Lei gli chiese il permesso di aprire la borsetta, quindi gli passò un pacchetto di sigarette e un accendino di plastica, che però Woodbourne non sapeva usare.

La goffaggine dell'uomo sembrò rassicurarla. «Non hai mai visto un accendino?»

«Non di questo tipo», rispose lui, aspirando a pieni polmoni.

La donna andò a sedersi sul divano logoro. Su un lato c'erano delle lenzuola impilate: era lì che dormiva lei. «Mi farai... del male?»

«No, anche se una scopata me la farei volentieri.»

«E allora che vuoi?»

«Non lo so. Un posto dove stare.»

« Allora qui non va bene. Il mio ragazzo arriverà tra poco. »

Lui si guardò attorno. Non c'erano armadi né guardaroba, e i vestiti erano in bella vista, appesi a un attaccapanni. Nessun segno di presenza maschile. Ignorando le proteste della donna, aprì piano la porta della camera da letto e fissò per un po' la bambina addormentata. Poi diede un'occhiata in bagno. « Non ce l'hai un fidanzato. Come ti chiami? »

« Benona. »

« È un nome slavo? »

« Polacco. »

« E tua figlia? »

« Polly. »

« È un nome inglese. Il padre è di qui? »

« Sì. »

« Ti ha mollata? »

« Sì. »

« Hai dei capelli molto belli. »

Allarmata da quel commento, Benona cambiò subito argomento: « Hai dormito in strada? »

« No, perché? »

« Non hai un buon odore. »

« Me lo dicono di continuo. »

« Puoi fare un bagno nella mia vasca. »

« Così te la svigni con tua figlia, eh? No, grazie. »

La donna andò a prendere una boccetta di acqua di colonia in bagno. « Era di mio marito. Spruzzatela addosso o finirò per vomitare. »

Sorridendo, Woodbourne si cosparse di profumo dalla testa ai piedi. « Così va meglio? »

« Sì. »

« Allora prepara due tazze di tè. »

La donna mise il bollitore sul fornello. « Ho visto la tua foto in televisione. So chi sei. »

« Credimi, tu non hai la più pallida idea di chi sia io. »

13

John contemplava l'oceano dal ciglio della scogliera. Pioveva con intensità e il forte vento alzava immensi muri d'acqua che si infrangevano senza sosta sulle bianche rocce calcaree. Al largo, la flotta di Enrico VIII attendeva che la tempesta si placasse: i galeoni a tre e quattro alberi che si stagliavano contro l'orizzonte plumbeo sembravano giocattoli.

Norfolk camminava impettito avanti e indietro, sbraitando ordini ai carrettieri e ai falegnami impegnati nella costruzione dei verricelli che sarebbero stati usati per collocare i cannoni sugli affusti. Il duca esigeva che i due cannoni ad anima rigata fossero piazzati a una distanza di venti metri l'uno dall'altro, e puntati in direzione sud-ovest, verso l'isola di Wight e la flotta spagnola in avvicinamento. Ma installare quei bestioni era l'ultimo dei loro problemi. Il terzo esemplare era ancora sulla chiatta ormeggiata alla foce del Tamigi, e issarlo sull'*Hellfire*, l'ammiraglia di Enrico VIII, sarebbe stata un'impresa. Ed era impensabile farlo con quel tempaccio, quindi dovevano aspettare.

L'ultima volta che John era stato sulle bianche scogliere di Dover era un caldo pomeriggio estivo, e lui era in compagnia di un thermos di vodka ghiacciata e di una ragazza, conosciuta in un pub vicino all'ambasciata americana. Scacciò quel ricordo e raggiunse William, per accertarsi che i proiettili fossero scaricati con cura. Poco dopo, un uomo che non aveva mai visto gli posò una mano sulla spalla. Lo sconosciuto, che dall'accento poteva essere italiano, gli chiese con gentilezza, ma con fermezza, di andare con lui. John volle sapere il motivo e, sebbene non ottenne risposta, lo seguì fino a uno spiazzo paludoso, dove erano allineati dei carri coperti. Sotto le tende bucherellate, i soldati tentavano di ripararsi dalla pioggia.

Dopo avergli indicato un carro, l'italiano si congedò. John si avvicinò e, un istante dopo, la testa dell'ambasciatore italiano Giovanni Guacci sbucò fuori della tenda.

« Ho saputo che siete riusciti a trasportare i cannoni via fiume. »

« Non vi sfugge niente, eh? »

« Come le ho già detto, è il mio lavoro. Venite, voglio presentarvi i vostri nuovi compagni. »

John salì sul carro e si chiuse dietro la tenda. Il tanfo degli uomini stipati in quello spazio limitato e caldo non era nulla in confronto a quello di una cella di putrefazione, eppure era quasi insopportabile. Oltre a Guacci, c'erano altri tre individui. Seduti sul pavimento di legno, mangiavano pane e strisce di carne secca. La maggior parte degli uomini che John aveva visto all'Inferno era magra e deperita, ma colui che per primo gli tese la mano sembrava ben nutrito.

« Mi chiamo Simon Wright. È vero quello che si dice sul vostro conto? » Aveva un viso florido, con un bel colorito sulle guance, e folti capelli ricci.

John gli strinse la mano con vigore. « Sì, sono vivo. »

« Come avrete capito, Simon è inglese », intervenne Guacci. « È arrivato all'Inferno attorno al 1900, giusto? »

« Ho lasciato le mie spoglie mortali nel 1901. Avevo trentasei anni. »

« Siamo felici che Simon si sia unito alla nostra causa, perché è dotato di particolari abilità. »

« La vostra causa... Continuo a ignorare quale sia », replicò John.

« Portate pazienza, vi prego », sorrise Guacci.

« In vita ero un calderaio », spiegò con orgoglio l'inglese. « Sono venuto a sapere che la mia epoca adesso è conosciuta come Rivoluzione Industriale. Al tempo nessuno di noi sapeva che fosse una rivoluzione, pensavamo solo a costruire cose. »

Guacci posò la mano sulla spalla di un uomo magro e nervoso, che non poteva avere più di venticinque anni. Era il più giovane tra i presenti, con un volto liscio e sbarbato e occhi penetranti e inflessibili. Portava abiti antichi: un paio di brache di pelle aderenti, alti stivali e una blusa. « Antonio Di Costanzo è arrivato all'Inferno prima di tutti noi, circa ottocento anni fa. »

Il ragazzo fece un cenno con la testa e distolse subito lo sguardo, se per diffidenza o altro John non riuscì a capirlo.

« Antonio è uno dei nostri soldati più valorosi. Oltre a tirare di spada con maestria, è anche un giovanotto molto astuto. »

« Fin troppo », commentò Simon.

Per scherzo, Guacci lanciò un tozzo di pane all'ultimo uomo, che portava una corta barba nera, simile a quella dell'ambasciatore, e abiti rinascimentali.

« Luca Penna, al vostro servizio. »

« È mio cugino », spiegò Guacci. « Siamo morti lo stesso giorno, battendoci fianco a fianco. Siamo rimasti legati anche in questo posto dimenticato da Dio. »

« Solo che mio cugino è un raffinato ambasciatore che banchetta con pietanze prelibate al tavolo del re e si diletta con donne dai seni prosperosi, mentre io mi nutro di pane stantio e frequento solo questi vecchi cani. »

« Sentite, sono felice di fare la vostra conoscenza, ma

credo sia arrivato il momento di svelarmi quali sono le vostre intenzioni.»

«Non ancora», replicò Guacci. «Non sappiamo ancora se possiamo fidarci di voi. Abbiamo lavorato troppo sodo e a lungo, per rischiare il fallimento per colpa di individui che non sanno tenere a freno la lingua. Detto ciò, sono convinto che voi siate l'uomo giusto per aiutarci nella nostra... vogliamo chiamarla 'misteriosa causa'? La velocità con cui avete forgiato quegli straordinari cannoni è una dimostrazione del vostro valore. E dunque ho stabilito che questi tre uomini vi aiuteranno ad arrivare in Gallia.»

«E voi?»

«Io devo rimanere a corte, dove posso servire al meglio il mio signore. Luca, Antonio e Simon vi accompagneranno nella ricerca della donna. Incontrerete il nostro signore quando sarà il momento, e solo allora verrete messo a parte della causa per cui ci battiamo. Ho corrotto le persone giuste affinché i miei uomini si imbarchino sull'*Hellfire*, dove voi installerete uno dei tre cannoni rigati.»

«E dopo che faremo? Ce l'avete un piano?»

Antonio prese finalmente la parola. «Certo che lo abbiamo, *signore*. Ci credete forse degli sciocchi?» ribatté con occhi ardenti di rabbia.

«A dire il vero, non vi conosco abbastanza per dire se siete degli sciocchi o dei cervelloni», sorrise John. «E adesso spiegatemi cosa avete in mente di fare.»

Quando i due cannoni furono installati sui rispettivi affusti e puntati verso l'isola di Wight, la bufera si era ormai placata e il mare calmato. La flotta reale poté navigare con venti favorevoli verso Dover, mentre la chiatta con il terzo cannone uscì dall'estuario per andare incontro alla nave ammiraglia. I carri coperti erano già arrivati al porto; diverse centinaia di soldati e marinai, appoggiati a picche, alabarde e archibugi, erano in spiaggia accanto alle lance con cui avrebbero raggiunto i galeoni. A bordo avrebbero aumentato la potenza di fuoco della flotta, anche se molti di loro sapevano di essere carne da macello, destinata a trascorrere l'eternità sul fondo dell'oceano.

William indicò l'*Hellfire* e passò un cannocchiale a John. Era un grande quattro alberi, con la poppa rialzata e una testa di drago scolpita a prua. La bandiera, identica a quella che sventolava sul pennone di Hampton Court, rappresentava un drago che usciva dalla rosa Tudor.

«Sei un uomo di mare?» chiese William.

«Non proprio, ma ho partecipato a operazioni congiunte con la marina.»

«Io l'acqua la odio, non so neppure nuotare. Darò una mano a installare il cannone, poi però me la filerò subito in cima alla scogliera.»

«Mi sa che dovrò fare un corso accelerato di artiglieria navale. Qualcuno dovrà pur insegnare a questa gente a usare il mio cannone.»

«Meglio tu di me, e non dico altro.»

I galeoni gettarono l'ancora e, quando la chiatta con il cannone apparve all'orizzonte, le lance furono sollevate e trasportate in acqua. Il duca di Norfolk arrivò a grandi passi e, celando a stento l'astio che nutriva per lui, ordinò a John di accompagnarlo alla sua imbarcazione personale. Il duca avrebbe guidato la flotta contro gli spagnoli, proprio come sulla Terra Sir Francis Drake aveva comandato quella della figlia di Enrico VIII, Elisabetta. Il re, atteso di lì a poco, avrebbe assistito alla battaglia dall'alto della scogliera. John avanzò di qualche passo nell'acqua fredda, si issò sulla lancia e aiutò William a fare altrettanto. I suoi nuovi compagni - Luca, Antonio e Simon - sistemarono le armi sulle falchette e salirono a bordo dal lato sinistro. John fece del suo meglio per tenere all'asciutto la polvere da sparo e la pistola, che Cromwell gli aveva riconsegnato in precedenza. Norfolk fu l'ultimo a imbarcarsi e si piazzò a prua, quindi urlò ai rematori di prendere il largo.

Mentre la lancia avanzava verso l'*Hellfire*, John osservava meravigliato il grosso vascello in legno di quercia. Lungo quarantacinque metri, era un galeone imponente e sontuoso. Una volta giunti a destinazione, le armi di piccole dimensioni vennero issate a bordo mentre gli uomini si arrampicarono sulle scale di corda calate dal ponte. Norfolk fu il primo a salire e venne accolto da un uomo che John immaginò essere il comandante. Quando fu il suo turno e mise piede sul ponte, i membri dell'equipaggio iniziarono a confabulare e a fissarlo incuriositi. Il capoartigliere, un tipo dalla pelle cotta dal sole, riconobbe William e mostrò ai suoi uomini l'attrezzatura per issare il cannone a bordo.

Quando alla fine arrivò la chiatta, il grosso cannone fu assicurato con delle cime e sollevato lentamente con il paranco. Quindi fu calato attraverso un boccaporto a mezzanave sul ponte di batteria, dove c'erano due file di settanta cannoni pesanti, con le bocche appoggiate contro i portelli chiusi delle feritoie.

Il capoartigliere li condusse davanti a un affusto vuoto. «Il pezzo nuovo va qua. A dritta a mezzanave.»

«Dovrebbe starci a meraviglia», disse William.

«Ci penserete voi, al cannone?»

« Buon Dio, no! Il mare non fa per me. Sarà John Camp a insegnare ai vostri uomini a farlo cantare. »

L'artigliere aggrottò la fronte. « Mai stato su un galeone? »

« Temo di no. »

L'uomo espresse il suo disappunto sputando a terra. « Non mi va giù che uno straniero ignorante se ne vada a spasso per il mio ponte di batteria. » Annusò John come un cane. « E straniero è dire poco... »

« Questo cannone non è come gli altri », cercò di spiegargli William. « È stato lui a progettarlo, e mi ha anche aiutato a costruirlo. »

« Va bene, va bene... Questi sono gli artiglieri a vostra disposizione. » Indicò sei uomini mingherlini appostati nell'ombra. « Insegnate loro ogni cosa e poi levatevi dai piedi. »

« Sarà fatto. »

L'affusto fu trascinato sotto il cannone e infine spostato in corrispondenza della feritoia. Subito dopo, i proiettili furono calati dentro una rete e accatastati in una rastrelliera di legno.

Quando il primo ufficiale avvertì che stavano per salpare, William annunciò che lui toglieva le tende. « Fai attenzione al rinculo, John che non sei di queste parti. Mi farebbe piacere incontrati ancora. »

« Farebbe piacere anche a me. E tu tieniti il più alla larga possibile dai tuoi cannoni. È solo una questione di tempo, prima o poi uno esploderà. »

« Lo so, lo so, servono i minerali ferrosi del Nord », sorrise il fabbro.

John trascorse l'ora successiva a insegnare e ad apprendere. Il capoartigliere gli illustrò come la sua squadra coordinava le attività di fuoco e ricarica dei cannoni, mentre John spiegò come maneggiare e caricare i proiettili dotati di alette nell'anima rigata.

« Dunque questo cannone può sparare una palla a tre chilometri di distanza? » gli chiese l'artigliere.

« Esatto. »

« Voglio proprio vedere. »

Quando sottocoperta non ci fu altro da fare, John tornò sul ponte. Nel frattempo il galeone era salpato e navigava verso ovest alla velocità di soli due nodi. Mentre ammirava le alte e bianche scogliere, John notò un uomo che si sbracciava accanto ai due cannoni rigati. Quando capì che era William, ricambiò il saluto.

Il ponte dell'*Hellfire* brulicava di attività. I marinai scattavano a ogni ordine, e decine di moschettieri e archibugieri preparavano i fucili ad avancarica, i falconetti e gli archibusoni. John si avvicinò a Luca, che stava sistemando il supporto del suo moschetto a sinistra.

« Se quei cannoni funzioneranno, non dovrete sparare neanche un colpo. »

« Vuol dire che serberò le pallottole per un più nobile scopo », replicò l'italiano con un sorriso.

« Dove sono Antonio e Simon? »

« Dall'altra parte, vicino alla punta del veliero. »

« A dritta di prua? »

« Sì, certo. Non so un accidenti di navi e non mi garbano. Ho già rimesso l'ultimo pranzo. Preferisco la terraferma e i cavalli. »

« Già, vi capisco. Comunque cercate di stare lontano dai guai. Se usciremo vivi da questa battaglia, sappiamo tutti cosa dobbiamo fare. »

Mentre si dirigeva a poppa, i marinai e i soldati si facevano da parte per lasciarlo passare, e lui si sentì una specie di Mosè che attraversava il mar Rosso. Norfolk era sull'alto cassero in compagnia di alcuni uomini in eleganti uniformi. John si fermò davanti alla scala e, attenendosi all'etichetta navale, chiese il permesso di salire.

Norfolk lo guardò in cagnesco, ma l'alto e distinto uomo al suo fianco non si fece influenzare da quella reazione. « Certamente, Mr Camp, la vostra presenza è più che gradita. Sono il comandante Hawes. Il buon duca di Norfolk è l'ammiraglio della flotta, ma l'*Hellfire* è il mio veliero. »

Mentre gli stringeva la mano, John fu favorevolmente colpito dal suo portamento e dalla sua eleganza, anche se l'uniforme del XVI secolo era lisa e piena di rattoppi. Magari era quella che Hawes indossava il giorno in cui era morto.

« Immagino sia meraviglioso », disse il comandante. « Essere vivi, intendo. Quasi non ricordo più come ci si sente. »

« Ha i suoi vantaggi... »

Norfolk incrociò le braccia sul petto in modo stizzito e si allontanò di qualche passo.

« Posso chiedervi qual è il vostro piano? »

« Certo. Ci hanno informato via telegrafo che gli iberici stanno risalendo il vento da ovest, dalla loro ultima posizione nota, al largo delle coste dell'isola di Wight. Credo che li avvisteremo tra un'ora o due. »

« Quanto è grande la loro flotta? »

« Quasi quanto la nostra, circa ottanta navi. Una trentina di galeoni, poi galeazze, caracche e navi più leggere. Tra marinai e soldati, dovrebbero esserci ottantamila uomini a bordo. Sebbene non siano numeri trascurabili, sono di gran lunga inferiori a quelli dell'armata del duca di Parma, che ha attaccato la mia beneamata regina Elisabetta. »

John sbatté le palpebre, confuso. « Avete contribuito alla vittoria inglese del... che anno era? »

« Il 1558. Sì, ho preso parte alla battaglia di Gravelines. Ero il primo ufficiale del *Bark Talbot*, uno dei vascelli che Lord Howard, il nostro ammiraglio, aveva deciso di riempire di esplosivi e di scagliare contro le navi spagnole. Ancora oggi mi rammarico per averlo affondato in quel modo, anche se quello stratagemma ci ha portati alla vittoria. »

« È allora che siete morto? »

« No. Sono sopravvissuto in mare solo per soccombere sulla terraferma, qualche anno dopo, senza un centesimo in tasca, dal momento che non ero stato risarcito per la perdita del mio vascello. L'Inferno me lo sono guadagnato quello stesso anno, colpendo a morte un mozzo indolente. »

« E qui vi siete ritrovato a combattere ancora gli spagnoli. »

« Proprio così. Nel corso dei secoli ci siamo scontrati a più riprese, con esiti alterni. Ogni volta che arriva qualcuno all'Inferno, impariamo nuove strategie e tecniche militari. Sappiamo che nel vostro mondo avete navi d'acciaio, macchine volanti e armi dal grande potenziale distruttivo, ma qui mancano gli strumenti e i materiali per costruirli. E così dobbiamo accontentarci di apportare migliorie a ciò che già abbiamo. A questo proposito, mi è giunta voce che il vostro cannone rigato sia una meraviglia. Speriamo che riesca nell'impresa di ridurre le perdite tra le file dei miei uomini. »

« E di aumentarne tra le loro. »

« Tale è la natura della guerra », annuì Hawes, prima di ordinare di accostare di quattro gradi sottovento. Quando fu soddisfatto della variazione di rotta, tornò a rivolgersi a John, il quale gli fece una domanda all'apparenza innocua, ma che in realtà provocò una reazione stizzita nel comandante: « Perché combattete? »

Hawes lo invitò a spostarsi per evitare che Norfolk li sentisse. « Perché questi sono gli ordini del duca, il quale a sua volta esegue gli ordini del re. La Britannia combatte perché è questo che ha sempre fatto, sulla Terra - come ricordo - e all'Inferno. »

« Sì, certo. Ma qui, da ciò che ho capito, non ci sono per esempio scontri per motivi religiosi. Credevo che i conflitti fossero una rarità. »

« È vero, in questo mondo la religione è irrilevante, in quanto la redenzione non è che una chimera. Ma ci battiamo per il potere, per annettere territori, per impossessarci delle donne del nemico e, soprattutto, per evitare di essere conquistati e sottomessi. Siamo creature semplici, direi primitive, Mr Camp, e come tali ci comportiamo. Adesso posso farvela io una domanda? So che siete arrivato all'Inferno per errore, ma perché vi siete messo al servizio del re? »

« Sto cercando una donna, anche lei finita qui per errore. »

« Ho un vago ricordo di cosa significhi essere innamorato, così come ricordo a stento la sensazione dei caldi raggi del sole sul viso », sospirò Hawes.

La voce del marinaio di vedetta sull'albero maestro squarciò l'aria: « Iberici in vista! »

« Bene. Tornando ai vostri cannoni, hanno una gittata di quasi due miglia, giusto? »

« Solo quelli sulla scogliera. Il cannone qui a bordo ha una gittata a filo d'aria di mezzo miglio. O almeno spero. »

« La speranza è una pia illusione all'Inferno, ma aggiungerò la mia alla vostra. » Hawes gli rivolse un inchino e si girò verso Norfolk. « Ammiraglio, attendo i vostri ordini. »

Il duca si soffiò il naso con un fazzoletto. « Aspettiamo che entrino nel raggio d'azione dei cannoni. »

Quando la flotta spagnola apparve in tutto il suo splendore, con un cannocchiale John vide i marinai affrettarsi sui ponti e sul sartiame.

« Quasi due miglia da una postazione elevata e mezzo a livello del mare », ripeté tra sé il comandante, valutando la distanza tra gli spagnoli, i cannoni sulla scogliera e l'*Hellfire*. « Formeremo un triangolo della morte. » Poi tuonò: « Spostarsi sottovento, orzare, orzare! Tutti gli uomini al giardinetto, tutti gli uomini al giardinetto! »

Il galeone si arrestò immediatamente, con la murata di dritta rivolta alle navi nemiche in avvicinamento. Più a est, il resto della flotta inglese imitò la manovra di Hawes e si fermò prua al vento. John chiese a Norfolk chi comandasse l'armata spagnola, ma il duca lo congedò con un gesto della mano e si diresse verso il parapetto di dritta con il cannocchiale.

Hawes fece cenno a John di avvicinarsi. « Ho saputo della lezione che gli avete impartito a corte. Be', gli brucia ancora. E Norfolk non è il tipo d'uomo che lascia impunito un simile affronto. Quanto alla vostra curiosità, il comandante degli iberici è una nostra vecchia conoscenza, il duca di Olivares. Costui è al servizio di re Pietro, che governa l'Iberia con il pugno di ferro da quasi settecento anni. In vita era conosciuto come Pietro il Crudele, e qui ha superato la sua fama. Oggi magari Olivares si aspetta i brulotti, di certo non i vostri cannoni. »

« Dunque volete attirarlo verso l'*Hellfire*. »

« Esatto. In condizioni normali, avrei ordinato a un gruppo di navi di staccarsi dal resto della flotta per portarsi ai fianchi degli iberici, a duecentocinquanta passi di distanza, il raggio d'azione dei nostri cannoni. È la tattica che Olivares è pronto ad affrontare. Quando invece si renderà conto che le nostre navi non entreranno in azione, si gratterà la zucca pelata e si avvicinerà con molta cautela. Se vuole forzare il passaggio dell'estuario, deve venire per forza da questa parte.»

«Ho detto a William di mirare alla parte centrale e alla poppa delle navi. A voi consiglio di colpire la prua.»

«Sono d'accordo, ne parlerò con Norfolk. Adesso, vi prego, scendete sottocoperta e attendete i miei ordini. Buona fortuna, Mr Camp.»

Sul ponte di batteria - un luogo soffocante, caldo e maleodorante - i portelli delle feritoie sul lato di dritta erano stati aperti e gli artiglieri erano in nervosa attesa alle rispettive postazioni. John ordinò alla sua squadra di infilare una sacca di polvere da sparo e un proiettile nel cannone rigato. Poi si mise due pezzi di stoffa nelle orecchie e, per sicurezza, un terzo in bocca, sopra il dente scheggiato. Quindi si accovacciò per guardare fuori della feritoia. Il mare si stava increspando.

Sul cassero di poppa, Hawes e Norfolk si passavano il cannocchiale, valutando la distanza che li separava dalla *Volcán*, l'ammiraglia di Olivares. Il vento che soffiava da occidente rinfrescò e riprese a piovere. Il cielo si scurì.

«Una tempesta», sentenziò Norfolk.

«Non farà che accelerare la loro disfatta», ribatté Hawes, per poi aggiungere subito: «Almeno spero».

Passarono dieci minuti, poi venti.

«La *Volcán* è a mezzo miglio», annunciò il comandante.

«Accendente la lanterna», ordinò Norfolk.

Il secondo ufficiale obbedì subito e, un istante dopo, la fece oscillare in direzione della scogliera.

William vide la luce e rispose con la sua lanterna.

« Fuoco! »

John sentì il comando del duca passare di ponte in ponte e si allontanò dal cannone quando un artigliere avvicinò la torcia al focone. Si udirono prima due detonazioni distanti, poi un'esplosione fortissima all'interno dell'*Hellfire*. Il cannone rigato emise una fiammata e rinculò di tre metri sull'affusto, tenuto dalle cime legate alla parete. Gli artiglieri si misero subito all'opera, caricando un altro proiettile, e riportarono l'affusto in posizione di tiro.

William non si era accorto dell'arrivo di Enrico VIII e di Cromwell, entrambi muniti di cannocchiale. Quando il fragore delle detonazioni si affievolì, divenne distinguibile il fischio acuto delle palle di cannone. D'un tratto si sollevò una colonna d'acqua nel punto in cui uno dei proiettili sparati dalla scogliera affondò in mare, senza danneggiare nessun vascello nemico. Un istante dopo, però, ci furono due impatti: il proiettile sparato dall'altro cannone di William colpì la poppa di una galeazza, mentre quello dell'*Hellfire* centrò la *Volcán* sulla parte sinistra della prua, appena sopra la linea di galleggiamento, mandando in frantumi il ponte di batteria principale.

Il duca di Olivares, immobile alla ruota del timone, non riusciva a capire cosa fosse accaduto. L'*Hellfire* era troppo lontana, eppure le sue navi erano state colpite. Il comandante della *Volcán* reagì con maggiore prontezza e urlò all'equipaggio di invertire la rotta. Ma, proprio mentre veniva eseguita la manovra, un secondo proiettile sparato dagli artiglieri di John colpì l'ammiraglia spagnola appena sopra il filo dell'acqua, centrando la polveriera. Il galeone esplose in un'enorme palla di fuoco.

In cima alla scogliera, commosso da quello spettacolo,

il re non nascose le lacrime di gioia. « Ancora, ancora! » urlò.

I tre cannoni continuarono a bombardare i nemici, abbattendo alberi e affondando le navi in ritirata.

Il forte vento che infuriava da ovest si intensificò, facendo ribollire il mare fino a fargli assumere un colore livido. Sottocoperta, i colpi di cannone facevano vacillare John, che aveva la gola satura di acre polvere pirica. La sua squadra ormai padroneggiava il sistema di carica, quindi non aveva più senso restare in quell'ambiente fetido. Quando salì sul ponte, John respirò a pieni polmoni l'aria fresca.

« Cessate il fuoco! » tuonò Hawes.

Ma subito Norfolk ordinò di non fermarsi.

Dopo un'accesa discussione, prevalse il grado più alto e i cannoni seguitarono a sparare a pieno regime.

Poi John vide alzarsi una fiammata dalla scogliera e udì un'esplosione diversa, più profonda e sorda.

Un cannone era esploso. Il re e Cromwell erano illesi, ma lo stesso non poteva dirsi degli artiglieri e dei numerosi soldati ridotti a brandelli da una pioggia di schegge. Dopo aver urlato alla seconda squadra di cessare il fuoco, William corse a controllare il cannone deformato e le vittime.

Enrico VIII gli andò incontro a larghe falcate, scavalcando i corpi ammassati a terra e, fuori di sé dalla rabbia, gli chiese per quale motivo il nuovo cannone avesse ceduto. Disperato, William gli spiegò che John Camp aveva previsto quel problema, e che la causa della rottura era la scarsa qualità del ferro.

« Avete sentito, Cromwell? Oggi abbiamo sconfitto gli iberici, e domani salperemo alla volta delle terre del Nord per saccheggiare le loro miniere. Dopo di che potremo muoverci alla conquista dell'Europa intera. »

John corse sul cassero di poppa per riferire al comandante che uno dei cannoni sulla scogliera era andato distrutto. Gli consigliò quindi di sospendere il fuoco per far sì che il loro cannone si raffreddasse. Subito dopo, però, il rumore di una detonazione riempì l'aria. Il *Martillo*, il galeone iberico comandato dall'intrepido duca di Granata, aveva approfittato della confusione creata dalla ritirata del resto della sua flotta per celare la propria avanzata e affiancarsi all'ammiraglia inglese.

La parte superiore dell'albero di mezzana, spezzato dalla palla di cannone, precipitò a poppa, mancando Norfolk e Hawes di un soffio. John si ritrovò sotto vela, con la gamba destra bloccata da una sezione dell'albero. Hawes ordinò agli artiglieri a sinistra di aprire il fuoco; la scarica fu assordante. Un coltello squarciò la vela a pochi centimetri dal petto di John e la testa di Antonio fece capolino dallo strappo, mentre Simon e Luca sollevavano l'albero e gli liberavano la gamba.

«Siete ferito?» urlò Luca.

«Sto bene.»

«Ci sono addosso!» esclamò Simon, indicando la nave spagnola.

Rampini di abbordaggio solcavano l'aria, per poi agganciarsi al sartiame e al parapetto. Palle di moschetti affondavano nelle carni e nel legno. Quando le due navi vennero a contatto con un tonfo violento, gli spagnoli saltarono sul ponte dell'*Hellfire* lanciando spaventose urla di battaglia.

«O gloria o morte!» urlò Antonio.

Senza pensarci due volte, John si scagliò contro il nemico più vicino e lo trapassò con la spada. Sebbene non si fossero mai addestrati assieme, si accorse che lui e i suoi nuovi compagni avevano assunto una vera e propria formazione di combattimento: lui al fianco di Luca, con Antonio e Simon dietro di loro, schiena contro schiena, in modo che si coprissero le spalle a vicenda. Tutt'attorno, gli uomini falciati dalle lame e dal piombo crollavano sul legno reso scivoloso dal sangue.

Un marinaio spagnolo spiccò un salto dalle sartie della sua nave fino all'alberetto dell'*Hellfire*, e da lì si lasciò cadere su Simon e Antonio, abbattendoli. Lo spagnolo si rialzò subito e prese il coltello che stringeva tra i denti. Avrebbe pugnalato Antonio sul volto se non fosse stato per John, che con un fendente preciso gli mozzò il braccio all'altezza del gomito. L'uomo lanciò un urlo di dolore mentre il sangue zampillava dall'arteria omerale, quindi si accasciò a terra tenendosi il moncherino.

Antonio gli rivolse un rapido « grazie » prima di assumere di nuovo la posizione di combattimento.

L'*Hellfire* fece partire una scarica di cannoni e il fianco del *Martillo* esplose in una tempesta di schegge.

Quando la nave spagnola cominciò a inclinarsi, le corde dei rampini si tesero fino a spezzarsi. Dopo essersi resi conto che il loro destino era segnato, i nemici ancora a bordo dell'*Hellfire* decisero di tentare la sorte e si buttarono in acqua. Si levò un coro vibrante di urrà tra i membri dell'equipaggio inglese.

Hawes scese di corsa dal cassero e, mentre girava per il ponte per valutare i danni, si chinò ad aiutare un ferito. Sulla Terra sarebbe stato già morto, ma lì, nonostante una palla di cannone che gli aveva trapassato lo sterno, aveva ancora gli occhi aperti e uno sguardo implorante.

« Gettatelo in mare! » urlò Norfolk, sporgendosi dal parapetto del cassero di poppa. « Comandante, sbarazzatevi di tutti gli uomini inabili e fatemi una stima dei danni! »

Simon era sfinito, ma prese fiato a sufficienza per dire ai suoi compagni che era giunto il momento di passare all'azione.

John si avvicinò a Hawes in tempo per sentirgli borbottare: « Piuttosto butto voi in mare, Norfolk ».

« Perché non lo fate? »

L'altro posò con delicatezza il ferito a terra e si alzò. « Cosa intendete dire? »

« Unitevi a noi. »

« Noi? »

Simon, Antonio e Luca lo circondarono.

« Vogliamo la vostra nave », disse John.

« Non capisco. »

« Dobbiamo raggiungere la Francia per salvare la mia amica. »

« Sono costretto a impedirvelo, altrimenti mi macchierei di tradimento. »

Simon scosse la testa. « Scegliere di non servire un re e un duca assetati di sangue è forse un tradimento? Siamo stati tutti condannati all'Inferno, eppure mi piace pensare che non siamo uguali. »

Luca aveva posato un braccio sulle spalle di Simon in segno di solidarietà. « Noi operiamo per conto di un uomo. Non è un re, ma, se lo fosse, questo posto sarebbe un luogo migliore. Abbiamo deciso di aiutare il nostro insolito e valido amico, John Camp, e lui ha deciso di abbracciare la nostra causa. »

« E quale sarebbe questa causa? » chiese Hawes.

John scrollò le spalle. « Non me l'hanno ancora detto, e dubito che lo diranno a voi. Ritengo sia una questione di fede. »

« Ne è passato di tempo dall'ultima volta in cui ho avuto fede in qualcosa. »

Norfolk gli intimò di nuovo di gettare il soldato ferito in mare, ma, quando capì che il comandante non aveva nessuna intenzione di obbedirgli, scese sul ponte.

« Non condannerò i miei uomini a un'eternità in fondo all'oceano, è un destino peggiore di una cella di putrefazione. » Quindi Hawes si voltò ad affrontare il duca. « Se me lo chiedete ancora, signore, getterò voi in mare. »

« Siete un lurido traditore! » Norfolk estrasse la pistola dalla cintura, ma subito John gli accostò la spada alla gola e Antonio gli sfilò l'arma dalla mano.

Il duca lanciò uno sguardo d'odio a John e prese a tremare.

« Sapete nuotare? » gli chiese il comandante.

« Che razza di domanda è? »

« Che ne dite se lo scopriamo? » Simon spinse l'uomo verso il parapetto di sinistra, sotto gli occhi della ciurma sconvolta.

« Un momento! » intervenne John.

Per un istante, Norfolk pensò che volesse risparmiarlo, perché la paura sul suo volto lasciò il posto a un'espressione boriosa, tuttavia John si limitò a prendergli l'orologio d'argento dal taschino.

« Mi è stato donato dal re! » protestò lui.

John lo soppesò nella mano. « Non credo ne avrete più bisogno. »

E, mentre farfugliava la sua indignazione, il duca venne buttato fuori bordo.

Norfolk si dibatté fra le onde prima di mettersi a nuotare a rana. Aveva fatto poche bracciate, quando la prua del *Martillo* si inabissò e la poppa si sollevò. Il veliero affondò in un attimo, e il vortice conseguente risucchiò Norfolk che, con un'espressione terrorizzata sul volto, sparì sotto la superficie del mare.

Hawes ordinò subito ai suoi uomini di fare il possibile per soccorrere i feriti. Il primo ufficiale gli comunicò che la nave aveva due falle – a prua e a poppa – sopra la linea di galleggiamento, e che erano entrambe riparabili. Il comandante spronò i falegnami a mettersi al lavoro, poi rifletté su cosa fare. La pioggia e l'oscurità li rendevano invisibili dalla costa.

John consultò l'orologio. Erano le quattro del pomeriggio del suo quinto giorno all'Inferno. Di lì a quarantott'ore i tecnici del MAAC avrebbero riavviato il sincrotrone, e lui sarebbe stato molto lontano da Dartford. Si avvicinò a Hawes. « Prenderemo questa nave, che lo vogliate o no. Comunque preferirei che foste con noi. »

« Abbracciate la nostra causa, non ve ne pentirete », disse Luca.

« Il re ci farà inseguire dal resto della flotta. »

« Magari penserà che siamo stati affondati. »

« E ai miei uomini cosa racconto? »

« Dite loro che gli offriamo la speranza di una vita migliore », intervenne Simon.

« Speranza... » Il comandante lanciò un'ultima occhiata a John, poi si rivolse al primo ufficiale. « Ci restano tre alberi, quindi liberatevi dei detriti il più velocemente possibile, stabilite la rotta per la Gallia e radunate tutti gli uomini sul ponte. Non faremo più ritorno in Britannia, ma darò loro una speranza. »

14

La notte sembrava infinita. Nonostante la tensione e la paura, Emily era esausta e si sforzava di restare sveglia, temendo di scivolare dalla sella e di trascinare a terra l'uomo cui era legata. Cadere dal cavallo al galoppo avrebbe potuto rivelarsi fatale. Forse stavano attraversando una foresta, visto che ogni tanto veniva sfiorata da un ramo, di certo però stavano fiancheggiando una scogliera o un burrone. Il fatto che riuscissero a mantenere quell'andatura al buio significava che comunque stavano procedendo lungo un sentiero: la conferma arrivò con i primi chiarori dell'alba.

Un ramo sottile la colpì alla testa con uno schiocco, e probabilmente un attimo dopo centrò anche Jojo, perché Emily la sentì lanciare un urletto. Sebbene la situazione fosse disperata, entrambe scoppiarono a ridere.

Qualche secondo dopo, Emily notò due luci brillanti in lontananza, in mezzo agli alberi. Galopparono ancora per qualche minuto, fino a quando il sentiero non fu completamente illuminato. Alla fine, si fermarono e smontarono di sella. Emily si ritrovò a terra sulle gambe malferme.

« Benvenuta in Alemagna, Frau *Professor Doktor* Loughty », disse in tedesco una voce maschile, da dietro le luci accecanti. Poi, in inglese, aggiunse con educazione: « Perdonate le mie maniere. Parlate la mia lingua? »

« Sì. E voi chi siete? »

L'uomo non rispose e ordinò al cavaliere cui lei era ancora legata di farla avvicinare. Quando questi obbedì,

Emily rimase a bocca aperta. Le due luci, infatti, erano i fanali di una tozza automobile scoperta, e l'uomo mingherlino di mezza età sul sedile posteriore indossava un completo del XX secolo e portava un paio di occhialini con la montatura di acciaio. Alle spalle dell'auto c'erano altre due vetture con i fanali spenti, da cui smontarono degli uomini in uniformi appartenenti a epoche diverse.

Emily stava per dire qualcosa, quando Clodoveo scese da cavallo e la spinse da parte per poi tendere una mano verso l'uomo.

Abbandonando i suoi modi cortesi, il tedesco cominciò a urlargli epiteti nella sua lingua. Poi, con calma, si rivolse all'autista, un tizio enorme con abiti abbastanza moderni, che lanciò ai piedi del condottiero una borsa di pelle. Clodoveo sciolse il laccio e vi infilò dentro una mano per sincerarsi che la sua ricompensa ci fosse tutta. Soddisfatto, sputò a terra e si allontanò.

«Che barbaro! Vi porgo le mie scuse. Il punto, Frau *Doktor,* è che quell'uomo *è* un barbaro.» L'uomo ridacchiò in modo sgraziato della propria facezia.

Clodoveo tornò qualche secondo dopo trascinandosi dietro Jojo, e il tedesco perse di nuovo la pazienza. Emily lo sentì dire che non aveva chiesto nessun altro oltre alla donna, che non sapeva cosa farsene di una negra e che si rifiutava di dargli altro denaro. I due discussero animatamente per un po', finché qualche altra moneta lanciata dall'autista non placò gli animi. Clodoveo sputò di nuovo a terra e, rimontato in sella, si lanciò al galoppo seguito dai suoi uomini.

«Tutto okay?» chiese Emily a Jojo.

«Sì. Chi è questo sgorbio?» rispose lei in francese.

«Sono certa che lo scopriremo molto presto.»

«Che spiacevole inconveniente», si scusò l'uomo.

« Be', da ora in poi aspettatevi un trattamento migliore, Frau *Doktor*. »

« Sapete chi sono, ma io non so chi siete voi. »

« Permettetemi di presentarmi. Heinrich Luitpold Himmler, al vostro servizio. »

« Ma per piacere! » sbottò Emily.

« Sono serissimo. »

« Chi è? » intervenne Jojo.

« Un maledetto nazista, uno degli ufficiali di Hitler. »

Himmler sorrise deliziato. « Sono lieto che mi conosciate. Dunque studiate le mie gesta, nelle scuole britanniche? »

« Oh, sì », rispose Emily, continuando a scuotere la testa per l'incredulità. Una cosa era imbattersi in personaggi storici come il duca di Guisa o Clodoveo, di cui aveva pressoché ignorato l'esistenza. Ma Himmler? Era del tutto diverso. All'improvviso, la malvagità dell'Inferno le riempì le narici di un fetore disgustoso. « Il nazismo viene studiato perché nessuno dimentichi e perché una tale atrocità non accada mai più. »

« Capisco. Mi sembra un approccio piuttosto semplicistico. Ma, vi prego, venite, ci attende un altro viaggio, di certo più confortevole rispetto a una cavalcata. Voi e la vostra amica negra viaggerete sulla mia auto. »

« Jojo. »

« Prego? »

« La mia amica si chiama Jojo. »

« Eccellente. Lei siederà davanti, accanto all'autista, e voi al mio fianco. »

« Dove ci portate? »

« Al castello di Marksburg sul Reno, vicino a Coblenza. Federico, il sovrano d'Alemagna, non vede l'ora di incontrarvi. Sareste una donna estremamente appetibile anche solo per il vostro profumo che, lo riconosco, è più gradevole di qualsiasi fiore cresca all'Inferno. Ma da quel che ho capito siete anche un fisico. Perbacco! Ho una grande stima di voi scienziati. Adesso, però, salite, è il momento di andare.»

Le due donne non si mossero, e Himmler consigliò loro di seguirlo con le buone, altrimenti i suoi uomini le avrebbero costrette a salire con la forza. Quando si furono sedute, l'autista cominciò a manovrare una leva all'altezza dei piedi, avanti e indietro, avanti e indietro, finché il motore non emise una specie di gemito, simile al richiamo di una balena, seguito da un forte sibilo. Di lì a poco il sibilo si trasformò in un fischio, come quello di una teiera in ebollizione.

«Ma è a vapore!» esclamò Emily.

«Proprio così. È straordinaria, non trovate?»

Una volta che l'acqua nella caldaia raggiunse la pressione necessaria, l'autista innestò la marcia e l'automobile si avviò, circondata da una nuvola di vapore, sferragliando come una locomotiva d'altri tempi.

Emily sobbalzava con violenza sul sedile di pelle. Alzando la voce per farsi sentire in quel frastuono, Himmler le spiegò che stavano lavorando sodo per migliorare la qualità degli pneumatici e degli ammortizzatori. «Far progredire la tecnologia in questo luogo non è affatto semplice. Di solito, chi finisce all'Inferno è gentaglia, sotto tutti i punti di vista. È così difficile imbattersi in uomini in grado di rendersi utili.»

Seduta con la schiena dritta e le braccia conserte, Emily era disgustata all'idea di trovarsi spalla a spalla con un mostro. «È perché da queste parti non ci sono molti assassini e stupratori che in vita hanno vinto un Nobel?»

Himmler rise di gusto. Poi le porse una coperta, che Emily passò subito a Jojo.

« In caso di pioggia possiamo sollevare il tettuccio, ma contro l'aria fresca del mattino non serve a granché. Mi sono occorsi trent'anni per trovare uomini - non solo in Alemagna - in grado di costruire un'auto. Ovviamente non possediamo ancora la capacità - e sottolineo *ancora* - di estrarre e raffinare il petrolio, quindi mi sono dovuto accontentare di un motore a vapore. Su un rettilineo, tuttavia, questa vettura può superare gli ottanta chilometri orari. Al vecchio Federico quasi gli sono usciti gli occhi dalle orbite quando mi ha visto sfrecciare al volante del primo prototipo. È stato come donare il fuoco a un primitivo. »

Anche Emily era costretta a urlare per farsi sentire: « Siete gli unici a possedere una simile tecnologia? »

« Credo di sì, ma non posso esserne certo. Si dice che pure i francesi e i russi abbiano qualcosa del genere. I sistemi di comunicazione sono uno dei nostri numerosi problemi. Abbiamo una linea telegrafica che si estende per alcune centinaia di chilometri in Alemagna, ma non oltre i suoi attuali confini. Anche gli inglesi e i francesi hanno il telegrafo. Comunque la maggior parte delle informazioni sui nostri nemici ci viene fornita dalle spie. È da loro che siamo venuti a conoscenza del vostro arrivo. »

« Sembrate ben addentro a questo mondo per esserci arrivato solo settant'anni fa. »

« Sì, è così. Siete una donna intelligente e perspicace. Chi è all'Inferno da secoli, come Federico, è avvantaggiato. Una volta salito al potere, un sovrano ha la possibilità di restarci a lungo. Basta circondarsi di sudditi remissivi ed eliminare con ferocia ogni possibile usurpatore. Questo è il motivo per cui tutti i monarchi più longevi dispongono di una rete di collaboratori che valutano i nuovi arrivati e di spie che li tengono informati. Per quanto mi riguarda, non appena ho messo piede all'Inferno ho fatto una rapida valutazione della situazione. Ai furfanti che mi hanno trovato ho detto di portarmi subito dal loro capo, e che se non lo avessero fatto avrebbero rischiato il collo perché io non ero come tutti gli altri. Sono passato di mano in mano lungo la catena alimentare, per così dire, finché non mi sono imbattuto in qualcuno che aveva sentito parlare del Terzo Reich. E poi sono stato ricevuto dal re.»

«Immagino che molti dei vostri amici nazisti siano finiti qui.»

«Non siamo pochi, è vero. All'inizio non ho fatto una grande impressione al re, forse a causa del mio aspetto ordinario. Penso che il suo primo impulso sia stato quello di eliminarmi, come ha fatto con Hitler e con la maggior parte degli ufficiali di alto grado.»

Emily sorrise amaramente. «Cos'è successo al buon vecchio Adolf?»

«Presumo che si sia presentato con eccessiva arroganza. È un errore da non commettere con un uomo come Federico, che durante i suoi mille anni di regno ha avuto a che fare con personaggi di gran lunga più terrificanti del Führer. Mi è stato riferito che Federico ha tollerato i suoi farneticamenti per alcuni minuti prima di alzarsi dal trono e decapitarlo seduta stante. Adesso il Führer si trova in una cella di putrefazione di cui ignoro l'ubicazione. Non sono mai andato a trovarlo.»

«La vostra testa, invece, è ancora al suo posto», urlò lei sopra il baccano.

Himmler si toccò il capo. «Ah! È vero! Be', io sono stato più furbo di Hitler. Sono arrivato al cospetto di Federico circa un mese dopo la sua decapitazione. Avete sentito bene, siamo morti a distanza di trenta giorni l'uno dall'altro... Abbiamo scelto entrambi un onorevole suicidio. Ho detto al re che il mio unico interesse era diventare un suo umile servo, e che volevo mettere a disposizione della corte la mia esperienza di consigliere di guerra. Gli ho rivelato che era sempre stato un mio idolo e che con il Terzo Reich avevo tentato di riportare la Germania ai fasti della sua epoca. L'ho conquistato definitivamente spiegandogli che il nome in codice dell'invasione tedesca all'Unione Sovietica era 'Operazione Barbarossa', un nome che avevo scelto io in suo onore. Questo particolare gli ha procurato un enorme piacere, in quanto sembra che odi i russi tanto quanto il sottoscritto. Ma il punto è un altro: i sovrani vanno blanditi e adulati, questo l'ho capito subito. Gli ho chiesto infine di concedermi un po' di tempo per valutare i suoi sistemi di offesa e di difesa, in modo che potessi apportare eventuali migliorie. Federico ha accettato e mi ha concesso la sua protezione. Nel corso delle mie ispezioni ho scoperto che in Alemagna alcuni ruoli di comando e controllo erano vacanti, e che mancavano le strutture adatte per sviluppare nuove armi. L'Inferno ha tutte le risorse naturali della Terra, ma difetta del suo capitale intellettuale. Qui, la civilizzazione stenta a progredire. Il mio obiettivo è cambiare questo stato di cose.»

«E come, di grazia?»

«Da quando ho cominciato, i progressi sono stati lenti e marginali. Finora ho trovato solo un pugno di uomini con competenze utili alla mia causa. Quest'auto a vapore, per quanto semplice e arcaica possa apparire ai nostri occhi moderni, è il massimo che sono riuscito a ottenere. Sotto certi aspetti è ridicola, sebbene il motore a vapore sia stato il precursore di numerose grandi invenzioni. E guardate qua.» Himmler aprì la giacca per mostrarle un'arma nella fondina. «Una pistola a pietra focaia! Non riesco neppure a trovare un armaiolo moderno competente! Adesso, però, ho in mano la chiave che spero mi darà un vantaggio sui nostri nemici e permetterà all'Alemagna di conquistare il mondo.»

«E sarebbe?»

«Voi, Frau *Doktor*.»

Sebbene fosse già seduta il più lontano possibile dall'uomo, Emily si appiattì contro la portiera dell'auto. Decise di troncare la conversazione, e lo stesso Himmler sembrò felice di far riposare per un po' le sue corde vocali.

Il cielo del mattino stava assumendo la solita sfumatura grigiastra e, per la prima volta, Emily poté osservare la strada che stavano percorrendo. Era una striscia di terra dura e compatta, abbastanza liscia e pianeggiante, con una leggera pendenza ai lati per far defluire l'acqua piovana. Molto probabilmente, pensò, quella strada era stata realizzata da squadre di schiavi agli ordini di Himmler. Quell'uomo era abilissimo nell'organizzazione del lavoro. Dopotutto, era stato la mente dietro i campi di concentramento durante la seconda guerra mondiale. Si chiese se sarebbe mai riuscita a trovare la forza di pugnalare alla gola qualcuno; nel caso, Himmler sarebbe stato un ottimo candidato.

Il gerarca nazista le offrì un po' di carne fredda e del pane, che Emily passò a Jojo. Non aveva fame. Era esausta e, mentre cedeva al sonno, si sistemò in modo da non rischiare di appoggiarsi all'uomo.

Lo scomodo e rumoroso viaggio verso il Reno e il cuore dell'Alemagna durò circa sei ore. Gli autisti dei tre veicoli fecero diverse soste per dare modo a tutti di sgranchirsi le gambe e per riempire le caldaie di acqua. Più di una volta, Emily aveva pensato di fuggire, ma temeva che così facendo avrebbe soltanto peggiorato la sua situazione, finendo magari nelle mani delle bande di barbari che infestavano quella terra.

Dopo un'ultima tappa di due ore abbondanti, Himmler la svegliò e le indicò un promontorio lussureggiante a picco su un immenso fiume. Sulla sommità si ergeva un gigantesco castello turrito, realizzato con pietre color avorio.

« Tra i vari palazzi reali, è il preferito di Federico », le disse con un certo orgoglio, come se avesse contribuito in qualche modo alla sua realizzazione. « Dovete sapere che, sulla Terra, questa è l'esatta ubicazione del castello di Marksburg, costruito uno o due secoli dopo il suo regno. E, come sulla Terra, la posizione elevata è un'ottima difesa naturale: era logico erigere qui una fortezza. Chi lo sa, forse qualcuno degli uomini che sulla Terra hanno costruito il castello di Marksburg sono finiti all'Inferno e hanno realizzato questo edificio. Fidatevi, è una replica perfetta del castello che ricordo dalla mia giovinezza. »

Jojo si voltò per fare una domanda a Emily.

« Che ha detto? » sbottò Himmler, con rabbia.

« Vuole sapere come faremo ad attraversare il fiume. »

« Ah! Più avanti c'è un ponte di legno abbastanza robusto da sopportare il passaggio di un'auto alla volta. Il re non era entusiasta all'idea di costruirne uno, temeva che potesse essere usato anche da un eventuale esercito invasore. Ma l'ho convinto spiegandogli che permettere il transito alle auto offriva un vantaggio strategico e che, in caso di necessità, potevamo sempre farlo saltare in aria. »

Mentre l'auto sbuffava sul ponte, Emily lanciò una rapida occhiata alle acque tumultuose e torbide del Reno e trattenne il fiato. Pochi minuti dopo, imboccarono una strada tortuosa che saliva a spirale fino alle mura del castello. Le auto transitarono su un massiccio ponte levatoio, percorsero un tunnel buio, superarono un altro cancello e, accolte da alcuni soldati con un cenno delle mani, si fermarono in un ampio cortile. Le caldaie furono portate a decompressione e il rumore cessò.

Scendendo dall'auto, Emily si godette quel lungo attimo di quiete. Sopra di lei, un rapace solitario, forse un nibbio, solcava le correnti ascensionali in cerca di una preda. Quella scena la immalinconì... Si sentiva così lontana da casa. Scrollò la testa imponendosi di restare concentrata, all'erta. Per tornare a Dartford, e superare tutti gli ostacoli che avrebbe di sicuro incontrato, non poteva permettersi di lasciarsi andare alla depressione.

Mentre rifletteva sulla sua situazione, un uomo, né giovane né vecchio, uscì dal palazzo. Indossava un saio ed era talmente magro e pallido da sembrare uno spettro. E come uno spettro sembrava muoversi, scivolando leggero sul terreno. L'uomo la guardò dritto negli occhi, come se nel cortile non ci fosse che lei, quindi fece qualcosa di assolutamente inaspettato. Le sorrise. Non un sorriso malvagio, furbo o lascivo, come quelli cui era ormai abituata, ma benevolo.

Himmler richiamò la sua attenzione, eppure lui lo ignorò e piegò il capo in segno di rispetto nei confronti di Emily. Dopo essersi accertato che la donna comprendesse la sua lingua, annuì soddisfatto e cominciò a parlare. Il suo tedesco era un misto di costruzioni arcaiche e moderne. « Benvenuta in Alemagna. Il mio nome è Rainaldo di Dassel, e sono il cancelliere del re. Vi chiedo scusa per il modo in cui siete stata prelevata, ma vi assicuro che tra queste mura riceverete un trattamento migliore di quello che aveva in serbo per voi quel ribaldo del Guisa.»

«Al duca ci ha pensato Clodoveo», intervenne Himmler. «Uno squalo francese di cui non dobbiamo più preoccuparci. Il re è ben disposto? Vorrei mostragli il mio trofeo.»

L'espressione di Rainaldo s'indurì. «Non è un trofeo, Herr Himmler, bensì una donna. Una donna, immagino, confusa, stanca e affamata. Federico la riceverà a tempo debito. Prima, però, dobbiamo offrirle la nostra migliore ospitalità.» Poi, spostando lo sguardo su Jojo, chiese: «E costei chi è?»

«Una mia amica», rispose Emily. «È francese, era una delle donne del duca di Guisa.»

Il volto del cancelliere tornò a distendersi. «Ah, l'amicizia. Un valore insolito in questo luogo, qualcosa da serbare con molta cura.» Allargando le braccia indicò l'enorme palazzo e tutti gli edifici annessi. «Tra queste mura c'è spazio a sufficienza per accogliere un'altra anima.»

«Vado a farmi una doccia», annunciò Himmler. «Rainaldo, accertatevi di mandarmi a chiamare all'ora prevista. Sono io l'artefice di questa operazione, non voi. Farete bene a ricordarvelo.»

Rainaldo gli voltò le spalle e chiese alle donne di seguirlo. Soldati e guardie apparvero dal nulla, come se fossero stati attratti dal profumo di Emily. Accortosi di quegli sguardi bramosi, il cancelliere gridò loro di sparire, e tutti si allontanarono in fretta con il capo chino. In quel momento Emily capì per quale motivo Rainaldo sembrava scivolare sul terreno: era per via del lungo e grezzo saio che gli nascondeva i piedi. I tre entrarono nel palazzo da una piccola porta che dava su un largo e buio salone. Il cancelliere lanciò un urlo e un omone grassoccio, con la testa pelata a eccezione di una lunga frangetta storta, arrivò con una torcia.

« Andreas si occuperà di voi. Non avete nulla da temere da lui, è un eunuco. Molto tempo fa, Federico l'ha fatto castrare affinché potesse prendersi cura delle donne della sua corte. »

Andreas sorrise, mettendo in mostra pochi denti marroni. « Niente palle », disse, indicandosi il cavallo dei pantaloni. « Niente paura. »

L'eunuco fece strada per alcune rampe di scale di pietra, fino a uno stanzone poco illuminato con un letto, una cassapanca, una piccola finestra che offriva un ampio panorama sulla gola del fiume e uno stanzino interno.

« La vostra amica occuperà la camera al piano di sopra », la informò Rainaldo.

« Preferirei che restasse con me », disse Emily.

« Non è possibile. »

Emily mise una mano sulla spalla di Jojo, dicendole di non preoccuparsi. Un istante dopo, l'eunuco l'accompagnò nella sua stanza.

« Andreas vi porterà cibo, bevande e abiti puliti, e preparerà una vasca in cui potrete fare un bagno. Più tardi vi accompagnerò dal re, il quale è piuttosto ansioso di incontrarvi e di scoprire come siete riuscita a giungere in questo mondo senza aver prima conosciuto la morte. »

Emily non aveva intenzione di lasciarlo andare senza prima avergli fatto alcune domande. « Siete molto gentile, grazie. Mi date la vostra parola che nessuno tenterà di abusare di me né della mia amica? »

Rainaldo sollevò un sopracciglio e lei si accorse che aveva gli occhi verdi, come olive mature. « Voi siete sotto la mia personale protezione, nessuno vi toccherà nemmeno con un dito. L'unica persona in questo regno su cui non ho autorità è il re, ma vi posso garantire che Federico non rappresenta una minaccia.»

«E Jojo?»

«La vostra amica non ha nulla di speciale, sebbene il colore della sua pelle e i suoi attributi femminili la rendano rara e dunque desiderabile. La sua presenza non era prevista, ma, visto che è qui, verrà messa a disposizione dei duchi e dei principi della corte.»

«Non dirò una parola al vostro re, né a nessun altro, a meno che non mi promettiate di proteggere anche lei», protestò Emily, con aria di sfida. «Sono scozzese, posso essere molto testarda.»

Rainaldo sorrise di nuovo. «Molto bene. Vi do la mia parola che proteggerò anche la vostra amica. Altro?»

«Sì. Non voglio avere più niente a che fare con Heinrich Himmler.»

«Condivido la vostra opinione sul suo conto», sospirò il cancelliere. «È un uomo ripugnante. Lasciate che vi racconti una breve storia. Sono stato il cancelliere del re anche in vita. Ero un uomo di Dio, l'arcivescovo di Colonia, prima che fossi risucchiato negli affari di Stato. Federico era un sovrano onesto, un grande statista che godeva della mia più profonda ammirazione. Sono rimasto invero sbalordito quando ho scoperto che alla sua morte era finito all'Inferno. Dopotutto, era l'imperatore del Sacro Romano Impero! Lo stesso, però, posso dire di me stesso... non capisco per quale motivo mi trovo in questo luogo. Posso solo pensare che il mio fato sia stato segnato dalla brutale reazione a una rivolta dei nostri sudditi nella città Stato di Milano. O forse da un qualche altro spiacevole accadimento. Ma sto divagando. Sono giunto all'Inferno dieci anni prima del re e l'ho aiutato a conquistare il trono sottraendolo a un condottiero barbaro. Federico è al potere ormai da un migliaio di anni. In tutto questo tempo gli sono stato accanto in veste di suo primo consigliere, e le minacce più serie alla mia autorità sono arrivate solo negli ultimi anni, da Himmler. Costui ha ottenuto una posizione di considerevole potere promettendo al re nuove strategie belliche e armi moderne. Federico lo ha persino nominato vicecancelliere! Adesso trascorro i miei giorni guardandomi le spalle per paura di un subdolo attacco da parte di quel serpente. Se il re non fosse così fiducioso nelle sue promesse, lo avrei già portato in cima al maschio e scagliato nel fiume. Dunque, farò tutto il possibile per tenervi lontana da lui, ma più di questo non posso promettervi.»

«Se solo mi sfiora, gli cavo gli occhi.»

Rainaldo sembrò divertito da quella eventualità. «E, se io dovessi vederli rotolare a terra, li pesterò con tutte le mie forze.»

15

John saltò giù dalla lancia e, quando arrivò sulla spiaggia di ciottoli, si sfilò gli stivali per liberarsi dell'acqua e della sabbia. La seconda barca scaricò il comandante Hawes e un drappello di soldati armati. Infine le imbarcazioni furono trascinate a riva. L'*Hellfire* era all'ancora a poche centinaia di metri al largo delle selvagge coste della Gallia.

John alzò lo sguardo verso le bianche scogliere calcaree. Benché meno imponenti di quelle di Dover, erano comunque uno spettacolo mozzafiato. Secondo i suoi calcoli, si trovavano nei pressi di Calais, dove, sulla Terra, i tedeschi avevano erroneamente atteso lo sbarco degli Alleati durante la seconda guerra mondiale. La scogliera era completamente liscia e, senza un'adeguata attrezzatura da arrampicata, non sarebbero mai riusciti ad arrivare in cima. John spiegò a Simon, Antonio e Luca che avrebbero dovuto procedere a piedi lungo la costa per trovare un punto che fosse possibile scalare.

Ne parlarono con Hawes, che propose di fare un tratto di strada assieme. La cambusa del galeone non era stata rifornita per una traversata e il comandante aveva un solo modo per rispettare i patti: saccheggiare il primo villaggio in cui si fossero imbattuti, razziare qualche cavallo da soma e aspettare sull'*Hellfire* il ritorno di John e degli altri. Se tutto fosse andato secondo i piani, John avrebbe trovato Emily e assieme avrebbero riattraversato lo stretto per tornare a Dartford. Poi lui sarebbe salpato alla volta dell'Italia per unirsi alle truppe dell'uomo misterioso che offriva la speranza di una vita migliore. «Quanto tempo vi occorrerà per rintracciare la donna?»

John lasciò la parola a Simon.

«Se troveremo dei cavalli, dovremmo arrivare a Parigi in quarantott'ore. E se riusciremo a liberare Emily senza problemi... be', diciamo che dovremmo essere di ritorno tra quattro o cinque giorni.»

John annuì, pensieroso. Lui ed Emily avrebbero avuto un paio di giorni per tornare a Dartford in concomitanza con il secondo riavvio del MAAC. Certo che, in quella terra sconosciuta, non era in grado di stabilire quante probabilità di successo avessero.

Hawes ordinò ai suoi di mettersi in cammino. Erano in marcia da circa un minuto, quando John sentì un sibilo attutito e una freccia si conficcò nella schiena di uno degli uomini di Hawes.

Un istante dopo, vennero investiti da una pioggia di frecce.

D'istinto, John si lanciò verso la base della scogliera per sfuggire all'angolo di fuoco. Alcuni uomini lo imitarono, altri scelsero di seguire Hawes dietro dei massi poco distanti. Colpito al braccio, un soldato corse al riparo estraendosi la freccia e imprecando.

Poi fu il turno dei moschetti, con le palle di piombo che facevano saltare schegge di calcare.

«Siamo bloccati!» urlò John al comandante.

«Lo vedo!»

«Chi sono?»

«Uomini di Massimiliano, credo.»

«Chi è Massimiliano?»

«Il re di Gallia», rispose Luca. «Immagino che i suoi soldati tenessero d'occhio questo tratto di mare temendo un attacco degli inglesi.»

«Ho un'idea, ma devo parlarne con Hawes.»

«Spero per voi che siate lesto di gambe», commentò Simon.

John fece un respiro profondo e prese a correre a zigzag, cercando di non inciampare sul terreno sconnesso. Frecce e proiettili si abbattevano accanto a lui, sollevando sabbia e pietre, ma John riuscì a mettersi al riparo sano e salvo.

«Ottima manovra», si complimentò Hawes. «Ma la nostra situazione resta spinosa.»

«In cima alla scogliera dev'esserci una postazione difensiva da cui ci hanno osservati per tutto il tempo. Se avessero avuto dei cannoni, avrebbero aperto il fuoco sulla nave. Credete sia possibile rimettere in mare le lance e tornare sull'*Hellfire*?»

«Ci saranno delle perdite, però, sì, credo sia fattibile. Cos'avete in mente?»

«Se riusciamo ad aumentare l'angolo di tiro del cannone rigato, possiamo distruggere la loro postazione.»

«Di quanti proiettili disponiamo ancora?»

«Cinque, credo. Forse sei.»

«Rialzando l'affusto con un paio di cunei di legno, dovremmo riuscire a guadagnare un angolo maggiore. Se poi cinque o sei palle siano sufficienti a centrare il bersaglio... be', questo è tutto da vedere.»

Un proiettile di moschetto colpì il masso provocando alcune scintille.

«A ogni modo, al momento non riesco a pensare a un piano migliore.» Hawes confabulò con i suoi uomini e, pochi secondi dopo, si lanciò verso le barche assieme ad altri sei soldati.

Per confondere i francesi appostati in cima alla scogliera, John tornò sotto il dirupo, attirando su di sé parte del fuoco nemico.

Un altro inglese fu abbattuto dalla selva di frecce e palle di moschetto, ma il resto della squadra riuscì a raggiungere la lancia e a trascinarla in mare. Appena cominciarono a remare, si udì una detonazione più forte delle precedenti e una colonna d'acqua si sollevò accanto alla piccola imbarcazione.

« Hanno dei cannoncini! » urlò John a Simon.

« Se non remano più veloci sono spacciati. »

Vogando con quanta forza avevano in corpo, i soldati superarono a fatica i frangenti che si abbattevano sulla riva e presero il largo. Hawes si sbracciava furiosamente in direzione del galeone. Il primo ufficiale doveva aver intuito le sue intenzioni, perché tirò su l'ancora, issò la vela maestra e virò in modo che la murata di dritta fosse rivolta verso la costa. La lancia raggiunse l'ammiraglia senza problemi – la gittata dei cannoncini era modesta – e i sei uomini si arrampicarono in tutta fretta sulle scale di corda.

« Ce l'hanno fatta », disse John. « Adesso non ci resta che aspettare. » Una freccia si infilzò nella sabbia davanti ai suoi piedi. Lui alzò lo sguardo verso il ciglio della scogliera giusto in tempo per vedere un arciere tirare indietro la testa. « Figlio di puttana, prova a rifarlo! » Estrasse la pistola a pietra focaia dalla tasca dei pantaloni e, sporgendosi lo stretto necessario, tese le braccia verso l'alto. « Andiamo, metti fuori il muso. »

Un istante dopo, la testa e le spalle dell'arciere risaltarono di nuovo contro il cielo biancastro. John non sapeva se la pistola avesse una gittata sufficiente, ma prese bene la mira e premette il grilletto. Sulle prime pensò di averlo mancato, perché il francese rimase fermo al suo posto, poi però, in rapida successione, vide cadere la freccia, l'arco e infine l'arciere. Quando s'infranse al suolo, sangue e materia grigia schizzarono tutt'attorno. Ciò nonostante, l'uomo gemeva cercando di muovere le braccia e le gambe maciullate.

« Vorrei tanto che morissero quando li ammazzi. »

« È quello che vorremmo tutti », commentò Simon, inginocchiandosi accanto al francese per frugargli nelle tasche.

Aspettarono. Senza un cannocchiale, John non sapeva cosa stesse accadendo a bordo dell'*Hellfire* e, più passava il tempo, più cresceva il timore che non fossero riusciti ad aumentare l'angolo di tiro del cannone. Mentre ricaricava la pistola, consigliò ai soldati muniti di archibugio o moschetto di puntare la propria arma verso il ciglio della scogliera, nel caso qualche altro francese si fosse azzardato ad affacciarsi.

Poi un lampo accecante apparve sulla fiancata del galeone, seguito da un boato profondo. Un proiettile si abbatté sulla scogliera, una decina di metri sotto la cima. Gli uomini sulla spiaggia si accovacciarono per proteggersi dai detriti; schegge finissime di calcare, simile a fiocchi di neve, si depositarono delicatamente su di loro.

« Andiamo, ragazzi, un po' più in alto », commentò John.

Quando, un minuto dopo, il grosso cannone sputò un secondo proiettile, John fece del suo meglio per seguirne la traiettoria arcuata e sibilante. La palla superò di poco la scogliera, schiantandosi oltre il suo campo visivo. E, d'un tratto, non frecce o palle di moschetti, bensì uomini cominciarono a piovere sulla spiaggia. John e gli altri si allontanarono per evitare di essere travolti, accertandosi comunque di non correre pericoli. Ma nessuno li prese di mira. A scanso di equivoci, il galeone esplose un terzo proiettile: altri corpi – e un cannone di dodici chili – precipitarono al suolo.

Gli uomini rimasti al riparo dietro i massi lanciarono un urlo di vittoria. John attese qualche secondo prima di dare il cessato allarme, quindi disse ai soldati di riferire al comandante Hawes che loro sarebbero tornati di lì a quattro o cinque giorni, come da accordi.

A metà pomeriggio, John e i tre compagni stavano cavalcando in direzione di Parigi. I cavalli li avevano trovati in un florido villaggio sulla costa. Non avevano dovuto fare altro che legare un poveraccio in una scuderia e prendere tutto quello di cui avevano bisogno. John era certo che lì Hawes avrebbe trovato anche le provviste che gli servivano.

Mentre attraversavano la campagna, lui aveva un solo pensiero in testa: Emily.

Resisti. Sto venendo a salvarti.

Luca sollevò una mano e indicò uno stagno. Dopo essersi accertato che l'acqua fosse fresca, smontarono per lasciare che i cavalli si abbeverassero. John ne approfittò per stiracchiarsi, mentre gli altri si stesero sull'erba soffice.

« Direi che conoscete bene la strada che porta a Parigi. »

« Ho servito il mio signore in molte terre », rispose Luca.

« Non credete sia giunto il momento di dirmi chi è? »

L'espressione di Simon e quella di Antonio s'indurirono, e Luca non ebbe bisogno di altro per tenere la bocca chiusa. « Mio cugino Giovanni mi taglierebbe le palle. »

« Per quello che ti servono qui », scherzò Antonio. « Non ricordo l'ultima volta che ti ho visto in compagnia di una donna. »

« Ne ho bisogno per conservare la mia splendida voce da baritono », ridacchiò lui.

Anche John si stese sull'erba. « Se non volete rivelarmi per chi lavorate, almeno ditemi da quanto tempo siete al suo servizio. »

Luca rifletté qualche secondo prima di rispondere. « Io e mio cugino siamo stati arruolati circa sessant'anni fa. Antonio lo abbiamo reclutato personalmente pochi anni dopo. Mentre il nostro amico inglese, Simon... be', non ne ho idea. »

« Diciotto anni e sei mesi fa », intervenne il diretto interessato.

« Ecco perché abbiamo bisogno di Simon. È uno preciso. »

« Il vostro signore è italiano, giusto? » Nessuno rispose, ma dai loro sguardi John capì di avere ragione. « Okay, tenetevi pure i vostri segreti. È un atteggiamento lodevole, davvero, ma non saprei proprio a chi potrei spifferare la sua identità. »

« Molti uomini parlano sotto tortura. »

« Molti, ma non tutti », intervenne Simon. « Avanti, Antonio, mostraglielo. »

Pur con una certa riluttanza, Antonio si sollevò la camicia: il petto era ricoperto di lunghi e rossastri segni di bruciature.

« Ha pensato che non sapesse niente, perché quale uomo può resistere a un simile dolore? E così lo ha lasciato andare. »

« Di chi parlate? »

« Cesare Borgia, il re d'Italia. Lo conoscete? »

« Sì. Era uno spietato bastardo, vero? »

« Lo è ancora », disse Antonio, con la sua tipica espressione spenta. Poi si alzò e si diresse verso i cavalli. « Abbiamo riposato a sufficienza. »

Al tramonto, dopo aver attraversato ampie distese pianeggianti e lugubri foreste senza incontrare nessuno, si accamparono nei pressi di un ruscello. Mangiarono pane e carne secca che avevano preso nella cambusa del galeone e si addormentarono sull'erba. All'alba si rimisero in cammino, con la speranza di raggiungere Parigi prima del mattino successivo.

Non appena scorgevano una colonna di fumo o un'abitazione, cambiavano strada per evitare contatti con la popolazione. Però a metà giornata, mentre guadavano un fiume poco profondo, un gruppetto di uomini emerse da un boschetto davanti a loro. Non sembravano soldati, ma John armò lo stesso il cane della pistola.

« Ci penso io », disse Luca.

L'italiano alzò una mano in segno di pace e si rivolse agli sconosciuti in un francese perfetto. I quattro raggiunsero la riva opposta, dove il dialogo tra Luca e gli uomini proseguì. John aveva l'impressione che tutto fosse abbastanza tranquillo, ma proprio allora il sorriso di Luca si spense e i toni si fecero più concitati. John si preparò a battersi. Tuttavia, l'attimo successivo, Luca si voltò verso i compagni strizzando l'occhio e mettendo mano al borsello. Dopo aver lanciato un paio di monete a uno degli uomini, i quattro poterono proseguire la marcia.

« Volevano un dazio per l'attraversamento del loro fiume. Meglio risolvere un problema con il denaro che con il sangue. »

Dopo una dura giornata a cavallo, scese il crepuscolo, poi la notte. Intravedendo in lontananza Parigi, o meglio le luci della città, John propose di approntare un piano d'azione. Sarebbero andati dritti al castello dove era rinchiusa Emily? In quel caso, sarebbero riusciti ad avere la meglio sulle guardie? Luca gli spiegò che avevano un appuntamento con un compagno in una taverna, il quale avrebbe fornito loro l'esatta posizione di Emily e, si sperava, un piano per trarla in salvo.

A causa del buio impenetrabile, furono costretti a passare vicino a un piccolo villaggio. Su una collinetta, si ergeva la torre di un castello, quasi invisibile contro il cielo scuro. Il centro abitato era rischiarato dalla luce di un falò. Un urlo improvviso lacerò l'aria, un lungo, agghiacciante urlo di dolore.

« Che sta succedendo? » chiese John, tirando le redini.

« Un arrosto », rispose Simon, sputando a terra.

« Senza dubbio », confermò Luca.

« Ma queste sono urla umane! » esclamò John.

« Esatto. È una delle punizioni peggiori cui si può essere condannati. Di solito, il signore di un feudo la infligge ai ladri di bestiame, o peggio a una delle sue donne. Sulla Terra, gli uomini messi al rogo alla fine morivano. Qui no. »

« Nei villaggi più poveri, i roghi sono anche più cruenti », spiegò Luca. « Chi patisce la fame e non ha nulla da mangiare, strappa le carni bruciate degli uomini agonizzanti per nutrirsene. »

« Dio. »

« Qui non c'è nessun Dio », sentenziò Antonio, colpendo i fianchi del cavallo con i calcagni per riprendere l'andatura.

Poco dopo mezzanotte, arrivarono sulla sponde di un grande fiume, che John pensò fosse la Senna. All'imboccatura del ponte c'era un posto di guardia.

« Lasciate parlare me », disse Luca. « Se le guardie dovessero rivolgervi qualche domanda, alzerò un dito se voglio che diciate *'oui'*, due dita per *'non'* e il pugno chiuso per un grugnito. Se sguaino la spada, voi fate lo stesso.» Si guardò alle spalle e smontò di sella. «Ma prima devo fare una cosa.»

Raccolse due manciate di sterco appena evacuato dal suo cavallo e gliele strofinò sui pantaloni.

«Ma che cazzo...?»

«Per celare la vostra natura, amico mio. Meglio puzzare di letame che rivelare a quella gente chi siete davvero.»

«Avrei preferito battermi», replicò John con una smorfia disgustata.

Per fortuna le guardie erano ubriache e fu sufficiente lanciare loro una moneta per passare.

«La nostra destinazione non è distante», disse Luca, facendo strada.

La taverna si affacciava su un viottolo ed era l'unico edificio illuminato in zona. I quattro legarono i cavalli a una sbarra di legno ed entrarono. Il locale era rumoroso e caotico. C'erano per lo più uomini che bevevano a lunghi tavoli davanti a un camino, serviti da donne seminude che a John non sembravano proprio delle bellezze. Doveva trattarsi di una locanda frequentata da viandanti e gente di passaggio, perché nessuno o quasi fece caso a loro. Tranne un uomo, seduto da solo, che li fissava con intensità. Luca gli rivolse un cenno e l'uomo li raggiunse al loro tavolo, dando una pacca sulla schiena di Simon e chiedendo a gran voce del vino.

«Com'è andato il viaggio? Avete avuto problemi?» Aveva i lineamenti rozzi, le mani ruvide e gli abiti laceri di un contadino. Nulla in lui rivelava l'epoca di appartenenza.

«I soliti, ma niente che non siamo riusciti a risolvere», rispose Luca.

« Dunque è lui », disse il contadino, indicando John con il boccale.

« John Camp. »

« Io sono Marcel. Puzzate di merda, monsieur. »

« Da queste parti è quasi un complimento », ribatté lui, facendogli l'occhiolino.

Marcel rimase in silenzio per qualche secondo, poi scoppiò in una risata fragorosa.

John andò subito al punto: « Cosa sapete della mia amica? »

« Era a Joinville, nel castello dei Guisa. »

« Era? »

« Purtroppo il castello è stato attaccato da un barbaro che presta i suoi servigi al miglior offerente. Un giorno sono i francesi, un altro i tedeschi. Ed è con i secondi che si è schierato questa volta. La vostra amica è alla corte del Barbarossa. »

Luca imprecò, mentre gli altri si limitarono a scuotere la testa.

« Mi spiegate che sta succedendo? » chiese John.

« Federico, re d'Alemagna, detto il Barbarossa per via della barba fulva che sfoggiava in gioventù. È il sovrano più temuto, perché dispone di un esercito che non ha eguali in Europa. »

John cercò di tenere a freno la rabbia e la frustrazione. « Dunque Emily dov'è? »

« A Marksburg. »

Quella volta fu Simon a inveire. « È la fortezza meglio difesa di tutta l'Alemagna. Avremmo potuto prendere il castello dei Guisa con un po' di astuzia, Marksburg invece è inespugnabile. »

John sbatté la coppa sul tavolo. « Niente è impossibile! C'è sempre un modo! »

« Abbiamo bisogno d'aiuto », disse Luca. « Andremo a Milano. Sono certo che, dopo avervi conosciuto, il nostro signore metterà a vostra disposizione parte dei suoi uomini. »

« Volete attraversare le Alpi a cavallo? Mi avete forse preso per Annibale? Ci vorrà un'eternità! »

« Ci andremo guidando. »

« Guidando cosa? Ma di che diavolo state parlando? »

« Basta rubare una delle auto di re Massimiliano. »

« Mi state prendendo in giro? »

« No », rispose serio Simon. « Se le nostre spie non hanno preso una cantonata, il vecchio Max possiede cinque o sei vetture a vapore. I tedeschi sono stati i primi a fabbricarle, ma poi i mangiarane hanno catturato uno dei progettisti e lo hanno costretto a lavorare per loro. È per questo che Ga... »

Luca gli mise una mano sul braccio prima che Simon potesse rivelare l'identità del loro signore.

« Perdonatemi. Dicevo, impadronirsi di una di queste auto è uno dei nostri obiettivi. E, siccome in vita io mi occupavo di caldaie a vapore, eccomi qui. » Poi si rivolse a Marcel. « Potete portarci dove sono custodite? »

« Sì, certo. »

« Quale velocità raggiunge un'auto a vapore? » volle sapere John.

« Su una strada in buone condizioni, anche sessanta miglia orarie. »

John controllò l'orologio da tasca e fece qualche calcolo. Per evitare le Alpi, avrebbero dovuto raggiungere il Sud della Francia e proseguire lungo la costa fino a Milano. Viaggiando su strade moderne, ci avrebbero impiegato dodici ore. Su strade sterrate e rudimentali, tre giorni o più, sempre che un'auto a vapore riuscisse a reggere tutto quel tempo senza rompersi e non si imbattessero in qualche imboscata. Poteva anche dire addio al secondo riavvio del MAAC, e forse anche al terzo. « Allora non c'è un minuto da perdere. Muoviamoci. »

Finirono il vino e lasciarono alcune monete sul tavolo. Mentre si alzavano, John notò almeno una decina di uomini fare altrettanto. Prima che fosse completamente in piedi, aveva già estratto la pistola, mentre i suoi compagni avevano sfoderato le spade.

John stese un uomo con una pallottola alla testa, quindi buttò via la pistola e prese la spada. Con la coda dell'occhio vide Marcel prendersi una coltellata nella pancia, tuttavia non poteva aiutarlo perché aveva già il suo bel daffare. Si batteva come un ossesso, tirando fendenti e calci, rovesciando tavoli e panche. Era più veloce di chiunque altro, ma gli avversari erano una marea e lo spinsero contro una parete. Sforzandosi di non perdere l'equilibrio sul pavimento reso scivoloso dal sangue, si voltò alla sua destra per affrontare tre uomini. Si accorse che qualcun altro gli stava arrivando alle spalle, ma non riuscì a evitare il randello che lo colpì alla testa e gli fece perdere i sensi.

Si svegliò di soprassalto. Era buio. Tastando tutt'attorno, capì di essere steso su un pavimento di roccia ricoperto di fieno viscido e puzzolente.

« C'è nessuno? » chiamò, prima in un sussurro, poi a voce più alta. Cercò di mettersi in piedi nonostante il senso di vertigine. La testa gli faceva un male del diavolo, ma la lucidità mentale e l'assenza di nausea gli fecero capire che non aveva un'emorragia cerebrale. « Ehi! C'è nessuno? »

Provò in francese. Niente. Allungò le braccia in avanti per esplorare il luogo in cui si trovava e s'imbatté subito in un muro di pietra, poi in un altro e in un altro ancora, finché le mani non si posarono su una porta di legno sprangata. Era in una cella. Prigioniero.

Svuotò la vescica contro una parete e si sedette sulla paglia quando il senso di vertigine ebbe la meglio su di lui. Poi sentì un rumore.

Passi.

Si rialzò, ma era troppo intontito per battersi.

La porta si aprì lentamente.

«State bene?» disse un uomo con una candela in un inglese incerto.

«Mai stato meglio. Dove sono?» rispose lui, riparandosi lo sguardo dalla fiammella che gli faceva male agli occhi.

«A Parigi.»

«A Parigi dove?»

«Nel palazzo del re, sull'Île de la Cité.»

«È dove si trova la cattedrale di Notre-Dame.»

«Sulla Terra, non qui.»

«E gli uomini che erano con me?»

«Colui che si chiama Marcel ha riportato una grave ferita. Gli altri, sfortunatamente, sono riusciti a scappare. Voglio i loro nomi. Purtroppo Marcel non è più nelle condizioni di parlare.»

«George.»

«George?»

«Esatto. Si chiamano tutti George. I cognomi non li ho afferrati.»

«Capisco. Il mio nome non è George, ma Guy Forneau, e sono ministro del re. Ora verrete con me.»

«Devo lasciare questo paradiso? Non lo so, Guy.»

« Molto divertente. Venite, il re non vede l'ora d'incontrare un uomo vivo. »

« Che combinazione, anche io non vedo l'ora d'incontrare un re morto. »

La cella era in una segreta illuminata da torce, su cui si aprivano numerose porte di legno.

« Metteteli. » Forneau gli indicò dei vestiti su una panca. « Non potete presentarvi al cospetto di sua maestà con i vostri abiti rivoltanti. »

« Si sente la puzza di merda, eh? » Le ginocchia gli cedettero. Sarebbe crollato a terra se un soldato non lo avesse sostenuto. Si sedette sulla panca e diede un'occhiata ai vestiti: un paio di pantaloni di serge blu, un'ampia camicia di lino bianco e una corta giacca nera. Si sfilò gli stivali con un gesto brusco e si spogliò fino a restare in mutande. I pantaloni gli calzavano a pennello. Indossò anche il resto, ma, prima che potesse rimettere gli stivali, Forneau ordinò a un soldato di accertarsi che dentro non ci fosse nascosto un coltello.

John si alzò sistemandosi la corta giacca. « Ce l'avete un sarto in questo posto? »

« Non preoccupatevi, monsieur, siete presentabile. Inoltre, il re sarà certamente comprensivo. »

John imboccò le scale e poco dopo emerse in un labirinto di piccole dispense stipate di conserve in barattolo e sacchi colmi di prodotti secchi. Poi attraversò la cucina dove una decina di cuochi, intenti ad affettare cibi e a mescolare zuppe, era all'apparenza troppo spaventata per alzare la testa e guardare il vivente appena salito dalle segrete. Superarono una serie di saloni deserti, l'uno più decorato dell'altro, e salirono un'elegante scalinata fino a un lungo corridoio, in fondo al quale, spiegò Forneau, c'erano gli appartamenti reali.

« Il re è indisposto. Il suo medico personale, un uomo del vostro tempo, sostiene che ha un trombo a una gamba. Gli ha imposto una dieta a base di estratti di scorza di salice che, a suo dire, scioglieranno il grumo di sangue. Vedremo. A ogni modo, il re vi riceverà nelle sue stanze. »

C'erano due guardie davanti all'ingresso. John seguì Forneau nel salotto, poi il ministro bussò piano a una doppia porta e annunciò l'arrivo del loro ospite. Quella stanza era il primo ambiente del palazzo in cui John notò delle opere d'arte: per lo più acquerelli e oli, ma niente di particolarmente pregevole.

Il ministro gli fece cenno di seguirlo. « Il re parla un inglese più che discreto, sarebbe buona cosa che vi complimentaste con lui per questo. »

Un uomo di non più di quarant'anni, magro come un chiodo, con occhi infossati e una zazzera di capelli di un bianco innaturale, era sdraiato su un largo letto con la gamba destra adagiata su un soffice cuscino. Indossava un semplice camicione ocra chiaro. Al suo fianco, su una sedia, c'era una giovane dai lineamenti delicati e dall'aria cupa e misteriosa, con un elegante vestito scollato che metteva in risalto il seno. La donna fissò John con uno sguardo intenso e affascinato.

« Avvicinatevi, in modo che possa vedervi meglio », disse il re.

John fece qualche passo in avanti e assunse una postura rilassata, con le mani sui fianchi.

« Cosa ci fate all'Inferno? »

Mentre John ripeteva per l'ennesima volta la sua storia, il monarca annuiva ripetutamente come un pupazzo con la testa a molla.

«Il vostro tempo dev'essere estremamente interessante. Un'epoca di scienza e illuminismo.»

«Scienza senz'altro, illuminismo non ne sarei così sicuro. Posso chiedervi a quale epoca appartenevate voi?»

«Sono vissuto negli ultimi turbolenti anni del XVIII secolo, un periodo, in Francia, caratterizzato da - come dire - tumulti e spargimenti di sangue.»

John colse l'occasione per complimentarsi per il suo inglese, provocando un sorriso sul volto di Forneau. «La Rivoluzione, la Bastiglia, Maria Antonietta... Ne sono successe di cose a quel tempo. Il vostro ministro mi ha detto che vi chiamate Massimiliano, ma confesso di non ricordare nessun re francese con questo nome.»

Il sovrano rise fino a farsi venire le lacrime, tanto che a un certo punto la donna e Forneau si sentirono in obbligo di unirsi a lui. «Io i re li giustiziavo, monsieur. Il mio cognome è Robespierre, uno dei padri della Rivoluzione. Avete sentito parlare di me?»

«Certo. Tutti vi conoscono.»

«Sì, mi è stato riferito che la mia fama è sopravvissuta ben oltre la mia morte.»

«Sono un soldato, maestà, non uno storico, ma devo ammettere che quanto ho appena appreso mi lascia basito.»

Il re non capì il senso dell'ultima frase, quindi chiese a Forneau di riformulargliela in francese.

«Ah, capisco. E posso chiedervi il perché?»

«Be', per cominciare, in vita avete ghigliottinato un re, mentre adesso sedete su un trono... Lo trovo stupefacente. E poi sono sorpreso di trovarvi in questo posto. Ero convinto che le vostre azioni fossero dettate da nobili ideali, come la nostra guerra d'indipendenza.»

Massimiliano spostò goffamente il peso sul letto. Subito la donna si alzò per sprimacciare i cuscini e sistemare le lenzuola. Il re le chiese di versare del vino a lui e a John e di prendergli una sedia. Forneau rimase l'unico in piedi e senza una coppa in mano.

« Come forse saprete, ero un avvocato. Ero un convinto seguace di Rousseau e Montesquieu, due grandi filosofi del mio tempo, e come loro credevo nell'uguaglianza dei diritti e nell'instaurazione della repubblica. Dopo la presa della Bastiglia, gli eventi sono accelerati bruscamente. Prima che ce ne rendessimo conto, re Luigi non aveva più la testa e noi avevamo la nostra repubblica. Io, tra tutti i miei compagni, avevo particolari doti di organizzatore e oratore, e in quelle vesti ho lavorato con dedizione assoluta tra le file del comitato di salute pubblica. Ma le rivoluzioni, monsieur, sono eventi caotici e disordinati. Ci sono sempre elementi che si oppongono alla volontà del popolo per tornaconto personale. E così dovevamo essere vigili e usare il pugno di ferro. Sono ricorso alla ghigliottina con estrema disinvoltura. Autorizzavo due o tre esecuzioni al giorno. Poi venti. Poi cinquanta. Le prigioni erano talmente congestionate che ho deliberato leggi che impedivano ai nemici della patria di avvalersi di un avvocato difensore e di presentare testimoni in tribunale. Le giurie potevano emettere sentenze anche solo sulla base di prove morali, e l'unica punizione possibile per i colpevoli era la morte. Oh, quanto sangue è stato versato... Sebbene io non abbia mai azionato di persona la ghigliottina, sono certo di aver perso la grazia di Dio per il ruolo che ho svolto in quel periodo. La Francia ha avuto la sua repubblica, ma io sto pagando un prezzo eterno da quando la mia stessa testa è rotolata ai piedi della ghigliottina. »

« Anche Enrico VIII mi ha detto di non aver mai ucciso nessuno con le sue mani. »

« Il nostro ambasciatore ci ha riferito che siete stato alla sua corte. Abbiamo seguito ogni vostro movimento, proprio come abbiamo fatto con Marcel Polveral, il quale è al soldo di un sovversivo italiano. Ditemi, monsieur, chi è costui? »

« Non lo so. »

Robespierre mostrò la sua irritazione afferrando con rabbia un fazzoletto di carta e soffiandosi il naso aquilino. « Voi mi darete quel nome. »

« I miei compagni non hanno voluto svelarmi la sua identità per paura che potessi rivelarla sotto tortura. »

« Vedremo se avevano ragione. Forneau organizzerà una seduta nelle segrete. »

« Le vecchie abitudini sono dure a morire, eh? » lo punzecchiò John, guardandolo dritto negli occhi.

« Ci ho ripensato, non vi farò torturare. Al contrario, vi vizierò. Avrete una buona camera, cibo di qualità e donne meravigliose. Sarete sì un prigioniero, ma un prigioniero in una gabbia dorata. E verrete interrogato. Voglio che ci insegniate a realizzare il cannone che avete forgiato per gli inglesi, e qualsiasi altra arma di vostra conoscenza. Voglio inoltre avere quante più informazioni possibili sulla flotta inglese. Siete una risorsa unica e inestimabile, monsieur, e vi sfrutteremo sino in fondo. »

« Sapete cosa vi dico, Max? Andate a quel paese. Sarò il peggior ospite che abbiate mai avuto. »

Quando ebbe compreso il senso di quelle parole, Robespierre si rivolse a Forneau come una furia e gli ordinò di portarlo via.

Mentre si avviava verso la porta, John si voltò di scatto. « Ditemi una cosa: che fine hanno fatto la libertà, l'uguaglianza e la fratellanza? »

Robespierre si sporse per massaggiarsi la gamba. « Non sono principi che si confanno all'Inferno, come ormai dovreste aver capito. »

John strizzò l'occhio alla donna incredula e seguì il ministro fuori della stanza.

Scortati da un paio di guardie armate, i due uomini salirono una scalinata, poi un'altra ancora. Infine attraversarono un corridoio lungo come quello al piano degli appartamenti reali, però il pavimento non era ricoperto di preziosi tappeti e le pareti erano di stucco grezzo. Tutte le porte erano chiuse con dei lucchetti.

« Forneau, non mi avete ancora raccontato la vostra storia », disse all'improvviso John.

« La mia storia? » Il ministro aveva il volto paffuto di un sessantenne in salute, e gli occhi più tristi che John avesse mai visto. « Non c'è molto da raccontare. Ero un burocrate alla corte dell'imperatore Napoleone III e, a un certo punto della mia vita, sono rimasto invischiato in una faccenda sgradevole. Sono morto nel 1861. Per fortuna, il mio talento è stato apprezzato anche all'Inferno e, invece di finire a lavorare nei campi o a marcire in una *salle de décomposition*, sono stato nominato sottosegretario dal re. Nel tempo ho dato buona prova di me e sono stato promosso a ministro. » Forneau aprì una porta e invitò John a entrare. La stanza era ampia e confortevole, con un letto, un tappeto intrecciato, una scrivania, un lavabo, un pitale e una poltrona imbottita. Le due finestre si affacciavano sulla Senna. Su un tavolo c'erano un piatto di formaggio, una forma di pane e una caraffa di vino. « Soddisfatto? »

« Non amo essere trattenuto contro la mia volontà. »

«Ordini del re.»

«Come ha fatto Max a salire sul trono?»

«Max? Credo non gli stiate mostrando il dovuto rispetto. Un atteggiamento indisponente non vi tornerà utile in nessun modo.» L'uomo si sedette mentre John annusava il formaggio.

«Con cosa lo affetto?»

Forneau gli passò il coltello che portava alla cintura.

«Non temete che vi tagli la gola?»

«Le guardie reagirebbero immediatamente. Mi chiedo se una creatura vivente possa morire all'Inferno.»

John tagliò una fetta di formaggio e una di pane. «Non ho nessuna intenzione di scoprirlo. Ne volete?»

«No, grazie. A proposito di Robespierre, mi è stato detto che, quando è arrivato all'Inferno, la sua spietata efficienza aveva impressionato il sovrano del tempo, Luigi XI. Di lì a poco è diventato primo ministro e, qualche decennio dopo, ha organizzato un colpo di Stato. Ha fatto costruire una ghigliottina per giustiziare Luigi XI. Di certo avrete notato l'ironia di tutto ciò. In vita ha abbattuto la monarchia, da morto è diventato un re.»

«E non teme che voi possiate fare lo stesso con lui?»

«La risposta è semplice: sì. In realtà, Robespierre diffida di chiunque. Non tocca cibo se prima qualcuno non l'ha assaggiato. Alle sue guardie personali riserva un trattamento speciale per assicurarsi la loro lealtà. Sa che non sono un uomo ambizioso, e questo è l'unico motivo per cui sono ancora al suo servizio.» Il ministro si alzò per andarsene. «Il coltello, per favore.»

John lo aveva fatto scivolare nella manica e glielo restituì dalla parte del manico.

Forneau contrasse le labbra carnose. «Ci ho ripensato,

tenetelo. A breve un medico vi controllerà la ferita alla testa.»

Rimasto solo, John infilò il coltello sotto il cuscino. Forneau aveva forse intenzione di aiutarlo? Oppure voleva istigarlo a uccidere il re? Dopo essersi accertato che la porta fosse chiusa, guardò fuori della finestra. Anche se fosse riuscito a rompere il vetro piombato e a passare attraverso l'apertura, sarebbe poi stato impossibile fuggire, dal momento che la camera si affacciava su uno strapiombo. La Parigi che si estendeva lungo la sponda del fiume era una disordinata distesa di edifici bassi e grigi. Mangiò dell'altro formaggio e si stese sul letto.

Dopo un po', un uomo grasso e tarchiato con una piccola borsa di cuoio entrò nella stanza. «Vi chiedo scusa, il mio inglese non è molto buono», esordì, ansimando a causa delle scalinate che aveva dovuto salire. «Sono il dottor Lefebvre. Monsieur Forneau mi ha mandato a medicarvi la testa.»

«Non è niente», rispose John, mettendosi seduto.

Il dottore si sistemò accanto a lui, facendo scricchiolare il letto. «È straordinario vedere di nuovo un vivente.» Palpò il bernoccolo con le dita tozze, quindi gli fece un rudimentale esame neurologico da cui non emerse niente di serio.

«Se le mie condizioni fossero state gravi, avreste potuto fare qualcosa?»

«Non sono un chirurgo, in caso di emorragia cerebrale non avrei potuto aiutarvi. Ho soltanto medicinali di base, rimedi naturali, niente di particolarmente forte. Sono un dottore solo di nome. Il re vuole sempre un medico al suo fianco, soprattutto uno moderno, e io lo accontento. In cambio mi danno del cibo e un tetto sulla testa.»

«Avete niente per il mal di denti?»

«Olio di chiodi di garofano, dovrebbe darvi un po' di sollievo.»

«Grazie, ne ho proprio bisogno. Da quanto tempo siete qui, dottore?»

«Da circa diciotto anni. Ho avvelenato un uomo che mi stava ricattando. Al momento dell'arresto, sono stato stroncato da un infarto.»

«Mi dispiace. Vi va una coppa di vino? Qualcosa da mangiare?»

Il dottore non se lo fece ripetere due volte.

John gli raccontò la sua storia e, dopo aver soddisfatto tutte le sue curiosità, gli fece a sua volta delle domande. «Da uomo di scienza, come vi spiegate il fatto che qui nessuno può morire?»

«Non me lo spiego, monsieur», rispose lui, strappando un altro pezzo di pane. «Le leggi della natura sono differenti all'Inferno. Il processo d'invecchiamento è bloccato. Non mi sono mai imbattuto in un attacco di cuore o in un caso di cancro. La gente conserva per sempre la stessa età fisiologica di quando è morta. Possiamo riportare ferite, certo, contrarre infezioni e alcune malattie, come la trombosi venosa da cui è affetto Robespierre, ma ho conosciuto persone che affermano di avere centinaia di anni. E ho visto molti, troppi uomini in condizioni pietose che dovrebbero essere morti e che invece non lo sono. È come se un sadico avesse riscritto le regole per assicurarsi che la nostra punizione sia eterna. Adesso però devo andare. Il re si diverte a darmi il tormento, dicendomi che, se non accorro subito quando chiama, userà il mio grasso per alimentare le sue lampade.»

John si spogliò e si rimise a letto. Si era appena addormentato quando sentì la porta aprirsi di nuovo. Era convinto che il dottore fosse tornato per mangiare altro formaggio o per fare altre due chiacchiere, ma si ritrovò davanti la donna di Robespierre. Qualcuno chiuse la porta dall'esterno, segno che almeno le guardie erano al corrente della sua visita. Lei si scostò le ciocche di capelli neri dagli occhi e rimase ferma sul posto a osservare il fisico asciutto di John, in attesa che lui le rivolgesse la parola.

«Gradite del vino?»

«Sì, grazie, molto gentile», rispose lei in inglese, ma l'accento russo era inconfondibile. «Il vino è l'unica cosa che mi dà la forza di continuare.»

«Vi capisco. Un tempo anch'io andavo avanti a sbronze.»

«Sbronze?»

«Alcol, roba da bere.»

«Ah. Posso sedermi?» chiese, prendendo una sedia.

John le offrì una coppa piena e tornò a stendersi sul letto. Pensò di rivestirsi, ma poi preferì restare in mutande. «Posso sapere il vostro nome?»

«Irina.»

«E come siete diventata la donna di Max?»

Lei scoppiò a ridere. «Nessuno prima d'ora aveva avuto il coraggio di chiamarlo Max. 'La donna di Max'... È un buon modo per descrivermi. Non ho nessun titolo, non sono una regina. A volte facciamo sesso, ma sempre di meno negli ultimi anni. È un pessimo amante e ha un alito pestilenziale. Per lo più sono un trofeo, mi ostenta di fronte ai suoi sudditi per dimostrare che può avere una donna affascinante al suo fianco perché è un uomo di potere. Mi ha comprata da un duca russo per una cifra notevole.»

«Da quanto tempo siete all'Inferno?»

«Ho perso il conto, forse centocinquant'anni.»

«Max lo sa che siete qui?»

« No. Ho corrotto le guardie. Se parlano, mi farà tagliare la testa. Ma non m'importa. »

« Davvero? »

« In realtà, m'importa eccome... Le celle di putrefazione mi spaventano a morte. Ma è un rischio che corro volentieri per stare in compagnia di un brav'uomo. »

« Cosa vi fa pensare che lo sia? »

« Non siete un dannato come noi e avete l'aria di una persona perbene. » Si alzò e si avvicinò al letto. « E avete anche un buon profumo. »

Quando gli si sedette accanto, John sorrise. « Posso raccontarvi una cosa su di me, Irina? »

« Certo. »

« Per gran parte della mia vita sono stato un soldato, e un soldato può incontrare la morte dietro ogni angolo. È la scusa che usavo per giustificare il mio comportamento da vero coglione nei confronti degli altri, soprattutto delle donne che frequentavo. Sapete che intendo con 'coglione', sì? »

« Non avreste potuto essere più chiaro. »

« E così mi sbronzavo e le trattavo da schifo. Le tradivo, mentivo. Ma tutto è cambiato quando ho conosciuto Emily. »

Forse Irina non aveva capito le sue intenzioni, o forse non le importava, perché gli posò una mano su un ginocchio. « Parlatemi di questa Emily. »

« È una donna straordinaria. È scozzese. È una scienziata. È determinata, simpatica e bellissima. »

« Anch'io sono bellissima, no? »

« Sì, Irina, siete una donna splendida. Ma il punto è che dopo Emily sono diverso. Sto cercando di non fare più il coglione, non troppo, almeno. Voglio rimanerle fedele, e credetemi quando vi dico che per me è dura come per un cane rinunciare a un osso succulento. È per lei che sono qui. Devo riportarla a casa, nel nostro tempo, nel nostro mondo. Riuscite a capirlo? Non sto dicendo che non vi desidero, Irina, ma voglio essere una persona migliore.»

La donna s'intristì. «Capisco. Siete così diverso dagli uomini di qui, che scopano tutto e tutti come cani in calore. È molto bello quello che avete detto. Non per me, certo, ma lo penso davvero. Posso sdraiarmi al vostro fianco?»

«Fate pure.»

Irina si adagiò alle sue spalle, sfiorandogli la nuca con il naso. Pochi secondi dopo il suo respiro si fece affannoso e John notò che si era tirata su la gonna per toccarsi. Quel gesto non lo lasciò indifferente. Iniziò a eccitarsi anche lui e si chiese se fare sesso con un cadavere fosse da considerarsi un tradimento. Scacciò subito quel pensiero. Lei continuava a leccargli e a baciargli il collo con gli occhi chiusi, mentre i fianchi si muovevano avanti e indietro, facendo cigolare il letto. Alla fine raggiunse l'orgasmo in un'esplosione di baci e fremiti, poi si lasciò cadere sul materasso.

Irina riaprì gli occhi e si abbassò il vestito. «Grazie.»

«Felice di esservi stato d'aiuto», replicò lui, baciandola su una guancia.

«Sì, ne avevo bisogno. Posso tornare da voi?»

«Non resterò qui a lungo. Devo trovare Emily.»

«Il re non vi lascerà andare via.»

«Potete aiutarmi a scappare?»

«No, mi dispiace, finirei sulla ghigliottina.»

«D'accordo. Va bene, allora, potete tornare quando volete.»

John trascorse il resto della giornata a girare in tondo

come una tigre in gabbia e ad applicarsi l'olio di chiodi di garofano sui denti. Mentre la città svaniva nelle tenebre, bevve il resto del vino fino a quando l'alcol non fece effetto. Si riaddormentò e, quando riaprì gli occhi, la stanza era immersa nel buio. All'inizio pensò che si fosse svegliato per la sete, perché aveva la bocca secca e impastata, ma poi si accorse che la porta si stava aprendo. Scorse un uomo con una candela e afferrò il coltello sotto il cuscino.

« Sstt. Sono io, Forneau. » L'uomo richiuse la porta e, dopo aver posato la candela sul tavolo, cercò la caraffa per versarsi del vino. Sogghignò quando si accorse che era vuota. « Ho saputo che avete scelto di non fornicare con Irina. »

John rise per quella scelta di parole: sembrava una frase uscita da un testo di biologia. « Ve l'ha detto lei? »

« No. L'ha detto a una delle sue dame di compagnia, che poi l'ha riferito a me. Cerco di tenermi informato su tutto ciò che accade a corte. »

« Perché mi avete lasciato il coltello? »

« È un segnale. »

« Un segnale di cosa? »

« Dei miei propositi, monsieur. »

« Be', non so quali siano, ma io voglio andarmene di qui il prima possibile. »

« Forse posso aiutarvi. »

« E perché mai lo fareste? »

« Gli uomini con cui siete arrivato in Gallia lavorano per un italiano. »

« Così dicono. »

« E se vi dicessi che anch'io sono al suo servizio? »

« Vi risponderei che la cosa mi rende molto felice. Lo avete mai incontrato? »

« Solo una volta, ma è stata sufficiente per stravolgere la mia vita. »

« Continuate. »

« E se vi dicessi che i vostri amici hanno rubato una delle auto del re e vi stanno aspettando? »

John si stava già vestendo. « Anche questo mi rende felice. »

« Dobbiamo fare in fretta. »

« E le guardie? Sono qui fuori? »

« Sì. È per questo che vi ho lasciato il pugnale. »

« Non vorrei uccidere gente innocente. »

« Nessuno qui è innocente e nessuno può essere ucciso. »

« Sapete cosa intendo. »

« La scelta è vostra. Io non posso fare altro, rischierei di essere scoperto. »

John non ebbe più dubbi.

Forneau prese la candela e comunicò alle guardie all'esterno che era pronto per uscire.

John era alle sue spalle: non appena oltrepassò la soglia, affondò la lama nella gola di un soldato e saltò sul piede dell'altro. D'istinto, l'uomo si piegò in due per il dolore e John ne approfittò per pugnalarlo al petto, perforandogli il polmone. Cinque secondi dopo erano entrambi a terra in una pozza di sangue.

« Impressionante », commentò Forneau.

« Non sono orgoglioso di quello che ho fatto. »

« Bravo. Credo che al nostro amico italiano andrete a genio. »

Percorsero corridoi scarsamente illuminati e scalinate buie, senza incontrare nessuno, e arrivarono in una stanza umida impregnata dei miasmi della Senna. Forneau aprì la porta sprangata e disse a John di seguire il corso del fiume fino al ponte. Per evitare il posto di guardia, avrebbe dovuto arrampicarsi su uno dei piloni di sostegno e arrivare sulla riva opposta sfruttando le arcate inferiori. I suoi amici lo stavano aspettando nella prima strada sulla destra. A quell'ora della notte, non ci sarebbero stati soldati in giro; in caso contrario, era certo che John sarebbe riuscito a sbarazzarsene con facilità. Prima di congedarsi, gli porse una sacca di stoffa con dentro la pistola e l'orologio da tasca.

John lo ringraziò e gli strinse la mano. « Cosa racconterete al re? »

« Sarà aperta un'inchiesta che farà ricadere la colpa sugli uomini di guardia alla vostra stanza. Nel loro stato, non potranno confutare in nessun modo la mia versione. »

« Posso chiedervi un ultimo favore? Al largo di Calais c'è un galeone all'ancora, l'*Hellfire*, che sta aspettando il mio ritorno. Immagino che ci metterò molto più del previsto. Potete far sapere al comandante che non rispetterò i tempi stabiliti? »

« Sì, certo. Quanto dovrò dirgli di aspettare? »

« Vorrei saperlo anch'io. Un'altra settimana? Due? Tutto il tempo possibile. Non li biasimerò se prima o poi dovranno salpare. »

« Gli farò arrivare il vostro messaggio. Addio, monsieur. »

John arrivò al ponte senza nessun problema e lo attraversò sfruttando il vantaggio delle tenebre. Le strade erano deserte. Simon, Luca e Antonio erano in attesa all'esterno di un'automobile. Quando lo videro, l'inglese salì al posto di guida e cominciò a pompare a mano la caldaia con tutte le sue forze.

« Non sono mai stato così felice di vedere tre tizi morti », li salutò John.

16

La mattina del primo riavvio del MAAC, Henry Quint era di pessimo umore. Aveva respinto la richiesta di dimissioni del ministro Smithwick, ma quanto ancora avrebbe resistito? E la speranza di far tornare sia John Camp sia la dottoressa Loughty era stata spazzata via dalla latitanza di Woodbourne.

A solo un'ora dall'inizio delle operazioni, il direttore convocò Trevor e Ben Wellington nel suo ufficio, sperando che tirassero un coniglio fuori dal cilindro. I loro sguardi cupi, però, non lasciavano presagire nulla di buono.

« Ancora niente », ammise Trevor.

Quint non li invitò a sedersi. « Incredibile. Mi permetta un appunto, Mr Wellington. Possibile che l'MI5 sia così incompetente da non riuscire a trovare un morto che puzza di carne marcia? »

Wellington mantenne la calma. « Woodbourne potrebbe essere ovunque. L'auto dei Fraser è stata ritrovata a Manchester, incendiata. Forse è lì, forse no. Non ci sono state segnalazioni da parte dei cittadini. È in corso la più grande caccia all'uomo nella storia del Regno Unito. Sono coinvolti la polizia e un gran numero di agenti dell'MI5. Sfortunatamente non siamo riusciti a individuarlo entro la prima scadenza prevista, ma le assicuro che lo acciufferemo. »

« E se non ci riusciste? »

« Ci sono molte variabili da considerare. Non sappiamo se Camp sia vivo e nel pieno delle sue facoltà fisiche e mentali, non sappiamo se sia riuscito a trovare la dottoressa Loughty, e non sappiamo se saranno in grado di raggiungere assieme il punto prestabilito.»

Quint sogghignò per il modo con cui Wellington aveva eluso la sua domanda. «A questo punto, dovremmo vagliare l'ipotesi di coinvolgere l'FBI. Forse saranno più efficienti di voi.»

Wellington si irrigidì. «Non lo sapremo mai, dico bene, dottor Quint?»

«Chi lo sa? Ho proposto a Leroy Bitterman di considerare l'idea di far arrivare una squadra di federali da Washington. Il primo ministro potrebbe decidere di non rifiutare un simile gesto d'amicizia da parte del presidente degli Stati Uniti.»

«È una decisione su cui non posso mettere bocca», replicò freddo Wellington.

«Esatto.» Quint si alzò. «Signori, ci vediamo di sotto.»

Duck non voleva saperne di scendere dal letto.

Delia invece non ne poteva più di quelle stanze senza finestre in cui era rintanata da una settimana e non vedeva l'ora di portarlo fuori di lì. Quella mattina, era la seconda volta che provava a farlo alzare, e si era spruzzata una quantità spropositata di profumo per contrastare il fetore che stagnava nella camera. «Andiamo, o farai tardi per la colazione.»

«Non voglio venire», rispose lui da sotto il piumino.

«Ne abbiamo già discusso, caro. Non hai scelta, mi dispiace. Devi tornare nel tuo mondo.»

« Ma io voglio restare qui! Mi piacciono i video e i cartoni e il cibo. E anche tu mi piaci. »

« Be', ti ringrazio molto. Anche tu mi piaci, Duck, ma dobbiamo muoverci, non c'è molto tempo. Se mi costringi a chiamare gli agenti, salterai la tua colazione preferita. »

Una testa spuntò da sotto le coperte. « Frittelle? »

« Una montagna di frittelle con sciroppo e burro. Se ti sbrighi, forse riesco a procurarti anche della pancetta. »

Duck si tolse le coperte di dosso mostrando un'erezione mattutina.

« Il pigiama proprio non ti va di metterlo, eh? »

Matthew Coppens era impegnato con il protocollo di avvio e la sala controllo fremeva d'attività. Un cordone divideva le postazioni dei tecnici da un'area riservata alle autorità. Alle nove e quaranta Quint arrivò assieme a Smithwick, Bitterman e Sir Lawrence. Poco dopo, Wellington e Trevor entrarono alla testa di un contingente armato dell'MI5. Altri agenti erano appostati davanti alla stanza di Duck, in attesa di scortarlo nel laboratorio.

Sir Lawrence era irritato perché sottoterra la ricezione del suo smartphone non era delle migliori. Dopo averlo infilato nella tasca della giacca, chiese a Quint di aggiornarlo sugli scenari possibili.

Facendosi forte della propria autorità, rispose Bitterman. « Non c'è modo di calcolare delle probabilità perché i dati in nostro possesso sono insufficienti. Di conseguenza, le varie ipotesi si equivalgono. Primo: John Camp e la dottoressa Loughty si trovano nel posto prestabilito al momento prestabilito e, in base a quello che sospettiamo essere una specie di bilanciamento tra i due universi, solo uno di loro si materializzerà qui al posto del ragazzo. Secondo: uno fra John Camp e la dottoressa Loughty si trova nel punto prestabilito, e prenderà il posto del ragazzo. Terzo: nessuno dei due è nel punto prestabilito, dunque non accade niente. Quarto: un altro abitante di quel mondo si trova per caso nel punto prestabilito e apparirà nel laboratorio al posto del ragazzo. Ovviamente abbiamo considerato altri scenari possibili, ma, basandoci su quel poco che sappiamo, credo che questi siano i più verosimili. »

« Sono ancora sconvolto da questa storia », commentò Sir Lawrence.

In lacrime sul letto, Duck indossava i suoi vestiti preferiti, una divisa da allenamento del Liverpool FC e un paio di scarpe da ginnastica.

« È ora di andare. Di sotto ti stanno aspettando tutti », disse Delia, seduta al suo fianco.

« No! »

« Ti capisco, ma non hai alternative. Se non scendi di tua spontanea volontà, ti porteranno giù con la forza. »

« Ci provassero! »

Delia si alzò, sistemandosi il solito cardigan sui fianchi larghi. « Senti, non voglio darti false speranze, però ho saputo che ci sono pochissime possibilità che l'esperimento abbia successo. »

Duck si pulì il moccio con il dorso della mano. « Davvero? »

« Davvero. E, se ti comporti bene, quando tornerai nella tua stanza, ti farò avere tutto il gelato al cioccolato che vorrai. »

Alle nove e quarantacinque, Duck entrò nella sala controllo e tutti gli sguardi dei presenti si spostarono su di lui. Delia gli sussurrò di posizionarsi sopra X sul pavimento e lui obbedì. Era nervoso e lanciava occhiate impaurite agli scienziati e agli schermi che rivestivano la parete. « Posso vedere un cartone su quei televisori? »

« No, caro, altrimenti tutte queste brave persone al lavoro finirebbero per distrarsi. »

Smithwick si sporse verso Bitterman. « Pensi a quante cose avremmo potuto apprendere se invece di questo scemo fosse arrivata una persona più sveglia. »

Bitterman scrollò le spalle. « Che vuole farci, è andata così. »

A Matthew era stato raccomandato di mantenere un tono di voce basso per non spaventare il ragazzo. A un minuto dal riavvio, autorizzò l'iniezione dei cannoni di particelle con un bisbiglio e, un attimo dopo, cominciò a scandire il valore dell'energia di collisione.

Sulla mappa ellittica, i protoni iniziarono la loro rivoluzione attorno a Londra.

« Cos'è questa roba? » chiese Duck, guardando gli schermi.

Delia gli raccontò che si trattava di una specie di cartone animato, che il ragazzo bollò subito come noioso.

A venticinque TeV, Duck fece per allontanarsi dalla X, scatenando il panico nella sala. Delia salvò la situazione minacciandolo di non dargli il gelato se non fosse rimasto al suo posto.

« Ventisei, ventisette, ventotto, ventinove, trenta TeV. State pronti... »

I fasci di protoni continuavano a ruotare nell'ellisse.

« Stabili a trenta. »

Duck era ancora al suo posto.

Matthew si voltò verso Quint indicando l'orologio al polso.

« Ancora un po' », disse il direttore.

Duck era irrequieto, ma Delia lo convinse di nuovo a non muoversi.

Passò un minuto. Poi due. Tre.

Quint comunicò le sue intenzioni a Matthew passandosi un dito sulla gola. Fu dato l'ordine di diminuire l'energia.

Duck si guardava attorno, sbattendo le palpebre. « Non vado via? »

Delia gli andò subito incontro.

« Mentre mangio il gelato, posso vedere quel video dei pirati che mi piace? » chiese lui con un sorriso a trentadue denti.

Trevor temeva quell'incontro, perché gli riportava alla mente i momenti peggiori di quando era in polizia e nell'esercito: riferire a un familiare la morte di una persona cara. Era convinto che una cosa simile non gli sarebbe mai più ricapitata, ma si era sbagliato. Dopo aver evitato la sorella della dottoressa Loughty per buona parte della settimana, era arrivato il momento di affrontarla.

La sala controllo si era svuotata, Duck era tornato a spassarsela nella sua camera e non c'erano novità su Woodbourne, perciò non aveva scuse dell'ultimo minuto per posticipare ancora.

La reception gli comunicò che la donna era arrivata, anche se lui già lo sapeva, avendola vista sulle telecamere di sicurezza. Era sorpreso che non fosse sola: c'erano due bambini con lei, un maschio e una femmina. Lasciò la pistola in un cassetto della scrivania e andò ad accoglierla nell'atrio.

« Salve. » Le rivolse un sorriso forzato. « Trevor Jones, lieto di conoscerla. »

Era più giovane di Emily, più bassa e meno magra, ma la somiglianza era evidente. I capelli sciolti le arrivavano alle spalle, la pelle era chiara come quella della sorella.

« Arabel Duncan. » Anche l'accento scozzese era lo stesso.

« Non sapevo che avrebbe portato anche i bambini. »

« Le chiedo scusa, ma non ho trovato una babysitter. »

Trevor si accovacciò. « Come si chiama questa bella bimba? »

Il maschietto, quattro anni e un carattere prepotente, spinse via la sorella e disse che lui si chiamava Sam e lei Belle. Arabel intervenne per mettere fine al bisticcio tra i due e si scusò.

« Nessun problema. Magari una collega potrebbe occuparsi dei bambini mentre parliamo, okay? »

« Sì, grazie. »

Trevor chiamò una delle guardie al banco. « Phil, puoi chiedere a Delia May di salire un attimo per tenere d'occhio i bambini? »

Nel suo ufficio, lui la invitò a sedersi e le offrì un caffè. Avrebbe voluto chiacchierare del più e del meno tutto il tempo, ma non poteva tirarla troppo per le lunghe senza sembrare sciocco o inopportuno. Arabel si scusò di nuovo per la presenza dei figli, borbottando qualcosa a proposito dell'inaffidabilità delle babysitter. Quando Trevor le chiese se il marito fosse al lavoro, lei lo informò che era morto due anni prima in un incidente stradale.

« Mi dispiace, non immaginavo... »

« Non c'è bisogno di scusarsi », si affrettò a dire lei.

A disagio, Trevor si passò una mano sui capelli rasati. « Dunque, immagino voglia avere notizie di sua sorella. »

« Esatto. Io e i miei genitori siamo preoccupatissimi. Eravamo convinti che dopo aver ricevuto la visita di un avvocato del governo e aver firmato l'Official Secrets Act ci avrebbero spiegato ogni cosa. E invece niente. Spero che lei possa dirmi cosa è accaduto a Emily e soprattutto come sta.»

Trevor si schiarì la gola. «Per favore, mi dica quello che sa di questa storia.»

«Ci hanno raccontato che un uomo armato ha fatto irruzione nel laboratorio il giorno dell'esperimento. In seguito allo spegnimento prematuro dell'acceleratore, c'è stata una fuga radioattiva che ha investito Emily. Sappiamo che è in quarantena e che non può parlare con nessuno. Tutto qui.» Cominciò a piangere. «Io credo che la verità sia un'altra, ma nessuno vuole dirmela. La prego, Mr Jones, mi risponda con sincerità: mia sorella è morta?»

Trevor prese un fazzolettino di carta e fece il giro della scrivania. «Mrs Duncan...»

«Arabel, per favore.»

«Okay, Arabel. Non sono autorizzato a dirti molto. Come puoi ben immaginare, si tratta di una faccenda piuttosto delicata, ma, credimi, se tua sorella fosse morta te l'avrebbero detto.»

«Allora è viva?»

«Ripeto, in caso contrario ti avrebbero informata.»

«Ho provato a contattare John Camp. Spero non fosse un segreto il fatto che loro due si frequentassero.»

«No.»

«Neanche lui ha risposto ai miei messaggi. Sta bene?»

«Potrebbe trovarsi nella stessa situazione di Emily.»

«Dio...»

«Non posso dirti altro.»

«Quando ci verranno fornite altre informazioni? Quando potremo parlarle?»

«Purtroppo queste sono domande cui non posso rispondere. Ma posso dirti che stiamo facendo tutto il possibile, e anche l'impossibile, per far sì che Emily torni dalla sua famiglia. Mi credi? »

Lei gli sorrise. « Hai occhi gentili e sono certa che hai anche un buon cuore. Ti credo. Mi chiamerai appena avrai delle notizie? »

« Sì. »

Quando Arabel tornò alla reception, i due bimbi erano lì ad aspettarla con Delia. Trevor rimase a guardarla mentre caricava i figli in auto, e per il resto del giorno e tutta la notte successiva non riuscì a togliersela dalla mente.

« Dov'è il telefono? » chiese Woodbourne.

« Non ce l'ho. »

Lui si guardò attorno e in effetti non vide nessun apparecchio. Adesso però sapeva dell'esistenza di quei piccoli telefoni portatili, e le chiese se ne avesse uno.

« No », rispose lei.

Woodbourne frugò nella borsetta e lo trovò. « E questo cos'è? » Lo scagliò a terra e ci saltò sopra fino a distruggerlo.

« Così sveglierai mia figlia. »

« Prima o poi si sveglierà comunque. »

« Domani ha scuola, ha bisogno di riposare. »

« Domani non andrà a scuola. »

« Perché no? »

« Non essere sciocca. »

Benona si accese una sigaretta, ma Woodbourne gliela strappò di mano. Lei ne prese un'altra. « Cos'hai intenzione di fare? »

« A essere onesti, non ce l'ho un piano. Sono un pesce

fuor d'acqua, qui. L'unica cosa che so è che non voglio tornare indietro.»

«'Indietro' dove?»

L'uomo fece un tiro profondo, gustandosi l'aroma del tabacco. «Non mi crederesti mai.»

«Questo lascialo decidere a me.»

«Come vuoi.»

Le raccontò la storia della sua vita e della sua morte. Le parlò dell'Inferno. Le parlò del suo inspiegabile ritorno sulla Terra. Le parlò della settimana da latitante, tranne che degli omicidi.

Benona ne era comunque al corrente. «Al telegiornale hanno detto che hai ammazzato tre persone. È vero?»

«Sì.»

«Perché lo hai fatto?»

«Non volevo essere preso.»

«Non eri costretto a ucciderle.»

Woodbourne si accese un'altra sigaretta con il mozzicone della prima. «Non ho saputo resistere. È sempre così.» Scosse la testa per scacciare l'espressione trasognata e cambiò argomento: «Allora, mi credi?»

Lei gli prese la sigaretta dalle labbra, la usò per accendere la sua e gliela ripassò. Disarmato da quel gesto, l'uomo sorrise per la prima volta in una settimana.

«Avevo un fratello fuori di testa, per i dottori era schizofrenico. Inventava un mucchio di storie, diceva cose senza senso. Tu non sembri matto come lui.»

«È un sì?»

Lei scrollò le spalle. «Credo nel Paradiso. Credo nell'Inferno. Dunque posso credere a metà della tua storia. Direi che te lo sei meritato, l'Inferno. Quanto al fatto che sei tornato qui, non so che dire.»

«È tutto vero.»

«Okay, come vuoi tu.»

«Come mai non hai paura di me?»

«Certo che ho paura, ma più per Polly che per me.»

«Non lo dai a vedere.»

«Sono una persona forte. Ho avuto una vita difficile, ne ho passate di tutti i colori. Ascolta, a me puoi fare quello che vuoi, ma devi promettermi che non toccherai la mia Polly.»

«Brandon.»

«Cosa?»

«È il mio nome.»

«Okay, Brandon, me lo prometti?»

«Te lo prometto.»

17

La camera di Emily era situata in cima alla torre e non c'erano sbarre alla finestra. Esausto per aver trasportato secchi d'acqua calda per riempire la vasca di metallo, Andreas era seduto a gambe incrociate sul pavimento e osservava Emily che faceva il bagno, del tutto indifferente al suo corpo nudo.

« Sapone? » chiese lei.

« Ah, il sapone! No, solo acqua. »

« Credo di aver finito, allora. Mi passi un asciugamano? »

L'eunuco si batté una mano su una tempia e l'altra sul pavimento. « L'ho lasciato di sotto! » esclamò, lanciandosi verso le scale. Ansimante dopo l'ennesima salita, rientrò nella stanza con un panno ruvido ma pulito con cui prese ad asciugarla.

« Grazie, faccio da sola. »

« Brava ragazza. »

Mentre lei si vestiva, Andreas svuotò la vasca lanciando secchiate d'acqua dalla finestra.

« Da quanto tempo sei qui? »

L'uomo finse di contare sulle dita prima di dire: « Non lo so. L'ho dimenticato ».

Lei scoppiò a ridere. « Di quante donne ti occupi? »

« Molte. Ma voi siete la più bella. »

« Oh, grazie. Il re ha una regina? »

« Federico? Oh, impossibile. »

« Come mai? »

«Non posso dirlo. Il gatto mi ha mangiato la lingua dopo avermi strappato le palle.»

«Almeno puoi dirmi che aspetto ha?»

«È un mostro anziano.»

«Eh?»

«No, è molto anziano!»

«Grazie, Andreas. In futuro, mi regolerò meglio per le nostre conversazioni.»

«Prego, Fraulein. Siete pulita?»

«Per quanto possibile, sì.»

«Vestitevi, allora, Rainaldo mi ha detto di portarvi da lui dopo che vi eravate pulita.»

Il castello di Marksburg era immenso, ed Emily camminò a lungo prima di raggiungere gli alloggi del cancelliere, situati in un piccolo edificio che si affacciava su uno dei cortili. Rainaldo l'accolse con calore. Dopo aver ordinato ad Andreas di aspettare fuori, accompagnò Emily in una stanza ben arredata e con alcuni oggetti di lusso in bella vista, tra cui coppe impreziosite da gioielli e piatti d'argento e d'oro. Le offrì una coppa di vino e un pollo intero, che lei accettò di cuore, anche se, in mancanza di coltello e forchetta, dovette affondare le dita nelle carni calde per staccarne un pezzo.

Seduto di fronte a lei, Rainaldo sorseggiava il vino e la osservava in silenzio. Quando fu sazia, Emily spostò il piatto ringraziandolo per l'ottimo pasto.

«Il buon cibo è uno dei privilegi della mia posizione.»

«Immagino che voi facciate parte dell'un per cento.»

Il cancelliere le rivolse uno sguardo interrogativo.

«È un'espressione del mio tempo. Significa che una persona su cento è più ricca delle restanti novantanove messe assieme.»

«Capisco. Ci sono uomini che versano in condizioni di

gran lunga meno felici della mia, questo è fuor di dubbio. »

Emily chiese informazioni su Jojo, e lui le rispose che la stavano trattando bene.

Lei indicò il vassoio con il pollo. « Così bene? »

« No. »

« Per favore, potreste dire ad Andreas di portarle un po' di questo cibo? »

Il cancelliere chiamò l'eunuco mentre lei riempiva un piatto.

« Andreas, ti va del pollo? »

« Oh, no, Fraulein, queste pietanze non sono per quelli come me. »

« E invece puoi prenderne un po', non c'è nessun problema. »

Trovando molto divertente quella situazione, l'eunuco si congedò ridendo.

« Vorrei chiedervi di nuovo di permettere a Jojo di stare nella mia stanza. »

« Per quale motivo? »

« Preferirei che ricevesse il mio stesso trattamento. »

« Ma lei è una donna piuttosto comune, laddove voi siete straordinaria! »

« Per favore. Ho bisogno di compagnia. »

« Va bene. »

« Vi ringrazio. »

« Siete una persona buona », commentò Rainaldo.

« Mi piace pensare di esserlo. »

« Avevo dimenticato cosa fosse la bontà. Quanto deve apparirvi strano questo posto! »

« È vero. »

« Ditemi, prima di arrivarci, come ve lo immaginavate l'Inferno? »

«Se devo essere sincera, non credevo neppure che esistesse.»

«Non siete cristiana?»

«Sì, ma, a differenza dei miei genitori e di mia sorella, non sono credente. La mia visione del mondo e dell'universo si basa sulla scienza.»

«E ora?»

«Bella domanda.»

«E la risposta che vi siete data a questa domanda?»

«Se e quando dovessi tornare a casa, sono certa che rifletterò a lungo sulla questione.»

«Io ci ho riflettuto per un migliaio di anni e, almeno per me, la risposta è chiara. Se esiste l'Inferno, deve esistere anche il Paradiso. Quindi deve esistere pure Dio, sebbene i suoi disegni rimangano imperscrutabili. In conclusione, la fede su cui ho basato la mia esistenza terrena ha trovato conferma, almeno a livello intellettuale.»

«Pregate?»

Rainaldo congiunse le mani e le avvicinò alle labbra. «Ho pregato Dio a lungo, ma ho smesso molto tempo fa. In questo luogo, Dio non può ascoltare le mie preghiere. Senza la speranza della redenzione, qualsiasi altra speranza decade. Vorrei tanto che qualcosa ponesse fine alla mia triste condizione, ma non posso morire.» Sbatté con enfasi le mani sul tavolo e si alzò. «Dobbiamo andare, il re vi sta aspettando. È ansioso di conoscervi, soprattutto perché Himmler lo ha convinto che grazie a voi l'Alemagna si renderà protagonista di numerose conquiste.»

«Non c'è nulla che io possa fare per aiutarlo.»

«Questo non è un mio problema.»

«C'è qualcosa che devo sapere sul re?»

«Solo che è un uomo crudele e pericoloso, fate molta attenzione.»

« Pensate che possa approfittare di me? »

« Se foste stata un giovinetto affascinante, avrei temuto per voi. State tranquilla, Federico non vi toccherà con un dito. » Dopo una pausa, aggiunse: « Lo stesso non posso dire di Himmler ».

« Mi proteggerete? »

« Ci proverò. »

Emily seguì il cancelliere fino a un palazzo imponente, l'edificio più grande della fortezza che dominava il Reno. Federico la stava aspettando nella grande sala del banchetto, tuttavia quando lei entrò in quell'ambiente ampio e buio non si accorse subito della sua presenza. La sala era priva di finestre, non c'erano arazzi alle pareti e il pavimento era spoglio. Il soffitto di legno decorato era annerito per il fumo. Numerose colonne di sostegno, spesse come tronchi d'albero, creavano l'illusione di una foresta di pietra. All'esterno la temperatura era alta, ma nella sala faceva freddo e il camino coperto era acceso. Gli unici pezzi di mobilio presenti erano un tavolo incredibilmente lungo e decine di sedie con alti schienali. Al centro sedeva un vecchio intento a mangiare. Sebbene fosse di statura normale, i due uomini muscolosi che bevevano vino ai suoi fianchi lo facevano sembrare un nano.

L'uomo alzò gli occhi dal piatto.

Prima che Rainaldo potesse annunciarla, Himmler balzò fuori da una stanza attigua e gli corse incontro con passi affettati. « Vostra maestà, vi presento Frau *Doktor* Emily Loughty. Come potete constatare voi stesso, è in ottime condizioni di salute. È viva e vegeta! »

Federico la invitò a venire avanti con un impercettibile gesto della mano.

Quando lei fu abbastanza vicina da distinguere i tratti del viso, si fermò di colpo. Non aveva difficoltà a credere che quell'uomo avesse mille anni. La pelle del volto era flaccida e pendeva come un lenzuolo su un filo per la biancheria. Gli occhi erano spenti e acquosi, mentre la barba, un tempo rossa e curata, era ridotta a pochi ciuffi bianchi che facevano il paio con le ciocche rade di capelli sulla testa.

Dopo averle lanciato uno sguardo veloce, il re abbassò gli occhi, all'apparenza più interessato a infilzare una patata con il coltello. «La donna parla la nostra lingua?»

«Parlo tedesco, sì», rispose lei.

«Non vi ho concesso il permesso di rivolgermi la parola.»

Himmler annuì con urgenza. «Non vi ha concesso il permesso di rivolgergli la parola.»

«Non credo fosse necessario ripeterglielo», sorrise Rainaldo.

Gli sguardi dei due giganti ai lati del re erano fissi come quelli di due cani da caccia all'erta. Erano affascinanti, dai lineamenti scolpiti e, benché non fossero gemelli, erano straordinariamente simili, quasi fossero stati scelti proprio per la loro somiglianza.

Federico alzò di nuovo la testa. «Cosa ci fate all'Inferno?»

«Ci sono finita per errore, durante un esperimento scientifico andato male.»

«È un fisico», spiegò Himmler.

«Un fisico? E cosa sarebbe?»

«Non ricordate, vostra maestà? Vi ho raccontato che oggigiorno sulla Terra ci sono uomini e donne di scienza in grado di fabbricare armi potentissime.»

«Sì, qualcosa mi sovviene. Sentiamo, quale genere di arma potete costruire?»

Emily s'irrigidì. « Un bel niente. Non sono quel tipo di scienziata. »

Il re fulminò Himmler. « Dice che non è in grado di costruire alcunché. »

« Ciò che dice non ha importanza, vostra maestà. Costei possiede grandi conoscenze tecniche e, più di chiunque altro in questo regno, è in grado di realizzare le armi più avanzate conosciute all'uomo moderno. La bomba atomica, per esempio. Vi ho parlato del suo devastante potenziale distruttivo, ricordate? Lavorerò fianco a fianco con lei e i miei tecnici per costruirne una, per la vostra gloria e per la gloria dell'Alemagna. Andremo alla conquista dell'Europa e non solo. »

Emily scoppiò a ridere. « Non avete neppure l'elettricità e volete costruire una bomba atomica? »

« Fareste bene a non ridere di me », la minacciò Himmler. « Fabbricheremo turbine, sfrutteremo l'energia idroelettrica, troveremo l'uranio. Forse non domani e neppure dopodomani, ma al momento disponiamo del bene più prezioso: tutto il tempo di cui abbiamo bisogno. »

« Anche se avessimo diecimila anni, l'unica arma che sarei in grado di costruire è una fionda. »

Rainaldo prese la parola per la prima volta: « Vostra maestà, ho come l'impressione che Herr Himmler abbia sovrastimato i benefici di questa dispendiosa missione in Gallia. Se la nostra ospite afferma di non essere in grado di costruire armi, io le credo ».

Federico si alzò sulle gambe incerte, subito imitato dai due uomini ai suoi fianchi. « Ho preso la mia decisione. Il vicecancelliere Himmler ha un mese di tempo per comprendere le reali capacità di questa donna. Allo scadere del tempo concesso, egli mi presenterà una relazione.

Se la donna non dovesse rivelarsi utile, verrà messa a disposizione dei membri di alto rango della mia corte.»

«Non ho nessuna intenzione di aiutarvi!» protestò Emily.

Il suo gesto di sfida lasciò tutti i presenti a bocca aperta.

Dopo una pausa significativa, il re riprese la parola con un tono di voce sorprendentemente calmo: «Portatela nel cortile principale in modo che possa mostrarle cosa accade a coloro che mi disobbediscono». Detto ciò, si trascinò fuori, accompagnato dalle due guardie del corpo.

Soddisfatto, Himmler informò il cancelliere che dopo la dimostrazione di Federico - qualunque cosa fosse - si sarebbe assentato per sbrigare delle faccende e che, più tardi, avrebbe mandato a chiamare Emily per la loro prima sessione di lavoro. «Pensate con attenzione a tutte le informazioni che potrebbero tornarmi utili. Io prenderò appunti.»

«Forse non sono stata chiara. Non so progettare né costruire armi. Non è il mio campo.»

«Be', sono certo che qualcosa riusciremo a fare.»

«Vi conviene mostrarle il massimo rispetto, se ci tenete alla vostra salute», lo mise in guardia Rainaldo.

Ignorandolo, Himmler continuò a parlare con la donna: «Non ho voluto confondere il re con tutti i possibili scenari, ma sappiate questo. Se non vi dimostrerete all'altezza, se non mi aiuterete nella costruzione delle armi, allora troverete un modo per riportarmi sulla Terra».

«Così che possano processarvi per i vostri crimini contro l'umanità?»

«Ah! No, non ho intenzione di abbandonare questo mondo. Mi mancano alcune gioie terrestri, non lo nego, ma l'Inferno mi piace più della Terra e di tutte le sue ambiguità morali. Voglio tornarci solo per trovare e portare all'Inferno i tecnici che mi permetteranno di realizzare i miei obiettivi.»

«Be', allora che stiamo aspettando? Andiamo subito in Inghilterra, senza perdere tempo prezioso.»

«Perché in Inghilterra?»

«Perché è in Inghilterra il passaggio tra le nostre dimensioni. A Dartford, per la precisione. Cosa aspettate, avviate la vostra meravigliosa auto a vapore e mettiamoci in marcia.»

Himmler si fregò le mani. «No. Il re ha deciso. Lavoreremo assieme, o fingeremo di farlo, per un mese. Poi, se sarà necessario, lo persuaderò a riportarvi in Inghilterra. Non ho fretta.»

Emily e Rainaldo uscirono dalla sala e s'incamminarono verso il cortile sotto la luce smorta del mattino. Himmler li seguiva a pochi passi di distanza. Intimidite da quello strano corteo, le persone che incrociavano distoglievano lo sguardo. Un carro trainato da buoi, carico di barili e sacchi, oltrepassò il cancello principale; il conducente sgranò gli occhi quando vide Emily.

«Vi prego, non lasciatemi sola con lui.»

«Dirò ad Andreas di restare al vostro fianco.»

«E se Himmler gli ordinasse di andarsene?»

«Sarebbe costretto a obbedirgli.»

«Se mi tocca lo ammazzo, lo giuro.»

«Non potete ammazzarlo.»

«Va bene, vorrà dire che gli farò male. Molto male.»

«Temo che in questo caso la reazione di Federico sarebbe brutale. Dal momento che voi siete viva, forse potrebbe anche uccidervi.»

«Cosa vuole mostrarmi il re?»

«Non lo so.» Ma l'espressione preoccupata non lasciava presagire nulla di buono.

Seduto sul trono che nel frattempo era stato trasportato nel cortile, Federico si rivolse a uno dei suoi uomini, che schizzò via e tornò pochi minuti dopo alla testa di una mezza dozzina di prigionieri incatenati e a petto nudo.

Il sorrisetto sulle labbra di Himmler lasciava intendere che lui aveva capito le intenzioni del re.

Poi alcuni uomini uscirono dal palazzo trascinando a fatica una pesante struttura di legno rettangolare. Aveva la forma di una grossa scatola aperta, con una sorta di ruota dentata in ferro e una manovella su un lato. Quando fu sistemata sull'erba, Federico ordinò a Emily di scegliere tre prigionieri.

«Sceglierli per cosa?»

«Per la mia dimostrazione.»

«Non farò niente del genere!»

«Molto bene. Himmler, pensateci voi.»

Il vicecancelliere si avvicinò agli sventurati e toccò tre spalle in rapida sequenza. Gli uomini furono fatti entrare nella struttura di legno, l'uno davanti all'altro, e le braccia furono legate alle travi sopra le loro teste. Con i polsi e le caviglie bloccati dalle catene, erano completamente immobilizzati.

«Non mi piace, Rainaldo», commentò Emily. «Che sta succedendo?»

«Onestamente non lo so. È la prima volta che vedo un macchinario simile. Vicecancelliere, di cosa si tratta?»

«Una sciocchezzuola che ho fatto costruire per sollazzare il re.»

Federico diede ordine di procedere e Hans, una delle due guardie del corpo, prese una lancia con l'asta segnata da numerose tacche e la inserì nella ruota dentata. Allora Emily capì cosa stava per accadere e protestò a gran voce, ma il re le impose di fare silenzio. Quindi lei implorò Rainaldo d'intervenire per far cessare quella brutalità.

« Sire, non credo che la vostra sia una decisione saggia », disse il cancelliere.

« Come osate! » tuonò Federico. « È un mio ordine e, in quanto tale, è saggio. Procedete! »

Hans diede un mezzo giro di manovella e la lancia si spostò di pochi centimetri. Poi guardò il re, che sollevò una mano.

« No! » gridò Emily.

Hans prese a girare la manovella con decisione. Abbassando lo sguardo, il primo prigioniero vide con orrore la lancia avvicinarsi all'addome, poco sopra l'ombelico. Cercò di allontanarsi dalla punta metallica, schiacciandosi contro il prigioniero alle sue spalle, ma non c'era spazio per muoversi. Quando la lancia penetrò nelle carni e il sangue cominciò a colare attorno all'asta, l'uomo emise un urlo terrificante.

Emily si voltò inorridita.

Federico le ordinò di guardare e, quando lei si rifiutò, la seconda guardia del corpo le afferrò la testa e la girò con la forza. Emily tentò di liberarsi, ma l'orrore cui stava assistendo l'aveva svuotata di ogni energia. Però l'uomo non poteva impedirle di chiudere gli occhi. Dopo aver passato da parte a parte il primo prigioniero, la lancia cominciò a penetrare nella pancia del secondo. I due uomini urlavano di dolore; il terzo, invece, si disperava per il destino che lo attendeva. Quello spettacolo era troppo per Emily, che svenne e si accasciò come una bambola di pezza tra le possenti braccia della guardia del re.

Quando riaprì gli occhi, Jojo era china su di lei. Era di nuovo nella sua stanza, sul suo letto, e la testa le scoppiava. Non ebbe neppure un istante di disorientamento: ricordò subito ciò che aveva visto e perché era svenuta. Gli occhi le bruciavano per le lacrime di rabbia che aveva versato. Jojo le chiese cosa fosse accaduto e lei, dopo aver bevuto dell'acqua, le raccontò ogni cosa con la voce distorta dall'odio.

«Questo tipo mi sembra più stronzo del duca di Guisa», commentò Jojo. «Siamo in guai grossi.»

«La nostra unica speranza è Rainaldo. Non credo sia un uomo cattivo. O meglio lo è meno degli altri.»

«Non farti illusioni, tesoro. In questo mondo nessuno aiuta nessuno.»

«Io ti sto aiutando, giusto?»

«Sì, be', grazie per avermi fatto avere del cibo decente e tutto il resto, ma diciamo le cose come stanno. Tu sei diversa. Non sei morta e non sei malvagia come tutti noi.»

«Sarai anche morta, Jojo, però non mi sembri malvagia.»

«Vallo a raccontare agli idioti che ho ammazzato.»

Andreas entrò senza bussare e sorrise di cuore quando vide Emily; sembrava felice che fosse sveglia. Le offrì del vino, ma lei lo rifiutò. Gli chiese invece un paio di pasticche di paracetamolo per il mal di testa, e rise della sua espressione confusa.

«Tranquillo, puoi renderti utile in altro modo. Va' a dire a Rainaldo che ho bisogno di parlargli, va bene?»

«Volete che venga qui?»

«Sì, è proprio quello che voglio.»

L'eunuco annuì e uscì chiudendo la porta a chiave.

Rainaldo arrivò un'ora dopo, con un'espressione preoccupata sul volto. Pareva restio a parlare in presenza di Jojo, ma Emily lo rassicurò dicendogli che l'amica non capiva una parola di tedesco.

«Lo spettacolo cui siete stata costretta ad assistere è stato davvero spregevole.» Si versò del vino e poi si lasciò cadere su una sedia. «Himmler soddisfa la depravazione del re in modi a dir poco spiacevoli. E la mia posizione è sempre più scomoda.»

«Siete la seconda persona più potente del regno, no? Voglio dire, siete il cancelliere di Federico. Perché non lo fate imprigionare? Anzi perché non provate a rovesciare il re?»

Rainaldo scosse la testa. «L'odierna dimostrazione della macchina impalatrice non si è tenuta solo per mandare un messaggio a voi. Credo che il re abbia voluto farmi sapere che ormai tiene in maggior conto Himmler. Se uccidessi il vicecancelliere, il re farebbe uccidere me, di questo sono sicuro. Quanto alla possibilità di spodestare Federico, non riuscirei mai ad avvicinarlo abbastanza da colpirlo. Le sue guardie del corpo, Hans e Johann, lavorano per lui da un centinaio d'anni e non lo perdono di vista neppure per un istante. Di notte, se uno dorme, l'altro è sveglio. Temo che il mio destino sia segnato: trascorrerò il resto della mia triste esistenza in uno stato di dolore e tormento perpetuo.»

Fu allora che Emily fece un gesto spiazzante, un gesto dettato dall'istinto e non da una qualche forma di convenienza: scese dal letto, si avvicinò al cancelliere e, incurante del suo cattivo odore, gli diede un bacio su una guancia.

L'effetto fu immediato. L'uomo sollevò il capo, toccò il punto in cui si erano posate le sue labbra e cominciò a singhiozzare. «Per la prima volta dacché ho memoria, non so cosa fare. Mi sento impotente.»

« Vi sbagliate, Rainaldo. Sono certa che quanto di buono avete fatto in vita supera di gran lunga le azioni deprecabili di cui vi siete macchiato. Dovete risvegliare il bene che è in voi. Dovete fare la cosa giusta, e adesso la cosa giusta da fare è aiutarci a scappare. »

Quando il cancelliere se ne fu andato, Andreas tornò con la brocca di vino che Emily e Jojo gli avevano chiesto. Era notte, e i deboli refoli d'aria che entravano dalla finestra priva di imposte facevano tremolare le fiammelle delle candele.

« Posso versarvelo? »

Emily annuì.

L'eunuco riempì due coppe, e rimase confuso quando Jojo gliene porse una terza. « Chi di voi beve due coppe? » chiese ridacchiando.

« È per te », disse Emily. « Bevi con noi. »

Lui si guardò attorno, fingendo di cercare una terza persona. « Io? Andreas? »

« Sì, tu. Io e Jojo abbiamo pensato che, siccome resteremo qui per un po' di tempo, allora è meglio conoscerti meglio. »

« Berrò con voi », disse lui, sedendosi a gambe incrociate sul pavimento e ingollando con voracità il vino.

« Credo che ne voglia ancora », disse Jojo in francese.

« E noi glielo daremo. »

Mentre beveva la seconda coppa, Andreas chiese di cosa volessero parlare.

« Ti piace il lavoro che fai qui al castello? »

« Abbastanza. Ma mi piacciono di più le donne di cui mi occupo. Sono buone con me, a differenza degli uomini che mi prendono in giro o mi spingono a terra quando mi incontrano. »

« Quante donne ci sono qui? »

L'eunuco ripeté tra sé alcuni nomi e li contò sulle dita. « Trenta. »

« Che lavoro facevi in vita? »

« Ero un servitore. » Trovava la cosa divertente, perché da morto faceva lo stesso lavoro che aveva fatto da vivo, solo che al castello doveva pensare soltanto alle donne.

Dopo un po' fece per alzarsi, ed Emily chiese a Jojo di cos'altro poteva parlargli.

« E io che ne so. Domandagli se gli mancano le sue palle. »

« Non ci penso proprio! »

Per loro fortuna, Andreas si rimise seduto e sbadigliò. « Devo andare a controllare le altre donne. Chissà perché loro non mi hanno mai offerto del vino... »

« Non c'è fretta », disse Emily, con voce rassicurante. « Sembri molto stanco, forse dovresti dormire un po'. »

« In effetti ho sonno », rispose lui, sdraiandosi. « Magari schiaccerò un pisolino. » Pochi secondi dopo, iniziò a russare.

Jojo lo toccò con la punta del piede ed Emily lo scosse per una spalla, ma l'eunuco non si svegliò.

« La polvere di Rainaldo ha fatto effetto », disse, sfilando la grossa chiave di ferro dalla cintura dell'uomo. « Andiamo. »

Presero una candela, chiusero dentro l'eunuco e scesero in silenzio le scale. Fuori della torre, spensero la fiammella e divennero tutt'uno con le tenebre.

Sentendo alcune voci ubriache, si accucciarono dietro dei barili. I toni si fecero più alti e concitati, segno che era in corso una rissa. Qualcuno doveva aver estratto le spade, perché il clangore del metallo contro il metallo risuonò nell'aria. Un gruppo di uomini sfrecciò davanti a loro e poco dopo si levò un grido di dolore. Accorsero altri uomini. Dopo che furono passati, le due donne si mossero verso il cortile principale, dove Emily constatò con orrore che i tre prigionieri impalati stavano ancora gemendo all'interno della terribile struttura di legno.

Una mano le si posò sulla spalla. Spaventata, se ne liberò con una mossa di krav maga, ma un attimo prima di sferrare un calcio si accorse che era Rainaldo.

Il cancelliere aveva il cappuccio del saio calcato sulla testa. « È andato tutto bene? »

« Sta dormendo come un bambino. »

« Forse quell'uomo è quanto di più simile a un bambino ci sia in questa terra dimenticata da Dio. »

Rainaldo fece cenno di seguirlo fino alle stalle, dove c'era il carro che Emily aveva visto quella mattina. Era incustodito, e il cassone era stipato di sacchi vuoti.

« Trascorrerete la notte nascoste lì sotto. Domattina, alle prime luci dell'alba, il carrettiere lascerà il castello per dirigersi a sud. Scappate non appena l'uomo si fermerà per un qualsiasi motivo. Di più non posso fare. Dovrete affrontare da sole i pericoli in cui di certo vi imbatterete. Avete intenzione di tornare in Britannia? »

« Sì. »

« Che Dio vi assista, allora. Forse voi godete della protezione del Signore anche in questo luogo. Non ho modo di saperlo. »

« E voi? Ve la caverete? »

« Non so neppure questo. Il re andrà su tutte le furie. »

Emily gli diede un altro bacio, quella volta imitata da Jojo.

«Grazie», disse Emily.

«Sono io che devo ringraziare voi», replicò l'uomo in lacrime. «Avete redento quel poco che resta della mia anima.»

18

Appoggiato al parapetto del galeone, Enrico VIII osservava la costa ripida appena emersa dalla nebbia. Il *Britannia* era la sua nuova ammiraglia, dopo l'affondamento dell'*Hellfire*. In seguito a una infruttuosa ricerca di relitti e superstiti, il sovrano era giunto alla conclusione che gli iberici avevano affondato il veliero, condannando l'intero equipaggio a un'eternità di muto tormento nelle profondità del mare. Henry Cameron, duca di Suffolk, aveva assunto la carica di comandante al posto del duca di Norfolk. La perdita più grave, però, era stata quella di John Camp. L'americano si era dimostrato una risorsa estremamente valida, una risorsa che il re avrebbe voluto sfruttare il più possibile. Altro che aiutarlo a raggiungere la Gallia!

Sferzato da un vento teso e sballottato delle infide correnti del Kattegatt, il *Britannia* era alla testa dell'imponente flotta inglese che oscurava la distesa d'acqua.

Cromwell corse accanto al re e vomitò fuori del parapetto. Il cancelliere, che già in condizioni ottimali soffriva il mare, era particolarmente in difficoltà.

« L'equipaggio ride di voi », disse Enrico, indicando gli uomini sghignazzanti sul ponte.

Cromwell era bianco come le vele. « Avevo chiesto a vostra maestà il permesso di restare sulla terraferma per occuparmi delle vostre faccende. »

« Non ci pensate più, ormai siete qui. Se tutto va secondo i piani, ci resterete molto a lungo sulla terraferma, il tempo necessario di contare l'oro nei forzieri di Cristiano.»

«Se oro troveremo. Le mie spie hanno sconsigliato d'invadere i Paesi del Nord. Re Cristiano è rimasto tutti questi secoli sul trono perché nessuno ha mai ritenuto vantaggioso muoversi alla conquista del suo regno.»

«Ma noi siamo a conoscenza delle sue miniere di ferro.»

«Chi ci dice che John Camp abbia ragione?»

«A proposito dell'americano, credete davvero che sia morto?»

«È un caso unico, qui all'Inferno. Forse può morire, forse no, quel che è certo è che si è inabissato con l'*Hellfire.*»

Il galeone rollò con violenza quando un'onda gigantesca si abbatté sullo scafo. Cromwell strinse con forza il parapetto e vomitò di nuovo.

Suffolk, un uomo di mare del XVII secolo, lasciò il timone e si diresse verso di loro, camminando dritto e con naturalezza, come se la nave fosse all'ancora in un porto sicuro. Lo aiutava il fatto che era tarchiato e con un baricentro basso. La sua uniforme con i bottoni in ottone era immacolata, mentre la barba bianca era sporca dei brandelli di bacon che aveva mangiato a colazione. L'uomo passò il cannocchiale al re indicandogli un punto sulla costa. «Vedete quell'insenatura? Di certo si tratta della foce del Göta älv.»

«È lì che stiamo andando?»

«No. Re Cristiano avrà installato cannoni sulle rive del fiume per proteggere Göteborg. Rischieremmo di trovarci al centro di un letale fuoco incrociato.»

«Allora sbarcheremo l'esercito su una spiaggia meno presidiata e sbaraglieremo le postazioni difensive. A quel punto potremo avanzare con il *Britannia* verso il Göta älv e costringere la città alla resa con il cannone rigato in nostro possesso.» Enrico VIII non ricordava se e quando si fosse dato battaglia con Cristiano II, sovrano di Danimarca, Svezia e Norvegia. Le guerre cui aveva partecipato tendevano a confondersi l'una con l'altra, e la nebbia del tempo aveva ormai offuscato la sua memoria. Poi gli sovvenne che uno scontro c'era stato forse duecento o trecento anni prima, quando i Paesi del Nord si erano schierati con l'Alemagna per respingere l'esercito inglese nei pressi di Amburgo. Allora, mentre osservava le truppe nemiche con un cannocchiale, Enrico VIII aveva notato un vecchio avvizzito nelle retrovie, e aveva dedotto che fosse l'ottuagenario despota. Per lungo tempo dopo la sua morte, il re danese era stato ricordato in Svezia come Cristiano «il tiranno», un soprannome che si era meritato con la brutale conquista di Stoccolma, nel tentativo - solo in parte riuscito - di unificare tutte le terre scandinave in un solo, potente impero. Ma, se in vita non aveva completato la sua opera, da morto aveva avuto maggiore successo. Giunto all'Inferno nel 1559, aveva subito spodestato un re danese in declino del XIII secolo e aveva conquistato tutte le terre del Nord. Rimasto al potere da allora, amministrava il suo regno dal palazzo reale di Göteborg.

Enrico VIII lasciò Cromwell alle sue pene e si avvicinò a William. Il fabbro era seduto di schiena contro un albero, nel punto più distante possibile dal mare.

«Non temete, buon uomo, non vi lasceremo affogare. La vostra presenza è di fondamentale importanza per la riuscita di questa impresa.»

«Quando potrò mettere piede a terra, sire?»

«Per il vostro bene, non prima che il mio esercito abbia

annientato le difese di Cristiano. Solo allora potremo sbarcare. »

« Come troveremo le miniere di ferro? »

« Oh, è molto semplice, Master William. Tortureremo un uomo dopo l'altro finché non avremo fra le mani un disgraziato che sa dove siano e abbastanza assennato da rivelarcelo. »

Dopo poche ore di sonno agitato, John fu svegliato dal fastidioso scoppiettio del motore a vapore. Era ancora buio e i fanali dell'auto illuminavano appena la strada sconnessa che, stando a quanto gli aveva detto Simon, era una delle due principali vie commerciali che collegavano la Gallia all'Italia. Si estendeva a sud-est fino alla costa, per poi proseguire in direzione nord-est verso Genova e Milano.

« Riuscite a vedere dove state andando? » chiese John.

« A malapena. Tra un po' ci servirà dell'acqua per la caldaia. »

Luca e Antonio dormivano sul sedile posteriore.

« Ci stanno seguendo? »

« Non direi. Un'ora fa ho notato qualche fuocherello, forse di un villaggio nei paraggi. »

« Non passiamo di certo inosservati con questo affare. »

« La gente si tiene alla larga dalla strada. Gli uomini del re sono gli unici a possedere auto a vapore e nessuno vuole avere niente a che fare con costoro. Temo, invece, che saremo una calamita per gli erranti. »

« Chi sono? »

« La feccia della feccia. Troppo violenti e ripugnanti per vivere nelle città e persino nei villaggi. Vagano per le campagne e ammazzano chiunque capiti a tiro, nutrendosi delle loro carni così come voi e io mangiamo quelle di un maiale.»

«Gran bel mondo, il vostro.»

«Già.»

John aveva calcolato che avrebbero dovuto percorrere quasi milletrecento chilometri. Viaggiando a trenta chilometri orari, sarebbero arrivati a Milano in un paio di giorni. Preoccupato di un possibile attacco degli erranti, teneva gli occhi ben aperti e impugnava la pistola carica. Aveva ancora con sé il coltello di Forneau. Nella concitazione della fuga, si era dimenticato di restituirglielo, anche se probabilmente il ministro glielo avrebbe regalato comunque.

Alle prime luci dell'alba, la strada si rivelò essere poco più di un sentiero per carri. Approfittando della maggiore visibilità, Simon spinse il piede sull'acceleratore, facendo sobbalzare i due uomini sul sedile posteriore.

«Avete mai guidato prima d'ora?»

«Perché lo chiedete?»

«State prendendo tutti i dossi e le buche possibili e immaginabili. Vi dispiace cedermi il volante?»

«Volentieri.»

Simon si fermò e i quattro passeggeri scesero per urinare. Erano su una distesa pianeggiante, fiancheggiata da un lato da una foresta, e dall'altro da campi verdeggianti su cui volteggiavano uccelli e farfalle. Il cielo era piatto e perlaceo, l'aria leggermente umida.

John prese un sorso d'acqua dall'otre di pelle che gli aveva passato Luca. «Ci sta aspettando?»

«Il nostro signore? Il piano era trovarvi e portarvi al suo cospetto, ma al momento lui ignora dove siamo o quando arriveremo a Milano.»

« A essere sincero, non mi piace la piega che ha preso questa storia. Stiamo andando nella direzione opposta rispetto a dov'è Emily. Spero proprio che decida di aiutarmi, non posso dire altro. »

« Credo che lo farà », disse Luca.

« Lo pensate anche voi, Antonio? »

« Non lo so. »

John tirò fuori l'orologio per ricaricarlo. « Capisco. »

Dopo aver frugato tra le loro misere provviste, Simon annunciò che avevano bisogno di cibo e di molta altra acqua. Nelle vicinanze però non c'era traccia di laghi o fiumi. Poi, battendo con le nocche sulla caldaia, stabilì che alla velocità attuale avevano altre due o tre ore di autonomia.

Quando John salì al posto di guida, Luca lo guardò meravigliato. « Sapete azionare questa macchina? »

« Posso guidare qualsiasi mezzo. Fidatevi. »

« Tenete i moschetti a portata di mano », consigliò Simon ai due compagni sul sedile posteriore.

« E quelli da dove sono spuntati? » chiese John.

« Erano nell'automobile. »

John prese subito confidenza con l'acceleratore e il freno. La frizione non c'era: il motore a vapore forniva sufficiente coppia a basse velocità da rendere il cambio superfluo. L'auto sobbalzava per via degli ammortizzatori primitivi, però la sua guida era molto più fluida rispetto a quella dell'inglese.

« John è più in gamba di te, mio caro Simon! » urlò Luca.

« Sì, ma, se quest'auto dovesse rompersi, io sarei in grado di ripararla, lui no. »

Luca si sporse in avanti e gli arruffò i capelli. « Tranquillo, ti vogliamo bene lo stesso. »

Diversi chilometri dopo, s'imbatterono in un carro trainato da un cavallo. John si preparò al sorpasso, ma il rumore assordante impaurì l'animale, che si impennò sulle zampe posteriori e scartò di lato, facendo ribaltare il carro e tutto ciò che conteneva. John avrebbe voluto scendere ad aiutare il conducente, i suoi compagni invece gli consigliarono di proseguire senza fermarsi. Poi, dietro un'ampia curva che girava attorno a una bassa collina, apparvero delle case e loro decisero di fare una sosta per procurarsi cibo e acqua.

La strada tagliava il villaggio in due. John rallentò e transitò davanti alle casette con i tetti di paglia a passo d'uomo. Ma il frastuono proveniente dall'auto era comunque troppo alto per non terrorizzare la gente del posto, che si affrettò a chiudere le imposte alle finestre.

« Fermatevi pure qui. » Simon indicò un paio di cavalli che strattonavano le redini fissate a un abbeveratoio.

John obbedì e l'inglese svitò il tappo della caldaia. Mentre il vapore fuoriusciva con un sibilo, tre tizi armati di mazze emersero da una casetta. Un istante dopo, altri uomini, facendosi coraggio a vicenda, spuntarono dai lati della strada.

Gli altri tre scesero dall'auto con un atteggiamento conciliante e Luca spiegò in francese che si erano fermati nel loro villaggio per cercare delle provviste.

« Siamo gente povera, non abbiamo cibo per voi », rispose il più anziano.

« Abbiamo bisogno d'acqua, e voi ne avete. E di pane. »

« Dovete essere molto ricco per possedere una simile diavoleria », replicò l'uomo. « Siete forse un duca? »

« No, solo un viandante con un'auto rumorosa. »

L'uomo si lisciò la barbetta grigia. « Con cosa ci pagate? »

Luca tradusse la richiesta ai compagni.

« Digli che gli conviene darci quello che vogliamo, se ci tiene alla testa », minacciò Antonio.

John si accertò che gli altri non avessero denaro, quindi risalì in auto e prese il pugnale di Forneau.

« Dunque avete deciso di battervi? » chiese Antonio.

« No, lo usiamo come merce di scambio. »

« Ma vale più di tutta l'acqua e di tutto il pane che potrebbero darci! » protestò Antonio.

« Be', allora aggiungiamoci un paio di polli. »

Un attimo dopo, gli uomini del villaggio gli si accalcarono attorno per osservare il coltello con il manico in osso. Le due parti raggiunsero presto un accordo, ma poi Luca avvertì i compagni: « Mi hanno chiesto di John. Dicono che ha qualcosa di strano ».

« Inutile negare », replicò lui. « Spiegategli che vengo dall'America e che lì abbiamo tutti un buon profumo. »

Mezz'ora dopo, la caldaia era stata riempita d'acqua e l'auto caricata di pane, carne e un otre di vino.

« Per fortuna non abbiamo dovuto spargere del sangue », commentò Simon.

« Già », affermò John, mettendo in moto l'auto. « Sempre meglio fare l'amore che la guerra. »

« Guardate! » esclamò Luca, voltandosi.

Gli abitanti del villaggio si stavano azzuffando per il pugnale.

« Che dite, John, volete tornare indietro per spiegare loro la vostra fantastica filosofia? »

Il *Britannia* era rimasto al largo, mentre il resto della flotta si era avvicinato alla riva per far sbarcare i soldati. Il fatto che nessun nemico avesse dato l'allarme vedendo arrivare un esercito straniero composto di seimila arcieri, picchieri e alabardieri e di un centinaio di cavalieri era forse la testimonianza del lungo periodo di tempo trascorso dall'ultima invasione subita.

Alcune ore dopo, con le truppe inglesi in marcia verso Göteborg, Suffolk segnalò alle altre navi di raggiungere il *Britannia* per prepararsi a un attacco dal fiume.

Il vento si era placato e la marea era scesa, dando modo alla flotta di mantenere la posizione a poco più di un chilometro e mezzo dalla foce. Nel frattempo, però, era calata la nebbia.

Quando si sentirono i primi colpi di moschetto, seguiti dalle detonazioni dei cannoni e dalle urla distanti e ovattate degli uomini che si davano battaglia, il re e Suffolk cercarono di capire cosa stesse accadendo, ma anche con il cannocchiale non vedevano altro che un muro biancastro.

«Non è prudente risalire il fiume in queste condizioni», commentò il duca.

«State tranquillo, migliorerà.» Il re non aveva ancora finito di parlare, che il vento riprese a soffiare e la nebbia prese a diradarsi. «Guardate! Il mio vessillo sulla riva settentrionale. Le truppe hanno sbaragliato le difese nemiche.»

«Sì, vostra maestà, ma adesso dovranno farsi largo in città per attraversare il ponte.»

«Vorrà dire che le assisteremo da sud.» Enrico VIII chiamò a gran voce William, che si avvicinò timidamente al parapetto. «Scendete a preparare il cannone rigato. Fateci vedere cosa siete in grado di fare, mastro forgiatore!»

Suffolk issò la vela quel tanto che bastava per dimezzare la distanza dalla costa, quindi virò a sinistra. Il re voleva essere sicuro che il primo ufficiale vedesse le difese nemiche e, proprio allora, un cannone nemico aprì il fuoco contro di loro. La palla s'inabissò ben lontana dal galeone.

« Ah, eccole! » esclamò Enrico. « Scendete a controllare che abbiano visto da dove è partito il colpo », urlò all'ufficiale.

Sul ponte di batteria, William ordinò agli artiglieri di elevare il cannone rigato fino all'angolazione necessaria per colpire il bersaglio. Dopo essersi accertato che l'angolo di tiro fosse corretto, stabilì il quantitativo di polvere da inserire nella carica. Il fastidioso dondolio della nave gli ricordava che non aveva mai esploso un colpo in mare, ma in fondo non era molto diverso rispetto alla terraferma. Ricevuto il comando di fare fuoco, avvicinò la torcia al focone. Il grosso cannone rinculò con violenza, strattonando le cime che legavano l'affusto alla fiancata. Il proiettile sibilò in cielo e, un istante dopo, si abbatté al suolo, un centinaio di metri oltre la batteria nemica.

« Meno polvere! » si rimproverò William, prima di rimettersi all'opera.

Furioso ed estasiato allo stesso tempo, Enrico VIII imprecava per la scarsa mira del fabbro ed esultava alla vista dei nordici che correvano da una parte all'altra in preda al panico.

Il cannone tuonò a mezzanave e, quella volta, il re fece i salti di gioia perché il proiettile centrò la batteria e le scorte di polvere da sparo nemiche, che esplosero in un'enorme palla di fuoco.

« Presto, Suffolk! Cacciate l'ammiraglia nella gola di quei cani e distruggete tutta la loro artiglieria. Ormai è fatta, la vittoria sarà nostra! »

John stette al volante finché non fu esausto, poi chiese il cambio a Simon. Luca e Antonio non sapevano guidare, e quella strada infida e accidentata non era il luogo ideale per imparare. Un assale spezzato o una gomma a terra, e sarebbero stati guai seri. John e Simon si alternarono al volante per tutto il giorno, fino a sera. Poco prima del crepuscolo, John mangiò un po' di pane e di carne accompagnati da un sorso di vino, quindi si addormentò. Ma fu un sonno breve. Dopo una curva, Simon frenò bruscamente per evitare un tronco d'albero sulla strada. I quattro scesero per studiare la situazione. L'albero era lì ormai da un pezzo, perché c'erano profondi solchi di carri sul terreno fangoso ai lati del sentiero. Se avessero tentato la stessa manovra, però, quasi certamente l'auto sarebbe rimasta impantanata. Provarono a spostarlo, ma i loro sforzi furono inutili; senza una sega o un'ascia, non avevano nessuna possibilità di liberare la strada.

Al calare della notte, John ebbe un'idea. « Quanta polvere da sparo abbiamo? »

« Abbastanza, perché? »

John si sfilò la camicia e strappò una manica. « Tanto non mi piaceva. » Fece un nodo a un'estremità, la riempì di polvere da sparo e legò l'altra estremità attorno al tronco. Poi fece indietreggiare tutti, prese la mira e sparò un colpo di pistola. L'esplosione sollevò una nuvola di schegge. L'albero non si spezzò subito, ma una serie di calci fu sufficiente a finire il lavoro. Infine sollevarono i due tronconi e liberarono la strada.

« Ingegnoso, John », si complimentò Simon, dandogli una pacca sulla spalla. « Ne approfitto per caricare la caldaia, intanto voi potete tornare a dormire. »

« Temo che non sarà possibile. » Puntò la pistola fumante verso il boschetto da dove era caduto l'albero.

Una decina di uomini si dirigeva verso la strada, con cautela ma con determinazione.

« Erranti », disse Simon.

John non sapeva di quali armi disponessero, ma se non avevano ancora aperto il fuoco voleva dire che non avevano pistole né moschetti. In momenti come quelli, lui diventava estremamente lucido e i suoi sensi si acuivano. Come accadeva a chiunque, l'idea del pericolo incombente lo inquietava, poi però era in grado di gestire le emozioni come pochi altri. Anche quando tutt'attorno scoppiava il caos, lui manteneva una calma assoluta. « Luca, Antonio, prendete i moschetti. Dopo aver sparato, usateli come mazze. Simon, rompete quante più teste possibile con il calcio della mia pistola. »

« E voi? » chiese l'inglese.

John batté un pugno sul palmo della mano. « Userò queste. »

Gli erranti si scambiarono alcune parole in francese e si allargarono a ventaglio per circondare l'auto.

Il più grosso, quello che parlava più degli altri, attirò l'attenzione di John.

« Lui lasciatelo a me », bisbigliò ai compagni. Poi, alzando la voce: « Ehi, tu! Sì, sto dicendo a te! Preparati a prenderle! »

L'uomo sghignazzò e partì alla carica.

« Fuoco! » urlò John.

Un istante dopo, caddero le prime due vittime.

L'errante gli arrivò addosso brandendo un coltellaccio. John deviò l'attacco con l'avambraccio e lo colpì ai lati della testa con il palmo delle mani, rompendogli i timpani. L'uomo si accasciò a terra, dolorante e confuso. Un calcio alla gola lo mandò definitivamente al tappeto. John gli sfilò il coltello giusto in tempo per occuparsi di altri due erranti che gli correvano incontro urlando a pieni polmoni.

Atterrò il primo con un calcio allo stomaco e, dopo aver steso il secondo con una coltellata alla tempia, gli affondò più volte la lama nel petto. Sentì il tanfo dell'errante successivo - un piccoletto lercio e malmesso - prima ancora di vederlo. Si scansò di lato per evitare l'assalto: l'uomo si sbilanciò e cadde di schiena a terra. John gli schiacciò il viso con lo stivale.

Nei pochi secondi che precedettero l'arrivo dell'ennesimo aggressore, sentì il rassicurante rumore dei moschetti che frantumavano ossa, e dedusse che Luca e Antonio se la stavano cavando egregiamente. Lo stesso non valeva per Simon. Con la coda dell'occhio, vide che due tizi lo avevano afferrato per le gambe e lo stavano trascinando nel bosco.

John squarciò la gola dell'errante più vicino e piombò sui due come un rapace in picchiata, abbattendoli contemporaneamente con le braccia a croce.

Simon rimase affascinato dal modo in cui John, pugnalando e sferrando calci, si sbarazzò dei due.

« Non sarebbe meglio darsi una mossa? » gli urlò lui.

« Controllavo che fossi ancora tutto intero. »

Gli erranti superstiti si scambiarono qualche parola concitata e si dileguarono nel bosco, abbandonando i compagni sanguinanti che si contorcevano e strisciavano a terra.

« State tutti bene? » chiese John, accovacciandosi.

A eccezione di Luca, che aveva un taglio superficiale alla gamba, gli altri avevano riportato solo qualche graffio.

« Ma davvero quelli ci avrebbero mangiati? »

« Be', Antonio no di certo, è coriaceo come un vecchio scarpone, ma noi altri non avremmo avuto scampo. »

Antonio sorrise mentre controllava che il suo moschetto non fosse danneggiato.

« Andiamocene da questo inferno », disse John.

« Come se fosse possibile », ribatté Antonio, con un ghigno amaro.

I vessilli inglesi sventolavano per le strade di Göteborg.

Enrico VIII, Cromwell, il duca di Suffolk e William salirono su una lancia e risalirono il fiume fino al centro della città. Dopo essere sbarcato, il corteo proseguì attraverso un intrico di stradine e sbucò in una grande piazza, su cui si affacciava il palazzo di Cristiano II, un'imponente e sobria costruzione in mattoni rossi. Lungo il breve tragitto dal Göta älv alla residenza reale, gruppi di soldati inglesi appostati ogni dieci passi avevano vigilato sul re e sul suo seguito. Ma nessuno aveva opposto resistenza: la popolazione era ormai inerme e la piazza ricoperta di corpi mutilati.

La particolare posizione del palazzo, in cima a una collinetta artificiale, lo aveva esposto al fuoco di fila del *Britannia*. La facciata prospiciente il fiume era stata sfondata in più punti dalle palle di cannone; cumuli di mattoni erano sparsi qua e là sulla piazza e colonne di fumo nero si levavano dal tetto danneggiato.

« Vostra maestà, abbiamo conquistato il palazzo reale. » Il duca di Oxford, comandante dell'esercito inglese, si rivolse al re con un inchino.

« E Cristiano? »

« È dentro. »

« Be', che aspettate? Portatelo qui! »

Oxford salì di corsa le scale di pietra e tornò poco dopo in compagnia di un uomo molto vecchio con una tunica semplice e modesta. I polsi ossuti erano legati con una corda.

«Costui sarebbe Cristiano?» chiese Enrico VIII.

«Sì, vostra maestà.»

«Parla la nostra lingua?»

«No, ma uno dei suoi cortigiani vi farà da interprete.»

L'uomo, un giovanotto del XIX secolo, venne condotto al suo cospetto.

«Cristiano, oggi siete stato sconfitto da Enrico, re di Britannia.»

La voce del sovrano scandinavo era rauca per via del fumo che aveva inalato: «Perché ci avete attaccati? Non siamo una minaccia, per voi. Inoltre il nostro regno è strategicamente ininfluente e non abbiamo nulla che potreste desiderare, a eccezione delle donne».

«Prenderemo le vostre donne, ma non è per questo che siamo qui. Vogliamo le miniere di ferro.»

Cristiano tossì, rivolgendogli un'occhiata confusa. «La Britannia è ricca di miniere ferrose, non posso credere che siano tutte esaurite.»

«Ho ragione di pensare che le vostre siano migliori. Avete presente i cannoni che poc'anzi hanno messo in ginocchio questa città? Bene, il vostro ferro ci serve per forgiarne altri di qualità migliore. Lo sapevate che i vostri minerali ferrosi sono pregiati?»

«No.»

«Dove si trova la miniera più ricca?»

«Non parlerò, non ho intenzione di rendervi la vita facile.»

«Voi lo sapete?» chiese all'interprete.

«Se ve lo dico, avrò salva la vita?»

« Sì. »

« Dannemora. »

Quando sentì pronunciare quel nome, Cristiano maledisse il suo cortigiano.

Il re ordinò a Oxford di farlo inginocchiare. « Quanto dista questo luogo? »

« Un giorno di cavallo. »

« Ci sono forge nei pressi della miniera? »

« Le migliori di tutte le terre del Nord. »

Enrico VIII disse a Oxford di riunire un contingente di soldati e di partire alla volta di Dannemora assieme all'interprete e a William. Avrebbero preso possesso della miniera e delle forge, iniziando subito la produzione dei cannoni. Si fece portare una mappa della regione e, dopo averla consultata, decise che una flotta di venti navi avrebbe superato gli stretti a sud e navigato lungo la costa orientale verso il punto più vicino alla miniera. Lui avrebbe atteso a Göteborg il ritorno dei vascelli carichi di cannoni rigati e proiettili, e si sarebbe sistemato nelle stanze ancora agibili del palazzo, godendosi le bionde donne nordiche di cui aveva tanto sentito parlare. Ma, prima, aveva una faccenda da sbrigare.

Sguainò la spada davanti allo sguardo carico di odio di Cristiano.

« Volete che gli traduca le vostre intenzioni? » chiese il cortigiano, con un sorriso.

« Mi pare di capire che non abbiate molta stima del vostro sovrano. »

« Non piangerò la sua sorte, è un uomo crudele e irriconoscente. »

« Bene, da oggi consideratevi pure al mio servizio. Non c'è bisogno che traduciate alcunché, il mio acciaio parla una lingua universale. Solo un re può uccidere un re.»

Cristiano gli sputò su uno stivale.

«Il vostro sangue laverà la vostra saliva», urlò lui, mentre calava la spada sul collo raggrinzito del vecchio.

Terminato il suo turno di guida, John cedette il volante a Simon. A quel punto del viaggio, si era ormai abituato al frastuono prodotto dall'auto. Dopo essersi accertato che almeno uno tra Luca e Antonio fosse sveglio e vigile, incrociò le braccia sul petto e chiuse gli occhi.

John fu il primo a scendere dall'elicottero, seguito a ruota dagli altri. Sebbene avessero gli occhiali protettivi, d'istinto tutti strizzarono gli occhi per contrastare il vento creato dal rotore. Pochi secondi dopo, il Black Hawk si librò in volo, lasciando i dodici Berretti Verdi sul freddo deserto nell'oscurità di una notte senza luna. Erano a due chilometri dal loro obiettivo, una fattoria isolata che brillava di un verde intenso attraverso i visori notturni. Mike Entwistle e altri sei uomini si allargarono sui lati e aumentarono l'andatura per raggiungere nel tempo prestabilito il retro dell'edificio. John e gli altri proseguirono dritti.

La piccola fattoria rettangolare, circondata da un basso muro di cinta, aveva un tetto piatto e tre finestre su ciascun lato. Le foto scattate in pieno giorno da un drone di ricognizione mostravano che la struttura, composta per lo più di fango e sabbia, era dello stesso colore del suolo desertico. In passato, il terreno circostante doveva essere stata irrigato e coltivato, ma ormai non c'era più traccia di vegetazione o di raccolti. A eccezione di alcune capre che vagavano all'interno, non c'erano altri capi di bestiame. La casa era immersa nel buio, dall'interno non filtravano luci né fuochi accesi: dopotutto, anche i talebani ogni tanto dormivano. Se tutto fosse andato secondo i piani, di lì a venti minuti John e la sua squadra sarebbero risaliti sull'elicottero con il prigioniero ammanettato e incappucciato. Per come la vedeva lui, sarebbe stato molto più semplice e sicuro eliminare tutti gli occupanti dell'edificio con un Predator telecomandato. Ma John non dava gli ordini, li eseguiva, e Fazal Toofan doveva essere preso vivo.

Sentì in cuffia Stankiewicz sussurrare a Tannenbaum: « Ehi, T-Baum, quanti Alì Babà ci sono dentro? »

« E che ne so, vanno e vengono tutto il tempo. Sembra un hotel per talebani. »

« Vorrai dire un motel di terz'ordine. »

« Chiudete il becco! » disse lui nel microfono. « Parlate solo se necessario. »

Entwistle e i suoi uomini avevano già coperto metà della distanza. Le due squadre dovevano arrivare a una cinquantina di metri dalla fattoria, effettuare gli ultimi controlli e, se non avessero riscontrato problemi, fare irruzione lanciando granate stordenti per confondere i nemici e catturare il bersaglio.

Quando la squadra di Entwistle sparì dietro la fattoria, quella di John assunse una formazione a cuneo, posizionandosi una decina di metri l'uno dall'altro, con John cinque metri avanti a tutti. L'obiettivo era a una distanza equivalente alla lunghezza di un campo da football. Ai tempi del liceo, lui l'avrebbe coperta in poco più di undici secondi, con tanto di protezioni e casco.

A qualche decina di metri dal punto di raccolta, John alzò una mano per intimare l'alt. Sentiva puzza di bruciato. Era solo una sensazione, ma lui si fidava ciecamente del suo istinto. Odiava operare su quel genere di terreni aperti. Non c'erano ripari. La notte era incredibilmente silenziosa. Troppo silenziosa.

Vide il forte bagliore attraverso il visore notturno prima di sentire il colpo, un punto di luce violenta proveniente dalla parte superiore del muro di fango.

Stankiewicz lanciò un'imprecazione e cadde sulle ginocchia.

« Uomo a terra! » urlò qualcuno, e l'ufficiale medico accorse immediatamente.

Seguirono altri lampi di luce dal muro.

« Fuoco! » urlò John, abbassandosi pancia a terra e sparando brevi raffiche di mitra. « Fuoco! »

John sentì una mano sulla spalla.

« Vi chiedo scusa per avervi svegliato », disse Simon.

L'auto era ferma, la caldaia spenta.

« Che succede? »

« Ascoltate... È il mare. Siamo sulla costa. »

Luca si sporse dal sedile posteriore. « Siamo vicini all'Italia. Riesco quasi a sentirne il profumo. »

19

Il carro sobbalzava da ore su una strada sconnessa. Il conducente aveva attaccato il bue all'alba e, poco dopo, era uscito dal castello di Marksburg, dicendo alle guardie che sarebbe tornato da Düsseldorf di lì a una settimana. Emily e Jojo cercavano in tutti i modi di trovare una posizione comoda sotto la pila di sacchi ruvidi, ma ogni scossone si ripercuoteva sulle ossa e sulle articolazioni. Avevano un piccolo otre di acqua e se ne servivano giusto per bagnarsi le labbra. E, di tanto in tanto, si sorbivano le imprecazioni del conducente contro un Dio che, a suo dire, lo aveva abbandonato.

Spiando da sotto un sacco, Emily vide che stavano attraversando una foresta lungo un sentiero largo poco più del carro. Il bue emise un peto, e il tanfo le fece venire un conato di vomito. Jojo soffocò una risatina. Emily tornò sotto i sacchi scuotendo la testa, per segnalare all'amica che non era ancora il momento giusto per scappare. Neppure lei sapeva cosa stesse cercando, però una fitta distesa di alberi non sembrava l'ideale. Avrebbe voluto scendere da quel carretto massacrante il prima possibile, ma ogni chilometro percorso verso Düsseldorf era un chilometro percorso verso Dartford.

Alla fine si appisolò, ridestandosi ogni volta che il carro prendeva una buca più profonda delle altre. I ricordi e i sogni si intrecciarono nella sua testa fino a creare una rappresentazione teatrale della sua vita, tra il reale e il fittizio, in cui tutti coloro che aveva conosciuto recitavano un ruolo: amici di infanzia e di università, i genitori, la sorella e i nipoti, il suo mentore Paul Loomis, i colleghi del MAAC, gli amori passati e, ovviamente, John Camp.

Quando aveva cominciato a frequentarlo, ne aveva parlato alla sorella come se si fosse lanciata in un nuovo progetto. John aveva un ottimo potenziale, ma avrebbe dovuto lavorare sodo per eliminarne i difetti. I suoi ex, tra cui un fidanzato che in pratica aveva abbandonato sull'altare, erano tutti scienziati. Alcuni di loro erano uomini molto piacevoli, con interessi che andavano al di là del lavoro, eppure John le era sembrato subito diverso, quasi provenisse da un altro pianeta.

Era rude e virile, un'anima ribelle che l'attraeva e la respingeva allo stesso tempo. Appartenevano a due mondi differenti, avevano stili di vita e abitudini all'apparenza inconciliabili, eppure lei non era mai stata così ossessionata da un uomo. Il sesso era entusiasmante, ma era convinta che ci fosse dell'altro. Assieme formavano un unico organismo: un cervello completo e un corpo completo, un perfetto amalgama di mascolinità e femminilità, una miscela esplosiva di azione e pensiero.

Ciò nonostante, John restava un progetto.

Beveva molto, troppo. Si trascinava un bagaglio emotivo ingombrante, come qualsiasi veterano di guerra, e il suo sonno inquieto, a volte violentemente disturbato, dimostrava che doveva convivere con demoni di cui non parlava. E quello era solo il passato. La sua storia più recente, fatta di relazioni effimere e di avventure di una notte, non lasciava presagire nulla di buono. I timori di Emily si erano rivelati fondati la sera in cui lo aveva sorpreso in casa con quella Darlene. Ma ora che John era lontano, talmente lontano che la distanza che li separava non poteva essere calcolata con le unità razionali di tempo e di spazio, si pentiva di non avergli dato un'altra occasione, o almeno la possibilità di spiegarsi e di convincerla che l'amava ancora.

Dov'era adesso? A cosa stava pensando? Cosa stava facendo? Aveva incolpato Henry Quint di quanto era successo? Stava spronando i suoi colleghi perché trovassero un modo per riportarla indietro? Oppure aveva infilato anche il suo ricordo nel bagaglio emotivo ed era passato oltre?

All'improvviso respirò a fatica, aprì gli occhi di scatto e si accorse di avere una mano sulla bocca.

« Sstt », fece Jojo.

« Che c'è? »

« Stavi parlando nel sonno. »

« Che stavo dicendo? »

« 'Dove sei, dove sei...' Cazzate del genere. »

« Stavo sognando. »

« Chi? »

« Un uomo. »

« Anch'io li sogno. »

Il conducente si fermò diverse volte per urinare, senza però allontanarsi dal carro. Nel tardo pomeriggio, Jojo era così affamata che addentò una patata cruda trovata sul fondo di un sacco. Qualche ora dopo, si accese un barlume di speranza quando l'uomo, parlando con il bue, disse che erano quasi arrivati.

Emily sbirciò di nuovo fuori: stavano procedendo ai lati di un torrente, nel bosco. In un centro abitato, le probabilità che qualcuno le vedesse scendere erano troppo elevate, quindi disse a Jojo che era il momento giusto per fuggire.

E così le due donne scivolarono giù dal cassone e corsero a nascondersi dietro un cespuglio, dove rimasero fino a quando il carro non sparì alla vista.

Emily sapeva che avrebbe fatto buio di lì a un paio d'ore e, siccome non impazziva all'idea di trascorrere la notte in quel bosco, propose d'individuare un rifugio e recuperare qualcosa da mangiare prima di rimettersi in marcia, il mattino seguente. Il suo piano era piuttosto vago: arrivare sulla costa, salire in qualche modo su una nave diretta in Britannia e tornare a Dartford, dove sperava con tutta se stessa di trovare un portale che la riportasse nel suo mondo.

A causa del cielo sempre coperto, orientarsi con il sole era impossibile. Sfruttò quindi i suoi ricordi di boyscout e si mise alla ricerca di muschio sugli alberi. Non fu poi così semplice, forse proprio a causa della mancanza della luce - e del calore - solare, ma alla fine stabilì che cresceva in prevalenza verso una determinata direzione.

« Il nord è di là », annunciò con falsa sicurezza. « Dunque l'ovest è di qua. »

Si misero in marcia seguendo il corso del ruscello. L'acqua, limpida e fresca, era di certo potabile e brulicava di pesci. Decisero di provare a prenderne uno a mani nude o con un ramo aguzzo, ma cominciò a piovigginare e ripresero il cammino. Emily si premurò di raccogliere del muschio e un po' di ramoscelli asciutti e li infilò all'interno della camicia. Sulla riva opposta del torrente, c'era una parete calcarea che Emily seguiva con lo sguardo in cerca di un punto che potesse fornire riparo. La luce cominciò a svanire e loro si rassegnarono all'idea di trascorrere una nottataccia sotto l'acqua. Più avanti, chinandosi a raccogliere un pezzo di selce e uno di calcare, notò con la coda dell'occhio un'apertura buia nella parete di roccia.

Dopo aver guadato il torrente, entrarono con molta cautela nella grotta. Era buia e fredda, ma almeno era asciutta. Sembrava proseguire per diversi metri, ma nessuna delle due aveva intenzione di esplorarla.

« Credi ci siano degli orsi? » chiese Jojo.

« Be', spero proprio di no. Vediamo se riesco ad accendere un bel fuocherello. »

« Lo so, lo so, tu sai fare tutto », disse l'altra con un sorrisetto.

« Renditi utile, va' a raccogliere qualche pezzo di legno lungo la riva. Più sono asciutti e meglio è. »

Emily spezzettò e accumulò i ramoscelli e il muschio, e cominciò a sfregare tra loro i due sassi raccolti in precedenza. Purtroppo, però, riuscì soltanto a scheggiarli. Le schegge, molto affilate, sarebbero tornate utili per eviscerare i pesci, sempre che fossero riuscite a pescarne almeno uno. Emily ritentò, cambiando l'inclinazione delle pietre, e finalmente produsse una scintilla, poi un'altra e un'altra ancora, finché un filo di fumo non si levò dalla piccola catasta di muschio e legnetti. Entusiasta, soffiò piano sulla fiammella e aggiunse altri legnetti. Quando Jojo tornò con le braccia cariche di rami, scoppiò a ridere e disse che non aveva mai dubitato delle sue capacità. La legna umida ci mise un po' a prendere, ma qualche minuto dopo avevano un fuoco caldo con cui riscaldarsi e asciugare i vestiti e le scarpe.

Con espressione orgogliosa, Jojo tirò fuori la patata mordicchiata, la mise sul fuoco e poi la divise in due con una scheggia di pietra.

Emily le confessò che era la migliore patata che avesse mai mangiato in vita sua. Poi si rimise le scarpe, sfilò un ramo dal fuoco e cominciò a esplorare la caverna. Jojo non aveva nessuna intenzione di seguirla, però non voleva nemmeno restare da sola, così prese a sua volta una torcia e la seguì a malincuore.

« Meglio essere sicure di non dividere la grotta con qualche bestia feroce. »

Il terreno della caverna era abbastanza piano e liscio. Fecero qualche passo e si ritrovarono in un ambiente talmente ampio che la luce del fuoco non arrivava a illuminare le pareti.

Poi Emily si fermò di scatto e Jojo le finì addosso. « Guarda! »

Arte rupestre.

Poco sopra le loro teste, c'erano alcuni disegni stilizzati: la forma delle mani tracciate con una vernice rossa e, accanto, una testa di cavallo stilizzata di colore nero.

« La grotta è stata abitata da uomini preistorici. »

Jojo le strinse un braccio, spaventata. « Chi ti dice che non siano ancora qui? »

« Tranquilla, questi disegni risaliranno a decine di migliaia di anni fa. »

« Forse sulla Terra, tesoro. Ma ti ricordo che qui è diverso... »

Emily stava per rassicurarla, quando toccò un oggetto con il piede e si chinò per vedere cosa fosse. « Dio... »

« Che c'è? »

Emily sollevò una ciotola piena di vernice color ocra. « È ancora fresca. »

« Andiamocene da qui, cazzo. »

Era già troppo tardi.

Le sentirono tutte e due. Voci maschili all'entrata della grotta, roche e gutturali. E concitate. Emily non capiva una parola. Quegli uomini non parlavano una lingua germanica, ma era certa che fossero spaventati dal fuoco.

Le voci si fecero più vicine e, quando gli uomini avanzarono lasciandosi il fuoco alle spalle, le loro ombre, scure e incombenti, presero forma sulle pareti calcaree. A meno che non fossero fuggite nelle viscere buie della caverna, di lì a pochi secondi le due donne sarebbero state scoperte. Le uniche armi di cui disponevano erano le torce, le stesse che avrebbero rivelato la loro presenza.

Jojo iniziò a singhiozzare. Le cose si stavano mettendo molto male.

D'un tratto si levò un urlo violento, simile al verso di un animale ferito, e un uomo tarchiato cadde a pochi passi da loro, con una freccia conficcata nella schiena coperta da una pelle animale.

Emily allungò la torcia per vedergli il volto. L'uomo aveva capelli arruffati e una barba fitta; le labbra carnose si muovevano senza emettere suoni. Ma a colpirla furono la fronte sporgente e le folte sopracciglia.

Uomini di Neandertal.

Altre voci riempirono la notte. Voci femminili, acute, aggressive, che parlavano per lo più in tedesco, anche se Emily poteva giurare di aver sentito qualche parola in inglese e in francese.

Dall'ingresso della caverna provenivano gemiti e tonfi. Una freccia sibilò davanti ai loro occhi, mancandole di un soffio prima di andare a sfracellarsi contro la roccia. La battaglia imperversò per qualche minuto, fino a quando non si sentirono più le voci gutturali.

«Siete laggiù?» urlò una donna in tedesco. «Potete uscire. Non c'è pericolo.»

Emily e Jojo aggirarono il corpo dell'uomo di Neandertal e raggiunsero l'entrata della grotta, dove ad attenderle c'era un gruppo di donne armate di archi e lance. Un altro cavernicolo era riverso a terra.

Erano donne di età diverse, vestite con abiti sporchi e laceri, stivali in pelle e i capelli raccolti sulla nuca.

La più giovane, una ragazza tra i venti e i trent'anni, aveva qualche piuma tra i capelli e una collana di bacche essiccate al collo. Era lei che poco prima aveva parlato in tedesco. «Siete ferite?»

«No, stiamo bene.»

«Non sei tedesca, vero?» le chiese un'altra, in tono aggressivo.

«No, sono scozzese.»

«Io sono americana», intervenne una terza donna. Aveva un braccio sanguinante, ma sembrava non farci caso.

Fino a quel momento Jojo era rimasta dietro l'amica, poi fece un passo in avanti e le informò che lei era francese.

«Anch'io!» esclamò tutta eccitata una donna, che disse di chiamarsi Sylvie.

«Aspettate un momento...» La ragazza con le piume in testa si avvicinò a Emily.

«Sì, lo so, non sono morta.»

«Non è una cosa che si vede tutti i giorni», ammise l'americana. «Comunque io sono Ann.»

«Emily.»

Gertie – la ragazza tedesca con le piume – spiegò che le avevano seguite dal momento in cui erano scese dal carro fino a quando erano entrate nella caverna.

«Avete scelto il posto sbagliato», commentò Ingrid, pure lei tedesca.

«Ci vivono gli antichi, qui.»

«L'ho notato.»

«Sarà meglio andare, quei bruti torneranno presto. Venite con noi?» Gertie era di sicuro il capo del gruppo.

«Sì, grazie», si affrettò a rispondere Emily.

Le nove donne si disposero in fila indiana, con Emily e Jojo al centro, e attraversarono il torrente. Evidentemente Gertie era in grado di orientarsi al buio, perché guidò la colonna nel bosco senza problemi. Emily faceva del suo meglio per tenere il passo della donna che la precedeva, mentre Jojo brontolava per la velocità con cui era costretta a camminare.

Il corteo si fermò dopo mezz'ora di marcia e furono accesi un paio di fuochi e delle torce. Erano in una radura nel bosco, vicino a una grossa struttura circolare con un tetto conico. A Emily ricordò la yurta che aveva costruito alcune estati prima, durante un team building in Cumbria con i colleghi del neonato progetto MAAC. Di lì a poco il fumo cominciò a levarsi attraverso l'apertura sul tetto ed Emily e Jojo vennero invitate a entrare.

Era un unico ambiente con un arredamento spartano: pelli di animali e stuoie di giunchi a terra, e letti rustici lungo il perimetro, ognuno coperto di pellicce. Una grossa pentola era sul fuoco e una pila ordinata di ciotole di legno e cucchiai era disposta su un tavolo con due panche sui lati.

«Questa è la nostra casa», disse Gertie. «Avete fame?»

«Sì. Potremmo avere anche dell'acqua?»

Dopo aver offerto loro un paio di otri, un'olandese di nome Lia, forse la cuoca, riscaldò lo stufato di coniglio e, nel giro di pochi minuti, il profumo appetitoso della carne e delle verdure riempì l'aria. Sylvie mostrò i loro letti e, quando Emily le chiese per quale motivo ce ne fossero più di sette, lei le spiegò che negli ultimi tempi avevano perso delle compagne.

La zuppa venne servita e le donne si strinsero sulle

panche. Emily e Jojo mangiarono con voracità, scatenando le risate delle altre.

« È un secolo che non tocchiamo cibo », mormorò Emily, tra un boccone e l'altro. « È buonissimo. »

« Cuciniamo bene, sì », disse Gertie.

Ormai sazia, Emily fece tutte le domande che le frullavano per la testa. Chi erano? Com'erano finite a vivere assieme? Come mai, in un mondo prevalentemente maschile, tra loro non c'era nemmeno un uomo?

Le altre lasciarono la parola a Gertie. Erano tutte fuggiasche, spiegò. Lei era stata la prima a nascondersi nella foresta. Più di un secolo prima, era scappata dalla dimora di un nobile di Colonia, esasperata da duecento anni di stupri e violenze. Si sarebbe gettata dalla finestra, se quel gesto avesse potuto alleviare le sue sofferenze. Un giorno era riuscita a sfilarsi i ceppi – era così malnutrita da essere ormai pelle e ossa – ed era fuggita da quel luogo di tortura. Se l'era cavata da sola per un bel po', poi aveva incontrato Ann. Poco tempo dopo, si erano unite Lia e Ingrid. Le quattro compagne avevano imparato a costruire armi per procacciarsi il cibo e proteggersi dai cavernicoli che infestavano la foresta. Circa quarant'anni prima avevano visto una carovana fermarsi accanto al torrente per fare scorta d'acqua. Avevano scoperto che all'interno dei carri c'erano nove donne incatenate dirette al castello di Federico a Marksburg. Gertie e le amiche avevano attaccato lo schiavista e la sua scorta con lance e frecce e avevano liberato le prigioniere. Quindi avevano legato gli uomini agli alberi, perché le loro carni venissero divorate dagli animali. Di tanto in tanto, le nove donne si recavano nel luogo in cui avevano abbandonato i loro carcerieri per urinare sulle loro ossa, certe che in esse ci fosse ancora un barlume di coscienza.

Nel corso degli anni, alcune di loro avevano subito ferite gravi o contratto malattie letali. I corpi erano in una casetta nelle vicinanze, fuori dalla portata degli animali. Ricoperti con ghirlande di fiori, potevano affrontare l'eternità con un briciolo di dignità e decoro. Per il resto, si consideravano una grande famiglia: vivevano assieme, cacciavano assieme e si proteggevano l'un l'altra.

Tutto ciò ricordò a Emily la vita monastica, una comunità di donne devote a una causa comune, che però non era la fede religiosa, perché lì non c'era nessun Dio. Il loro obiettivo era sopravvivere, prendendo il meglio che quel mondo ostile aveva da offrire.

Una alla volta, le donne raccontarono i crimini che le avevano condannate all'Inferno. Gertie aveva ammazzato una conoscente durante una rissa in una taverna vicino a Lipsia, nel 1766. Lia aveva ucciso il marito ad Amsterdam, nel 1844. Sylvie aveva tagliato la gola al fidanzato infedele a Parigi, nel 1906. Le altre – fra cui Ann – scelsero di restare in silenzio. Jojo parlò con allegra spensieratezza degli omicidi commessi a Mali, con le donne che brindavano ogni volta che lei faceva il nome di un cliente di cui si era sbarazzata.

Poi fu il turno di Emily. Si era chiesta per quale motivo non le avessero domandato subito come fosse finita all'Inferno. Poi, mentre tentava di spiegare il funzionamento del MAAC, si rese conto che la consideravano un'aliena, non perché fosse ancora viva, ma perché, a differenza loro, non si era macchiata di nessun crimine atroce. La loro attenzione si destò solo quando Emily raccontò l'episodio della fuga dal castello di Marksburg, perché nessuna riteneva possibile evadere da quella fortezza. Poi parlò del suo desiderio di tornare in Britannia e chiese il loro aiuto. Gertie si limitò a dirle che ci avrebbe pensato.

Era tempo di andare a letto. Le donne cambiarono la disposizione delle brande in modo che Jojo potesse dormire accanto a Sylvie e Ann accanto a Emily.

Solo allora, seduta sul letto, l'americana si medicò la ferita al braccio, lavando il sangue rappreso con una pezzuola. Come era loro abitudine, due donne rimasero sveglie per sorvegliare il perimetro della yurta. Dentro, il fuoco e le torce vennero spenti. Qualcuna cominciò subito a russare. Dalla parte di Sylvie e Jojo, arrivavano sussurri in francese. Nella semioscurità, Emily si accorse che Ann aveva voglia di parlare, così le domandò dove fosse nata.

« Chicago. »

« Quando? »

« Nel 1911. »

« Posso chiederti come sei finita qui? »

« Intendi in Alemagna o all'Inferno? »

« Tutte e due. »

« Non mi piace parlarne. »

« D'accordo. »

« Ma con te farò un'eccezione. »

« Come vuoi. »

« Ho ucciso un bambino. »

Emily trattenne il fiato e non replicò.

« Avevo vent'anni. Ero a una festa, ubriaca. Dopo una discussione con il mio fidanzato, gli ho preso le chiavi dell'auto e me ne sono andata. Dio, com'ero sbronza. Ho visto il bambino quando ormai era troppo tardi, e non mi sono fermata a prestargli soccorso perché ero terrorizzata. Il giorno dopo ho letto sul giornale che aveva dodici anni e lavorava come strillone. Aveva un viso così dolce. Quando ho capito che la polizia era sulle mie tracce, ho impegnato alcuni gioielli, ho raggranellato qualche soldo e sono andata a New York, dove mi sono imbarcata sulla prima nave per Amburgo. Volevo morire, ma non finire in prigione. Non ero abbastanza forte da togliermi la vita, però volevo essere punita. Ad Amburgo ho espiato la mia colpa lavorando in un bordello frequentato per lo più da marinai. Sono rimasta incinta e sono morta di parto. Ho avuto quello che mi meritavo. »

« Mi dispiace. »

« No, sono io che sono dispiaciuta per te. Io merito di essere all'Inferno, tu no. »

Emily non disse niente.

« Spero che tu ce la faccia a tornare a casa », si augurò lei, allungando una mano.

Emily le sfiorò le dita e poco dopo si addormentarono.

L'indomani mattina, la foresta era immersa nella quiete. Emily si lavò accanto a un abbeveratoio e si rovesciò una secchiata di acqua sulla testa per svegliarsi del tutto. A colazione mangiarono una specie di porridge, preparato con i cereali che avevano rubato nel corso di un'incursione in un villaggio.

Seduta su un ceppo, Jojo chiacchierava con Sylvie in francese. Sebbene fossero molto diverse fisicamente - alta e statuaria la prima, bassa e tozza come un idrante la seconda - avevano lo stesso bizzarro senso dell'umorismo, e si punzecchiavano l'un l'altra in continuazione.

Gertie si sedette accanto a Emily e consumò il suo porridge in silenzio. Poi le disse: « Ho deciso di aiutarti ».

A Emily venne da piangere. « Grazie. »

« Non posso mettere a rischio l'incolumità di tutte, però. Io e Lia ti accompagneremo fino alla costa, lei conosce molto bene le Basse Terre. Poi dovrai cavartela da sola.

Non ho idea di come riuscirai a intrufolarti su una nave per attraversare il canale. »

« Quando? »

« Partiremo al crepuscolo. Le altre ci accompagneranno per un po', giusto per proteggerci da un eventuale attacco dei cavernicoli. Ci sposteremo di notte e dormiremo di giorno. Così dovremo preoccuparci solo degli erranti. »

Emily trascorse la giornata osservando le donne impegnate nelle loro mansioni quotidiane. Qualcuna realizzava frecce, altre pulivano gli utensili e preparavano la cena, e altre ancora andavano a caccia. Mangiarono nel tardo pomeriggio e a sera si misero in cammino. Il vento si alzò di lì a poco e le fronde degli alberi cominciarono a frusciare.

Jojo si staccò da Sylvie e raggiunse Emily.

« Ciao, straniera. »

Jojo scoppiò a ridere. « Scusami, mi sa che ho una nuova migliore amica. »

« Sono felice per te. »

Proseguirono in silenzio, poi Jojo le chiese: « Credi che ce la farai? »

« Non lo so, ma devo provarci. »

« Mi mancherai. »

« Anche tu. Te la caverai? »

« Sì, starò bene con loro. »

« Ne sono convinta. »

« Se non fosse stato per te, sarei ancora il passatempo di qualche stronzo tedesco. »

« Ce la siamo cavata proprio bene. »

Gertie si fermò intimando a tutte di fare silenzio. Mise una mano a coppa dietro l'orecchio e, dopo alcuni minuti, riprese a camminare. Era stato un falso allarme, spiegò, colpa del vento.

A un certo punto imboccarono uno stretto sentiero nella foresta, forse lo stesso che avevano percorso il giorno precedente sul carro, ipotizzò Emily. Gertie disse che lo avrebbero seguito fino a superare il territorio di caccia dei cavernicoli, che di solito si tenevano alla larga dal sentiero, a meno che non inseguissero una preda.

Era quasi buio e la foresta si stava trasformando in una massa oscura e compatta. Il vento soffiava con forza. Emily si abbottonò la sua nuova giacca di pelle.

« Ti piace? » le chiese Ann, stretta fra lei e Jojo.

« È perfetta. Grazie per avermela regalata. »

« L'ho fatta io. Sono una pessima cacciatrice, e come cuoca non valgo granché, ma so confezionare bei vestiti. »

« Sì, sei molto brava. »

« È bello poter parlare di nuovo la mia lingua. Spero che tu riesca a tornare nel tuo mondo. »

Fu allora che Emily li sentì.

Cavalli lanciati al galoppo.

Li sentirono tutte, ma non avevano il tempo di nascondersi. La rumorosa danza del vento e degli alberi aveva nascosto lo scalpitio fino all'ultimo.

Un colpo di pistola esplose nella notte, seguito subito dall'ordine, urlato in tedesco, di cessare il fuoco.

La maggior parte delle donne si sparpagliò nel bosco. Emily e Jojo reagirono più lentamente, paralizzate dalla vista di Ann stesa faccia a terra, con la nuca ridotta a un ammasso di sangue e materia grigia.

Gertie e Lia erano rimaste sul sentiero e scoccavano una freccia dietro l'altra.

I cavalli continuavano ad avanzare.

Gertie gridò a Emily e Jojo di scappare.

Jojo abbozzò alcuni passi, mentre Emily era pietrificata dalla paura. Un cavallo le stava andando incontro a una velocità tale da cancellare in lei ogni traccia di pensiero razionale. Guardò Ann, poi di nuovo il cavallo. Sentiva Gertie e Jojo che le urlavano qualcosa, ma le loro voci sembravano così distanti. Era come un sogno: il cavallo avanzava al rallentatore, poi all'improvviso accelerò e le fu addosso.

Un braccio l'afferrò al volo e la fece ricadere sulla sella. Il pomolo le si conficcò nella pancia, provocandole una fitta di dolore. L'animale si alzò sulle zampe posteriori, ma il cavaliere lo tenne a bada.

Emily vide Jojo correrle incontro. « No! Va' via! »

« No... »

« Torna indietro, ti prego! Non farti prendere! »

Il cavallo era già lanciato al galoppo nella direzione da cui era arrivato ed Emily si rese conto di essere affiancata da altri cavalieri. Per la paura e il dolore vomitò la cena, sporcando la gamba destra del suo rapitore. L'uomo imprecò e le diede uno scapaccione sul sedere, come fosse una bambina capricciosa.

Procedettero per poco più di tre chilometri, poi i cavalli rallentarono e infine si fermarono davanti a due fasci di luce, gli stessi che Emily aveva visto qualche notte prima. E, seduto sul sedile posteriore dell'auto a vapore, c'era l'odioso ometto con gli occhiali con la montatura in metallo.

Messa a terra da un soldato, Emily si pulì la bocca con il braccio.

« Lieto di rivedervi, *Doktor* Loughty », disse Himmler. « Salite a bordo, il viaggio verso Marksburg sarà più confortevole. »

« Come mi avete trovata? »

« Rainaldo di Dassel ha confessato. Diceva che non avrebbe parlato, e invece l'ha fatto. Come tutti. Non abbiamo dovuto fare altro che seguire il tragitto del carro per Düsseldorf e avere un po' di pazienza. Ed eccovi qua. Volete vedere Rainaldo? Ho come l'impressione che voi due siate diventati buoni amici. »

« È qui? »

Himmler raccolse qualcosa ai suoi piedi.

Era la testa sanguinante del cancelliere.

I suoi occhi la fissavano.

Erano gli occhi più tristi che lei avesse mai visto.

20

Seguendo la strada lungo la costa, John e i suoi tre compagni arrivarono in Italia senza altri intoppi. Alla porte di Genova, Luca li fece deviare verso un piccolo villaggio, dove vivevano alcuni sostenitori del loro signore.

Seduto all'ingresso di una stalla, un vecchio sdentato fece loro cenno di entrare. Dopo aver parcheggiato nell'angolo più lontano e buio, Simon spense la caldaia e il frastuono del motore finalmente cessò.

Luca strinse la mano al vecchio e gli chiese del vino e del cibo. «Non possiamo arrivare a Milano in auto, ci ritroveremmo in un attimo in un mare di merda», disse poi a John. «Da qui, proseguiremo a cavallo.»

Il vecchio consegnò un mantello con cappuccio a ciascuno di loro e, per la seconda volta, John fu costretto a cospargersi di letame per coprire il suo odore. Dopo un pranzo veloce, i quattro uomini partirono al galoppo verso nord e, al crepuscolo, furono alle porte di Milano.

Con i vicoli stretti e sporchi, fiancheggiati da costruzioni basse e anonime, era molto simile alle altre città in cui era passato: monocromatica, essenziale, senza nessuna ambizione di grandiosità o bellezza. Non c'erano guglie che si protendevano verso il cielo e nessun edificio che catturasse l'occhio. Le poche persone in strada si acquattavano nell'ombra come roditori. Il fumo di migliaia di camini riempiva l'aria.

Poco dopo, in fondo a un viottolo che si apriva su una piazza, John scorse una struttura imponente, simile a un castello, circondata da un muro di cinta merlato. «Stiamo andando lì?»

«Certo che no! È la residenza di re Cesare Borgia.»

Per evitare di attraversare la piazza, i quattro passarono davanti a una taverna. Sebbene la porta e le finestre fossero chiuse, John sentì l'aroma di birra e voci ovattate provenienti dall'interno, e si rese conto che un paio di pinte non gli sarebbero dispiaciute.

Poco oltre, Luca si fermò all'altezza di un edificio malandato, con la facciata annerita da un vecchio incendio, e disse agli altri di attenderlo fuori. Tornò venti minuti dopo, annunciando che la via era libera.

Il viaggio terminò in una piazza, dominata dal palazzo più imponente che John avesse visto in città, a esclusione di quello reale. Alto quattro piani e con la facciata decorata di stucchi, aveva pressappoco la forma di un cubo. Le finestre e la porta erano sproporzionate, troppo piccole per un edificio di quelle dimensioni. Colonne di fumo si levavano dai vari comignoli e i vetri piombati al pianterreno brillavano della luce dei camini accesi. Quando riconobbero Luca e Antonio, le guardie armate che pattugliavano la piazza li scortarono all'ingresso sul retro.

I cavalli superarono un portone e si fermarono in un cortile. Luca, Antonio e Simon smontarono di sella per salutare un uomo elegante che non riusciva a staccare gli occhi da John.

«Da questa parte», disse Luca.

«È il vostro signore?» domandò John, sfilandosi il mantello sporco di letame.

«No, solo un amico.»

Entrarono nelle cucine, dove un cuoco calvo e paffuto smise di rimestare la zuppa per annusare l'aria.

« Ottimo olfatto », commentò Simon. Poi, in italiano, gli disse: « Continuate a cucinare, siamo affamati ».

Dopo aver attraversato un salone, i quattro si ritrovarono davanti a una porta.

Luca chiese a John di restare fuori mentre loro lo annunciavano. « Il nostro signore non vi farà attendere a lungo. »

Quando fu invitato a entrare, John superò una sala decorata in modo sobrio e con luccicanti candelabri affissi alle pareti, e infine venne condotto in uno studio arredato con un largo tappeto ornamentale e con alcune poltrone e divani imbottiti.

Una parete era rivestita da oggetti che fino ad allora non aveva visto da nessun'altra parte.

« Libri! » esclamò.

« Sì, libri. »

Accanto al camino acceso, un uomo anziano con una coperta sulle gambe occupava una sedia dall'alto schienale. I due grossi cani da caccia ai suoi fianchi ringhiarono all'ingresso di John, ma rimasero obbedienti al loro posto. Il vecchio aveva lunghi capelli bianchi e una folta barba a punta. La pelle bruna era tirata sulla fronte alta, gli occhi erano vivaci e curiosi. La peculiarità più evidente, però, era la camicia - rosso fuoco, con bottoni bianchi fino al collo e cordoncini chiari sulle maniche -, così diversa dagli abiti grigi e scialbi della maggior parte degli abitanti di quel mondo.

Ignorando le proteste di Antonio, l'uomo si alzò a fatica, aiutandosi con un bastone da passeggio. « Non vi crucciate, voglio solo salutare il nostro stimato ospite. » Allungò una mano. « Giuseppe Garibaldi, al vostro servizio. »

John rimase di sasso. Conosceva bene quell'uomo, aveva studiato le sue imprese a West Point.

Ecco chi era il loro misterioso signore... Garibaldi!

« John Camp », replicò lui, stringendo con delicatezza la mano nodosa e artritica. « È un onore. »

Garibaldi tornò a sedersi, accarezzando prima un cane e poi l'altro, quindi fece cenno a John di accomodarsi. E, mentre Luca e gli altri gli riassumevano quanto era accaduto negli ultimi giorni – la battaglia navale, la fuga di John dal palazzo di Massimiliano, il viaggio attraverso la Francia a bordo dell'auto a vapore –, il generale continuò a fissarlo con intensità, come se lo stesse valutando. Poi, rialzandosi, mandò a dire a un domestico di servire la cena nel salone. « Andiamo, John, abbiamo così tanti argomenti da affrontare che quasi non so da dove cominciare. »

La cena consisteva in un piatto di pasta con spezzatino di montone. Era senza dubbio il miglior pasto che John avesse assaggiato dal suo arrivo all'Inferno. A eccezione di Garibaldi, tutti i presenti mangiavano con voracità. In realtà, anche John era costretto a spiluccare il suo cibo perché, non appena si fu seduto a tavola, gli venne chiesto di spiegare il motivo della sua presenza all'Inferno. Garibaldi era un uomo molto intelligente e nutriva un'entusiastica ammirazione per le meraviglie tecnologiche dell'era moderna. Sebbene fosse passato a miglior vita durante la cosiddetta « età del vapore », recepì senza problemi i progressi scientifici compiuti da allora, e ascoltò in silenzio rapito la descrizione del collisore che, in qualche modo, aveva creato le condizione affinché John fosse lì, assieme a loro.

« Se ho ben capito, ogni secondo questi atomi compiono migliaia di rivoluzioni attorno a Londra. »

« Esatto, signor Garibaldi. »

« Giuseppe. Il rispetto non si dimostra con i formalismi. »

John chinò il capo per ringraziarlo di quella concessione. « È così. Vorrei essere più preciso ma, come vi ho detto, sono un soldato, non uno scienziato. »

« Come me, John, come me. Un umile soldato. »

Interrogato sul suo eccellente inglese, Garibaldi gli ricordò che nel 1850, a cavallo tra la prima e la seconda guerra d'indipendenza italiana, aveva vissuto a Staten Island, nella residenza dell'inventore Antonio Meucci.

« Sì, adesso ricordo... Eravate chiamato 'l'Eroe dei due mondi', per le vostre battaglie in nome della libertà in Europa e in Sud America, dico bene? »

Garibaldi posò la sua coppa di vino con gli occhi guizzanti di piacere. « Avete sentito, Antonio e Luca? E voi, Simon? Questo americano, che molto probabilmente è venuto al mondo un secolo dopo la mia morte, sa chi è Garibaldi! Che cosa straordinaria! »

« Non sono affatto sorpreso », ribatté Antonio, con voce calma. « Voi siete un grande uomo. »

« A Garibaldi! » brindò Luca.

Tutti alzarono i calici per rendere onore al loro signore, lievemente imbarazzato.

Garibaldi tornò con la memoria alla sua gioventù in Brasile e in Uruguay. Era scappato dall'Italia attorno ai venticinque anni, dopo essere stato condannato a morte per aver partecipato, tra le file della Giovine Italia - il movimento rivoluzionario fondato da Mazzini -, a un fallito tentativo insurrezionale in Piemonte. Nel Nuovo Mondo il suo esercito di combattenti italiani per la libertà aveva sposato la causa indipendentista uruguagia, sfoggiando per la prima volta le caratteristiche camicie rosse.

« Non è facile ottenere il colore per tingerle. Viene dal

Lontano Oriente. Ma non le indosso solo in memoria dei tempi che furono. Questo mondo è così grigio! È come se il suo creatore avesse avuto a disposizione soltanto il marrone e il grigio. I colori sono importanti, non credete? »

John aveva approfittato del suo racconto per finire la pasta e ripulire il piatto con del pane. « Quand'ero a West Point, ho studiato il vostro sbarco in Sicilia. Con solo un migliaio di uomini, avete scelto una tattica all'apparenza insensata: caricare i nemici appostati in cima a una collina, sebbene fossero superiori in numero e in posizione vantaggiosa. Voglio dire, a chi mai sarebbe venuta in mente un'idea simile? Ricordo che allora ho provato a immaginarmi questa marea di baionette e camicie rosse che caricavano in salita. »

Lo sguardo di Garibaldi era sognante e distante, come se la battaglia si stesse svolgendo davanti ai suoi occhi. Le urla, il rosso del sangue sul rosso delle camicie. « In effetti, i borboni erano ben fortificati su quella collina di Calatafimi. Ma, visto che le pendici erano state coltivate a terrazze, ho ben pensato di sfruttarle come protezione dalle carabine nemiche. E così ho detto al mio luogotenente: 'Qui si fa l'Italia o si muore'. Quel giorno abbiamo vinto la battaglia e dato inizio all'unificazione dell'Italia. »

John sollevò la coppa per un altro brindisi. « Posso farvi una domanda? »

« Certamente. »

« Siete ricordato come un grand'uomo, un eroe del XIX secolo. Com'è possibile... »

« ... che mi sia toccato in sorte questo fato ignominioso? »

« Esatto. Di certo qualche strana forza, che non fingerò neppure di comprendere, determina cosa accade a un uomo dopo la sua morte. È come se ci fosse una specie di criterio morale in base al quale uno viene mandato o di sopra o di sotto.»

Garibaldi scoppiò a ridere. «Non so cosa ci sia sopra. Forse il Paradiso, e l'idea non mi dispiacerebbe. Al contrario, sono ovviamente molto informato su quel che c'è qui sotto. Quanto al criterio di cui parlate, io lo chiamo 'assolutismo morale'. Ci sono delle regole. Chi le abbia stabilite e come vengano applicate, be', non lo so, come credo non lo sappia nessuno in questo posto. Non c'è stato un giorno del giudizio, non abbiamo varcato le porte dell'Ade presidiate da Cerbero, non abbiamo mai visto Satana o i suoi lacchè. Ci siamo solo ritrovati qui, ecco tutto.»

John bevve un altro sorso di vino. «Non voglio vantarmi di conoscenze illustri, ma sono stato ospite di Enrico VIII, e lui è convinto di non meritarsi la condanna eterna perché non ha mai ucciso un uomo con le sue mani.»

Garibaldi annuì. «All'Inferno ce ne sono molti come lui. Non è necessario sporcarsi di sangue per essere un assassino.»

Prima di fare la domanda successiva, John la ripeté più volte nella sua mente. «Mi è stato detto che un soldato che uccide in guerra gode di una particolare dispensa, perché c'è una distinzione morale tra omicidio legittimo e omicidio illegittimo. Se è così, voi cosa ci fate in questo posto?»

«John, voglio essere franco con voi, so perfettamente per quale motivo sono stato condannato all'Inferno: ho commesso un 'omicidio illegittimo', per usare la vostra definizione. Eravamo a Salto, in Uruguay, dove appoggiavamo i *colorados* che si erano ribellati ai *blancos*. Combattevamo sotto un sole cocente: se non ci avesse ucciso una baionetta o un proiettile, ci avrebbe pensato il caldo.

Quel giorno ho perso molti uomini, ma era normale, ogni guerra reclama le sue vittime. Poi, mentre mi difendevo da un attacco, ho visto con la coda dell'occhio un *blanco* falciare il mio trombettiere, un ragazzo di quindici anni appena, armato solo del suo strumento. Il fendente l'ha quasi decapitato. Quando la battaglia si è conclusa a nostro favore, ho passato in rassegna i prigionieri e ho riconosciuto l'uomo che aveva ucciso il ragazzo. L'ho fatto avanzare di un passo e, Dio mi perdoni, gli ho sparato un colpo alla testa. Poi ho dato ordine di disarmare e liberare gli altri prigionieri. Ma quel *blanco* l'ho giustiziato io, senza averne diritto. Come lui aveva infranto le regole della guerra uccidendo un trombettiere inoffensivo, anch'io le ho infrante sparando a un prigioniero ormai sconfitto. Sono convito sia questa la ragione per cui adesso sono all'Inferno. »

Nella sala scese il silenzio. John si mosse a disagio sulla sedia, prima di riempirsi la coppa e finire il vino in pochi sorsi.

Fu Luca a rompere il ghiaccio: « Be', io ho fatto fuori una decina di mascalzoni, un cane rabbioso e migliaia di mosche. Se lo meritavano tutti, eppure eccomi qua ».

« Ciascuno di noi merita la dannazione », intervenne Antonio. « Ma dobbiamo conservare la nostra dignità, come ci ha insegnato il nostro signore. »

« Signore... » ripeté Garibaldi, scuotendo la testa. « Non so perché mi chiamino così. Sono solo un peccatore con un piano ambizioso. »

« Potete parlarmene? » chiese John. « I vostri uomini non si sono lasciati sfuggire nulla al riguardo. »

Garibaldi si alzò aiutandosi con il bastone, e i due mastini lo imitarono subito. « Seguitemi nel mio studio, prego, ho una bottiglia di brandy. Non è di qualità eccelsa, ma bisogna sapersi accontentare.»

Mentre un domestico ravvivava il fuoco, gli uomini si sedettero sorseggiando il liquore. Garibaldi aveva ragione, non era dei migliori, però era bevibile. John lo buttò giù in un sorso, e gliene venne subito servito dell'altro.

«Sono felice che questi bravi giovanotti abbiano mantenuto il segreto. Sulla Terra, una lingua troppo sciolta poteva portare alla morte. Qui, invece, le conseguenze sarebbero ben peggiori. Vedete, John, noi viviamo nel terrore. Tutti, dal primo all'ultimo. Se nel vostro mondo gli uomini temono la morte, noi daremmo ogni cosa pur di abbracciarla. Sebbene in vita io non la desiderassi, pensavo almeno che mi avrebbe liberato dal dolore delle mie articolazioni malandate. Che ingenuo! Non solo non è scomparso, ma quel che è peggio è che mi tormenterà per l'eternità. In questo posto, non esiste sollievo. Se un principe o un re dovesse torturarci o mutilarci, ne soffriremmo le conseguenze per sempre. Non c'è via di scampo.»

«Che storiaccia», commentò John, che cominciava ad accusare i primi effetti dell'alcol.

«Ah, ben detto! Avevo dimenticato quanto amassi voi americani. Adesso vi rivelerò il nostro segreto, ma prima vorrei che rispondeste alla seguente domanda: voi potete morire all'Inferno?»

«Non ne ho idea. Da quando sono arrivato, mi hanno accoltellato a una spalla e bastonato sulla testa, tutto qui.»

«Facciamo in modo di non scoprirlo, allora», ribatté Garibaldi, con una risatina.

Antonio fu molto meno diplomatico: «A essere sinceri, per noi sarebbe preferibile che voi poteste morire, così da non rivelare alcunché sotto tortura. Pur di proteggere il nostro signore, sarei disposto a privarvi personalmente della vita ».

John represse l'impulso di colpirlo con un pugno, limitandosi a bere un altro sorso di brandy. « Che simpaticone. Se fossi in voi, però, non ci proverei nemmeno, a farmi fuori. »

« Buoni, buoni », intervenne il generale. « Siamo tutti amici, qui. Sono certo che John sceglierà di abbracciare la nostra causa. E noi, per dimostrargli la nostra gratitudine, lo aiuteremo a salvare la donna che ama. Sì, Luca mi ha parlato della vostra missione e della riluttanza con cui avete acconsentito a venire in Italia. »

« È in Germania, quindi capirete che per me non aveva senso allontanarmi da lei », ribatté John. « Ma, adesso che sono qui, diciamo soltanto che sono impaziente di muovermi. »

« Certo che lo siete. Come me, del resto. Sono impaziente di cambiare il nostro mondo. Vedete, questo è un luogo straordinario, perché tutti i dannati hanno abbandonato ogni speranza. La popolazione si divide in due categorie: padroni e servi. L'unica differenza è che i primi hanno la possibilità di trascorrere un'esistenza più comoda dei secondi. Ma la verità è che tanto gli uni quanto gli altri non hanno più nessuna speranza. Le gioie della vita familiare, la possibilità di costruire un futuro migliore per le nuove generazioni, la volontà di perseguire nobili ideali, la convinzione che la morte possa almeno alleviare le sofferenze della carne, il conforto della fede... Tutto ci è negato. »

« Ma non c'è molto che potete fare al riguardo, giusto? »

« Sì e no. Una risposta irritante, eh? Lasciate che vi spieghi. Noi non possiamo cambiare le leggi che regolano questo posto, ma possiamo sfruttare le risorse che abbiamo per cercare di migliorare le nostre esistenze.»

«Come?»

«Pensando e agendo collettivamente.»

«Una sorta di comunismo all'Inferno? È questa la vostra grande idea?»

«Non esattamente. A differenza di Marx, che pur essendo stato un mio contemporaneo non ho mai incontrato, io non mi riferisco a una dottrina filosofica e politica, ma a una soluzione concreta con i mezzi a nostra disposizione. In vita ho combattuto numerose battaglie, a volte usando le armi, altre la parola e il potere della persuasione. Ho conseguito successi e subito sconfitte. Ma credo che la mia più grande vittoria, quella che mi ha garantito un posto nella Storia, sia stata l'unificazione dell'Italia, la mia patria. E dunque, John, il mio obiettivo, il nostro obiettivo, è questo: unificare l'Inferno.»

Luca, Antonio e Simon annuirono con convinzione, mentre John fissava la bottiglia di brandy. In quel momento non aveva molta voglia di parlare. Si sentiva troppo lontano da Emily e aveva voglia di ubriacarsi. Quindi si sforzò di mantenere un atteggiamento educato. «Unificare l'Inferno? Sembra interessante.»

Antonio colse la sfumatura di condiscendenza in quelle parole. «*Interessante?* È tutto quello che avete da dire? Non è interessante, è rivoluzionario.»

«Va bene, è rivoluzionario», acconsentì John. «Come intendete agire?»

Garibaldi sorseggiò il suo brandy e si passò la lingua sulle labbra secche. «Sto lavorando nell'ombra per raggiungere l'obiettivo che mi sono prefissato più o meno da quando sono finito in questa terra crudele e pericolosa. All'inizio, il mio unico pensiero è stato quello di ogni nuovo arrivato: sopravvivere. Per mia fortuna, mi sono imbattuto subito in alcuni contadini che avevo conosciuto in vita. Costoro mi hanno dapprima tenuto nascosto a un vecchio signorotto che controllava Caprera, l'isola in cui sono morto in esilio, quindi mi hanno portato in gran segreto a Roma, dove ho incontrato altri sostenitori e qualcuna delle mie vecchie camicie rosse. Ho capito sin da subito che l'unico modo per non finire in una cella di putrefazione, e forse persino di migliorare la mia condizione, era di offrire i miei servigi a chiunque detenesse il potere. Immaginate la mia sorpresa quando ho scoperto che il re d'Italia era Cesare Borgia. A quanto ricordavo, era stato un personaggio storico minore, di certo meno celebre del padre, papa Alessandro. Però qualunque uomo scaltro e spietato è in grado di governare un regno all'Inferno, anche se in vita non si è distinto per particolari capacità. Del resto Borgia ha dovuto farsi strada con le unghie e con i denti, rovesciando un uomo ben più illustre di lui, l'imperatore Nerone. A quanto mi è stato raccontato, il re ha ordito un complotto contro di lui e lo ha fatto impalare su una picca, dove è rimasto per diverse centinaia di anni, finché il corpo e le ossa non si sono dissolti. Pur essendo nato a Roma, Borgia era ed è rimasto anche dopo la morte un uomo del Nord, e infatti si è insediato a Milano per controllare da vicino i suoi principali nemici in Europa. Così ho mandato alcuni alleati a parlargli dei miei successi conseguiti in vita e del mio desiderio di mettere al suo servizio la mia esperienza militare. Qualche tempo dopo ha accettato di ricevermi.»

«E com'è andata?»

«Mi ha accolto con diffidenza. Ogni re è attaccato alla sua corona, e lui l'ha conservata per secoli. Era chiaro che dovevo dimostrare il mio valore. All'inizio mi ha affidato incarichi modesti: sottomettere un principe minore, sottrarre una donna piacente dalla corte di un duca. Poi le missioni si sono fatte via via più importanti, e a distanza di qualche decennio sono entrato a far parte della sua ristretta cerchia di collaboratori. Alla fine, per ricompensarmi, mi ha concesso un ducato e questa splendida residenza. E da queste mura, agendo con molta discrezione e riservatezza, sono riuscito a contattare altri uomini in Italia e all'estero che condividono la mia visione. I qui presenti Luca, Antonio e Simon sono tra i miei più fedeli compagni. Ma, credetemi, ce ne sono molti altri.»

«Qual è la prossima mossa?»

«Rovesciare Borgia. Quando avrò il trono, avrò anche il suo esercito. E, quando avrò il suo esercito, potrò destituire tutti gli altri re d'Europa. E, una volta conquistata l'Europa, mi sposterò a est fino a che non avrò liberato questo mondo da ogni forma di tirannia.»

«Dunque un giorno sarete il re dell'Inferno. E poi?»

«Coalizzerò tutti gli uomini e tutte le donne contro il nostro nemico comune, l'Inferno stesso. Aboliremo la schiavitù e la tratta delle donne. Sconfiggeremo la fame lavorando la terra e allevando il bestiame. Promulgheremo leggi ragionevoli e giuste: anche se in vita ci siamo tutti macchiati di qualche delitto, credo sia possibile instaurare una forma civile di convivenza. Sceglieremo dei giudici che applicheranno queste leggi, uomini virtuosi sebbene siano stati condannati all'Inferno. Anche se purtroppo non ci sono bambini da istruire, erigeremo delle scuole per educare il popolo e insegnare a tutti un mestiere. Saremo sempre dei dannati, badate bene, ma condurremo un'esistenza con meno sofferenze e dolore.»

«E voi sarete l'unico re. Conoscete il detto? Il potere

assoluto corrompe in modo assoluto. Siete sicuro che sarete all'altezza? »

« Spero di sì. Ma, se dovessi trasformarmi in un tiranno abietto, immagino che verrò rovesciato e sostituito da qualcuno migliore di me. Magari uno degli uomini qui presenti. »

« Ma quanto ci vorrà per realizzare un piano del genere? »

« Il tempo abbonda qui all'Inferno, amico mio. Per quanto bruci d'impazienza, ho a disposizione l'eternità. »

« Ma io no. Vi auguro il meglio, però devo trovare Emily e riportarla a Dartford al massimo entro tre settimane. Se non dovessi riuscirci, resteremmo intrappolati per sempre all'Inferno. »

« Allora aiutateci. Subito. E, dopo, noi vi aiuteremo a liberare la vostra amica dalle grinfie di re Federico. »

John sollevò le mani per l'esasperazione. « Ditemi cosa posso fare, però diamoci una mossa. » Tirò fuori l'orologio da tasca e ci batté sopra l'indice. « Ogni minuto che passa è tempo sprecato. »

« Ho saputo che avete aiutato Enrico VIII a sconfiggere la flotta iberica. La vostra conoscenza in fatto di armi è impressionante. Per prendere il palazzo di Borgia, ci occorrono i cannoni che avete costruito in Britannia, anche perché il suo esercito è di gran lunga superiore al mio. »

« Avete accesso a una forgia? »

« Non a una grande. Però possiamo mettervi a disposizione piccole fucine e numerosi fabbri. »

« È possibile dare un'occhiata alle difese del palazzo? »

« Sì, certo. Ci andremo domattina », rispose Luca.

John stava per rivolgergli altre domande, quando il domestico entrò per annunciare l'arrivo di un ospite.

« A quest'ora? Chi è? » chiese Garibaldi.

« Il duca Machiavelli. »

Il generale e i suoi uomini si scambiarono sguardi allarmati.

« Ditemi che non è quel Machiavelli... »

« E invece è proprio lui. È al servizio di Cesare Borgia proprio come lo era in vita. Avete per caso studiato le sue opere? »

« *Il principe* era una lettura obbligatoria a West Point. Il fine giustifica i mezzi, eccetera eccetera. »

« Lo ha riscritto, ne posseggo una copia nella mia libreria. Luca, Simon, per favore, portate John di sopra. Antonio, voi restate nella stanza accanto. Vediamo cosa vuole quella canaglia. »

Quando Machiavelli entrò nello studio, Garibaldi stava accarezzando i due cani nel tentativo di apparire il più tranquillo possibile. « A cosa devo il piacere, Niccolò? »

Machiavelli era alto e dal portamento fiero. Avevo quasi sessant'anni, con i corti capelli grigi, stempiato, un lungo naso aquilino e le labbra sottili. « Borgia ha appena appreso della vittoria di Enrico VIII sugli iberici. »

« E allora? »

« Non contento, il re è salpato alla volta delle terre del Nord e ha conquistato Göteborg. A quanto pare, il suo prossimo obiettivo è la Gallia. »

« Cosa ci importa? Che inglesi e francesi si scornino pure fra loro. »

« Darei la vostra stessa risposta, se non sapessi come ragiona il Barbarossa. Federico sa che, in caso di successo, Enrico poi marcerebbe sull'Alemagna alla testa di un esercito che, nel frattempo, avrà ingrossato le sue file con le truppe francesi sconfitte. I tedeschi, quindi, potrebbero muovere contro la Gallia per sferrare un contrattacco immediato, ma non prima che inglesi e francesi si siano dati battaglia, in modo da affrontare gli eserciti ormai indeboliti. Non sono l'unico a essere giunto a questa conclusione. L'ambasciatore della Gallia ci ha comunicato che re Massimiliano desidera allearsi con l'Italia per contrastare le imminenti orde d'invasori. Se i tedeschi dovessero alla fine uscire vincitori, c'è il rischio che l'Italia diventi l'obiettivo successivo, e questo Borgia lo sa benissimo. Perciò ha intenzione di accettare l'alleanza con la Gallia, e vuole che voi prepariate subito un piano di guerra.»

«Stanotte?» ridacchiò Garibaldi. «Non può aspettare domattina?»

«Cesare è un uomo impaziente. Per alcuni l'impazienza è un difetto, per lui è invece un punto di forza, perché gli permette di sferrare attacchi decisivi cogliendo il nemico impreparato.»

«D'accordo, preparerò una campagna questa notte stessa. Va bene così?»

«Mentre siete al calduccio sotto le coperte, pensate anche al ruolo che i nostri avversari iberici, russi e slavi potrebbero svolgere in un simile conflitto.»

«Sì, certo. È tutta una grande partita a scacchi, vero?»

Machiavelli notò le due coppe di brandy sul tavolo. «Ho per caso interrotto qualcosa? Avevate un ospite?»

«Non proprio. Stavo chiacchierando con Lombardo, uno dei miei uomini, ma ha accusato un malore e si è ritirato nelle sue stanze.»

«Lombardo? Lo studioso dai capelli rossi? Spero non sia niente di serio. A ogni buon conto, domattina il re manderà a chiamarvi non appena si sarà svegliato. Ha intenzione di convocare un consiglio di guerra.»

Garibaldi fece per alzarsi, ma Machiavelli gli disse di restare pure seduto. Poi tirò fuori da sotto il mantello una scatoletta di legno, strappando un sorriso al padrone di casa.

«Quasi dimenticavo. La signora Carbone vi ha preparato i vostri pasticcini preferiti. Se mi offrite un brandy, vi farò compagnia mentre li assaggiate. Diventano subito stantii.»

«Li dividerò volentieri con voi.»

«Purtroppo quella donna ha usato una qualità di bacche che il mio debole stomaco non riesce a digerire.»

Inarcando le sopracciglia, Garibaldi riempì una coppa di liquore ambrato e la passò a Machiavelli. Poi prese un pasticcino e allungò l'altra mano per afferrare la sua coppa. Però la fece cadere a terra. Maledicendo la propria goffaggine, l'uomo si chinò a fatica per raccoglierla.

Il suo ospite lo anticipò e Garibaldi ne approfittò per passare il pasticcino a uno dei suoi cani, che lo inghiottì intero e si leccò le labbra soddisfatto.

Machiavelli si alzò per riempire di nuovo la coppa, notando che l'uomo non aveva più il pasticcino in mano.

«Delizioso», commentò Garibaldi.

«Prendetene un altro.»

«Tra un minuto, grazie.»

I due iniziarono a spettegolare delle inclinazioni sessuali del duca di Sardegna, quando il cane guaì e si accasciò su un fianco, con una densa schiuma rossastra che gli usciva dalla bocca.

«Tradimento!» urlò Garibaldi, con quanto fiato avesse in corpo. «Assassino!»

Il domestico e Antonio irruppero nello studio con le spade sguainate. Sebbene Machiavelli protestasse la sua innocenza, il primo lo cinse in un abbraccio di ferro e il secondo, istigato dal suo signore, gli trapassò la gola con la spada, inondando il pavimento di sangue.

Quando il domestico lasciò la presa, il duca si accasciò a terra.

Luca, Simon e John avevano sentito le urla dal piano superiore e si precipitarono giù, trovandosi davanti un cane morto e un uomo che si contorceva a terra.

« Ha cercato di avvelenarmi », spiegò Garibaldi, respirando con affanno e reggendosi alla sedia. « Probabilmente sapeva qualcosa dei miei piani. E, se li conosceva lui, di certo li conosce anche Borgia. Con chi è venuto? »

« Ci sono due guardie e un cocchiere al cancello », rispose il domestico.

« Che facciano la stessa fine del duca », ordinò il generale. « Prendete tutto ciò che hanno di prezioso, poi caricate i corpi sulla carrozza e frustate i cavalli per farli partire al galoppo. Deve sembrare opera di una banda di erranti. Cavategli gli occhi e sfondategli le orecchie, in modo che non possano rispondere alle domande sbattendo le palpebre o mimando parole con le labbra. Al re dirò che non sono mai arrivati qui. »

In piedi accanto a Machiavelli, John lo fissava negli occhi ancora coscienti. Domandò agli altri se parlasse la sua lingua e, ricevuta una risposta negativa, chiese se qualcuno potesse fargli da interprete. « Ditegli che sono vivo e che ho letto *Il principe*. »

Antonio tradusse le sue parole e l'uomo reagì sbattendo le palpebre.

« Altro? »

« Sì. Ditegli che lo considero un immorale bastardo e che, per quanto mi riguarda, la cosa migliore del suo libro è che era corto. E fategli sapere che vi aiuterò a distruggere Cesare Borgia. »

21

Woodbourne aprì gli occhi e vide una bambina china su di lui.

Aveva dormito sul pavimento, accanto alla porta, per evitare che Benona scappasse. Le aveva anche fatto svuotare alcune lattine di cibo, che poi lui aveva legato alle maniglie delle finestre e alle tende. Se lei avesse cercato di aprirle per attirare l'attenzione di qualcuno in strada, il tintinnio metallico l'avrebbe svegliato.

« Torna a letto, Polly », le disse Benona uscendo dal bagno.

Polly aveva gli stessi capelli della mamma, biondi e setosi, ma era molto più carina. Gli occhi erano profondi e azzurri come il cielo. « E tu chi sei? »

Woodbourne si mise seduto con la schiena contro la porta. « Brandon. Tu sei Polly, giusto? »

« Come lo sai? »

« Me l'ha detto tua madre. »

« Puzzi. »

« Polly! » la sgridò Benona.

« Lascia stare, ha ragione. È il caso di mettermi un altro po' di quel profumo. Sei una bella bimba, lo sai? »

« Sì. »

Benona afferrò la figlia per le spalle e la spinse verso la sua stanza. « Ti ho detto di tornare a letto. »

Polly si impuntò: « Ma devo andare a scuola! »

« Oggi niente scuola. »

« Perché? »

« Perché lo dico io. »

« Ma, mamma... »

Woodbourne si alzò e le intimò di non fare storie. A quel punto Polly obbedì e lui la seguì per dare un'occhiata alla sua stanza. « Cos'è quello? » chiese, indicando un oggetto sul comodino. « Non sarà mica uno di quei telefoni portatili? »

« Sì, è il mio cellulare. »

« Dammelo. »

« È mio! »

« Muoviti, o do uno schiaffo a tua madre. »

La bambina glielo lanciò addosso e Woodbourne scoppiò a ridere. « Mi piaci. » Quindi raccolse il telefono da terra. « Non uscire fino a che non te lo dico io. »

« Tu invece non mi piaci per niente. »

« Buona, tesoro », la tranquillizzò la madre. « Va tutto bene. Ti porto i cereali. »

« Anche i bambini hanno questi piccoli telefoni? » domandò lui, dopo che Benona ebbe chiuso la porta.

« Molti sì. »

« Non è che ne ha due, eh? E tu quanti ne hai? Non mentirmi. »

« Ne abbiamo uno a testa. »

« Devo andare in bagno. Guarda che lascio la porta aperta: se provi a scappare, ammazzo la bambina. »

Quando tornò in salotto, profumava di nuovo di colonia. Benona era ai fornelli per preparare un paio di uova strapazzate.

« Sto morendo di fame. »

« Quando te ne vai? » sbottò lei, esausta per la mancanza di sonno e per la tensione.

« Non lo so. »

« Devi andartene subito. »

« Me ne andrò quando lo decido io. Ce l'hai un po' di pane e burro? »

« Sì. Però oggi devo uscire a fare spesa. Come faccio? »

« Non lo so. »

« Ma non sai un bel niente! Se non esco, non avremo niente da mangiare. Ci hai pensato, a questo? »

« No. »

« Be', faresti meglio a pensarci! » ribatté lei.

Gli occhi di Woodbourne fiammeggiarono di rabbia e le sue mani si strinsero a pugno, ma si calmò non appena lei si voltò di nuovo verso i fornelli. Si sedette sul divano davanti al televisore. « Non navighi nell'oro, vero? »

« No, perché? »

« Il tuo televisore è più piccolo degli altri che ho visto. »

« Per noi va bene così. »

« Me l'accendi? »

Un talk show lo annoiò subito, e così lei gli insegnò a usare il telecomando. Woodbourne diede una rapida occhiata ai vari canali e, alla fine, scelse un programma sull'addestramento dei cani. Poco dopo, Polly chiese se poteva vedere anche lei la televisione. Lui la lasciò uscire e la fece sedere al suo fianco.

« Non puzzi più. »

Trevor imboccò l'uscita della M25 e seguì le indicazioni del navigatore fino a un complesso residenziale di villette a schiera a Roundhills. Parcheggiò davanti al civico che stava cercando e bussò a una porta che aveva bisogno di una mano di vernice. Dopo qualche secondo ritentò, ma nessuno si fece vivo. Stava per andare via, poi una voce ovattata proveniente dall'interno disse: « Arrivo! »

Arabel Duncan aprì la porta e, quando vide Trevor, scoppiò a piangere.

« No, no, no », si affrettò a tranquillizzarla lui. « È tutto okay. Che idiota che sono... Avrei dovuto telefonarti, ma ero nei paraggi e ho pensato di fare un salto. Non ci sono novità su tua sorella, non sono qui per lei. »

Arabel lo invitò a entrare. Aveva smesso di piangere, ma stava ancora tremando quando gli versò una tazza di tè. « Ho subito pensato al peggio », disse, sedendosi. « Avevo appena messo i bambini a letto e stavo per prepararmi un tè. »

« Scusami ancora. Sono passato solo per vedere se avevi bisogno di qualcosa. Di qualunque cosa. »

« Sono così confusa, non capisco perché nessuno mi può spiegare cosa sta succedendo. Ho paura, Trevor, molta paura. »

« Credimi, vorrei esserti d'aiuto. Se proprio lo vuoi sapere, io per primo non sono sicuro di essere a conoscenza di tutti i dettagli. Del resto non sono uno scienziato, ma solo uno sfigato della sicurezza. »

« Non dire così. Ho notato come ti osservavano le altre guardie al laboratorio. »

« Non so di cosa stai parlando », si schermì lui. « Comunque, l'importante è che i maggiori esperti del Paese sono al lavoro per risolvere il problema, e io sono più che sicuro che Emily tornerà presto dalla sua famiglia, sana come un pesce. »

« Dio, lo spero proprio. »

Trevor si complimentò per la casa e le chiese da quanto ci vivesse.

« Io e mio marito ci siamo trasferiti sei anni fa. È ironico che sia così vicina ai tunnel del MAAC. Spesso dico a mia sorella che riesco a sentire il sibilo dei protoni sotto i piedi.» Era stata la loro prima casa, in precedenza avevano vissuto in un appartamento in affitto a Stoke Newington. Due anni prima, il marito, rappresentante di una compagnia di bioingegneria, era morto in un incidente stradale di ritorno da un meeting a Bruxelles. Lei era rimasta sola con i due figli piccoli - all'epoca avevano un anno e due anni e mezzo -, ma aveva deciso di rimanere lì perché ormai aveva fatto amicizia con le altre mamme del quartiere.

Parlarono per un po' dei guai in cui si cacciavano i bambini e Trevor, che non aveva esperienza diretta, le raccontò dei suoi nipoti e delle loro marachelle. Era affascinato dalla franchezza e dal sottile senso dell'umorismo di Arabel. Aveva pensato spesso a lei dal giorno del loro incontro al laboratorio e, in realtà, era andato a trovarla per scoprire se si vedesse con qualcuno. A ogni modo, non avrebbe mai approfittato del suo stato emotivo per strapparle un appuntamento.

Quindi fu piacevolmente spiazzato quando, al momento dei saluti, lei gli disse: «Magari un giorno andiamo a prendere un caffè assieme».

«Mi farebbe molto piacere. Spero che per allora ci saranno notizie di tua sorella.»

«Ti prego, se hai novità, chiamami subito.»

«Sì, certo.»

Arabel abbassò lo sguardo. «Il caffè è per conoscerti meglio.»

Lui non riuscì a trattenere un sorriso. «Hai il mio numero. Mandami un messaggio quando sei libera. Arriverò in un lampo.»

Anche il mattino seguente, Woodbourne si svegliò sul pavimento davanti alla porta. Quella notte, però, aveva dormito con un cuscino e una coperta. Il profumo di fagioli e di pane tostato gli riempì le narici. Mentre cucinava, Benona seguiva il notiziario alla televisione.

«Hanno già parlato di me?»

«Non ancora. Ma ho acceso da poco.»

«Fagioli?»

«Non ho altro. Non ce la faccio a restare un altro giorno chiusa in casa con te. Devo andare a comprare qualcosa da mangiare. E le sigarette.»

Lui le aveva permesso di usare il cellulare della figlia per darsi malata al lavoro e per avvertire la scuola che Polly non stava bene. Avevano trascorso la giornata a vedere programmi televisivi e film, con Polly che gli spiegava tutto ciò che lui non capiva. In quel frangente, Benona aveva fumato il triplo delle sigarette di Woodbourne.

«Potevi andarci ieri, ti avrei aspettato a casa con Polly», le disse dal bagno.

«Ma io non ti voglio lasciare solo con mia figlia. Non m'importa se vieni dall'Inferno o dalla strada di fronte, sei un assassino e non mi fido di te.»

«Ti ho già spiegato che non le farei mai del male, a patto che tu non chiami la polizia.»

«Be', scusami tanto, ma non ti credo. Nessuna madre si fiderebbe di te.»

Quando lui tornò in salotto e le chiese una sigaretta, fu come gettare benzina sul fuoco, perché Benona era stanca e arrabbiata. «Calmati, maledizione! M'inventerò qualcosa.» Andò a frugare tra i vestiti appesi sull'attaccapanni. «Non hai qualche abito maschile?» Poi notò una grossa scatola di cartone con alcuni indumenti che puzzavano di palline antitarmiche. «Sono di tuo marito?»

«Ex marito.»

Woodbourne indossò un impermeabile e un cappello di lana. « Hai degli occhiali da sole? »

« Sì. »

« Da uomo o da donna? »

« Sono miei. »

« Ne hai un paio che non mi facciano sembrare una checca? »

Benona gli indicò un cassetto. Lui scelse un modello vagamente unisex e andò a specchiarsi in bagno. « Credo che così passerò inosservato. »

Polly si svegliò e Benona le spiegò che stavano per uscire. Woodbourne, che si era innaffiato di colonia dalla testa ai piedi, le avrebbe tenuto la mano. Lei non doveva parlare né guardare nessuno. Mentre la bambina si lavava i denti, Woodbourne ricordò a Benona che, in caso, gli sarebbe bastato meno di un secondo per spezzare il collo alla figlia.

Era la prima volta che usciva di giorno. Era nervoso, quasi spaventato. Su Kingsland Road, si scoprì a stringere con tale forza la mano di Polly che le fece male. Per calmare l'ansia, impugnò la pistola che aveva in tasca. Benona non riusciva a mascherare l'espressione terrorizzata e teneva gli occhi bassi per evitare gli sguardi dei passanti. Sembravano una famiglia come tante, una famiglia infelice.

La prima tappa fu al supermercato. Woodbourne restò affascinato dalla varietà e dall'abbondanza dei prodotti sugli scaffali, ma non partecipò alla spesa. Poi notò un'etichetta che risvegliò piacevoli ricordi.

« Piacciono anche a me. » Polly indicò la confezione di biscotti che lui aveva lanciato nel carrello.

La tappa successiva fu in farmacia, dove Benona comprò un'altra confezione di acqua di colonia, qualche deodorante e uno spazzolino. Infine entrarono in una tabaccheria per fare scorta di sigarette.

Dopo aver osservato i pacchetti esposti, Woodbourne si fece coraggio e aprì bocca per la prima volta da quando erano usciti. « Non vedo le Woodbine. »

« Stai scherzando, vero? » fece il vecchio tabaccaio. « Non sono più in commercio da oltre vent'anni. »

« E le Navy Cut? »

« Ma da dove vieni? Estinte pure quelle, come i dinosauri. »

Le labbra di Woodbourne fremettero e, per sua fortuna, l'uomo dietro il bancone non poté vedere la furia omicida che gli incendiò lo sguardo per via degli occhiali da sole. Indicò le Lucky Strike con la mano libera e Benona ne prese quattro pacchetti.

Mentre tornavano verso Glebe Road, Woodbourne borbottò che, ai suoi tempi, con le trentadue sterline spese per le sigarette, ci avrebbe campato alla grande per un paio di mesi.

« La vita è cara », commentò lei. « Se non te ne vai, io non posso tornare al lavoro. E, se non lavoro, non possiamo mangiare. »

« Tutti abbiamo dei problemi », sospirò lui. « Però almeno abbiamo da fumare. »

Il giorno del secondo riavvio del MAAC, Delia dovette ancora una volta faticare parecchio per convincere Duck ad andare nella sala controllo. Non riusciva a schiodarlo dal letto neppure con la promessa di cibo a volontà e nuovi film. Lei aveva due opzioni: chiamare gli uomini di Trevor, che lo avrebbero legato e portato di peso nel laboratorio, oppure trovare un altro modo per persuaderlo a seguirla spontaneamente. Era vero, ai suoi tempi Duck aveva ucciso un uomo, ma ormai lei ci si era affezionata. Quasi fosse vittima di una sorta di sindrome di Stoccolma al contrario. In verità, pure lei si sentiva una prigioniera. I suoi superiori le avevano detto chiaro e tondo che sarebbe tornata alle sue solite mansioni solo dopo essersi liberati, in un modo o nell'altro, di Duck.

« Ascolta, se vieni con me, ti prometto che poi ti porterò a fare una passeggiata all'aperto. È una bellissima giornata, potremmo fare due passi nei dintorni, guardare gli uccelli, i conigli e tutto il resto. Che te ne pare? »

Lui infilò la testa sotto il piumone. « E se oggi mi rispediscono all'Inferno? »

« Be', hai visto cos'è successo l'altra volta, no? O meglio cosa *non* è successo. »

« E dopo la passeggiata potrò mangiare quello che voglio? »

« Certo, tutto quello che ti pare. »

Si levò un gemito collettivo di frustrazione nella sala controllo quando il MAAC raggiunse i trenta TeV e Duck rimase al suo posto. Quint si precipitò fuori dal laboratorio, seguito dappresso dalle autorità di Londra e di Washington.

Da parte sua, Duck si allontanò dalla X e cominciò a punzecchiare i presenti: « Contenti? Sono ancora qui, evviva! Ciao ciao, io vado a fare due passi ».

« Ma di che sta parlando? » chiese Trevor.

Delia si schiarì la gola. « Gli ho promesso che lo avrei portato fuori, se fosse sceso senza fare storie. »

« Stai scherzando, vero? »

« Ero disperata, scusami. In realtà, speravo che scomparisse per sempre. »

« Lo speravamo tutti. Comunque Duck non può uscire dal laboratorio. Sarebbe una follia. »

« Solo cinque minuti, e scortati da tutte le guardie che vuoi. Altrimenti non si fiderà più di me. »

« Va bene », disse Trevor, anche se non sembrava proprio convinto. « Ne parlo con Quint e ti faccio sapere. »

22

Emily si risvegliò nella sua camera nel castello di Marksburg. Una brezza fredda entrava dalla finestra. Un uccellino grigiastro rimase a fissarla per alcuni istanti prima di volare via, verso il fiume. All'inizio lei si chiese se gli avvenimenti degli ultimi giorni fossero solo un brutto sogno, poi con la mano sfiorò la giacca che aveva indosso. Era quella cucita da Ann, e subito rivide la sua testa maciullata. Si alzò di scatto e si trascinò fino al tavolo per bere un po' d'acqua.

Probabilmente Andreas stava origliando fuori della porta, perché entrò proprio in quel momento con un sorriso ebete sul faccione. « Vi ho sentita tornare, stanotte. Siete andata via senza salutarmi, ci sono rimasto male. »

« Sono fuggita, Andreas, e non potevo passare a salutarti. »

« Dov'è la ragazza con la pelle nera? »

« È riuscita a scappare. »

« Non m'importa di lei. Voi siete più carina e avete anche un profumo più buono. »

« Avrò un profumo ancora migliore dopo un bagno. »

Il volto dell'eunuco s'illuminò. « Vado a prendervi l'acqua calda e la colazione, anche se è tardi. » Poi il sorriso sparì.

« Che ti prende? »

« Devo avvertire che siete sveglia. Mi sa che vogliono vedervi subito... »

« Chi? »

«Il re e il nuovo cancelliere. Il cancelliere di prima mi piaceva di più, ogni tanto lo vado a trovare.»

«Rainaldo? Dov'è?»

«La testa è infilzata su una picca nel cortile. Questa mattina gli ho parlato. Aveva gli occhi aperti, ma non so se ha capito cosa gli ho detto. Gli ho bagnato le labbra con dell'acqua... Magari lo ha fatto stare un po' meglio. Spero di non fare mai la sua fine.»

Emily si preparò con estrema calma, tanto che Andreas, esasperato, alla fine fu costretto a spingerla fuori dalla camera. Per sua fortuna, per raggiungere il luogo dell'incontro - un edificio che fino ad allora lei non aveva ancora visitato - non fu costretta a passare davanti alla testa impalata di Rainaldo. Quel posto era buio, umido e puzzava di muffa. Andreas la lasciò sola in una tetra camera adornata da teste di animali impagliati: cervi, alci, orsi e cinghiali. Un grande tavolo era ingombro di pergamene, fasci di carte e mappe, mentre a terra, in un angolo, c'era una bobina di cavo metallico.

«Primitivo ma interessante, non trovate?» Himmler entrò con il suo passo affettato e si sedette al tavolo, che lo faceva apparire piccolo e ridicolo.

«Prego, accomodatevi.»

«È un elettromagnete?» chiese Emily.

«Proprio così. Per noi è un congegno molto avanzato. È come se voi aveste costruito una navicella in grado di arrivare nello spazio. L'ha realizzato un russo che è finito all'Inferno un centinaio di anni fa. Era un esperto di elettromagnetismo, non un vero e proprio scienziato, più una specie di tecnico. Le nostre spie lo hanno scovato in una taverna nei pressi di Kiev, mentre si vantava di essere un inventore. I russi non ne hanno compreso il talento - sono degli incapaci, proprio come lo erano sulla Terra - e così lo abbiamo portato in Alemagna. Sarà uno dei vostri aiutanti.»

«Ah, sì? E in cosa dovrebbe aiutarmi?»

«Che domanda! A mostrarci come ottenere una schiacciante superiorità tecnologica, ovviamente. Ho già avuto modo di confessarvi che sono stufo marcio di queste guerre barbare combattute con armi patetiche. È vero, abbiamo cannoni e pistole a pietra focaia, ma i nostri soldati usano ancora spade e bastoni e si spostano a cavallo! Riuscite a crederci?»

«Siete interessato soltanto ad aumentare la vostra capacità distruttiva, per massacrare più uomini possibile. Perché invece non vi impegnate a migliorare la loro esistenza?»

Himmler annuì con aria pensosa. «Oh, le vostre parole hanno illuminato la mia anima e ammorbidito il mio cuore di pietra. Solo adesso capisco quanto sono malvagio... Bene, vorrei essere del tutto sincero. Ho a cuore soltanto due persone: il sottoscritto e re Federico. Da un certo punto di vista, la vita è molto semplice in questo posto. Il mio obiettivo - ciò che ho promesso a Federico - è la sottomissione totale dei nostri nemici e la conquista dei loro territori grazie all'utilizzo di nuove tecnologie. L'unico modo per garantirci un futuro sereno è impedire che qualcuno ci sconfigga. Non ho nessuna intenzione di fare la stessa fine di Rainaldo. Preferisco il ruolo di predatore a quello di preda.»

«Vorrei essere anch'io del tutto sincera. Non vi aiuterò a infliggere morte e dolore agli altri.»

Himmler si alzò, sbadigliando. Emily tese i muscoli, pronta a difendersi. Il cancelliere però la ignorò e si diresse verso un armadietto, dove prese un cilindro metallico e lo posò sulla scrivania. « Non vale neanche la pena di stare a discutere se avete o non avete voglia di aiutarmi, perché alla fine lo farete. Patirete la fame, il freddo e sofferenze tali che neppure potete immaginare. Ve lo assicuro, prima o poi collaborerete. Comunque possiamo risparmiarci questa sgradevole procedura e rimboccarci subito le maniche. Lasciate da parte il vostro atteggiamento negativo e osservate questa meraviglia. » Fece scorrere il cilindro verso di lei.

« Cos'è? »

« Una batteria. A differenza degli inglesi e dei francesi, noi non abbiamo il telegrafo, ed è un motivo di profondo imbarazzo personale. Ma presto la situazione cambierà. Le mie spie hanno rubato questa batteria a Londra, una delle tante che permettono al loro sistema di funzionare. Un chimico del XIX secolo che ho stanato a Francoforte sta lavorando agli acidi necessari per attivare gli elettrodi. Dopo le batterie e gli elettromagneti, non mi resterà altro da fare che erigere una diga sul Reno per avere l'energia idroelettrica necessaria. E con l'elettricità potrà avere inizio la produzione di macchine che, a loro volta, produrranno altre macchine. Badate, non sto parlando di gingilli come le auto a vapore, ma di grossi macchinari industriali. E in futuro – non domani, certo, ma vi garantisco che accadrà – avremo centrifughe con cui arricchire l'uranio e la tecnologia adeguata per costruire sia le bombe atomiche sia i sistemi per lanciarle contro i nostri nemici. »

Emily scoppiò a ridere. « A dire il vero, voi nazisti non siete stati in grado di realizzare la bomba nonostante la tecnologia del XX secolo e alcune tra le menti più brillanti dell'epoca. E ora, in questo castello medievale illuminato da candele e riscaldato da camini a legna, straparlate di uranio arricchito. È ridicolo! »

Himmler la fulminò con lo sguardo. « Oggi ho due cose che mi mancavano durante la guerra: tutto il tempo del mondo e una scienziata del XXI secolo. »

« Ma allora proprio non volete capire. Ve l'ho già detto, io sono un fisico delle particelle. Non so costruire un'atomica né nessun altro tipo di bomba. E, nel caso l'aveste dimenticato, io non sono morta, non ho molto tempo a disposizione. Se non riuscirò a tornare nel mio mondo, è probabile che mi toglierò la vita piuttosto che restare in questo posto schifoso. E, se voi riusciste a impedirmelo, aspetterò di morire di vecchiaia. Smettetela dunque con queste sciocchezze e lasciatemi andare in Inghilterra. »

Un uomo dall'atteggiamento autoritario, con una elegante uniforme simile a quella di Himmler, entrò scusandosi per l'interruzione. « Sta arrivando sua maestà. »

« Sta venendo qui? Perché non mi ha convocato nelle sue stanze, come è solito fare? »

« A quanto pare, è successo qualcosa che lo ha innervosito oltremodo. »

Himmler aggrottò la fronte. « Io ne so qualcosa di leader nervosi... »

Emily si alzò per andarsene ma, proprio in quel momento, Federico fece il suo ingresso seguito da una schiera di cortigiani.

« Dunque l'avete riacciuffata », disse il re, guardandola con gli occhi socchiusi. « Spero vivamente che non abbia più la possibilità di scappare. »

Dopo essersi assunto personalmente la responsabilità della sua detenzione, il cancelliere informò il re che la donna stava andando via per mettersi subito al lavoro.

Emily non aveva nessuna intenzione di lasciarli parlare come se lei non esistesse, ma, quando aprì bocca, Federico le intimò di non fiatare e di mettersi seduta. Ciò che stava per dire riguardava anche lei.

Un soldato portò una sedia imbottita, tuttavia il re la rifiutò e prese a camminare avanti e indietro come un leone in gabbia.

Himmler era visibilmente sulle spine e, con lo sguardo, seguiva il re da una parte all'altra: sembrava stesse assistendo a una partita di tennis.

«Il qui presente duca di Amburgo mi ha appena riferito delle novità. Gerhardt, ripetete al cancelliere ciò che mi avete detto.»

Il duca era tarchiato e con una barba incolta. «Una delle mie numerose spie nelle terre del Nord mi ha fatto avere un rapporto preoccupante. Sembrerebbe che Enrico VIII abbia conquistato Göteborg e decapitato re Cristiano.»

«E perché mai l'avrebbe fatto?» esclamò Himmler. «Qual è il vantaggio strategico di una simile azione?»

«Mi è stato riferito che gli interessano le miniere di ferro», spiegò il duca.

«Questo non risponde alla mia domanda. Anche in Britannia ci sono miniere di ferro, così come in Alemagna. Ce ne sono in tutta Europa!»

«È la stessa riflessione che ho fatto io», intervenne Federico. «Continuate, Gerhardt.»

«Enrico ha reclutato un uomo che s'intende di armi e sa lavorare il metallo. Costui ha consigliato al re di utilizzare il ferro svedese - a suo dire il migliore d'Europa - per costruire cannoni più resistenti. Inoltre ha realizzato un cannone di grandi dimensioni che emette un fischio quando fa fuoco.»

«Un fischio?» chiese Himmler.

«Sì, un fischio. Pare che il proiettile fischi mentre compie la sua parabola verso il bersaglio e arriva fino a due miglia di distanza. La mia spia lo ha sentito raccontare da alcuni marinai inglesi in una taverna di Göteborg. È sempre grazie a quest'arma che Enrico ha annientato la flotta iberica.»

Himmler sbatté un pugno sulla scrivania. «Non avere un infiltrato alla corte di Enrico VIII ci pone in una condizione di grande svantaggio! Rainaldo ha gestito molto male la questione, quel cane non era abbastanza scaltro per il ruolo che ricopriva. Avremmo dovuto sapere di quest'uomo, avremmo dovuto portarlo qui!»

Federico guardò Emily con i suoi occhi acquosi. «Quale genere di cannone è in grado di emettere un fischio?»

«Lo state chiedendo a me?»

«Quale impertinenza!» sbottò il duca.

«È fatta così», sospirò Himmler. «È come una cavalla selvatica. Ma, credetemi, riuscirò a domarla.»

Emily incrociò le braccia sul petto, borbottando che non sarebbe stato così facile. Poi disse: «Non so un accidente di cannoni che fischiano, cantano o ballano. Niente di niente».

«Le cattive notizie non sono finite», continuò il duca, ignorandola. «Non appena Enrico VIII avrà realizzato altri cannoni, salperà alla volta delle Basse Terre e, da lì, marcerà fino a Parigi per attaccare Massimiliano. In caso di successo, il suo esercito, le cui file si sono già ingrossate grazie al reclutamento di diverse migliaia di soldati nordici, assorbirà anche le truppe francesi. A quel punto, con tutta probabilità marcerà alla conquista dell'Alemagna.»

Incurante dell'etichetta, Himmler si lasciò cadere su una sedia, bianco in volto.

« Cosa possiamo fare? » chiese Federico.

Il cancelliere aveva un'espressione rassegnata. « Il nostro esercito non ha eguali in Europa, ma, se Enrico riuscisse a sconfiggere Massimiliano e a reclutare le sue truppe, saremmo in una pessima situazione. »

« Non c'è nulla che questa donna possa fare per migliorare le nostre difese? » volle sapere il re.

Mentre lei scuoteva la testa, Himmler rispose che sarebbe stata di grande aiuto in futuro, ma non nell'immediato. « Sarebbe saggio stringere subito un'alleanza. Non abbiamo altra scelta. »

« E con chi? » chiese il duca. « I francesi o gli italiani non accetterebbero mai di schierarsi al nostro fianco. I rapporti si sono deteriorati da tempo. »

« E neppure gli iberici », aggiunse Federico. « Si staranno ancora leccando le ferite. »

« Ci coalizzeremo con i russi. »

« Suggerite di danzare con l'orso? » disse il duca. « Volete essere dilaniato? »

« Non ci sono alternative. È una strategia pericolosa, e dovremo prendere ogni precauzione, ma questo è ciò che consiglio di fare nel mio ruolo di cancelliere. »

Il re passò in rassegna tutti i presenti e, non raccogliendo obiezioni, disse: « E sia. Un mio emissario, scortato da un contingente di soldati che lo proteggerà dagli erranti, partirà alla volta di Mosca per consegnare un messaggio cifrato al nostro ambasciatore, il quale avrà il compito di firmare un'intesa con quell'uomo detestabile ».

La curiosità di Emily prese il sopravvento. « Chi è? »

Le labbra di Himmler si contrassero in una smorfia di disgusto. « Iosif Stalin, ovviamente. »

23

John indossò il mantello sporco di letame e s'incamminò verso il palazzo di Borgia assieme a Luca, Antonio e Simon. La piazza era piena di mercanti che vendevano per qualche moneta cibarie e cianfrusaglie ai cortigiani del re.

Sempre affamato, Simon comprò un panino per sé e per i compagni.

« Se non vogliamo attirare dei sospetti, dovremmo conversare come quattro amici che fanno una passeggiata », disse Luca, mentre percorrevano il perimetro delle mura.

« E di cosa? » chiese Antonio.

« Io ho esaurito gli argomenti », intervenne Simon. « Nelle ultime due settimane non abbiamo fatto altro che parlare. »

John ne approfittò per togliersi una curiosità. « Per caso il generale non ama la compagnia femminile? Non ho visto donne in casa sua. »

« A parte una vecchia governante e una sarta, in effetti non ce ne sono », rispose Simon. « Di certo non una dama che possa allietare le notti di un uomo. »

« Una volta mi ha detto di essere troppo vecchio per pensare alle femmine », rivelò Antonio. « Preferisce i cani, a suo dire meno esigenti e più generosi. »

« E voi, Antonio? » chiese John. « Avete l'aria di un donnaiolo. »

« Sono un soldato, non un damerino. Vivo in strada. Di

tanto in tanto vado con una prostituta, ma non ho né il tempo né il denaro per mantenere una donna. Un domani, forse, se il nostro signore dovesse avere successo, tutto ciò potrebbe cambiare.»

«E io so chi gli piacerebbe avere al suo fianco», lo punzecchiò Luca.

«Ah, sì? E chi sarebbe?»

«Caterina Sforza, la regina di Borgia. Basta che la veda passare in carrozza, e inizia a balbettare.»

«È una donna incantevole.»

«Sognare non ti costa nulla», commentò Simon. «John, parlateci di Emily.»

«È di gran lunga più intelligente di me, è bellissima, divertente e forte, di carattere e fisicamente. È una donna incredibile. Spero che avrete l'occasione di conoscerla.»

Simon gli diede una pacca sulle spalle. «Da come la descrivete, dev'essere una creatura straordinaria.»

«Diciamo che per lei andrei anche all'Inferno.»

Le difese del palazzo sembravano invalicabili. Le mura erano alte e massicce. I bastioni erano pattugliati da soldati armati di moschetti e le saracinesche metalliche interne ed esterne apparivano in ottime condizioni e quindi efficienti. Secondo John, per conquistare il palazzo avrebbero dovuto bombardare le mura con i cannoni e irrompere con un gran numero di uomini ben addestrati.

Tornati alla base, i quattro pranzarono con il generale.

«Dunque non siete ottimista», affermò Garibaldi.

«Non credo che l'uso della forza sia sufficiente. Potreste usare i cannoni convenzionali, ammesso che il nemico vi conceda il tempo necessario per posizionarli. Inoltre ci vorrà molto per aprire una breccia nelle mura e, comunque, non basterebbe per assicurarsi il successo.»

«E con i vostri cannoni rigati?» volle sapere Simon.

«Be', anche se riuscissi a costruirne qualcuno - con una forgia adatta e del ferro di qualità - i vantaggi sarebbero relativi. La rigatura garantisce una maggiore gittata e precisione, ma la linea di tiro deve essere sgombra. Potreste sparare qualche colpo ad arco, ma non è detto che riuscireste a centrare il bersaglio.»

«Dobbiamo mozzare il capo al serpente», commentò Garibaldi, infilzando una mela. «Sono certo che, una volta eliminato Borgia, la sua corte e il suo esercito si schiereranno con me.»

John bevve un sorso di birra. La testa gli pulsava ancora per il brandy della sera precedente e, senza un analgesico, il meglio che poteva fare era accarezzare il pelo del cane. «Se ne siete così sicuro, perché non provate ad assassinarlo? Magari con lo stesso espediente usato poche ore fa per farvi fuori.»

«Non è così semplice, il re è ben protetto. Neppure i suoi consiglieri e i nobili più fidati rimangono mai soli con lui, perché è sempre circondato di guardie armate. Anche quando giace con una donna, i soldati sono a portata di voce nel boudoir. Inoltre non mangia nulla che prima non sia stato assaggiato. È così che è sopravvissuto tutto questo tempo. Non si fida di nessuno. Forse Machiavelli gli era più vicino di chiunque altro, ma dopo quanto successo questa notte Borgia si farà ancor più guardingo.»

D'un tratto, John sorrise per l'idea audace che si era fatta strada nella sua mente annebbiata. «Potremmo servirci di un cavallo di Troia.»

Garibaldi scosse la testa. «Borgia ha appreso alla perfezione gli insegnamenti dell'antichità. Non accetterà mai un regalo o un oggetto che possa nascondere una trappola. »

« Non stavo parlando di un oggetto. Parlavo di me. »

La fucina era in fondo a un viottolo all'estremità settentrionale di Milano, una zona semiabbandonata invasa dalle erbacce. John attendeva fuori mentre Antonio parlava con il fabbro. Luca e Simon erano rimasti con Garibaldi per occuparsi della logistica.

Poco dopo, Antonio fece cenno a John di entrare. « Franco è un amico, ci aiuterà. » E diede una pacca sulle spalle sudate dell'uomo basso e muscoloso.

Il fabbro esitò quando John gli tese la mano. « Non credo ai miei occhi... »

« Mostrategli di cosa avete bisogno », tagliò corto Antonio.

John aveva vergato alcuni schizzi con un carboncino su uno dei preziosi fogli di carta di Garibaldi, e i tre uomini si avvicinarono alla fornace per avere più luce. La fucina era molto più piccola rispetto a quella di William e gli operai, una decina al massimo, annusarono l'aria al passaggio di John, tuttavia finsero di badare ai fatti loro.

Quando vide i disegni, Franco sembrò coglierne subito il senso.

Antonio, invece, era confuso. « Come si chiamano questi affari? »

« Granate. »

« Si lanciano a mano? E la miccia dov'è? »

« È il bello delle granate: non hanno una miccia da accendere. Questo significa che i vostri nemici capiranno di cosa si tratta solo quando sarà troppo tardi. Non avete mai visto niente del genere prima d'ora? »

Entrambi scossero la testa.

«Funzioneranno?» chiese Antonio.

«Lo scopriremo...» John disse al fabbro di lavorare una decina di sfere cave, abbastanza piccole da stare nel palmo di una mano. In un secondo momento, da un foro sulla parte superiore, le avrebbero riempite di polvere da sparo e di frammenti metallici. «All'interno metteremo un disco metallico e un pezzo di selce. Poi incastreremo nel buco una corta bacchetta di metallo, detta anche spoletta: deve essere a contatto con la selce e sporgere di circa tre centimetri all'esterno. Quando la granata impatta contro una superficie solida, la spoletta sfrega sulla selce, provocando una scintilla che incendierà la polvere da sparo.»

Franco e Antonio ebbero un'animata discussione in italiano.

John li lasciò fare per alcuni minuti, poi perse la pazienza. «Allora? Cosa ne pensa il vostro amico?»

«È arrabbiato per non averla avuta lui, un'idea simile.»

John ammazzò il tempo passeggiando nel cortile del palazzo di Garibaldi, esercitandosi con una nuova pistola a pietra focaia, bevendo qualsiasi cosa uscisse dalla cantina e sbarbandosi con un pezzo di metallo affilato. Quella sera cenò con Garibaldi, con cui rimase a parlare degli argomenti più disparati fino a notte fonda.

Un giorno e mezzo dopo, dalla fucina arrivò un barile, che venne scaricato nel cortile.

John tirò fuori le sfere a una a una e le ispezionò.

«Mostratemi come funzionano», disse Garibaldi.

«Qui?»

« Perché no? Se rompete una finestra, la farò sostituire. »

Non appena si sparse la voce, si riunì subito un capannello di uomini: Luca, Antonio, Simon e alcuni tra i migliori soldati di Garibaldi, che si trovavano nel palazzo per predisporre il piano d'azione.

John scelse l'angolo più lontano dal palazzo e fece indietreggiare tutti i presenti. Prese una granata a caso, la soppesò nella mano e la lanciò con la spoletta puntata in avanti. L'esplosione fu sorprendente: l'onda d'urto mandò in frantumi alcune finestre e rovesciò su parte del cortile una pioggia di schegge metalliche.

« Però! Meglio di quanto sperassi! » esclamò John.

« Per la miseria! » gli fece eco Simon.

« Eccellente! » urlò Garibaldi. « Ben fatto, John, un proiettile formidabile. Adesso insegnate ai miei uomini a lanciarle. »

« Sarà meglio svuotarne una, o qualcuno si farà male. » Sfilò con molta cautela la spoletta da una bomba e lasciò cadere la polvere da sparo. « Chi è il primo? »

Simon si offrì volontario. John gli spiegò che la granata doveva essere lanciata in modo da farla ruotare a spirale. Al primo tentativo, la bomba cadde dopo neanche un metro, scatenando una risata generale.

« Molto divertente », ringhiò Simon, paonazzo in volto. « Vedremo chi riuscirà a fare meglio di me. »

Dopo alcuni minuti di pratica, Simon finalmente comprese il movimento che doveva far compiere alla granata. Poi fu il turno di Antonio, che imparò subito, e di Luca, che invece ebbe qualche difficoltà. Prima di festeggiare con un brindisi, tutti i soldati avevano appreso il modo corretto di lanciare le bombe. Alla fine della dimostrazione, John raccolse un paio di granate e se le mise in tasca.

L'indomani mattina, Luca si recò al palazzo reale per riferire a Borgia le straordinarie novità. Un vivente con notevoli conoscenze militari era spuntato chissà come in Britannia. Catturato dalle spie italiane, era stato condotto in gran segreto a Milano perché il re potesse interrogarlo e sfruttarne le competenze.

Più tardi, Garibaldi avrebbe accompagnato John dal re, scortati da Antonio, Simon e alcuni soldati. L'esercito del generale, circa cinquecento uomini, si sarebbe diviso e avrebbe attaccato il palazzo dai quattro punti cardinali non appena una bandiera rossa fosse stata issata sui bastioni.

Mentre saliva in carrozza, John tirò fuori un pezzo di corda da sotto il mantello. «Sarebbe meglio legarmi.»

«Ottima idea. Purtroppo, però, le mie dita sono ormai solo fonte di sofferenza e nulla più.»

«Nessun problema, lo faccio da me.»

Giunti al palazzo, oltrepassarono le due saracinesche e si fermarono in un largo cortile acciottolato. Garibaldi fu il primo a scendere, quindi Antonio e Simon spintonarono John giù dalla carrozza.

Il capitano delle guardie reali, un omone dall'aria beffarda, informò il generale che la sua scorta non poteva entrare armata.

«E perché mai?»

«Machiavelli ha subito un attacco ed è stato massacrato, e adesso il re è particolarmente irrequieto.»

«Sì, ne sono venuto a conoscenza. Ma per quale motivo le azioni di una banda di erranti dovrebbero spingere Borgia a non fidarsi di me e del mio seguito?»

Il capitano si limitò a scrollare le spalle. «Sono gli ordini.»

Gli uomini di Garibaldi posarono le spade e le pistole;

poi subirono un'ulteriore umiliazione, quando il capitano li perquisì uno alla volta, tastando da sopra i mantelli i fianchi dei soldati, in cerca di pugnali. Come avevano immaginato, John non fu soggetto alle stesse attenzioni perché era legato.

Infine furono condotti all'interno dell'edificio.

A differenza di Hampton Court e del palazzo di Massimiliano, la reggia di Borgia era riccamente arredata. Inoltre, già nel primo salone, era possibile ammirare dei dipinti di incommensurabile bellezza, tutti realizzati nel medesimo stile e, quindi, dalla stessa mano.

Anche il salone successivo e quello dopo ancora erano adornati di grandi quadri a olio. I soggetti erano dei più svariati: uomini che mangiavano, bevevano e andavano a caccia; donne voluttuose, con il seno scoperto e le guance rosse di passione; cervi, cani da caccia e cavalli al galoppo; cascate, foreste e montagne. Molto probabilmente, l'autore aveva dipinto alcuni paesaggi basandosi sui suoi ricordi da vivo, perché erano inondati di sole. C'erano poi tele molto più cupe, con soggetti spaventosi: corpi dilaniati e teste mozzate; occhi strabuzzati e terrorizzati; celle di putrefazione piene di cadaveri decomposti, con vermi striscianti e uccelli che beccavano le carni martoriate. Infine un'ultima, grande tela era appesa all'entrata della sala del trono, forse la più suggestiva di tutte: una distesa di bambini che seguivano un demone alato verso un'alta scogliera affacciata su un mare in tempesta.

La parete contro cui erano allineati due troni era decorata con un arazzo immenso, sul quale erano rappresentati alcuni animali selvatici. Le guardie di Borgia si posizionarono al centro della sala e, poco dopo, entrarono i ministri del re e Luca, che con un cenno del capo segnalò a Garibaldi che tutto stava procedendo per il verso giusto.

Poi fece il suo ingresso una donna di straordinaria bellezza. Dall'espressione trasognata di Antonio, John capì che si trattava della regina. Caterina Sforza aveva splendidi capelli rossi che le scendevano in una cascata di riccioli sul collo esile e sulle spalle strette. I lineamenti del viso erano delicati, come quelli di una bambola. Camminava guardando fissa davanti a sé, con il lungo abito di velluto color verde smeraldo che strusciava a terra. Dopo aver preso posto sul trono, sollevò la testa e si degnò di lanciare uno sguardo ai presenti. Quando vide John, aggrottò la fronte in una espressione di distaccata curiosità. Lui la lasciò di sasso facendole l'occhiolino.

Un giovanotto con un pizzetto nero e lunghi baffi fluenti si accorse di quel gesto e si lasciò sfuggire una risatina. Appoggiato languidamente al muro, con un sorriso compiaciuto e malizioso sul volto, avvicinò le mani in un applauso silenzioso. La regina lo fulminò con lo sguardo e lui, invece di scusarsi, le strizzò a sua volta l'occhio e si passò una mano tra i folti capelli spettinati.

« È il pittore di corte », sussurrò Garibaldi. « In virtù del suo talento, il re e la regina gli perdonano ogni impertinenza. »

Passarono alcuni minuti e poi, all'improvviso, tutti alzarono la testa verso l'alta galleria balconata sopra i troni. Un uomo si avvicinò lentamente alla ringhiera.

« Il re si tiene a distanza », bisbigliò Garibaldi. « È molto prudente. »

Cesare Borgia era forse il più giovane in quella sala, anche se non lo dimostrava. Morto a soli trentadue anni, regnava da così tanto tempo all'Inferno che aveva assunto le movenze e l'espressione di un monarca anziano. A differenza del pittore, non era un bell'uomo. Il viso piatto e gli occhi ravvicinati gli conferivano l'aspetto di un falco.

Il re guardò John con malcelato interesse, quindi si rivolse a Garibaldi. « Buon duca, questa mattina ho ascoltato con attenzione le novità del vostro messo. È costui il vostro trofeo? »

« Esatto, vostra maestà. »

« Ce l'ha un nome? »

« John Camp. »

« È un inglese? »

« No, è americano. »

« Davvero? Sono così rari da queste parti. In vita non ne ho mai conosciuto uno... » Borgia ridacchiò alla propria battuta di spirito e, un attimo dopo, i cortigiani si unirono diligentemente alla sua risata. « Parla l'italiano? »

« No, purtroppo. Se avete delle domande da rivolgergli, posso farvi da interprete. »

« Se ho delle domande? Ne discutevo giusto poco fa con la mia regina, le ho detto che il mio petto stava letteralmente esplodendo di domande. Dico bene, mia cara? »

Caterina allungò il collo e confermò le sue parole con un'espressione scontrosa.

« E sia, sentiamo i motivi che lo hanno portato in questa terra. »

John gli propinò la solita risposta, spostando lo sguardo dalla regina al re. Antonio gli aveva raccontato la storia di Caterina Sforza, una raffinata nobildonna milanese, e di Cesare Borgia, figlio di papa Alessandro VI. Ancora bambina, Caterina era andata in sposa a Girolamo Riario, nipote di papa Sisto IV, e durante il pontificato di quest'ultimo aveva vissuto a Roma, dove era considerata una delle donne più eleganti e affascinanti dell'aristocrazia cittadina. Con la morte di Sisto nel 1484, però, Riario aveva perso ogni influenza ed era stato relegato nel suo feudo di Forlì. Odiato dal popolo, qualche anno dopo lui era stato ucciso, mentre la moglie e i figli erano stati fatti prigionieri da una famiglia rivale. Indomita e sprezzante dei pericoli, Caterina aveva pazientemente pianificato la sua vendetta. Grazie a due matrimoni strategici, e con i figli che ormai occupavano posizioni di rilievo, aveva riconquistato il potere perduto e si era sbarazzata con feroce determinazione dei nemici. Non contenta di assassinarli, li faceva torturare nei modi più crudeli immaginabili. Lo stesso fato veniva riservato alle mogli e ai figli, compresi i neonati.

L'unico rivale cui si era dovuta piegare era stato proprio Cesare Borgia. Nominato dal padre vescovo e comandante dell'esercito papale, aveva sottomesso e unito i feudi romagnoli sotto il suo regno. Al tempo, il motto di Borgia era *Aut Caesar, aut nihil,* o Cesare o nulla, e la sua inestinguibile sete di conquista lo aveva caratterizzato sia da vivo sia da morto.

Le loro strade si erano incrociate nel 1499, quando Cesare aveva confiscato i possedimenti di lei a Forlì. Caterina aveva resistito a lungo all'assedio del suo castello, ma alla fine aveva dovuto arrendersi ed era stata fatta prigioniera. Anche se era solito irriderla e denigrarla, Borgia l'aveva lasciata vivere perché ne ammirava in segreto la forza e il coraggio.

Defunti a due anni di distanza l'uno dall'altra, all'Inferno avevano stretto un forte legame che durava ormai da cinquecento anni. Avversari in vita, erano diventati alleati dopo la morte.

Borgia chiese quali fossero le capacità di John Camp, e Garibaldi gli rispose che possedeva una notevole conoscenza delle armi. Gli raccontò del ruolo decisivo che i suoi cannoni avevano svolto nella recente vittoria degli inglesi sugli iberici. Mentre i due uomini parlavano, John ne approfittò per allentare il nodo che gli teneva i polsi.

«Può realizzare questi cannoni per noi?» volle sapere il re.

«Credo di sì.»

«Chiedeteglielo.»

«Certo», rispose John, con un'espressione seria. «Sarebbe un onore aiutare un idiota sanguinario a far saltare il culo a un altro idiota sanguinario.»

Simon trattenne una risata, mentre Garibaldi si limitò a tradurre che l'americano sarebbe stato felicissimo di collaborare. Anche il pittore forse capiva l'inglese, perché si portò una mano alla bocca per celare un sorriso.

«Quanto tempo gli occorrerà? Vorrei disporne il prima possibile, per utilizzarli contro gli inglesi.»

Quando Garibaldi gli riferì quell'ultima frase, John lo avvisò che aveva le mani libere. A quelle parole, il pittore si irrigidì.

«Dice che non ci vorrà molto. Tuttavia vorrebbe darvi una dimostrazione delle sue competenze.»

Era il segnale. I suoi uomini infilarono le mani sotto i mantelli per afferrare le due granate che, tenute da un laccio, pendevano tra le gambe subito sotto i testicoli. Quel gesto era così stravagante, e quegli oggetti erano così inusuali, da lasciare immobili per lo stupore le guardie reali e chiunque altro nella sala.

Il re stava per parlare, quando una decina di granate fu scagliata verso la galleria. John buttò via la corda e spinse Garibaldi al riparo. Non era sicuro che, eliminando Borgia, le guardie si sarebbero subito arrese al generale. Dopotutto, per loro natura i soldati agivano d'istinto, e avrebbero quindi vendicato il loro signore.

John si preparò all'azione.

Ma, poi, successe qualcosa. O meglio non successe niente. Le granate rimbalzarono contro la balconata e caddero inerti al suolo.

Borgia contribuì a rendere quella situazione ancor più assurda sporgendosi dalla ringhiera e urlando a pieni polmoni: «Ditemi, dov'è il fuoco, dov'è il boato, dov'è il caos?»

John si voltò per affrontare il sovrano e notò che Caterina era paralizzata dalla paura, con diverse granate inesplose ai piedi del suo trono.

Borgia era un fiume in piena: «Siete un topo di fogna, Giuseppe Garibaldi. Siete feccia. Siete un insetto ributtante. Volevate spodestarmi? Credevate davvero che non avrei scoperto i vostri squallidi piani? Machiavelli mi aveva consigliato di agire con prudenza. 'Questo duca può tornarvi utile', diceva, 'accertatevi che i vostri sospetti siano fondati prima di prendere una decisione.' E io ho aspettato. Ho infiltrato una spia tra di voi. E dalle sue labbra sono venuto a conoscenza del vostro tradimento. È stato lui a svuotare le vostre bombe».

«Chi ha osato tradirmi?» tuonò Garibaldi.

Borgia puntò un dito verso la parete. «Luca Penna.»

Sebbene fosse consapevole che, prima o poi, quel momento sarebbe arrivato, Luca aveva un'espressione frastornata. Il primo impulso fu di abbassare il capo, poi invece raccolse tutto il suo coraggio per sostenere gli sguardi carichi di odio di Garibaldi e dei suoi vecchi compagni.

«Ti annienterò!» urlò Antonio. «Ti credevo mio amico!»

«Sono al servizio del re, è tutto quello che ho da dire», ammise Luca.

«Bastardo», sputò Simon.

« Verrete ricompensato profumatamente per i vostri servigi », disse Borgia. « Capitano, scortate questi farabutti nelle segrete. Nel pomeriggio ci diletteremo a spezzare ossa e a dilaniare carni. »

« Generale, tenetevi pronto », sussurrò John. « È ora di entrare in azione. »

« Buona idea », ribatté Garibaldi.

John alzò lo sguardo verso la galleria e, mentre parlava in inglese sapendo di non essere compreso da Borgia, fece scivolare le mani nelle tasche del mantello. « Non solo non avete mai incontrato un americano, ma soprattutto non avete mai conosciuto un Berretto Verde. Un Berretto Verde non si arrende senza combattere e ha sempre un piano B. Quanto a voi, Luca, pagherete il prezzo del tradimento. » Quindi estrasse le bombe a mano e, prima che i soldati potessero reagire, ne lanciò una verso la galleria. La granata sorvolò la testa del re e colpì la parete alle sue spalle.

Con un rumore assordante, la balconata esplose in una palla di fuoco, e brandelli di carne e ossa si rovesciarono sulla sala sottostante. Caterina scattò in piedi urlando e cercando di pulirsi il sangue dalla testa e dal vestito.

Poi John si voltò a destra per fissare Luca dritto negli occhi.

L'italiano era una maschera di terrore e rassegnazione; avrebbe potuto tentare la fuga, ma rimase immobile. Accanto a lui, invece, l'affascinante pittore scattò come un centometrista uscito dai blocchi e, qualche metro più avanti, si buttò pancia a terra.

John eseguì un lancio perfetto e centrò Luca sulla fronte, appena sopra il ponte del naso.

L'esplosione gli fece saltare la testa e investì anche i dignitari lì vicino.

Le guardie superarono lo stupore e reagirono. Alcune sollevarono i moschetti, altre sguainarono le spade. Evitando per un soffio un proiettile che gli sibilò accanto a un orecchio, John si avventò su di loro, abbattendone una con il peso del corpo e un'altra con un gancio potente e preciso. Poi raccolse la sciabola che uno dei due aveva fatto cadere a terra e la lanciò a Garibaldi. Il vecchio generale sembrò attraversato da una scarica di energia e, ignorando i problemi di artrite, cominciò a battersi come il vigoroso soldato che era stato un tempo.

La sala si trasformò in un campo di battaglia. Alcuni uomini di Garibaldi, disarmati, caddero sotto i colpi delle guardie reali, mentre Antonio e Simon riuscirono ad atterrare un paio di nemici e a impossessarsi delle loro spade. John invece si difendeva egregiamente con le mani e i piedi, ma s'immobilizzò nell'istante in cui qualcuno gli premette una pistola sulla nuca. Stava per reagire con una mossa di krav maga, che gli avrebbe assicurato il cinquanta per cento di possibilità di uscire vivo da quella situazione, quando sentì un gemito e la pistola cadde a terra. Si girò e vide il capitano delle guardie reali trapassato da una spada.

Il pittore gli rivolse un sorriso ed estrasse la lama per affrontare l'avversario successivo. Subito John prese la pistola e sparò a un uomo che si stava battendo con Garibaldi.

Stremato, il generale si guardò attorno e provò a porre fine a quella carneficina con le armi della persuasione: « Il re è morto! Cessiamo di combattere e uniamo le forze. Chi si unirà alla mia causa verrà accolto in amicizia. Siamo tutti fratelli, lottiamo assieme per un mondo migliore ».

L'effetto fu immediato, come se quelle parole fossero

state da lungo attese e avessero risvegliato gli uomini da un sogno febbrile. I soldati si asciugarono il sudore che colava dalla fronte e guardarono i corpi martoriati del re, dei nobili e del loro capitano. Uno alla volta lasciarono cadere le armi, sperando che Garibaldi avrebbe mantenuto la promessa. E lui subito gettò la spada a terra, dimostrandosi di parola.

A eccezione dei flebili gemiti dei feriti che riuscivano ancora ad articolare qualche suono, la sala del trono era immersa nel silenzio. Persino la regina si era calmata, ma riprese a urlare quando uno dei soldati di Garibaldi le si avvicinò minaccioso, rinfacciandole la complicità con Borgia.

Antonio gli fu addosso in un istante e lo schiaffeggiò, ricordandogli che la parola del loro signore valeva per tutti, in particolare per una donna. Il soldato si scusò e biascicò che l'ira lo aveva accecato.

« Missione compiuta? » disse John, a corto di fiato.

« Sì, grazie a voi. Siete un uomo pieno di risorse. »

« Non ho altra scelta, sono l'unica possibilità di salvezza per una persona cui tengo molto. »

« Allora non perdiamo tempo prezioso, c'è molto lavoro da fare. »

Antonio si avvicinò alla regina e con il pollice le pulì una guancia sporca di sangue. « Il vostro intervento è stato provvidenziale, vi ringrazio », disse lei, alzandosi.

« Al vostro servizio. »

« Come vi chiamate? »

« Antonio Di Costanzo. »

« Ignoro quale destino mi attenda, ma, se il vostro signore mi risparmierà la vita, vorrei conoscervi meglio, Antonio. »

L'uomo avvampò. «Farò di tutto per tornare sano e salvo a Milano in modo che ciò possa accadere.»

John si diresse verso il giovanotto dai capelli spettinati e chiamò Simon per fargli da interprete. «Ditegli che gli sono grato per avermi salvato la vita.»

«È stato un piacere», replicò il pittore in inglese. «Sebbene sia arrabbiato con voi.»

«E come mai?»

«Gli schizzi di sangue hanno rovinato alcune mie tele.»

«Già, capisco...»

«Vorrei aiutarvi.»

«Perché? Non sapete nulla di me.»

«So che siete all'Inferno per trovare una donna, e questo vi fa onore. Inoltre ammiro Garibaldi. È un grande uomo.»

«Eppure lavoravate per Borgia.»

«I rapporti tra pittori e mecenati possono essere... complicati. A volte, in nome dell'arte, siamo costretti a ingoiare molti bocconi amari.»

«Be', io non sono un esperto, ma direi che siete proprio in gamba.»

Garibaldi si avvicinò zoppicando, di nuovo vittima dei suoi dolori artritici. «Non sapete con chi state parlando, vero, John?»

«No, ci siamo appena conosciuti.»

«Allora permettetemi di presentarvi Michelangelo Merisi, detto Caravaggio.»

«Incredibile... Ma che ci fate all'Inferno?»

«Prima o poi vi racconterò la mia storia», rispose lui, facendogli l'occhiolino.

Garibaldi diede una pacca sulla schiena a entrambi. «Ci attende un lungo viaggio verso la Gallia, avrete tutto il tempo di conoscervi.»

24

John trascorse i giorni successivi in uno stato di frenetica impazienza. Quando non controllava ossessivamente la carica dell'orologio, esprimeva perplessità sul piano di Garibaldi. Se da una parte era d'accordo con il generale che bisognava sfruttare il momento favorevole, dall'altra protestava perché Emily si trovava in Alemagna, non in Gallia, e lui non aveva molto tempo a disposizione. Mancavano tre giorni al terzo riavvio del MAAC, e dieci al quarto e ultimo tentativo.

Garibaldi cercava di tranquillizzarlo. Sapeva per certo che i tedeschi si stavano ammassando al confine con la Gallia per sferrare un attacco. Il Barbarossa stesso era alla testa del suo esercito, e la guerra che si sarebbe combattuta sul suolo francese sarebbe stata di proporzioni epiche, persino per gli standard bellicosi di quel mondo. Da quando Garibaldi era arrivato all'Inferno, non c'era mai stato un conflitto che avesse coinvolto così tanti regni. Il generale gli spiegò che Emily era un trofeo per il Barbarossa. Anzi era qualcosa di più, di unico, una creatura rara e preziosa. Era viva. Era una donna. Era bella. Era una scienziata. Emily avrebbe conferito alla sua corte un prestigio senza pari anche se, a quanto ne sapeva, Federico non nutriva nessun interesse per il gentil sesso. Inoltre i suoi consiglieri avrebbero cercato di sfruttarne le competenze scientifiche, proprio come Enrico VIII aveva fatto con lui. Per quei motivi, il Barbarossa non l'avrebbe mai lasciata a Marksburg, sorvegliata solo da un esiguo contingente di guardie. A ogni buon conto, continuò il generale, il suo esercito, che si era ingrossato in seguito alla coscrizione delle truppe di Borgia, avrebbe dovuto attraversare la Gallia per giungere in Alemagna, così da non dover affrontare il valico alpino. « E, quando le condizioni saranno propizie, metterò a vostra disposizione i miei soldati migliori per attaccare l'accampamento di Federico in Gallia, dove scommetto che troverete la vostra amica. »

Ancora una volta, John dipendeva dagli altri, straniero in terra straniera. Era sempre stato un leader, non un gregario, eppure non aveva altra scelta che affidarsi al nuovo sovrano italiano. « E sia. Sono nelle vostre mani, generale. O forse dovrei chiamarvi vostra maestà? »

Garibaldi scoppiò a ridere. « No, per carità! Per un po', lascerò che i miei uomini si rivolgano a me con l'appellativo di re per mantenere i costumi del passato e non disorientarli, ma in futuro spero di riuscire a costruire una società egualitaria, dove io tornerò a essere una persona come tutte le altre. »

Il giorno della partenza, una colonna di cavalieri armati si allungava a perdita d'occhio verso sud-ovest, in direzione della costa francese. Nelle retrovie c'erano centinaia di carri carichi di tende, provviste, pezzi d'artiglieria e munizioni, compresi svariati barili pieni di granate. In testa viaggiava l'auto a vapore guidata da John, con Caravaggio al suo fianco e Garibaldi sul sedile posteriore, seduto tra Antonio e Simon.

Fu inevitabile discutere del tradimento di Luca, come se parlarne potesse in qualche modo aiutarli a superare il trauma.

« Si è preso gioco di me », si sfogò Simon. « E io ci sono cascato come un pivello. »

«Si è preso gioco di tutti noi», lo rincuorò Garibaldi. «Per un soffio non ha mandato in fumo anni di meticolosa pianificazione. Non ci può essere perdono per un traditore.»

Antonio intervenne solo dopo qualche minuto di silenzio: «È proprio questo che mi irrita. Odio Luca per ciò che ha fatto, tuttavia per me era un fratello e, in qualche modo, ne sentirò la mancanza».

Simon mormorò che avrebbe sempre potuto andare a trovarlo nella cella di putrefazione, mentre Garibaldi gli strinse il braccio in segno di comprensione.

Nessuno affrontò più quell'argomento.

John e Caravaggio, invece, erano impegnati in una conversazione più leggera. Era stato John a insistere perché salisse in auto con loro. Prima di partire, l'espressione cupa di Antonio gli aveva fatto capire che il pittore avrebbe avuto non poche difficoltà a sostituire Luca nel gruppo. Eppure, dopo solo qualche ora, era evidente che Caravaggio aveva conquistato la fiducia e la stima di tutti.

«Sapete, è curioso, ma in questi giorni sono stato nelle residenze di Enrico VIII e di Robespierre, mentre il palazzo di Borgia è l'unico impreziosito di numerose opere d'arte, e tutte realizzate da voi.»

«Sono qui da cinquecento anni, ne ho avuto di tempo per dipingere! Borgia era un essere spregevole, non vi sono dubbi, però ha messo a mia disposizione tele e pigmenti. Oltre a vino e donne. Non potevo certo rifiutarmi di lavorare per lui.»

«Quindi fino a ora non ve la siete passata poi così male all'Inferno.»

«Vi sbagliate. Senza sole, senza speranza, senza la grazia del Signore, senza la compagnia di altri pittori, musici, poeti... È un luogo meschino, duro e spietato.»

«Quindi non ci sono molti artisti da queste parti?»

«Un artista vive di passioni, ma le mette al servizio del proprio talento e creatività. In pochi si sono macchiati di colpe tali da meritarsi la dannazione eterna.»

«Come voi.»

«Nel mio caso, a volte - molte volte, a dire il vero - la passione ha preso il sopravvento. Inoltre sono sempre stato a mio agio sia con in mano un pennello sia con un pugnale. Quando bevo divento rissoso e ho voglia di fare del male a coloro che potrebbero farne a me.»

«Quindi avete ucciso qualcuno.»

«Proprio così. Un ruffiano di nome Ranuccio Tomassoni. Avevo perso la testa per una delle sue puttane, che lui trattava molto male. Una notte, ubriaco, ho deciso di tagliargli le palle. Ahimè, essendo molto più abile come pittore che come chirurgo, gli ho reciso un'arteria e l'ho ammazzato. Che volete farci?»

Parlarono di come fosse vivere in una società che non nutriva nessun interesse per l'arte e la cultura, poi John gli chiese: «Avete idea di quanto siete famoso? Sulla Terra, intendo».

Caravaggio scrollò le spalle con un sorriso.

«Anni fa ho visitato una mostra dedicata a voi a New York, una delle città più importanti d'America. C'era così tanta gente che sono rimasto in coda quattro ore sotto un sole cocente.»

«Voi mi lusingate.»

«Per fortuna ero in compagnia di un bel bocconcino.»

«Un bocconcino?»

«Sì, una bella donna.»

«Ah, capisco. La vostra Emily?»

« No, è stato molto prima che la conoscessi. »

« Anche Emily è un bocconcino? »

« È molto bella, sì. » John sorrise, come se lei fosse proprio lì, così vicina da poterla toccare. « Ha una carnagione delicata e piccole labbra perfette. E un profumo che ti manda in Paradiso. Ma è anche intelligente, molto più di me... È una scienziata brillante. »

D'un tratto Caravaggio indicò la strada. « Avete intenzione di ammazzare quel coniglio? »

John frenò di colpo e l'animale schizzò via, fra le imprecazioni di Simon.

« Non mi dispiacerebbe fare un ritratto di questa Emily », affermò Caravaggio.

Enrico VIII non si era certo stancato delle bellezze di Göteborg, ma, con una decina di cannoni nuovi di zecca ormai sulle chiatte, era tempo di partire.

Il re si era stabilito nel palazzo di Cristiano, giacendo con le donne del posto nel suo caldo letto e pasteggiando ogni giorno con carne di renna e birra di qualità. Aveva pianificato l'attacco ai francesi nello studio privato del sovrano deposto, ed era tra quelle mura rivestite di animali impagliati che stava tenendo l'ultimo consiglio di guerra assieme a Oxford, Cromwell e agli ufficiali di grado superiore.

Oxford rappresentava un'eccezione rispetto al resto della corte del re. Pur non essendo di nobili natali, in vita aveva scalato le gerarchie militari. Era stato maggiore dell'esercito inglese durante la guerra di Crimea e aveva guidato gli uomini del 17º lancieri in svariate offensive. Tornato in patria al termine del conflitto, però, era rimasto coinvolto in un brutto giro di reduci che si erano specializzati in furti con scasso nei quartieri più lussuosi di Londra. Non erano assassini, tuttavia non esitavano a uccidere quando si trovavano di fronte un poliziotto o un proprietario di casa armato. Condannato all'Inferno, era stato selezionato e venduto al re da nient'altri che Solomon Wisdom. Enrico VIII era rimasto molto colpito dalle sue competenze militari e, nel corso del tempo, lo aveva più volte promosso di grado. Circa cinquant'anni prima, gli aveva concesso il ducato di Oxford, rimasto vacante quando il duca precedente era stato sbranato da un cinghiale durante una battuta di caccia. E ora, con Norfolk sprofondato negli abissi assieme all'*Hellfire*, Oxford aveva assunto un'importante posizione di comando.

L'uomo, cui il naso schiacciato e i favoriti conferivano un'aria aggressiva, puntò il dito sulla mappa spiegata sul tavolo e tracciò una linea immaginaria che andava dal Sud al Nord della Gallia. «Sbarcheremo a Dunkerque.» Quindi batté di nuovo il dito sulla mappa. «Le mura settentrionali di Parigi sono qui. Ci apriremo un varco con i cannoni convenzionali. I modelli nuovi per ora non servono. Un'operazione semplice. Fuoco da distanza ravvicinata. Prenderemo il controllo di questo distretto, poi installeremo i nuovi cannoni per bombardare il palazzo reale. Se Massimiliano non si arrende, attaccheremo con la fanteria.»

Il re svuotò un boccale di birra e annuì pensosamente.

Cromwell, invece, sembrava meno convinto. Il cancelliere non si era mai fidato del tutto di Oxford e, senza Norfolk, si sentiva vulnerabile. «Attraverseremo la campagna francese con migliaia di uomini e, lungo il percorso, incontreremo di certo una qualche resistenza. Dubito che il nostro arrivo a Parigi sarà una sorpresa. Anzi credo che dovremmo dare per scontato che le spie francesi siano a conoscenza delle nostre intenzioni. Sappiamo bene che i sottufficiali di Oxford hanno spifferato ogni cosa ai quattro venti mentre si ubriacavano nelle taverne di Göteborg. Se fossi in Massimiliano, non me ne resterei a Parigi, rassegnato all'idea di subire un assedio, ma darei battaglia a nord della città. Qui.» Picchiettò il dito sulla mappa, scimmiottando il duca.

«Che ne pensate, Oxford?» chiese il re.

Il duca si lisciò i basettoni. «Non è un'eventualità da escludere. Le nostre truppe dovranno essere preparate e flessibili. Manderò qualche uomo in avanscoperta a controllare gli spostamenti delle truppe francesi.»

«Soddisfatto, Cromwell?»

«Sì, vostra maestà. Molto.»

Seduto sul bordo del letto, Massimiliano si massaggiava la gamba. L'estratto di scorza di salice aveva ridotto il gonfiore ma, sebbene il dolore fosse diminuito, il suo umore non era per nulla migliorato. Sostenuto da un servo, arrancò fino alla scrivania.

«Enrico è sbarcato sul suolo francese, sì o no?» sbraitò a Forneau.

Il ministro aveva l'espressione rassegnata di un bambino in castigo. «Come vi ho già detto, non abbiamo ancora ricevuto comunicazioni dalle vedette sulla costa. Comunque dovrebbero esserci novità a breve. Ho istruito il duca di Orléans affinché mandi un'auto a Parigi non appena il nemico verrà avvistato.» Forneau si pentì subito di aver menzionato l'auto a vapore.

Il re, ancora irritato per l'esemplare rubato dai complici di John Camp, andò su tutte le furie. «Continuo a ritenere insoddisfacenti le vostre spiegazioni su come sia riuscito a evadere quel John Camp. Anche sotto tortura, le guardie hanno negato ogni complicità. L'unico che non ho fatto torturare siete voi, Forneau. Ditemi, è il caso che ci ripensi? »

« Se lo faceste, sire, scoprireste che io non ho niente a che fare con quella storia. Inoltre perdereste un fedele e valido consigliere in un momento di grande pericolo per la Gallia. »

Le sue argomentazioni sortirono l'effetto sperato, perché il re si calmò e srotolò una mappa sul tavolo, bloccandola ai lati con un calamaio e un pugnale cerimoniale. « E se le nostre spie si sbagliassero? Forse gli inglesi hanno fatto trapelare di proposito informazioni false, in modo di spingerci verso un'alleanza con Borgia, che equivale più o meno a far entrare un lupo in un pollaio. »

Forneau era a conoscenza del destino toccato a Borgia, ma non lo aveva riferito al re. La notte precedente un cavaliere era arrivato da Milano per riferirgli le novità. Non appena entrato nel cortile, il cavallo era stramazzato al suolo, sfinito dalla lunga cavalcata. Il successo di Garibaldi gli aveva allietato il cuore. Tutto stava procedendo secondo i piani. « Le informazioni in nostro possesso sono attendibili. Sappiamo che le truppe di Enrico VIII e del Barbarossa stanno marciando verso la Gallia. Senza l'aiuto di Borgia, ci ritroveremmo a combattere una guerra su due fronti, da cui ne usciremmo sicuramente sconfitti. Con il suo aiuto, avremo la possibilità di respingere tutte e due le offensive. »

« E cosa accadrebbe in caso di vittoria? Quali sarebbero le richieste di Borgia? »

« Gli forniremo le navi per sconfiggere la flotta inglese ormai allo sbando e gli consentiremo di saccheggiare la Britannia, così da fargli lasciare il prima possibile la Gallia. Mentre noi ci assicureremo che le truppe tedesche, seppur indebolite, non tentino una controffensiva.»

«E dopo? Borgia è uno scorpione, marcerà di nuovo alla volta di Parigi.»

«Nel frattempo noi avremo stretto un'alleanza con l'Iberia. La sua flotta è andata distrutta, ma l'esercito è ancora in piena efficienza.»

«Avete pensato a tutto, eh?»

«È il mio lavoro, sire. Non sono che un vostro umile servo.»

«Convocate i miei generali, dobbiamo predisporre un piano per difendere Parigi.»

Forneau aggrottò la fronte. «Spero vivamente che vostra maestà non stia pensando di asserragliarsi all'interno delle mura cittadine.»

«Perché no? Lasciamo che Borgia e gli inglesi si diano battaglia in campo aperto. Quando Federico si scaglierà contro il vincitore, ed entrambi gli eserciti invasori si saranno indeboliti, noi muoveremo le nostre truppe. Fino ad allora, è meglio restare fuori della mischia e garantire la sicurezza di Parigi.»

«Se è vero che John Camp ha insegnato agli inglesi a realizzare cannoni a lunga gittata con il ferro nordico, c'è la possibilità che Enrico VIII riesca ad avere la meglio su Borgia e poi bombardi il palazzo e la città. A quel punto, i tedeschi trarrebbero vantaggio dalla situazione e si riverserebbero su Parigi. È più saggio che gli italiani si occupino degli inglesi e noi dei tedeschi. Non possiamo barricarci in città e restarcene con le mani in mano.»

Massimiliano trasalì e si fregò la gamba. Ancora una volta, il nome di John Camp scatenò una scarica di imprecazioni. Poi, ripreso il controllo dei nervi, disse: «Voi non siete un militare. Saranno i generali a consigliare la strategia migliore. Adesso andate a chiamare il mio medico, ditegli che la gamba mi fa molto male».

Federico scese dal letto nudo, con i genitali flaccidi e raggrinziti che gli ciondolavano tra le gambe come frutti essiccati, mentre il ragazzo al suo fianco uscì in tutta fretta dalla camera. Un servitore gli mise una tunica sulle spalle e lo seguì in bagno dove, tra un grugnito e l'altro, il Barbarossa espletò le evacuazioni mattutine.

In attesa nell'anticamera, Himmler fu convocato quando il re si stava vestendo.

«Allora?»

«Le truppe di Stalin sono in marcia.»

«Cosa vuole in cambio?»

«Le terre del Nord e la Britannia.»

«Tutto qui?»

«Sono certo che presto alzerà la posta.»

«Noi?»

«Esatto. Tutti sanno che agogna da tempo il vostro regno.»

«Come riusciremo a impedirglielo?»

«Le nostre forze speciali s'impossesseranno dei nuovi cannoni di Enrico VIII prima di Stalin.»

«Le Sturmstaffel?»

«Sì, sono pronte a entrare in azione in qualsiasi momento», rispose Himmler, orgoglioso dei suoi soldati scelti. «Mi è stato riferito che Stalin ignora per quale motivo Enrico VIII ha invaso le terre del Nord. Dobbiamo fare il possibile per impedire che venga a sapere dell'esistenza di questi nuovi cannoni. Le nostre miniere ferrose non saranno pregiate come quelle scandinave, ma sono certo che si riveleranno più che adeguate. Mentre i russi saranno impegnati in Britannia, noi studieremo i cannoni sottratti agli inglesi per realizzarne molti altri. A quel punto avremo un enorme vantaggio strategico, e potremmo anche marciare su Mosca.»

Il Barbarossa sorrise mentre il servo gli abbottonava la tunica. «Dite?»

«Perché no? Con il grosso dell'esercito russo impegnato altrove, noi potremmo approfittarne.»

«Non avverto più la mancanza del vecchio cancelliere», disse il re, mandando in estasi Himmler. «Tuttavia accertatevi di aver consumato la colazione prima di pensare alla cena. Preparatevi a muovere verso la Gallia. Dobbiamo assicurarci le posizioni migliori sul campo di battaglia prima che arrivino i russi.»

Garibaldi concedeva alle truppe non più di quattro ore al giorno di riposo, che servivano soprattutto per far rifiatare i cavalli. Dovevano avanzare in fretta se volevano arrivare a Parigi prima che Enrico VIII sferrasse il suo attacco. Dalla Gallia erano giunte voci di un'alleanza con l'Italia, motivo per cui non avrebbero incontrato resistenza lungo la strada. A sud di Lione, un battaglione di francesi comandati da un visconte si unì per un breve tratto all'esercito italiano. L'uomo cavalcò fino all'auto a vapore per chiedere a Garibaldi dove fosse Borgia. Il generale gli rispose in modo secco che il re era rimasto a Milano e l'altro non insistette, lanciandosi al galoppo verso Parigi senza nessuna informazione da riferire ai suoi superiori.

John era alla guida quando Garibaldi suggerì di trovare un luogo adatto dove sostare. La sera era tersa e la strada si snodava in un lungo rettilineo. John vide un uomo in lontananza e frenò progressivamente fino a fermarsi a qualche metro di distanza. Era immobile e, all'inizio, lui aveva pensato che fosse ferito. Ma, quando si avvicinò, si rese conto che l'uomo era inginocchiato.

« Che sta facendo? » chiese Simon.

« Sembrerebbe che stia pregando », rispose Garibaldi.

Caravaggio tirò fuori un quadernetto dalla sacca a tracolla e cominciò a disegnare furiosamente.

« Che vi prende? » volle sapere John.

« Non posso perdermelo, è la prima volta che vedo qualcuno pregare all'Inferno. »

Era un uomo emaciato di mezza età, con occhi e guance simili a pozzi neri e una chierica sulla testa. Indossava una specie di ruvido saio marrone con cappuccio e, al collo, portava una croce di legno tenuta da un laccio di cuoio.

Caravaggio gli rivolse una domanda in italiano, ma il monaco rispose in tedesco. Una volta stabilito che nessuno parlava la sua lingua, il pittore ritentò con il francese e poi con l'inglese.

« Ah, adesso vi comprendo », disse il monaco. « Sono fratello Adolphus. Ho sentito la vostra prodigiosa vettura da una grande distanza e ho pregato affinché vi fermaste e mi offriste da mangiare. Ho molta fame. »

Garibaldi scese per primo dall'auto, e Antonio si affrettò a seguirlo per proteggerlo in caso fosse un'imboscata. Il generale si guardò attorno, udì il suono di un ruscello che scorreva parallelo alla strada e annunciò che quello era un buon posto per accamparsi. I cavalieri cominciarono a smontare di sella man mano che le parole del generale passavano di bocca in bocca.

Adolphus si unì a Garibaldi, a John e agli altri attorno a un fuoco acceso in tutta fretta e mangiò con voracità qualsiasi cosa gli venisse offerta. Tra un boccone e l'altro, raccontò loro la sua storia. Era un monaco francescano, vissuto in Alsazia e morto di peste nel 1820. In gioventù, era stato cacciato dal monastero per aver tentato di avvelenare un confratello che, per lungo tempo, lo aveva molestato. Negli ultimi vent'anni di vita aveva girovagato aiutando i poveri e gli emarginati, una missione che aveva continuato a svolgere anche all'Inferno.

« Non avevo mai incontrato un religioso », affermò Antonio.

« Lasciatemi pensare », replicò Adolphus, aggrottando la fronte. « Io ne ho incontrati tre - due in Alemagna e uno in Gallia -, e tutti avevano perso la fede. »

« Ma non voi », commentò Garibaldi, con evidente ammirazione.

« Sì, non l'ho mai persa », sospirò il monaco.

« Come mai? Noi tutti abbiamo abbandonato Dio perché Dio ha abbandonato noi », disse Antonio. « La sua luce non arriva fin quaggiù. »

« Saremo anche stati dannati per i peccati che ci hanno allontanati dalla grazia del Signore, ma non vuol dire che Egli si è dimenticato di noi. Se serbiamo il suo ricordo nei nostri cuori, Dio farà altrettanto con noi. »

Simon ne aveva abbastanza. « Vi chiedo scusa, mio buon amico, ma non mi bevo le vostre parole. Qui non c'è speranza di salvezza, non c'è modo di andarsene. Siamo su una merdosa barca senza remi. »

« Non sarei così sbrigativo », affermò Garibaldi. « Una piccolissima speranza è sempre meglio di nessuna speranza. Ditemi, Adolphus, come reagiscono gli uomini che incontrate? »

« I più mi deridono e mi prendono a sassate. Qualcuno piange perché risveglio in lui emozioni ormai dimenticate. E un'esigua minoranza prega con me. Quando succede, il mio cuore si riempie di gioia. »

Garibaldi gli sorrise. In vita era stato un uomo tollerante, ma le sue posizioni anticlericali erano ben note. « Io non pregherò con voi, però non vi deriderò. Nutro rispetto per la vostra fede. »

« Vi ringrazio. Sembrate una brava persona, eppure vedo che state andando in guerra. »

« Per una buona causa: creare nuove e migliori condizioni di vita in questo mondo aspro e crudele. »

« Vi credo. Pregherò per voi, sono certo che ce la farete. » Adolphus si toccò la pancia con soddisfazione, prima di rivolgersi a John. « Voi, signore, siete diverso, molto diverso. Mi sbaglio? »

« No. »

« Non siete morto? »

« Non ancora. »

« Quale miracolo! Se un essere vivente può scendere tra noi, allora forse un morto può risorgere. Lo prendo come un segno che le mie preghiere non sono state vane. »

« Come preferite. »

« In che anno siamo sulla Terra? »

« È il 2014. »

Incredulo, Adolphus si fece il segno della croce. « La gente venera ancora nostro Signore Gesù Cristo? »

« I cristiani sì. »

« E, ditemi, come si chiama il papa? »

« Francesco. Papa Francesco. »

Adolphus si alzò di scatto, eccitato. « Come il mio Francesco? San Francesco d'Assisi? »

« Esatto. »

Il monaco rivolse gli occhi al cielo cupo. « Questo è il

giorno più felice da quando sono all'Inferno. Posso unirmi a voi per un tratto di strada? »

« Vi troveremo un posto su uno dei carri », propose Garibaldi. « Avete bisogno di altro? »

« C'è una cosa che desidererei tanto fare e, se riusciste nella vostra impresa, forse potrete aiutarmi. »

« Di cosa si tratta? »

« Vorrei edificare una chiesa. »

25

Accasciato su una poltrona nell'ufficio di Trevor, Ben Wellington fissava con aria assente i monitor del circuito chiuso. Era esausto. In tre settimane di lavoro massacrante, era tornato a casa di rado e giusto il tempo per fare una doccia, radersi e sorbirsi le lamentele della moglie, che lo accusava di averla lasciata sola con i loro tre figli. «Che sta facendo?»

«Chi?»

«Duck.»

Trevor notò del movimento sotto il piumone del ragazzo. «Si sta tirando una sega.»

«Per Dio, ma sta vedendo *La sirenetta*!»

«Non dirmi che non ti sei mai eccitato guardando Ariel.»

«Ma per piacere! Stai parlando di uno dei personaggi preferiti dalle mie bambine.»

I due continuarono a fissare il monitor con un interesse antropologico, finché Duck non ebbe finito.

Poi Ben sentì vibrare il cellulare, lesse il messaggio e sospirò.

«Che c'è?»

«Ancora niente. Ci sono quattro milioni di telecamere di sorveglianza in Inghilterra, di cui mezzo milione solo a Londra, e la faccia di Woodbourne è su tutti i notiziari e tutti i quotidiani, eppure non riusciamo a trovarlo.»

Trevor si alzò per andare alla riunione con Quint. «Be', c'è chi sta peggio. Chissà come stanno Emily e John.

Noi almeno giochiamo in casa, loro invece stanno affrontando la trasferta più difficile della loro vita.»

«Sempre che non siano morti.»

«No, sono vivi e stanno facendo di tutto per tornare, ne sono convinto.»

Quint ascoltò gli aggiornamenti su Woodbourne con un'espressione impassibile. «Fra tre giorni ci sarà il terzo riavvio, tra dieci il quarto, dopo di che sarà finita. Non ci sarà un quinto riavvio. Non ci sarà un diciassettesimo giorno. Il governo inglese e quello americano sono irremovibili. Il MAAC verrà chiuso definitivamente, mentre la dottoressa Loughty e John Camp saranno ufficialmente dichiarati morti. Questo è quanto.»

«Sono ben consapevole del...» cominciò Ben.

«È ben consapevole di cosa?» lo interruppe il direttore. «Mi sono dedicato anima e corpo a questo progetto, e ora tutto sta andando a puttane. È di questo che dovrebbe essere consapevole.»

«Con tutto il dovuto rispetto, dottor Quint, credo che in questo momento le nostre priorità siano Emily e John», intervenne Trevor.

«Okay, se volete un po' di sana ipocrisia, vi accontento. Ma la stessa dottoressa Loughty sarebbe d'accordo con me: gli interessi della scienza prevalgono sulla vita di due persone.»

Trevor serrò la mascella. «Cosa succederà a Duck se anche l'ultimo esperimento fallisse? Che fine farà il ragazzo quando il MAAC verrà chiuso?»

«Ne abbiamo già discusso. Completate tutte le analisi, verrà eliminato, ovviamente in modo indolore. Lo stesso accadrà a Woodbourne quando riusciremo ad acciuffarlo.»

Trevor era ammutolito, e così fu Ben a prendere la parola: « E cosa avete deciso riguardo ai familiari di Emily e John? »

« Camp non è un problema, lui stesso ha ammesso di non avere famiglia. La situazione della dottoressa Loughty è più delicata. Diremo ai familiari che è deceduta per l'esposizione alle radiazioni, e che il suo cadavere è stato cremato per ragioni di sicurezza e di salute pubblica. Non so, riempiremo un'urna con la cenere di un camino e la consegneremo ai genitori. »

Trevor si alzò di scatto. « Con tutto il dovuto rispetto, dottor Quint, vada a farsi fottere. »

Fumando una Lucky Strike dietro l'altra, Woodbourne aveva saturato la stanza di fumo. Quando Polly cominciò a tossire, permise a Benona di socchiudere la finestra.

La donna accarezzò l'idea di attirare in qualche modo l'attenzione dei passanti, ma la strada era buia e deserta. « Non puoi restare qui per sempre. »

« Sembri un disco rotto. »

« Io e mia figlia rivogliamo la nostra vita. »

« Devo ragionare ancora su un po' di cose, va bene? »

« Ma ragionare su cosa? Devi costituirti. »

« Neanche per idea! Non l'ho mai fatto e mai lo farò. »

Benona si accese una sigaretta e fece un tiro profondo. « Quanta gente hai ucciso? »

« È strano che tu me lo chieda. »

« Perché? »

« Molte donne avrebbero paura di conoscere la risposta. »

« Io ho paura solo per Polly. »

« Sei una dura, eh? »

«Te l'ho detto, non ho avuto una vita facile. Ne ho viste e fatte di cose.»

«Ah, sì? E cosa avresti fatto?»

«Rispondi prima alla mia domanda.»

«Ne ho uccisa un po', mettiamola così.»

«Questa gente ti aveva fatto del male?»

«Qualcuno sì. Ma la maggior parte no.»

«E allora perché lo hai fatto?»

Lui si alzò e prese a camminare per la stanza, a disagio. «Ho della rabbia, dentro.»

«Molti uomini ce l'hanno, ma non per questo uccidono.»

«È una rabbia incontrollabile.»

«Senti, questa storia dell'Inferno... Chi mi dice che non sei pazzo?»

«Io.»

«Puoi provarlo?»

«E come?»

«Okay...» Benona andò nella stanza di Polly e prese il notebook che aveva rubato in un ufficio. «Quando saresti morto?»

«E questo cos'è?»

«Un computer. Mai visto uno?»

«No, altrimenti non te l'avrei chiesto. A che serve?»

«A cercare informazioni. Forse posso scoprire se mi stai dicendo la verità.» Si collegò a internet tramite il router wifi non protetto del vicino, selezionò un sito di genealogia e inserì i dati richiesti: data di nascita e nome completo.

Un istante dopo, apparve sullo schermo il suo certificato di morte.

Brandon James Woodbourne, morto l'8 aprile 1949 nella prigione di Dartford.

Le mani le tremavano quando gli disse di dare un'occhiata al monitor.

« Ma guarda! » esclamò lui, eccitato. « Sono proprio io, e la prigione di Dartford è dove sono morto. Che ci faccio dentro questo affare? »

Benona si accese un'altra sigaretta con il mozzicone della precedente.

« Adesso mi credi? »

« Sei morto. »

Lui batté un pugno sulla mano in segno di esultanza. « È quello che ti ho sempre detto! »

« L'Inferno esiste », sentenziò lei, con voce spenta.

« Eh, sì. »

« Anche il Paradiso? »

« Come faccio a saperlo? »

Benona riportò il computer nell'altra stanza e, prima di richiudere la porta, disse alla figlia di giocarci un po'. Quindi si lasciò cadere sul divano. « Com'è? »

Nel corso dell'ora successiva, Woodbourne fumò e parlò senza sosta, raccontandole tutto quello che sapeva e tutto quello che lei voleva sapere. Quando la donna esaurì le domande, lui si sedette a terra, esausto. I due fumarono in silenzio per un po'.

« Mi faccio una vodka », disse lei. « Ne vuoi? »

« Sì. »

Benona riempì a metà due bicchieri da succo di frutta, si scolò il suo in un colpo solo e si versò altra vodka.

« Tutto bene? Hai una faccia... »

« Mi hai confessato i tuoi crimini, adesso tocca a me. »

« Come vuoi. »

« Il padre di Polly... » cominciò lei con un filo di voce.

« Tuo marito. »

« Non era una brava persona. Si ubriacava e mi picchiava, ma non era questa la parte peggiore. Metteva le mani addosso a Polly.»

«In che senso?»

La voce le si abbassò ancora di più. «Lui... voleva... voleva prenderla...»

«Figlio di puttana! Lo ammazzo! Dimmi dov'è.»

«Non puoi ucciderlo.»

«E perché?»

«Ci ho già pensato io. Ho assoldato un sicario. Hanno trovato il cadavere vicino ai binari. La polizia ha pensato a una rissa o a qualcosa del genere.»

«Hai fatto la cosa giusta.»

«Senti, Brandon... andrò all'Inferno per quello che ho fatto?»

«Se così fosse, e se tornerò lì, ti proteggerò io.»

Anche il terzo riavvio del MAAC fu un buco nell'acqua. Sicuro dell'esito, Duck si era posizionato sulla X e, quando Matthew Coppens aveva dato a malincuore l'ordine di spegnere l'acceleratore, aveva sorriso e aveva chiamato a gran voce Delia, che gli aveva promesso di portarlo fuori a fare due passi.

«Ma sta piovendo», replicò lei con calma, celando l'esasperazione per non averlo visto volatilizzarsi.

«Non m'importa. Andiamo.»

Stephen Barry, uno degli agenti assegnati alla ronda Duck – come ormai era conosciuta –, li accompagnò sul retro dell'edificio principale. Non si allontanava mai dal ragazzo, nonostante l'alta recinzione perimetrale sormontata da filo spinato. Secondo Delia erano misure inutili, perché Duck considerava il MAAC una gabbia dorata e mai e poi mai avrebbe tentato la fuga. Gli psicologi erano d'accordo con lei.

Duck alzò il viso verso la pioggia. Gli piacevano le giornate plumbee. Le preferiva a quelle con il sole, con tutta quella luce che gli feriva gli occhi. Parlava a raffica, euforico per averla scampata ancora una volta.

« Be', un ultimo esperimento la prossima settimana e il laboratorio verrà chiuso per sempre. » Delia si pentì di quelle parole l'istante successivo all'averle pronunciate.

Duck si fermò di colpo e contrasse il volto in una smorfia. « E poi che mi succederà? Mi piace la mia stanza, e i video e il cibo. »

« Non lo so, ma fossi in te non mi preoccuperei. »

« Tu rimarrai sempre con me? »

« Non credo. Zia Delia deve tornare a Londra. Sono certo che la mia sostituta sarà molto carina. »

Duck riprese a camminare, apparentemente assorto nei suoi pensieri. « Non voglio tornare all'Inferno, però non voglio neppure un'altra al posto tuo. »

« Sei molto dolce, caro. Riferirò le tue preoccupazioni al dottor Quint. »

« Il tizio che fa scattare di continuo la penna in fondo allo stanzone? »

« Esatto, tesoro. »

Duck si coprì la bocca con una mano per non farsi sentire da Stephen. « Detto tra noi, quel tipo non mi piace per niente. »

26

Una delegazione di nobili francesi accolse le truppe italiane alla periferia sud di Parigi. Quando il profilo della città era apparso all'orizzonte, avevano lasciato l'auto rubata a Massimiliano in un boschetto e John si era nascosto nel carro su cui viaggiava Adolphus.

La delegazione era guidata dal duca di Orléans e da Guy Forneau, che riuscì a stento a mascherare la sua gioia alla vista di Garibaldi. Anni prima, durante il loro incontro a Milano, il cancelliere aveva espresso tutta la sua esasperazione per le guerre e le inutili stragi che si susseguivano senza sosta, e il messaggio di speranza del generale aveva avuto l'effetto di una medicina per la sua anima in pena. Non fidandosi delle proprie qualità di attore, lasciò che fosse il duca di Orléans a chiedere il motivo per cui Cesare Borgia non fosse presente.

« Vi informo che Borgia non è più il re d'Italia », rispose Garibaldi, con tono marziale.

Orléans lo guardò da sotto gli spessi occhiali. « E chi è adesso il vostro re? »

« Ce l'avete davanti. Sono io, Giuseppe Garibaldi. »

Il duca e il resto della delegazione s'inchinarono in tutta fretta. « Perdonatemi, maestà, non eravamo al corrente delle novità. Il vecchio re era forse ammalato? »

« Solo se per voi una malattia può far esplodere la testa. »

I francesi si scambiarono risatine d'intesa e Forneau, fingendo di non conoscere il generale, disse: « Mi congratulo con vostra maestà per l'ascesa al trono. Il nostro sovrano vi attende per un consiglio di guerra».

«Notizie di Enrico VIII?» domandò Garibaldi.

«È sbarcato in Gallia e al momento sta marciando su Parigi. Domani il suo esercito sarà a distanza di tiro. Il vostro arrivo è oltremodo tempestivo.»

Garibaldi discusse brevemente della logistica e accettò di schierare il grosso delle truppe a nord-est di Parigi, per ostacolare l'avanzata degli inglesi. La dislocazione dell'esercito francese, invece, sarebbe stata decisa nel corso del consiglio di guerra.

Prima di proseguire, Garibaldi raggiunse a piedi il carro coperto in cui era nascosto John. «Sto andando da Massimiliano.»

«Guardatevi le spalle.»

«A questo ci penseranno Antonio e Simon, comunque al momento non sono preoccupato. Massimiliano ha troppo bisogno del nostro aiuto per tentare qualche azione sconsiderata.»

«C'era anche Forneau nel comitato di benvenuto?»

«Sì.»

«È un brav'uomo. Se ne avete la possibilità, ringraziatelo da parte mia.»

«Lo farò.» Dopo una pausa, aggiunse: «Posso chiedervi un favore?»

«Quello che volete.»

«Ci schiereremo a nord-est. Come sospettavo, i francesi ci vogliono in prima linea contro gli inglesi.»

«Carne da cannone.»

«Esatto, ma dobbiamo contenere le perdite. Questa sera, quando tornerò al campo, gli ufficiali mi consiglieranno quale strategia adottare, ma sappiate che è il vostro parere che terrò in maggior conto.»

«Studierò la conformazione del terreno per suggerirvi la migliore strategia possibile. Potete contare su di me.»

Garibaldi gli mise una mano sulla spalla. «Non fate quella faccia. Forse Emily è più vicina adesso di quanto non lo sia mai stata dal giorno in cui siete arrivato.»

John tirò fuori l'orologio. «Mi è rimasta una settimana. Temo proprio che non riusciremo mai a tornare in tempo in Inghilterra.»

«Statemi a sentire. Noi due collaboreremo per conseguire la vittoria sul campo di battaglia, e anche Adolphus ci darà una mano. Magari le preghiere funzionano pure all'Inferno.»

Il monaco annuì con vigore. «Comincerò subito e non smetterò fino a che i miei due nuovi amici non avranno ricevuto la grazia del Signore.»

Massimiliano assunse un atteggiamento così diffidente e arrogante nei confronti di Garibaldi che, più di una volta, Forneau gli dovette sussurrare all'orecchio che quell'uomo, gli piacesse o no, era il nuovo re d'Italia e comandante dell'esercito che li avrebbe aiutati a respingere l'attacco degli inglesi.

Memore della lezione di Machiavelli, il generale incassava ogni oltraggio senza tradire nessuna emozione. Aveva bisogno del francese, ma, se tutto fosse andato secondo i piani, al momento giusto gli avrebbe fatto assaggiare la lama della sua stessa ghigliottina. «Maestà, forse dimenticate che combatteremo una battaglia su due fronti. Enrico VIII avanza da nord e il Barbarossa da est. Non vedo altra possibilità che affrontare gli inglesi con il mio esercito e i tedeschi con il vostro.»

«Giammai! Parigi resterebbe priva di difese», sbuffò Massimiliano.

Era la stessa strategia che gli aveva proposto Forneau, ma non lo convinceva.

«Barricarsi a Parigi sarebbe una mossa poco saggia», ribatté il generale, sporgendosi in avanti sulla sedia per dare maggiore enfasi alle sue parole. «Se Parigi fosse posta sotto assedio, prima o poi verrà ridotta in macerie e costretta alla resa. Dobbiamo affrontare i nemici in campo aperto. È l'unico modo per salvare la vostra città.»

Alcuni ufficiali alle spalle di Massimiliano annuirono, ma nessuno osò aprire bocca per non incorrere nell'ira del sovrano. «Io siedo sul trono da più di duecento anni, mentre voi siete re da meno di una settimana, eppure sembrate inebriarvi del vostro giudizio come se fosse un ottimo vino.»

«Avete ragione, ma in vita voi siete stato uno stimato filosofo politico, mentre io un soldato. Un ottimo soldato, oserei dire. E, come io non avrei remore a rimettermi alle vostre decisioni politiche, sarebbe cosa gradita che voi faceste altrettanto con le mie scelte militari.»

Robespierre scattò in piedi, trasalendo per il dolore alla gamba. «Come osate? Ho combattuto miriadi di guerre e difeso innumerevoli volte il mio regno. So perfettamente come salvare Parigi.»

«Quindi non avete bisogno del mio esercito. Saremo ben felici di tornare in Italia questa sera stessa.»

Forneau bisbigliò al suo sovrano che era il caso di ritirarsi per una riunione privata e, quando lui acconsentì, la delegazione italiana rimase sola.

Antonio stava per esternare il proprio malumore, ma Garibaldi si portò un dito sulle labbra e gli ricordò che in quei luoghi anche i muri avevano orecchie.

Al suo rientro nella sala, era evidente che Massimiliano era stato convinto a riconsiderare la sua strategia. « Molto bene. Noi affronteremo i tedeschi e voi gli inglesi. Tuttavia lascerò una guarnigione a protezione del palazzo. »

« Una decisione molto saggia », gli concesse Garibaldi, con un sorriso di trionfo.

« E sia. Questa sera sarete ospite alla mia tavola. »

Garibaldi si alzò, ignorando le fitte di dolore. « Con tutto il rispetto, maestà, questa sera cenerò al campo per incendiare gli animi dei miei uomini, come ho sempre fatto alla vigilia di una battaglia. È una vecchia abitudine. Spezzerò il pane con voi per festeggiare la vittoria sui nostri comuni nemici. »

Era ormai buio quando Garibaldi giunse al campo italiano, nei pressi di Argenteuil. All'interno della sua tenda, gli ufficiali illustrarono il piano di azione. Antonio e Simon si erano offerti di fare da interpreti per John, seduto su uno sgabello con un boccale di birra in mano, ma lui aveva rifiutato. Aveva sentito le loro idee qualche ora prima e non ne era rimasto entusiasta. Gli ufficiali propendevano per una convenzionale manovra a tenaglia, con le ali dello schieramento che avrebbero attaccato gli inglesi ai fianchi.

Garibaldi ascoltò in silenzio, lisciandosi la barba, infine chiese il parere di John.

« Non mi convince. Prima di tutto, schierandoci a nord della Senna avremo un corso d'acqua alle spalle, e io odio avere l'acqua alle spalle. Ma il problema principale è un altro: i cannoni rigati. Quasi certamente Enrico VIII ne ha costruiti diversi esemplari in Svezia, e potrà bombardarci da una grande distanza. Non appena si renderà conto che vogliamo attaccarlo ai fianchi, non dovrà fare altro che spostarli e fare fuoco.»

«Quindi cosa consigliate?»

«Di adottare una strategia che, sono pronto a scommetterci, lui non ha mai visto prima d'ora.»

«Mostratemela sulla mappa.»

Dopo che John ebbe descritto il suo piano e risposto a tutte le domande dei presenti, Garibaldi diede una manata sulla mappa ed esclamò: «Sì! Questo è proprio ciò che faremo!»

Enrico VIII arrivò a Ermont all'alba. Erano a soli otto chilometri dall'accampamento italiano ad Argenteuil, ma, quello, gli inglesi lo avrebbero scoperto solo il giorno successivo.

Il re smontò di cavallo e studiò il paesaggio, una vasta pianura verde sferzata dal vento. «Dov'è il fiume?»

«A sud, vostra maestà, a non più di un'ora di marcia», rispose Cromwell.

«E voi siete certo che ci sia un ponte?»

«Così mi è stato detto.»

«Robespierre lo difenderà con i denti, sempre che non decida di farlo saltare in aria.»

«Nel primo caso, ci sbarazzeremo delle difese. Nel secondo, ne costruiremo uno nuovo in meno di una settimana. Ho già ordinato di abbattere gli alberi del bosco che ci siamo lasciati alle spalle.»

«Spero che il vostro ottimismo si fondi su basi solide. Perché la mia tenda non è ancora pronta? Vorrei riposare e mangiare.»

«Vado a controllare, maestà.»

« Aspettate. Mi stavo chiedendo... Saranno loro a venire da noi o dovremo andare noi da loro? »

« Lo scopriremo molto presto, sire. A ogni modo, non ha molta importanza chi farà la prima mossa, perché i cannoni rigati e il vostro cuore intrepido faranno trionfare la Britannia. »

« Grazie, Cromwell. Riuscite sempre a dire esattamente ciò che desidero ascoltare. »

I tedeschi giunsero a Sevran, a nord-est di Parigi, a metà mattinata. Himmler, impegnato a studiare la zona con un cannocchiale, notò diverse colonne di fumo in lontananza. Sospettando che si levassero da un campo nemico, ordinò a una squadra di esploratori di andare a dare un'occhiata. Quando tornarono un'ora dopo, gli riferirono di una massiccia presenza di truppe francesi nei pressi di Drancy.

Il cancelliere raggiunse a grandi passi la carrozza del re per aggiornarlo. « A quanto pare, Massimiliano sapeva del nostro arrivo, altrimenti non avrebbe mai schierato i suoi uomini sul fianco orientale. »

« Perfetto », replicò il Barbarossa. « Questo vuol dire che il fianco occidentale è meno protetto, gli inglesi non avranno difficoltà a passare. E, una volta sconfitto Massimiliano, con l'aiuto di Stalin annienteremo Enrico VIII. Alla fine di questa campagna, l'Alemagna dominerà su larga parte dell'Europa. »

« Lo stesso obiettivo che mi ero prefissato in vita », affermò Himmler, con aria soddisfatta. « Detto ciò, dobbiamo guardarci le spalle dal nostro nuovo alleato. Stalin ha di certo le sue ambizioni di conquista. »

« Dove sono le sue truppe? »

«Dovrebbero arrivare in nottata, però le informazioni in mio possesso non sono attendibili. Comunque dirò a Stalin di aggirare le truppe inglesi per attaccarle alle spalle.»

«Stalin in persona è alla testa dell'esercito?»

«Così ho saputo.»

«Lo incontrerò da solo, so che tra voi due non corre buon sangue.»

«Per usare un eufemismo», ribatté Himmler, cercando di soffocare la mai sopita rabbia per il trionfo del russo sui nazisti.

Federico prese un dolcetto dal vassoio che uno dei suoi innumerevoli concubini gli aveva portato. «A vittoria acquisita, sazierò le sue brame di potere. Se lascerà subito la Gallia per tornarsene in Russia, gli fornirò le armi e gli uomini necessari per sconfiggere i cinesi.»

«E se rifiutasse?»

«Se invece mi chiedesse di spartirci la Gallia e la Britannia, ci alleeremo con i cinesi e lo annienteremo.» Prese un altro dolcetto, poi un altro e un altro ancora, fino a svuotare il vassoio. «Dov'è la donna?»

«In una carrozza vicina alla mia, sorvegliata a vista.»

«Accertatevi che non scappi di nuovo. È più preziosa di una miniera di diamanti.»

«State tranquillo, è piantonata da alcuni dei miei uomini migliori. Vi garantisco che alla fine si convincerà ad aiutarci a costruire le armi più potenti mai viste all'Inferno.»

John avrebbe voluto andare da solo, ma Antonio, Simon e Caravaggio insistettero per accompagnarlo. Aggirarono le postazioni francesi e arrivarono in prossimità dell'accampamento tedesco poco prima del crepuscolo. Quindi si piazzarono in cima a una collina, da cui godevano un'ottima visuale.

« È come cercare un ago in un pagliaio », disse John qualche minuto dopo, abbassando il cannocchiale. C'erano centinaia di carri e di tende, nonché migliaia di soldati in perenne movimento. « Perlomeno non dovrebbero esserci molte donne. »

« Forse la carrozza di Emily è vicina a quella del re », suggerì Antonio. « E la carrozza del re è di sicuro al centro del campo. »

« Come la riconosco? » chiese John.

« È più grande delle altre e più elegante. »

« Grazie tante, fin qui ci arrivavo anch'io. Ha bandiere o stemmi particolari? »

« È improbabile. Distinguerla dalle altre la renderebbe un bersaglio facile. »

Fino ad allora era rimasto in assoluto silenzio, poi Caravaggio indicò un punto dell'accampamento. « Potrebbe essere quella. C'è un viavai continuo di uomini in alta uniforme. »

Antonio e Simon furono d'accordo.

« Ottima vista », si congratulò John.

« Be', osservare è il mio lavoro », replicò il pittore.

La luce stava scemando, e i quattro continuavano a spostare l'attenzione da un carro all'altro senza nessun risultato. Antonio propose di rientrare alla base, ma John insistette per restare qualche altro minuto, anche se ormai riuscivano a distinguere soltanto le ombre.

« Là! » sussurrò d'un tratto Caravaggio.

Una figura massiccia fece scendere una donna da una carrozza presidiata da alcune guardie e l'accompagnò in una piccola tenda.

John cercò freneticamente di mettere a fuoco la tenda bianca indicata dal pittore e, quando ci riuscì, tenne le mani il più ferme possibile.

« Potrebbe essere la latrina per signore », disse Antonio.

Mentre il suo cuore batteva all'impazzata, John ricordò quando in Iraq era rimasto un giorno intero con l'occhio incollato al mirino di un fucile da cecchino. A differenza di allora, però, adesso il suo bersaglio non era un nemico da eliminare.

Quando la donna uscì dalla tenda, l'uomo l'afferrò subito per il polso. John la seguì con lo sguardo, passo dopo passo. Non poteva vederle il volto perché aveva il cappuccio del mantello calcato sulla testa, ma, quando lei salì i gradini della carrozza, il cappuccio le scivolò via.

Li vide grazie alla luce di una torcia.

Capelli biondi.

E, per un istante brevissimo, scorse il profilo del volto.

Emily.

« È lei », disse, più a se stesso che ai compagni.

« Sicuro? »

« Sì. »

« È lei », ribadì Caravaggio, abbassando il cannocchiale.

« Da cosa lo avete capito? » chiese John.

« Dal fatto che è bellissima, proprio come me l'avete descritta. »

Di ritorno all'accampamento, John andò subito da Adolphus.

Il vecchio monaco era inginocchiato al buio e smise di pregare solo quando si sentì toccare una spalla.

« Credo che le vostre preghiere siano state ascoltate. L'ho trovata. »

« Ne sono lieto. »

John si accovacciò in modo da guardarlo negli occhi. « Vorrei che faceste una cosa per me. Se non ve la sentite, potete rifiutarvi. »

« Vi ascolto. »

« Vorrei che portaste un messaggio a Emily. Voi parlate il tedesco e siete un monaco, nessuno vi considererà una minaccia. »

« Certo, figliolo. Lo farò volentieri. »

« Potrebbe comunque essere pericoloso. »

« Non ho paura. Persino all'Inferno mi rimetto alla volontà di Dio. Qual è il messaggio? »

« Ditele che sono qui per riportarla a casa e che andrò a prenderla il prima possibile. »

« Potrebbe pensare a una specie di trappola. »

« Fatele il mio nome. »

« Lei potrebbe averlo detto a qualcuno che adesso lo sta usando per ingannarla. »

« Adolphus, avete una mente contorta, lo sapete? »

« È una tecnica di sopravvivenza. Fornitemi un dettaglio che conoscete solo voi due. »

John rifletté per qualche istante. « Va bene, ripetetele queste parole: trenta TeV. »

« Trenta T-e-V. Giusto? »

« Giusto. »

« Che vuol dire? »

« È un termine tecnico. Bene, se siete pronto, andiamo, faremo un tratto di strada assieme. »

Adolphus si aggirava nell'accampamento tedesco come se fosse invisibile, ripetendo con un filo di voce: « John

Camp è qui. Trenta T-e-V. John Camp è qui per riportarvi a casa. Trenta T-e-V».

Quando alla fine un soldato alzò lo sguardo dal suo piatto di miglio, Adolphus lo benedisse e gli chiese dove si trovava la donna.

L'altro capì subito di chi stava parlando, perché la voce della presenza di una bionda nel campo si era propagata come un incendio. « È viva, lo sapete? »

« Sì. »

« Ed è per questo che volete vederla? »

« Esatto. Vorrei sapere se sulla Terra nostro Signore Gesù Cristo è ancora venerato come ai miei tempi. »

« Cristo non è più il mio Dio », commentò amaro il soldato. « La donna è in una carrozza vicina a quella del re. »

Adolphus la riconobbe immediatamente: era laccata d'oro e si trovava accanto alla tenda bianca di cui gli aveva parlato John. Era inoltre circondata da guardie armate di moschetti. « È qui la vivente? Questo povero e vecchio monaco vorrebbe parlarle. »

Il capitano delle guardie volle sapere chi fosse e come avesse fatto ad arrivare fin lì. Adolphus si limitò a rispondergli che, in quanto fedele suddito di re Federico, sperava vivamente di poter scambiare due parole con la donna, per chiederle del rapporto degli uomini moderni con Dio.

Il soldato gli intimò di andarsene se non voleva essere punito, tuttavia Adolphus provò in tutti i modi a fargli cambiare idea. E, quando un'altra guardia lo afferrò per il saio e cominciò a trascinarlo via, lui si mise a urlare in inglese: « Emily! Emily! Posso parlarvi? »

Andreas aprì lo sportello della carrozza e scese i gradini. La tendina di un finestrino si scostò appena e Adolphus scorse il volto di una donna.

Allertato da quel baccano, Himmler accorse sul posto.

«Cosa volete?» chiese Andreas.

«Ho un messaggio da riferirle.»

Himmler diede un ordine al capitano delle guardie, che reagì prontamente e si posizionò alle spalle del monaco.

Adolphus stava per dire qualcosa, quando il respiro gli si mozzò e vide la punta di una spada che gli spuntava dal ventre. Il capitano sfilò la lama con la stessa velocità con cui l'aveva affondata nelle carni del monaco, e Adolphus si accasciò al suolo su un fianco.

Andreas si inginocchiò accanto a lui e gli accostò l'orecchio alle labbra.

Un attimo prima di perdere i sensi, il monaco bisbigliò: «Trenta T-e-V».

«Che ha detto?» domandò Himmler.

L'eunuco si alzò e scrollò le spalle. «Un numero.»

«Quale?»

«Trenta.»

«Trenta? Tutto qui?»

«Credo di sì. Poi ha biascicato qualcosa che non ho capito.»

«Chi è?»

Nessuno lo sapeva.

«Non importa. Bruciate il corpo e tornate a dormire.»

Emily aveva seguito la scena dal finestrino e, quando Andreas tornò nella carrozza, gli chiese spiegazioni.

«Quel vecchio voleva parlarvi.»

«Come faceva a sapere il mio nome?»

«Non lo so.»

«Che voleva dirmi?»

«Aveva un messaggio per voi, un numero.»

«Cioè?»

« Trenta. »

« Trenta? E che significa? »

« Non ne ho idea. »

« Tutto qui? »

L'eunuco si concentrò per ricordare le ultime, confuse parole del monaco, e all'improvviso esclamò: « Ci sono! Ha detto: 'T-e-V'. Proprio così, T-e-V. »

Emily sentì un brivido correrle lungo la schiena. « Ne sei assolutamente certo? Ha detto proprio 'Trenta TeV'? »

Andreas annuì tutto contento.

Emily scoppiò a piangere. *Sono salva... Mio Dio, sono salva.*

27

Il fucile automatico rinculava sulla spalla a ogni raffica che John sparava nella direzione dei lampi provocati dalle armi dei talebani. Attraverso il visore notturno poteva vedere i suoi proiettili che polverizzavano i mattoni di fango.

« Come sta? » urlò nella radio.

« La pallottola gli ha trapassato la gamba, ma non ha preso l'arteria », rispose l'ufficiale medico. « Niente di grave. »

« Niente di grave un cazzo! » sbottò Stankiewicz, sofferente.

Quando si accorse che i due compagni erano esposti al fuoco nemico, John si accovacciò davanti a loro. « Mike? »

« Siamo sotto il fuoco nemico! » Entwistle e la sua squadra erano sul lato nord della fattoria.

« Billy, vai con i 40mm! »

Il sergente d'artiglieria esplose un colpo di M203 e la granata aprì un buco grande quanto un cocomero nel muro di cinta.

« Ancora, ancora! » ordinò John. « Mike, usa il lanciagranate! Dobbiamo buttare giù quel muro! »

« Ricevuto. »

Un istante dopo, John notò qualcosa spuntare dal buco nel muro e procedere a tutta velocità verso di lui. « RPG! » urlò, lanciandosi pancia a terra.

La granata sibilò sopra di lui ed esplose diverse decine di metri più avanti.

Anche Ben Knebel si era buttato a terra, sparpagliando in giro il kit di primo soccorso. « Cristo, c'è mancato poco! »

John sentì la voce calma del pilota del Black Hawk nelle cuffie: « Ehi, maggiore, vediamo i vostri fuochi d'artificio da un chilometro. Scarichiamo un po' di piombo sull'obiettivo? »

« Affermativo. Abbattete il muro perimetrale. Solo quello, però, non l'edificio. Ripeto, non l'edificio. Il bersaglio ci serve vivo! »

« Ricevuto. »

Di lì a poco i traccianti dell'M60C si abbatterono sul muro, seguiti un istante dopo dai 30mm dei cannoncini.

John si sfilò il visore notturno. Ogni esplosione illuminava a giorno la fattoria, in un irreale gioco di luce e oscurità. Quasi ipnotizzato dalla cruda bellezza di quello spettacolo, all'improvviso John udì un urlo agghiacciante nelle cuffie, quel tipo di urlo che, una volta sentito, non ti abbandona più per il resto della vita.

John si svegliò di soprassalto, guardandosi attorno per capire chi avesse gridato, ma sentì solo il russare roco di Simon provenire dalla branda accanto alla sua. Tirò via le coperte, scavalcò i compagni addormentati e uscì dalla tenda per prendere un po' d'aria.

Al sorgere del sole, quando anche gli altri si furono svegliati, una spessa coltre di nebbia era scesa sull'accampamento. Era la mattina della grande battaglia, e John fu soddisfatto di quelle condizioni atmosferiche: considerava la nebbia un'alleata preziosa e sperava che si diradasse il più tardi possibile. A preoccuparlo era invece Adolphus, dal momento che non aveva fatto ancora ritorno. La notte precedente, quando lo aveva lasciato in prossimità del campo tedesco, il monaco gli aveva assicurato che avrebbe ritrovato la strada da solo. Dopotutto, gli aveva detto, aveva peregrinato in quella regione per moltissimo tempo.

«Mi dispiace, non lo trovo», disse Antonio, dopo una rapida perlustrazione dell'accampamento.

«Quindi non so se Emily ha ricevuto il mio messaggio.»

Simon alzò la testa dalla sua ciotola di avena. «Scommetto che il monaco c'è riuscito.»

«Cosa ve lo fa credere?» chiese Caravaggio.

«All'Inferno, Simon è diventato ottimista», ridacchiò Garibaldi. «John, vi prometto che attaccheremo i tedeschi non appena avremo neutralizzato le truppe inglesi.»

John si sistemò la pesante sacca a tracolla sulla spalla e si avviò verso il suo cavallo. «Che lo spettacolo abbia inizio, allora.»

Enrico VIII era infuriato per la nebbia, e nessuno dei suoi consiglieri era in grado di calmarlo.

«Come possiamo sferrare un'offensiva senza vedere niente? Ero sfortunato in vita e lo sono anche da morto!»

«Anche gli altri sono nelle stesse condizioni, maestà», provò a spiegargli Oxford. «Avanzeremo con cautela fino alla Senna, dove la visibilità dovrebbe migliorare notevolmente.»

«Mandate degli esploratori in avanscoperta», sbottò il re. «E portatemi il montatoio, devo salire in sella al mio maledetto cavallo!»

Cromwell non era un soldato e non aveva nessuna intenzione di diventarlo quel giorno. Sarebbe rimasto al campo con un seguito di servi e alcune guardie. «Fate attenzione, maestà, e tenetevi lontano dai pericoli. Se veniste ferito o ucciso, il vostro regno cadrebbe come un castello di carte.»

«Siete un uccello del malaugurio, Cromwell. Ve l'ho mai detto?»

«Giusto ieri, vostra maestà.»

John sentiva lo scalpitio di migliaia di cavalli e il fragore dei carri d'artiglieria, ma non vedeva nulla per via della nebbia. «Sono vicini.»

«Spero non avvertano il vostro odore», replicò Antonio.

«Fintanto che vi resto vicino, non corriamo rischi.»

Simon tirò su con il naso e diede una pacca sulla groppa del cavallo per calmarlo. Caravaggio prese una granata dalla bisaccia e la ispezionò per l'ennesima volta.

«Fate attenzione», lo avvertì John. «È difficile dipingere senza braccia.»

«È proprio un oggetto affascinante.»

«Ho sempre detto ai miei uomini di non innamorarsi delle loro armi. Sono solo strumenti per portare a termine un lavoro.»

Garibaldi era stato convinto a restarsene nelle retrovie e a lasciare la carica iniziale agli ufficiali più giovani e agili, ma brontolava e grugniva ogni volta che un gruppo di soldati si riuniva e partiva al galoppo.

Il piano di John era in pieno svolgimento.

Venti unità, composte da trenta a cinquanta cavalieri, si erano posizionate a nord, est e ovest, per poi stringersi a cappio attorno alle truppe inglesi. In puro stile da guerriglia, al segnale di John ogni unità sarebbe entrata in azione senza sapere niente delle altre.

John controllò l'ora, non perché ne avesse bisogno per il piano, ma per ricordare a se stesso che aveva solo sei giorni per riportare Emily in Inghilterra.

« Quando? » chiese Antonio.

L'esercito inglese era sempre più vicino. « Presto. »

Appena prima dell'alba, un esploratore arrivò al galoppo per comunicare al Barbarossa che i russi erano giunti nottetempo e si stavano radunando nelle vicinanze. Stalin e la sua delegazione avrebbero potuto presentarsi da un momento all'altro.

Emily aveva trascorso una notte irrequieta, tanto che Andreas si era lamentato di non essere riuscito a chiudere occhio.

« È per il messaggio del vecchio monaco? »

« Sì. »

« Che vuol dire? »

« Significa che non sono sola. »

« Certo che non siete sola. Andreas è con voi. E qui fuori è pieno di gente. »

Provare a spiegarsi meglio sarebbe stato inutile. E, comunque, neppure lei sapeva bene cosa stesse accadendo. Chi era quel monaco? Chi lo aveva mandato? Qualcuno arrivato all'Inferno per lei? E come aveva fatto a trovarla in Francia? Era possibile tornare sulla Terra o le sue speranze erano destinate a infrangersi? « Vorrei lavarmi. »

Andreas sganciò la catena con cui era legata e l'accompagnò fuori. L'aria del mattino era fresca e l'accampamento era avvolto da una fitta nebbia. I soldati si stavano preparando infilandosi le armi nelle cinture, sellando i cavalli e spegnendo i fuochi del bivacco. All'interno della tenda adibita a latrina, Emily sentì i loro rozzi commenti su quel che le avrebbero fatto se solo avessero avuto una mezza possibilità e, quando uscì per sciacquarsi il viso, fissò i soldati più vicini con tutto il disprezzo di cui era capace.

Un improvviso scalpitio di cavalli mise gli uomini in agitazione.

« Stanno arrivando? »

« Sì, sono loro, ne sono certo. »

« Tenete le pistole a portata di mano, non possiamo fidarci di quella gente. »

Emily chiese ad Andreas di chi stessero parlando.

« I russi. »

Alcuni cavalieri in eleganti uniformi verdi e stivali neri smontarono da cavallo e formarono un cordone accanto al quale si fermò un carro dipinto, che a Emily ricordava un carrozzone da zingari che aveva visto in un film.

Per un paio di minuti, non accadde nulla.

Andreas tentò senza convinzione di riportarla sulla carrozza, ma anche lui sembrava interessato a vedere cosa sarebbe successo.

La situazione di stallo si sbloccò quando un tedesco scambiò due parole con un russo e tornò dal re. Poco dopo apparve il Barbarossa, le mani sui fianchi e lo sguardo furioso. Di lì a poco, un uomo con folti capelli argentati scese dal carro dipinto.

Era molto più basso di quanto Emily pensasse, ma i tratti del viso erano inconfondibili. Non c'erano dubbi, era Iosif Stalin. Il russo allungò bruscamente una mano, che Federico strinse per un solo secondo, quasi temendo un contagio. Infine, scortato da alcuni suoi ufficiali, Stalin seguì il re nella sua tenda.

« Andiamo, non c'è altro da vedere », disse Andreas.

Lei obbedì, ma dopo alcuni passi s'immobilizzò.

Un uomo magro, con una fossetta sul mento e grigi capelli ricci che spuntavano da sotto un morbido cappello, si affacciò dalla carrozza russa per qualche secondo.

Aveva un'aria familiare. Quell'occhiata fugace non le era bastata per riconoscerlo, ma aveva suscitato in lei un'emozione indistinta, un misto di tristezza e familiarità. Andreas la spinse dentro.

« Per quanto ancora dovrò stare qui? »

Andreas scrollò le spalle. « Non lo so. La battaglia comincerà presto. Immagino che vinceremo e poi torneremo a casa. »

« Anch'io vorrei tornare a casa », sospirò lei.

Massimiliano aveva deciso di restare a Parigi, lamentandosi del dolore alla gamba. Forneau non aveva tentato di fargli cambiare idea, perché il re, sul campo di battaglia, si rendeva spesso protagonista di atteggiamenti imprevedibili che creavano confusione fra le truppe. Inoltre il ministro era convinto che fosse la paura di battersi contro i tedeschi la vera ragione di quella scelta.

Era ancora buio quando Forneau aveva lasciato la città per raggiungere al galoppo l'accampamento francese. Quindi chiese a Orléans se la nebbia avrebbe avuto ripercussioni negative sul suo piano d'azione.

« Tutt'altro, ci avvantaggerà », rispose il militare azzimato e baldanzoso. « I tedeschi pensano che siamo a ovest, per fronteggiare gli inglesi, e invece siamo qui, pronti a contrastare la loro offensiva. »

« Ammiro molto il vostro spirito, duca. »

«Grazie. Come sta il re, se mi è consentita la domanda?»

«Non bene.»

«Capisco. Sapete, se oggi dovessimo trionfare, forse noi due dovremmo affrontare un certo argomento.»

«E quale, di grazia?»

«Stavo pensando che, per il bene del nostro regno, bisognerebbe essere pronti nel caso la salute di Massimiliano dovesse peggiorare all'improvviso.»

«Credo di capire quello che intendete.» In realtà, se mai avesse potuto, gli avrebbe risposto così: *Mio caro duca, se oggi la fortuna sarà dalla nostra parte, un uomo molto più onorevole di voi sarà re di Francia e, forse, di tutto l'Inferno.*

John scrutava la nebbia in attesa di vedere qualcosa.

E poi apparve: una chiazza rossa che ondeggiava nella brezza del mattino.

Una bandiera.

Lo stridio delle assi non ingrassate era sempre più forte, il brusio dei soldati più distinguibile. Ancora qualche minuto e sarebbero stati faccia a faccia con gli inglesi.

Era il momento.

John non avrebbe mai pensato di partecipare a un'altra battaglia, eppure in quel luogo, lontanissimo da casa, era di nuovo un militare.

Puntellandosi al pomolo della sella, lanciò con tutte le sue forze una granata, che descrisse un'alta traiettoria arcuata e sparì nella nebbia. Quattro secondi dopo, si udì una forte esplosione, seguita dalle urla dei soldati dilaniati.

Era quello il segnale. John partì al galoppo, con Antonio e Simon alla sua sinistra, Caravaggio alla sua destra e il resto dell'unità alle spalle.

Le truppe inglesi furono attaccate da ogni lato da circa trenta unità di soldati italiani. Una decina di esplosioni risuonò nell'aria e centinaia di soldati vennero fatte a pezzi.

Enrico VIII tirò le redini quando vide all'orizzonte piccole palle di fuoco levarsi dai quattro punti cardinali. « Cosa sta succedendo? »

Un soldato esplose un colpo di moschetto alla cieca e il re lo riprese chiedendogli a chi o cosa avesse sparato.

Oxford lo implorò di fare dietrofront, ma Enrico non voleva sentire ragioni: « Un re non si tira mai indietro. Insegniamo a quei cani francesi una lezione che non dimenticheranno mai ».

« Ascoltate, maestà », disse il duca, portando una mano a coppa sull'orecchio. « Sono italiani, non francesi. »

« E che diamine ci fanno qui gli italiani? »

Le truppe inglesi erano talmente confuse e terrorizzate per gli attacchi simultanei che i cavalieri italiani irruppero tra le loro file con facilità, tirando fendenti e sparando senza sosta. Il bersaglio di John, invece, non era fatto di sangue e carne, ma di metallo. Era stato lui a insegnare agli inglesi a costruire i cannoni La Hitte, e lui adesso li avrebbe distrutti. Quindi cavalcò verso la batteria di cannoni, urlando alla squadra di seguirlo.

Il primo che vide aveva la canna liscia, tuttavia decise di farlo saltare lo stesso.

Mentre afferrava una granata nella sacca a tracolla, un inglese gli si scagliò contro, ma Caravaggio gli recise di netto il braccio all'altezza del gomito.

John lanciò la bomba nella bocca del cannone e si allontanò mentre il pezzo di artiglieria esplodeva con un boato ovattato. «Cercate i cannoni rigati!»

Simon ne trovò uno, con i solchi ben visibili dall'apertura, e lo fece subito esplodere con una granata. John fece lo stesso con un altro esemplare. Nel giro di pochi secondi, le detonazioni riecheggiarono da ogni angolo.

Una ventina di metri davanti a lui, John notò una bandiera identica a quella che aveva visto a Hampton Court. E lì accanto, in sella a un cavallo nero, c'era Enrico VIII che agitava la spada e urlava ordini ai suoi uomini. John ebbe l'impressione che anche lui lo avesse visto e, sebbene fosse troppo distante per averne la certezza, credette di scorgere un'espressione terrorizzata sul suo viso. Poi il re fece dietrofront e fuggì al galoppo.

Garibaldi era al sicuro nelle retrovie. Il fragore della battaglia aveva risvegliato in lui il vigore di un tempo, ma le articolazioni malandate non gli permettevano di lanciarsi nella mischia. In sella al suo cavallo, fiancheggiato da due tra gli ufficiali più anziani, uomini che si erano uniti alla sua causa anni prima, si lamentava per la mancanza di notizie. La nebbia si era un po' diradata, ma attraverso il cannocchiale riusciva a vedere solo la luce arancione delle esplosioni.

«Stiamo vincendo?» continuava a ripetere. «Stiamo vincendo?»

Le esplosioni sembravano tuoni in lontananza.

«Ci siamo», disse Forneau.

«Già.» Quando il duca d'Orléans montò in sella, il suo attendente sventolò una bandiera per segnalare alle truppe che era il momento di mettersi in marcia.

Anche il ministro saltò in groppa al suo cavallo.

« Che state facendo? Voi non siete un soldato. »
« Vi sbagliate. Oggi siamo tutti soldati. »

A ovest di Parigi, i due schieramenti si stavano fronteggiando da un'ora. Garibaldi era talmente irrequieto per la mancanza di notizie che più d'una volta i suoi ufficiali avevano dovuto trattenerlo fisicamente per impedirgli di galoppare verso il campo di battaglia.

Alcune grida si levarono all'improvviso e dalla nebbia emersero uomini che correvano in direzione dell'accampamento italiano.

Inglesi.

A giudicare dalla loro caotica formazione, era chiaro che si trattava di una ritirata. Quando videro le truppe italiane di retroguardia, entrarono nel panico. Presi tra due fronti, qualcuno lasciò cadere le armi e si arrese, altri sollevarono le spade, pronti a combattere.

« Alle armi! » urlò Garibaldi. Niente e nessuno, adesso, poteva impedirgli di battersi. Il generale centrò un inglese alla fronte con un colpo di pistola, poi estrasse la spada e partì alla carica.

Vedendo un nemico armato di picca correre incontro al suo generale, una guardia del corpo gli si piazzò davanti per proteggerlo. La lancia la passò da parte a parte per poi andare a conficcarsi in un polpaccio di Garibaldi. Sebbene ferito, il generale affondò la spada nel cranio dell'inglese; poi smontò di sella e si inginocchiò accanto alla guardia agonizzante per sussurrarle qualche parola di conforto.

Fu allora che John, Antonio, Simon e Caravaggio arrivarono al galoppo, attaccando gli inglesi alle spalle. La battaglia ebbe fine quando sopraggiunse un altro contingente italiano e i nemici furono completamente sbaragliati.

John scese da cavallo e corse dal generale. « Siete ferito. »

« Un graffio al confronto di quanto successo al mio amico. »

« Mi spiace, non c'è niente da fare per lui. Venite, vi medico la gamba. »

Mentre gli fasciava la ferita, il rombo e il cigolio di carri pesanti riempirono l'aria.

« Stanno tornando! » esclamò Garibaldi. « Dobbiamo andare. »

« No », lo tranquillizzò John. « È un regalo per voi. »

Una decina di carri carichi di cannoni squarciò il velo di nebbia. Grida di giubilo risuonarono in tutto il campo e, per la felicità, Caravaggio abbracciò Simon.

« Quando gli inglesi hanno battuto in ritirata, ho deciso di non distruggerli tutti », spiegò John.

« Ottimo lavoro », si congratulò Garibaldi, asciugandosi le lacrime di gioia. « Vi assicuro che farò buon uso di questa artiglieria. »

« Molto probabilmente gli inglesi si riorganizzeranno, è troppo presto per cantare vittoria. »

« Avete ragione. » Garibaldi si ispezionò il polpaccio. « Ottima fasciatura, grazie. Adesso aiutatemi ad alzarmi. »

Quando tutti i soldati furono tornati all'accampamento, Garibaldi tenne un discorso per lodare il loro coraggio, ricordando che c'era ancora molto da fare.

Dal momento che la nebbia era quasi sparita, sarebbero riusciti a prepararsi, in caso gli inglesi avessero lanciato una controffensiva. Parte delle truppe sarebbe rimasta sul posto per quella eventualità, mentre le altre si sarebbero unite alle forze francesi contro i tedeschi.

John illustrò agli artiglieri come caricare e fare fuoco con i cannoni La Hitte e poi fu avvicinato da Garibaldi.

Il generale camminava aiutandosi con un nuovo bastone intagliato da Caravaggio. « È tempo di onorare la mia promessa. Andiamo da Emily. »

28

Qualcuno bussò con forza alla porta.

Benona posò la sigaretta e lanciò un'occhiata a Woodbourne, che impugnò la pistola e le intimò di non fiatare.

« C'è nessuno? » Era una voce femminile. « Sono Robin Glover, dei servizi sociali. Sono qui per Polly. »

« Cosa faccio? » sussurrò Benona.

« Zitta! »

« Mrs Siminski, so che è in casa, il televisore è acceso. Dobbiamo parlare, è molto importante. Polly non va a scuola da più di una settimana, però lei non ha presentato nessun certificato medico. » Dopo una lunga pausa, aggiunse: « Senta, Mrs Siminski, se non apre la porta sarò costretta a rivolgermi alla polizia ».

Woodbourne tirò indietro il carrello della pistola. « Mandala via », bisbigliò. « Ma non farla entrare, mi raccomando. »

Benona andò a tirare lo sciacquone del water in bagno e poi, avvicinandosi alla porta, chiese: « Chi è? »

« Robin Glover, dei servizi sociali. Sono qui perché Polly manca da scuola da alcuni giorni. Posso entrare, per favore? »

« No. Ho la febbre e adesso non sono vestita. »

« Polly è in casa? »

« No. »

« E dov'è? »

« Da mia sorella. »

« E sua sorella dove vive? »

« In Polonia. »

« Capisco. Ma lei ha chiamato la scuola per dire che stava male. »

« Lei adesso sta bene, ma io mi sono ammalata. È per questo che l'ho mandata da mia sorella. »

Polly mise la testa fuori dalla sua stanza e Benona le intimò a gesti di non muoversi.

« Senta, temo che dovrà farmi entrare lo stesso. Ho il dovere di accertarmi che sua figlia stia bene. »

« Sto male. Se ne vada. »

« Cos'è questa puzza? Mrs Siminski, sono molto preoccupata per sua figlia. »

« Le ho detto di andarsene. »

Poco dopo, sentirono dei passi che scendevano le scale. Woodbourne dischiuse appena le tende e la vide attraversare la strada. Quando la donna si voltò verso la finestra, lui si ritrasse di scatto.

« Merda! »

« Adesso devi proprio andartene », disse Benona.

« Non mi va. » Sembrava quasi triste.

« Guarda che quella tornerà con la polizia. »

« Non so dove andare. »

« Prima o poi un posto lo trovi. Ti darò tutto il denaro che ho in casa. Ti prego. »

« Vuoi venire con me? »

« Ma sei impazzito? »

« No, sono disperato. »

Arabel mise una zolletta di zucchero nel suo caffè. Poi un'altra, e un'altra ancora. Trevor seguiva quel rituale con un'espressione divertita, e lei avvampò quando si accorse di essere osservata. « Sì, ho un debole per lo zucchero. »

«Povero caffè.»

Ci aveva messo un po', ma alla fine Trevor era riuscito a farle mantenere la promessa di vedersi. Erano le cinque di un martedì pomeriggio e i figli di Arabel erano a casa di un vicino.

Il MAAC era tranquillo, troppo tranquillo. Matthew Coppens teneva occupati gli scienziati e i tecnici con dei lavori di manutenzione, ma la frenesia e l'entusiasmo delle settimane passate erano ormai un ricordo lontano. Mancavano sei giorni al quarto e ultimo riavvio, e tra gli addetti ai lavori il successo dell'operazione era dato uno a cento. In previsione dell'imminente chiusura del laboratorio, molti avevano cominciato ad archiviare i propri documenti e a mettere via gli effetti personali.

Arabel assaggiò il caffè e decise che era ancora amaro. «Proprio non capisco perché non vuoi dirmelo.»

«Dirti cosa?»

«Che Emily è morta.»

«Non posso dirtelo perché Emily non è morta.»

«Non sono un'idiota, lo sai.»

«E io non ti sto mentendo.»

«Ma non puoi dirmi cos'è successo o dove si trova mia sorella.»

«Vorrei poterlo fare.» Poi, prendendo il menu, chiese: «Che fanno di buono in questo posto?»

«Tu non vuoi dirmi la verità, ma io sì. Qui è tutto pessimo. Anche il caffè.»

Il nervosismo di Woodbourne era palpabile. Aveva fumato tutto il pomeriggio, camminando e imprecando in continuazione.

Distratta dal suo comportamento, Benona aveva bruciato la torta che aveva preparato per Polly. Le era andata meglio con il bucato, che adesso stava strizzando e appendendo in bagno. Fu allora che qualcuno bussò alla porta. La donna corse nella stanza di Polly, si chiuse dentro e si sedette sul letto, stringendo la figlia al petto.

« Mrs Siminski, polizia! Apra subito! »

Woodbourne estrasse la pistola.

« Siamo preoccupati per la salute di sua figlia. Se non apre, siamo autorizzati a entrare con la forza. »

In preda alla rabbia, Woodbourne sparò tre volte.

Benona e Polly cominciarono a urlare.

L'uomo aprì la porta di schianto e finì con un colpo alla testa i due agenti di polizia feriti che si contorcevano a terra. Poi si lanciò all'inseguimento della donna dei servizi sociali, che stava correndo disperata giù per le scale.

La raggiunse all'altezza del portone d'ingresso. « Vacca schifosa, hai mandato tutto a puttane! » Anche se il primo proiettile fu sufficiente a ucciderla, lui ne esplose altri due per sfogare la frustrazione. Poi, sbuffando come un toro infuriato, tornò di corsa nell'appartamento.

Benona alzò lo sguardo quando lui entrò e poi affondò il volto nel petto della figlia.

« Guardami! » urlò lui.

« No! »

« Guardami, ho detto! » L'afferrò per il maglione e la sollevò di peso.

« Li hai uccisi? »

« Sì. »

« Cosa vuoi farmi? »

« Quello che avrei voluto fare dal primo momento che ti ho vista. »

Le passò il braccio sinistro dietro il collo, l'avvicinò a sé e la baciò sulle labbra.

Poi la lasciò andare. Scioccata, lei cadde sul letto e abbracciò di nuovo la figlia.

« Addio. »

« Te ne vai? » chiese lei tra i singhiozzi.

« Sì. »

« Dove? »

« Non ne ho idea. »

« Prendi i soldi nella mia borsa. »

« No, tieniteli. » Rimise la pistola in tasca. « Grazie. »

« Di cosa? »

« Per essere stata gentile con me. »

« Ero tua prigioniera. »

« Ciò non toglie che mi hai trattato bene. »

« Okay, lo ammetto, hai ragione. »

« Perché? »

« Sei un criminale, ma in te c'è anche del buono. Sei come me. »

« Ricordati. Se finirai all'Inferno, mi prenderò cura di te. »

Trevor si scusò prima di rispondere al cellulare e si scusò di nuovo quando si alzò per andarsene.

« Tutto okay? » domandò Arabel.

« Sì, ma devo sbrigare una faccenda urgente. » Lasciò una banconota da venti sterline sul tavolino.

« Riguarda Emily? »

« No, lei non c'entra. Possiamo rivederci? »

« Sì, certo. Non aspetti il resto? »

« Lascia una bella mancia alla cameriera e tieni quello che avanza. Me lo restituirai la prossima volta. »

Trevor arrivò al Town Mead di Croydon mentre la polizia locale sgomberava gli studenti dai campi da gioco, discutendo con gli allenatori e i genitori infuriati che pretendevano una spiegazione ben più articolata di un secco « questione di sicurezza ». Si presentò ad alcuni agenti che stavano scrutando il cielo.

Poi apparve un puntino a est e, un minuto dopo, l'elicottero dell'MI5 atterrò accanto al campo da calcio e ripartì non appena Trevor fu salito a bordo.

Mentre si allacciava la cintura di sicurezza, Ben Wellington gli passò un paio di cuffie con microfono.

« Lo avete preso? »

« No, ma l'abbiamo trovato. »

« Dov'è? »

« Sulla M1, si sta dirigendo a nord. Ha rubato un'auto a Hackney dopo aver ammazzato il conducente. Un altro elicottero lo sta seguendo e la polizia gli è quasi addosso. »

« Sicuri che sia lui? »

« Abbiamo mandato una squadra nell'edificio dove si è consumato il triplice omicidio. Una donna ha confermato che è lui al cento per cento. L'uomo è rimasto nel suo appartamento per più di una settimana, tenendo in ostaggio lei e la figlia. »

« Come mai non l'ha ammazzata? »

« Sembra che tra i due si sia creato uno strano legame. Libero di non crederci, ma a quanto pare Woodbourne l'ha baciata prima di andarsene. »

L'elicottero sorvolava la M25 in direzione est. Poi il pilota ricevette una comunicazione via radio e virò a nord verso la M1.

Ben studiava una cartina mentre parlava sia con gli agenti a terra sia con i colleghi sul secondo elicottero. Approfittando di un attimo di tregua, mostrò la mappa a Trevor. « Non possiamo permetterci altre vittime. Se tentassimo di acciuffarlo in autostrada, rischieremmo di fare un gran casino. Quindi pensavo di bloccare il traffico all'altezza dello svincolo 12 e deviare le auto verso Toddington... »

« ... in modo che Woodbourne si ritrovi sulla meno trafficata A5120. »

« Esatto. »

Quando arrivarono all'altezza dell'uscita per Toddington, il blocco era già attivo, e una lunga coda di auto si estendeva verso sud. L'altro elicottero dei servizi di sicurezza si librava sopra lo svincolo, mentre il loro girava in cerchio sulla zona. Entrambi gli equipaggi cercavano la Volvo argentata di Woodbourne.

« Eccola! » esclamò Ben. « È a circa quattrocento metri dallo svincolo. »

A causa del blocco, le auto incolonnate si muovevano a passo d'uomo. Trevor riusciva a vedere i lampeggianti azzurri delle volanti della polizia del Bedfordshire ferme su entrambi i lati della A5120.

Qualche minuto dopo, la Volvo imboccò lo svincolo e si diresse a est.

« Puoi atterrare sulla strada? » chiese Trevor al pilota.

« Ci provo. »

« Ben, di' alla polizia di stargli alle calcagna in modo che non possa fare inversione. Se atterriamo davanti a quella rotatoria, vicino agli alberi, non potrà scapparci. »

L'altro comunicò il piano d'azione agli agenti in strada. Il pilota si abbassò rapidamente, ma le auto incolonnate rendevano impossibile qualunque manovra. L'elicottero si librò per un po' a sei metri da terra finché gli automobilisti, spaventati, non rallentarono lasciando uno spazio sufficiente all'atterraggio.

« Sei armato? » chiese Trevor.

« No. In realtà speravo che ti fossi portato la tua pistola. »

C'erano circa otto auto tra loro e la Volvo.

Woodbourne stava imprecando come un ossesso. Imbottigliato nel traffico, non aveva la possibilità di fare inversione né di accostare. Un elicottero era atterrato qualche metro più avanti e un secondo gli volava sopra la testa. Poi nello specchietto retrovisore notò alcuni poliziotti armati che correvano verso di lui, urlando agli automobilisti di scendere dalle auto e di allontanarsi.

Trevor e Ben stavano facendo altrettanto sul lato opposto della strada.

Quando li vide, Woodbourne uscì dall'auto puntando la pistola da una parte all'altra. Terrorizzati, gli automobilisti nelle vicinanze si accovacciarono.

Trevor e Ben erano a tre macchine di distanza.

« Brandon Woodbourne! Mi chiamo Trevor, amico. Sono qui per aiutarti. »

In quel momento, un agente di polizia urlò: « Butta la pistola a terra o apriamo il fuoco! »

« Cristo santo, ci serve vivo! » esclamò Trevor.

« Fermi, non sparate! » urlò Ben. « Siamo dei servizi di sicurezza. »

Woodbourne esplose quattro colpi contro i poliziotti. Un parabrezza andò in frantumi e gli agenti si lanciarono a terra.

Trevor ne approfittò per avvicinarsi, ma quando era a due auto dalla Volvo Woodbourne si voltò. « Sono disarmato. So chi sei, amico. So da dove vieni e so che sei spaventato a morte. Le cose sono cambiate molto dai tuoi tempi, eh? Sono certo che sei confuso. Vieni con me, ci sono alcune persone che possono aiutarti. Metti giù la pistola, okay? »

Woodbourne lanciò un'occhiata veloce alle sue spalle. La polizia stava avanzando lentamente. Poi vide una donna nell'auto dietro di lui, e capì che sarebbe stato un gioco da ragazzi prenderla in ostaggio. Invece emise un sospiro profondo, si puntò la pistola alla tempia e premette il grilletto.

L'arma fece cilecca.

Trevor gli fu addosso in un paio di secondi. Ringhiando come un animale selvaggio, Woodbourne sollevò i pugni, ma Trevor lo scagliò a terra e lo immobilizzò fino all'arrivo degli agenti, che lo ammanettarono ai polsi e alle caviglie.

« Tutto okay? » chiese Ben.

« Mai stato meglio », rispose lui ansimando, con le mani sulle ginocchia.

« Ti ho lasciato fare perché mi sembrava giusto che fossi tu a catturarlo. »

Trevor scoppiò a ridere, poi si avvicinò al prigioniero. « Grazie per la collaborazione, Mr Woodbourne. »

« Ma quale collaborazione? Schifoso bastardo! »

« Ero ironico, idiota. Allora, ti va di fare un bel giretto in elicottero fino a una comoda cella imbottita? »

29

Le detonazioni dei cannoni si alternavano agli scoppiettii dei moschetti. John non sapeva chi avesse lanciato l'offensiva, ma di certo francesi e tedeschi si stavano dando battaglia. A mezzogiorno, con la nebbia ormai del tutto diradata, John era alla ricerca di un'altura da cui seguire l'evolversi degli eventi.

Le truppe di Garibaldi avrebbero attaccato il fianco tedesco di Drancy, mentre lui avrebbe guidato la sua unità in un'incursione nell'accampamento di Sevran. Il generale italiano disponeva di sei La Hitte e di decine di cannoni più piccoli; il resto dell'artiglieria era rimasto a ovest per respingere un'eventuale controffensiva inglese.

Nei pressi di Drancy, Garibaldi aveva intimato l'alt e aveva fatto cenno a John di avvicinarsi. Era giunto il momento di dividersi. « Addio, amico mio. Spero con tutto il cuore che riusciate a trovare Emily e a tornare sani e salvi sulla Terra, per vivere la vostra vita in amore e armonia. »

« Grazie, generale. È stato un onore conoscervi. »

Non si erano detti altro. Erano entrambi soldati e i soldati tenevano sempre sotto controllo le proprie emozioni.

John si era allontanato al galoppo assieme a Simon, Antonio e Caravaggio e ad altri cinquanta uomini. A metà strada per Sevran, vide finalmente una collina che faceva al caso loro e galoppò fino alla cima per assistere alla battaglia che stava infuriando in lontananza.

« Da qui è impossibile stabilire chi stia avendo la meglio », commentò rivolto ad Antonio.

«Speriamo solo che s'indeboliscano a vicenda.»

«Guardate là!» intervenne Simon. «Il nostro esercito è in posizione, pronto ad assestare il colpo di grazia ai tedeschi. Poi marcerà alla volta di Parigi e finalmente Massimiliano assaggerà il ferro della sua ghigliottina.»

«Italia e Gallia unite sotto un'unica bandiera, Giuseppe Garibaldi», disse con orgoglio Caravaggio. «Ed è solo l'inizio.»

«Andiamo, non c'è tempo da perdere», li spronò John.

Quindici minuti dopo, appostati sulla stessa collina del giorno precedente, fissavano sbalorditi l'orizzonte. L'accampamento era identico a come lo ricordavano, ma, a meno di due chilometri di distanza, era schierato un esercito più numeroso di quelli tedesco e francese messi assieme.

«Chi diavolo sono?» chiese John.

«Questa proprio non ci voleva», commentò Antonio, emettendo un fischio basso.

«Altri tedeschi?»

«Peggio. Quelle sono le insegne russe.»

«Barbarossa è scaltro», intervenne Simon. «Evidentemente ha stretto un'alleanza con lo zar.»

«Qualcuno che conosco?» volle sapere John, perlustrando il campo con il cannocchiale.

«Si chiama Stalin.»

«Cristo, l'uno peggio dell'altro...»

«E ora che facciamo?» domandò Caravaggio. «Se tentiamo una sortita, i russi ci saranno addosso in un istante.»

John individuò la carrozza di Emily, circondata dalle guardie. «Datemi un minuto per riflettere.»

Emily era così vicina, eppure così lontana. Lui era consapevole che un attacco diretto sarebbe finito in un'inutile strage. C'era solo una cosa da fare e, quando mise bene a fuoco la sua idea, la espose ai compagni.

« E noi? » chiese Caravaggio.

« Assieme agli altri uomini, galoppate veloci come mai avete fatto in vita vostra. »

John rimase sulla collina per ore, osservando l'accampamento attraverso il cannocchiale con tale intensità che, alla lunga, gli era venuto un mal di testa lancinante. Emily non era ancora uscita dalla carrozza, sempre che fosse lì dentro. Le truppe russe non si erano mosse, a eccezione di alcuni cavalieri che avevano fatto la spola con Drancy, dove tedeschi e francesi si stavano dando battaglia. Evidentemente Federico aveva stabilito di farli intervenire solo in caso di necessità. Oppure aveva avuto la stessa idea di Garibaldi: sconfiggere i francesi e, poi, conquistare Parigi con l'aiuto di Stalin.

Sentendo uno scalpitio alle sue spalle, John si nascose dietro un albero. Ma erano Antonio, Simon e Caravaggio.

« Ce l'avete fatta? »

« Giudicate voi. »

Un attimo dopo, percepì il cigolio dei carri pesanti, il suono più dolce che avesse mai udito in vita sua. Quando Garibaldi apparve in cima alla collina, John lo aiutò a smontare di sella.

« Non ce la fate proprio a starmi lontano », scherzò il vecchio generale, dandogli una pacca sulle spalle. « Dove sono quei dannati russi? »

John gli passò un cannocchiale.

« Non mi piace affatto. Chissà quali sono i loro accordi. Una volta consolidato il mio potere, speravo di stringere un patto con Stalin in futuro. »

«Il futuro è adesso», ribatté John. «Per fortuna siete riuscito a trasportare i cannoni quassù.»

«È stata dura, abbiamo usato tutti i cavalli a disposizione. Adesso, però, è tempo di vedere se la loro gittata è prodigiosa come affermate.»

«Resterete a bocca aperta, ve lo garantisco. Piuttosto, è possibile che i russi abbiano sviluppato una tecnologia simile?»

«In quel caso, lo saprei.»

«Spero che abbiate ragione.»

A causa dello spazio ridotto, i cannoni furono sistemati l'uno accanto all'altro, un assetto che in altre circostanze John non avrebbe mai adottato. Tuttavia, a meno che Garibaldi non si fosse sbagliato, i russi non sarebbero mai riusciti a rispondere al fuoco con i loro pezzi d'artiglieria convenzionali.

John li caricò di persona a uno a uno e, dopo aver sollevato le canne assieme a una squadra scelta di artiglieri, tornò accanto a Garibaldi. «Sparerò un colpo per accertarmi che la mira e la gittata siano corrette. Non voglio che qualche proiettile finisca nel campo tedesco.»

«Procedete pure.»

John accese la carica e trattenne il respiro fino a quando la polvere da sparo non si incendiò. Poi, con un lampo e un boato terrificante, il cannone fece fuoco e, tre secondi dopo, il proiettile si abbatté tra le file russe. Con il cannocchiale, vide corpi a terra e soldati che correvano da una parte all'altra.

«Incredibile!» esclamò Caravaggio. «Che il sangue russo si sparga sul suolo francese!»

John regolò lievemente la mira e ordinò agli artiglieri di procedere. Una decina di proiettili si abbatté sui russi, che non sapevano cosa fare e come ripararsi. I cannoni furono ricaricati e subito fecero di nuovo fuoco.

Intanto John teneva d'occhio l'accampamento tedesco, dove nel frattempo era stato dato l'allarme. I soldati salivano sui carri per cercare di capire cosa stesse accadendo, mentre altri attaccavano i cavalli a qualsiasi mezzo dotato di ruote. Poi, l'uomo che il giorno precedente aveva accompagnato Emily nella tenda bianca uscì dalla carrozza e si guardò attorno.

John fece un segno ai suoi uomini e si avvicinò a Garibaldi. « Abbiamo abbastanza munizioni per tenere impegnati i russi per un po'. Devo agire prima che i tedeschi abbiano la possibilità di spostarsi. »

« Buona fortuna, allora. Attenderò con trepidazione il vostro ritorno e quello di Emily. »

John saltò in sella al suo cavallo, subito imitato da Antonio, Simon e Caravaggio. I quattro si scambiarono sorrisi tirati.

« Non siete obbligati a venire, questa è la mia missione. »

« Non mancherei per nulla al mondo », replicò Simon.

« Io voglio soltanto una cosa in cambio », dichiarò Caravaggio, con uno scintillio negli occhi. « Vorrei baciare di nuovo una donna viva. Il solo sfiorare le labbra della vostra Emily mi ricompenserà del rischio che sto per correre. »

« Glielo chiederete voi stesso, io comunque metterò una buona parola. »

Himmler era disperato.

Sebbene in vita fosse stato a capo delle SS, non era mai stato un vero soldato. All'Inferno aveva ottenuto il favore del re grazie alle sue doti organizzative e politiche, anche se il Barbarossa non aveva un'alta considerazione di coloro che non sapevano impugnare una spada.

Quella mattina, montando sul suo cavallo per andare in battaglia contro i francesi, Federico lo aveva deriso: «Non fate quella faccia, cancelliere. Stalin vi guarderà le spalle e io mi occuperò di Massimiliano. Sarete al sicuro come un moccioso in fasce».

Adesso, però, Himmler non si sentiva affatto al sicuro. Chi stava bombardando i russi? I francesi avevano forse delle truppe di riserva? E cosa avrebbe dovuto fare lui? Ordinare ai soldati rimasti al campo di mantenere la posizione? In caso contrario, quale direzione portava alla salvezza e quale alla rovina? O forse avrebbe fatto meglio a tagliare la corda scortato dalle sue guardie del corpo? Paralizzato dall'indecisione, correva in giro senza concludere nulla.

Poi, quando un soldato avvistò alcuni cavalieri in avvicinamento, il terrore gli straziò il cuore come una lama incandescente. «Chi sono?»

«Non ne ho idea, non hanno insegne.»

«Che aspettate? Organizzate una linea difensiva! E qualcuno corra ad avvisare il re che siamo sotto attacco! Ci servono rinforzi!» Himmler si trovava vicino alla carrozza del Barbarossa, ma la reputava un pessimo nascondiglio. Quindi lo sguardo gli cadde su quella di Emily. Dopo aver ordinato alle sue cinque guardie del corpo di stargli vicino in modo però da non attirare troppo l'attenzione, il cancelliere prese a bussare alla porta come un forsennato.

«Chi è?» chiese Andreas.

«Sono il cancelliere, idiota, apri!» Rosso in volto, Himmler si sedette su uno sgabello di legno.

«Che sta succedendo?» volle sapere Emily.

«Un attacco, ma è tutto sotto controllo.»

«Non si direbbe proprio.»

«Zitta, tenete la bocca chiusa.»

Sebbene fosse spaventata, Emily celava la paura dietro un sorriso glaciale. «Direi che siete venuto a nascondervi sotto le mie gonne.»

«Vi ho detto di stare zitta!»

John si era lanciato al galoppo. I primi colpi di moschetto, apparentemente esplosi alla cieca, abbatterono due uomini alle sue spalle. Avevano ancora una piccola riserva di bombe a mano e numerose munizioni per fucili e pistole, ma John aveva ordinato ai suoi di aprire il fuoco solo quando fossero stati all'interno dell'accampamento: non voleva rischiare che una pallottola vagante o le schegge di una bomba colpissero Emily. E così, con le spade sguainate e le detonazioni dei cannoni alle spalle, la sua unità irruppe tra le file tedesche.

Qualche soldato se la diede subito a gambe, altri opposero una qualche resistenza, e presto John e i compagni si ritrovarono a squarciare gole, spalle e braccia. Man mano che si avvicinavano al cuore del campo e alla carrozza di Emily, i soldati nemici aumentavano e si facevano più agguerriti.

«Attento, John!» urlò Simon.

Un tedesco gli si lanciò addosso dal tetto di un carro e gli fece perdere l'equilibrio.

Rimasto incastrato con un piede nella staffa, fu trascinato a testa in giù per diversi metri, prima di liberarsi e cadere di schiena a terra. Il tedesco gli si avventò contro brandendo un pugnale.

Simon smontò di sella per correre in suo aiuto, ma, nei pochi secondi che gli ci vollero per arrivare sul posto, John aveva già spezzato il polso del nemico e gli aveva piantato il coltello nella gola. Il suo cavallo si era ormai dileguato, ma la carrozza di Emily non era lontana. E in ogni caso John preferiva spostarsi a piedi in quel labirinto di tende, fuochi da campo e carri.

Antonio e Caravaggio scesero di cavallo e lo seguirono, mentre gli altri italiani si divisero per sbarazzarsi degli ultimi nemici. Nelle forze speciali, quel tipo di incursione era chiamato «corri e spara». L'unica differenza, pensò John, era che in quel caso al posto di un'arma automatica aveva una spada, ma la determinazione a raggiungere l'obiettivo era la stessa.

Finalmente individuò la carrozza di Emily.

«È quella?» gridò Antonio.

«Sì, tre carrozze dopo quella dipinta», rispose Caravaggio.

La conferma arrivò quando cinque enormi soldati dall'aria feroce si piazzarono davanti allo sportello e sollevarono i moschetti.

«Giù!» esclamò John, un secondo prima che una raffica di proiettili sibilasse sopra le loro teste.

Simon fu colpito al braccio sinistro, ma, accecato dal dolore e dalla rabbia, continuò ad avanzare e si scagliò contro i nemici. «Maledetti tedeschi!»

I suoi compagni lo imitarono senza esitare e fecero fuori i cinque soldati prima che potessero ricaricare.

Poi John prese a spallate lo sportello chiuso finché il legno non cedette.

Era dentro.

Le tende erano chiuse, e ci mise un po' ad abituarsi alla penombra.

Un gigante gli bloccava la visuale, ma alle sue spalle c'era lei, con una catena al polso. Un ometto al suo fianco le puntava una pistola alla testa.

Il tempo si fermò.

Ogni cosa si arrestò.

Il fuoco dei cannoni e le urla della battaglia cessarono all'improvviso.

C'erano soltanto loro due in quel folle mondo.

E poi lei sorrise, un sorriso magnifico e luminoso, il primo raggio di sole che John aveva visto da quando era arrivato all'Inferno.

« Sei tu... »

« Scusa se ci ho messo tanto. »

Andreas avanzò di un passo, minaccioso. Anche Antonio entrò e imprecò di fronte a quella situazione di stallo.

« Questi simpaticoni parlano inglese? » le chiese John.

« Io sì », disse Himmler. « Non un passo, altrimenti ammazzo la donna. »

« State calmo, amico, non c'è bisogno di agitarsi, va bene? »

« Un altro vivente? Molto interessante. Come vi chiamate? »

« John Camp. »

« Giù la spada, Mr Camp. E dite al vostro amico di fare altrettanto. »

John obbedì, e Antonio lo imitò un istante dopo.

« Voi sapete il mio nome. Ora ditemi il vostro, così potremo discutere da uomo a uomo. »

« Heinrich Himmler. »

« State scherzando? »

« No », intervenne Emily.

« E io che credevo di averle viste tutte in questo posto

assurdo... » Poi, indicando Andreas: « Chi è lo scimmione, un altro nazista? »

« Si chiama Andreas. È stato buono con me, John, non fargli del male. »

« Puoi dirgli di spostarsi? »

« Andreas, lui è un mio amico », gli spiegò Emily in tedesco. « Ha fatto un lungo viaggio per venire a salvarmi. Ti prego, non ostacolarlo. »

Prima che l'eunuco potesse replicare, Himmler gli ordinò, in nome di sua maestà Federico, di ignorarla.

Confuso, Andreas si passò una mano sulla testa.

« So che non vuoi che mi accada nulla di male », insistette Emily. « Sei una persona troppo buona per consentire una cosa simile. »

L'omone si strinse nelle spalle e sembrò quasi farsi più piccolo. Poi chinò il capo e si spostò per uscire, con Himmler che gli urlava di restare al suo posto.

John si voltò. « Antonio, dite agli altri di non torcergli un capello! » Poi si girò per fare un passo in avanti.

« Fermo, o le faccio saltare le cervella », gli intimò Himmler.

« Possiamo trovare un modo per uscirne tutti vincitori. »

La mano di Himmler tremava, e il dito era contratto sul grilletto. « Non siete nella posizione di negoziare un bel niente. L'unica cosa che dovete fare è andarvene e non tornare mai più. »

« Va bene, ma state calmo. Farò esattamente quello che volete, prima però ho un'ultima cosa da dire a Emily. Posso? »

« Fate pure, basta che vi sbrighiate. »

« Emily, ti amo con tutto me stesso. Ti ho sempre amata e ti amerò per sempre. Ma adesso devi fare una cosa per me, okay?»

«Qualsiasi cosa.»

«Krav maga.»

Emily contrasse le labbra e reagì all'istante.

Alzò di scatto il braccio libero, allontanando la pistola dalla tempia.

Il dito dell'uomo si chiuse istintivamente sul grilletto e l'arma sparò contro il soffitto della carrozza con un boato assordante.

John gli saltò addosso e gli cinse il collo sotto un braccio. «Stai bene?»

«Sì», rispose lei, tremando.

«Sicura che sia proprio Heinrich Himmler?»

«È lui.»

«Okay.»

John strinse con tutte le sue forze. Gli occhi del tedesco strabuzzarono, poi il collo scricchiolò. Quando mollò la presa, Himmler si accasciò a terra, con gli occhi fissi in un'espressione di terrore.

«Krav maga, stronzo. È ebreo, se t'interessa.» John si sedette accanto a Emily prendendole il polso incatenato. «C'è una chiave da qualche parte?»

«Ce l'ha Andreas.»

John chiese ad Antonio di recuperarla. Nel frattempo, anche Simon e Caravaggio erano saliti nella carrozza. Il pittore aveva fasciato il braccio dell'inglese per tamponare l'emorragia.

«Sei venuto a salvarmi», disse lei.

«Certo. Non hai ricevuto il mio messaggio?»

«Quel povero vecchio è riuscito a dire soltanto 'trenta TeV'. Ho capito che qualcuno del laboratorio era qui, ma non sapevo chi. Come ci sei riuscito?»

« È una lunga storia, te la racconterò più tardi. Adesso pensiamo ad andarcene. »

Antonio gli passò la chiave e lui le sfilò le catene.

Emily lo abbracciò e lo baciò di slancio.

« Ti presento alcuni tra i migliori uomini che abbia mai conosciuto. Antonio Di Costanzo, Simon Wright e Michelangelo Merisi da Caravaggio. »

I tre le rivolsero un inchino.

« Vi ringrazio per aver aiutato John », sorrise lei, dando a ciascuno un bacio su una guancia.

« Speravo in qualcosa di più... John? » protestò il pittore.

« Emily, lui vorrebbe essere baciato sulle labbra... Diciamo che io non ho nulla in contrario. »

Ridendo, lei lo accontentò subito. Poi sussurrò a John: « *Il* Caravaggio? »

« Certo che sono *il* Caravaggio », ribatté il pittore, gustandosi il bacio. « Siete davvero bella, proprio come aveva detto John. »

« Sarà meglio andare, ora », intervenne Antonio. « Prima che intervengano i russi o tornino le truppe del Barbarossa. »

Emily si avvicinò ad Andreas per ringraziarlo di averla sempre trattata bene.

« Mi mancherete », disse lui, con un'espressione sconsolata.

« Prenditi cura di te. » Si alzò sulla punta dei piedi per schioccargli un piccolo bacio. « Non ti dimenticherò. »

« Allora sarete l'unica persona che penserà ad Andreas. Anch'io vi penserò sempre. »

John l'aiuto a montare in sella.

« Dove stiamo andando? »

« La vedi quella collina? Lassù c'è una persona speciale che voglio presentarti. »

30

Garibaldi accolse Emily a braccia aperte. « Figliuola cara, grazie al cielo state bene. »

Mentre risalivano la collina, John le aveva parlato del generale, dell'aiuto che gli aveva fornito e del suo obiettivo di costruire un futuro migliore per i dannati dell'Inferno.

« Vi ringrazio dal profondo del cuore, generale. Ammetto che stavo perdendo la speranza. »

« È sin troppo facile perderla in un luogo simile. Vorrei tanto avere l'occasione di conversare con voi, ma abbiamo questioni urgenti cui dedicarci. Io ho una guerra da combattere, mentre voi dovete tornare in Inghilterra. »

« Ci restano quattro giorni, sedici ore e dieci minuti per arrivare a Dartford », precisò John, consultando l'orologio.

Emily aveva già intuito la situazione. « Certo, trenta TeV. Ecco come sei riuscito ad arrivare qui, ed è così che intendono riportarci indietro. Hai una finestra di tempo prestabilita, giusto? »

John sorrise. « Sei un fenomeno, come al solito. » Poi si rivolse a Garibaldi. « Avete ancora bisogno di me? »

« No, avete già fatto abbastanza, John. Adesso andate. »

« La presenza dei russi è un bel problema. »

« Ah! Non dimenticate che i francesi sono nostri alleati, almeno per il momento. Ma, se lungo la strada doveste in qualche modo entrare in contatto con gli iberici, fategli sapere che un vecchio gentiluomo italiano non disdegnerebbe il loro aiuto.»

«Lo farò. Spero che abbiate successo, generale. Ve lo meritate.»

«Ci proveremo. Ahimè, sarà un problema spedire un telegramma sulla Terra per informarvi degli sviluppi, ma potete immaginarvi il meglio, se questo vi è di sollievo.»

«Senz'altro.» John si avvicinò a Simon, Caravaggio e Antonio per salutarli.

«Non se ne parla», lo anticipò Antonio. «Credete davvero che vi avremmo lasciati andare da soli?»

«Il vostro posto è qui.»

Garibaldi scosse la testa. «No, John, vogliono aiutarvi sino in fondo, e io approvo la loro lealtà nei confronti di un brav'uomo come voi. Vi attende un viaggio irto di insidie e non avete molto tempo. L'auto a vapore è a vostra disposizione. Prendetela e filate come il vento.»

Incatenato, Woodbourne fu fatto scendere da un cellulare non contrassegnato sulla piattaforma di carico all'esterno del complesso del MAAC. Trevor e Ben Wellington fecero strada, mentre una squadra di agenti dell'MI5 era disposta attorno al prigioniero.

«È da qui che sono scappato, giusto?» chiese Woodbourne entrando nell'ascensore.

«Casa dolce casa», disse Trevor. «Posso farti una domanda? Perché hai ucciso tutta quella gente?»

«Va' a quel paese.»

«Lascia stare», ribatté lui, con una smorfia di disgusto.

«Cosa avete intenzione di farmi?»

«Se proprio vuoi saperlo, ci sbarazzeremo di te al più presto.»

«Non puoi uccidermi, genio, sono già morto.»

«Nessuno vuole ucciderti. Ci limiteremo a rispedirti da dove sei venuto, con un biglietto di sola andata.»

Nel corridoio del dormitorio, Woodbourne camminava sferragliando verso la sua cella. Proprio allora, Duck e l'agente che lo aveva in custodia uscirono dal bagno.

Il ragazzo si arrestò di scatto, come un coniglio paralizzato alla vista dei fari di un'automobile.

«Ma quello lo conosco!» esclamò Woodbourne. «Che diavolo ci fai qui, Duck?»

«Woodbourne...» Duck non riuscì a dire altro.

«Portalo via, subito!» ordinò Trevor.

Delia si affacciò dalla stanza di Duck e notò il volto terrorizzato del ragazzo.

«C'è anche quel ritardato di tuo fratello Dirk?» gli urlò ridendo Woodbourne.

Trevor lo spinse dentro una camera.

«Levatemi le catene.»

«Non esiste, amico. Quattro agenti resteranno qui con te tutto il tempo. E, se fai qualche stronzata, sono autorizzati a prenderti a calci.»

«Vorrà dire che mi imboccheranno e mi puliranno il culo.»

«Se ti comporti bene, verrai trattato bene. In caso contrario, non mangerai e dormirai nella tua merda. Non farà nessuna differenza, visto che già puzzi da far schifo.»

Delia si sedette sul letto, dove Duck era sdraiato in posizione fetale. «Mi spiace, non dovevi incontrarlo, avrei dovuto stare più attenta.»

«Che ci fa qui?»

«In realtà, è arrivato sulla Terra prima di te, ma è scappato. Lo abbiamo cercato per giorni e adesso finalmente è stato arrestato.»

«Proverete a mandare indietro anche lui?»

«Sì.»

«Quando?»

«Lo sai, Duck. Lunedì mattina, come nelle ultime tre settimane.»

«Mica me lo piazzerete accanto! Quel tizio mi fa paura.»

«Non lo so. Non conosco i dettagli.»

«Però non lo lascerete passeggiare all'aperto con me, vero?»

«Sta' tranquillo, non credo proprio che a lui verranno concessi i tuoi stessi privilegi. Dai, su col morale! Adesso va' a mangiare qualcosa, io nel frattempo ti preparo il video della *Sirenetta*.»

Era surreale guidare una rumorosa auto a vapore nelle inospitali campagne della Gallia con Emily al suo fianco. Ogni volta che John si voltava dalla sua parte, lei gli regalava un sorriso colmo di gratitudine. Sul sedile posteriore, Antonio e Simon tenevano gli occhi ben aperti. Stava calando la notte, e i pericoli in agguato erano numerosi: truppe inglesi in ritirata, bande di briganti francesi e gli immancabili erranti. Caravaggio, seduto nel mezzo, approfittava degli ultimi istanti di luce per disegnare sul suo quadernetto.

Quando si furono lasciati Parigi alle spalle, Emily gli chiese delle teorie di Matthew Coppens su quanto era accaduto, e John fece del suo meglio per ripeterle ciò che aveva sentito durante le riunioni successive all'incidente. Le parlò anche dei quattro riavvii del MAAC, dell'ipotesi di chiudere il laboratorio in caso di fallimento, di Woodbourne e di Duck.

Emily cambiò espressione quando il discorso cadde sui suoi familiari. « Penseranno che sono morta. »

« Non ne ho idea. La cosa importante è che stai tornando a casa, glielo dirai tu stessa cosa ti è accaduto. »

« Non è così semplice, John. In questi giorni ho avuto modo di riflettere sull'accaduto. A quanto pare, io e Matthew siamo giunti alla stessa conclusione, ovvero che siamo finiti in un universo parallelo attraverso un passaggio aperto da gravitoni e strangelet. Però non è detto che portando ogni volta l'energia a trenta TeV si ottenga sempre il medesimo risultato. »

« È già successo due volte, e spero anche durante gli altri riavvii. »

« Forse. Comunque c'è qualcos'altro che mi preoccupa. »

« Cosa? »

« Ho fatto i calcoli a mente, quindi non ne sono sicura, ma temo che, ripetendo l'esperimento, si potrebbe creare una condizione d'instabilità. »

« Che intendi con... »

« Attento! » esclamò Simon.

John frenò di colpo per non investire due uomini sbucati all'improvviso dal ciglio della strada. Erano giovani, tra i venti e i trent'anni, con le uniformi inglesi sporche di sangue. Ed erano disarmati.

Antonio e Simon scesero dall'auto con le spade in pugno.

« Per favore, aiutateci », supplicò uno, portandosi le mani davanti al viso per proteggersi gli occhi dai fasci di luce.

«Qualcuno parla la nostra lingua?» chiese l'altro, inginocchiandosi.

«Tutti», rispose Antonio. «Siete soldati di Enrico VIII?»

«Sì», rispose subito uno.

«Lo eravamo», lo corresse l'altro. «Il nostro esercito è stato sbaragliato da demoni con bombe nelle mani.»

«Quei demoni eravamo noi», intervenne Simon.

«Ma voi siete inglese! Combattete contro i vostri fratelli?»

«Contro il re», precisò lui. «C'è un'enorme differenza.»

Un soldato si voltò a guardare la foresta. «Vi prego, aiutateci, ci stanno inseguendo.»

«Chi?»

«Loro!»

Gli erranti si riversarono in strada.

John non ebbe il tempo di contarli, ma erano quasi una ventina. «Resta qui!» urlò a Emily, mentre lui balzava fuori dall'auto.

Caravaggio lo seguì subito, sfoderando la spada.

Gli erranti erano armati di bastoni e pugnali arrugginiti.

Digrignando i denti e ripetendo tra sé le stesse parole come un mantra – *Non ora, non ora, non ora* – John cominciò a squarciare, infilzare e pestare quei corpi nauseabondi.

Quando vide un errante saltare sulla schiena di Caravaggio, si mosse per andare a dargli una mano, ma altri due erranti gli bloccarono la strada. Antonio e Simon erano troppo distanti per correre in soccorso del pittore. Poi un urlo attraversò l'aria della sera: l'aggressore di Caravaggio inarcò la schiena e cadde a terra. Alle sue spalle, Emily stringeva un pugnale insanguinato.

Il pittore si toccò la punta di un cappello immaginario e le rimase accanto per proteggerla.

« Ehi, voi! Che ne dite di darci una mano? » urlò Simon ai due soldati.

Costretti a entrare in azione, gli inglesi raccolsero un paio di coltellacci e si gettarono nella mischia. Un paio di minuti dopo, tutti gli erranti erano a terra in una pozza di sangue.

« Emily, ti avevo detto di restare in auto! » la rimproverò John.

« Be', per fortuna non vi ha dato retta », commentò Caravaggio. « Questa donna non solo è una meraviglia, ma si batte anche come un'amazzone. »

« In queste ultime settimane ho scoperto di avere un forte spirito di sopravvivenza. »

Caravaggio tornò in auto e strappò un foglio dal suo quadernetto. « Per voi. »

Era un suo ritratto: con i capelli fluenti e lo sguardo ardente, sembrava una principessa guerriera. « Mio Dio, è magnifico. Potete firmarlo? »

Il pittore vergò la sua firma in calce e glielo restituì, aspettando poi un bacio, che non tardò ad arrivare.

Antonio lanciò del pane ai due inglesi. « Adesso dovrete vedervela da soli. Noi dobbiamo andare. »

« Siete italiano? »

« Sì. Gli italiani sono i migliori, tenetelo bene a mente. »

Raggiunsero le coste di Calais in piena notte e, quando Simon spense il motore, sentirono le onde che si infrangevano sotto di loro.

« Ci accamperemo qui », disse Antonio, invitando

Emily a sedersi su una coperta che aveva steso sull'erba soffice.

Simon fece l'occhiolino a John. « Noi ci sistemiamo più in là. Riposeremo a turno, in modo che voi piccioncini possiate dormire sonni tranquilli. »

« Grazie mille. » John avvolse Emily nella coperta e le mise sotto la testa la sua sacca, che aveva riempito di erba.

« Non riesco a credere che sei qui. » La stanchezza le impastava le parole, come se fosse ubriaca.

« Pensavi davvero che non sarei venuto a prenderti? »

« Ci speravo, ma temevo fosse impossibile. »

John l'abbracciò per riscaldarle il corpo e l'anima.

« Mi hai seguito fino ai cancelli dell'Inferno », disse lei con aria trasognata.

« E ti riporterò a casa. »

« O almeno ci proveremo. »

La strinse con più forza. « Mi dispiace... »

Avrebbe voluto scusarsi ancora per la vicenda di Darlene, ma lei stava già dormendo. Aveva comunque la sensazione che quella storia fosse ormai morta e sepolta.

John si svegliò con il profumo di uova e pancetta nelle narici.

Qualche ora prima, Caravaggio si era recato in un villaggio vicino in cerca di provviste. Simon era convinto che le avesse rubate, invece il pittore gli raccontò che un contadino gliele aveva date in cambio di un ritratto con la sua vecchia signora.

« La colazione è pronta », annunciò allegro l'inglese.

« Okay, intanto lasciamo dormire Emily ancora un po'. » John stava scrutando il mare, tuttavia la nebbia del mattino copriva ogni cosa.

« Allora, qual è il piano? » gli chiese Antonio.

John aveva nascosto le sue preoccupazioni a Emily, ma non poteva mentire ad Antonio. « Non ho nessun piano. Posso solo sperare che l'*Hellfire* sia ancora alla fonda da queste parti. Sono trascorse più di due settimane da quando ci siamo congedati da Hawes, e non so neppure se hanno ricevuto il mio messaggio... » Diede un'occhiata all'orologio. « Dobbiamo arrivare a Dartford in quattro giorni. »

« E se la nave fosse salpata? »

« Allora dovremo cercarne un'altra. »

Antonio gli diede una pacca sulle spalle. Era la prima volta che avevano un contatto fisico, e John rimase colpito da quel gesto. « Sono sicuro che l'*Hellfire* è qui. Non appena la nebbia passerà, lo vedremo. »

« Siete un uomo pieno di speranza. »

« Perché no? È nell'aria. »

John destò Emily con delicatezza, quindi tutti e cinque si riunirono attorno al fuoco per consumare la colazione, in silenzio.

Lo sguardo acuto di Caravaggio fu il primo a scorgerle.

Forme spettrali nella nebbia che andava diradandosi.

« Là! »

Tre linee scure. Tre alberi.

« Eccola! » esclamò Antonio.

John sbatté le palpebre, pregando che non fosse un miraggio. Senza un cannocchiale, non poteva fare altro che attendere che la nebbia sparisse del tutto.

« È la nostra nave? » chiese Emily.

« Deve esserlo! Maledizione, deve esserlo! »

Mezz'ora dopo, fu chiaro che si trattava di un galeone ancorato a circa mezzo miglio dalla costa.

« Non vedo bandiere », disse John, strizzando gli occhi. « Dobbiamo trovare un modo per segnalare la nostra presenza. »

« Se non fosse l'*Hellfire*, potremmo metterci nei guai », fece notare Simon.

« Non abbiamo scelta. Avvicinate l'auto alla scogliera, quindi accendete i fanali per tre secondi e, poi, spegneteli per altri tre. Fatelo un po' di volte. »

Simon seguì le indicazioni alla lettera. I minuti passavano, ma dal galeone non giungeva nessun segnale. « Continuo? »

« Ancora un'altra volta. » John abbracciò Emily per scaricare la tensione e la delusione.

Poi ci fu un lampo, seguito da un boato che per un istante sovrastò il rumore della caldaia.

« Ci stanno bombardando! » urlò Simon.

« No, il proiettile è caduto nell'oceano. Hanno sparato un colpo in acqua, sono loro! »

Poco dopo, mentre una lancia si avvicinava alla costa, i cinque scesero lungo un ripido sentiero che portava alla spiaggia.

A una cinquantina di metri dalla riva, John vide un uomo sbracciarsi sulla prua della piccola imbarcazione.

Era il comandante Hawes.

Si urlarono qualcosa a vicenda, sebbene nessuno dei due riuscisse a sentire le parole dell'altro, eppure continuavano a urlare.

Infine la lancia si fermò a pochi metri dalla spiaggia.

« Ce l'avete fatta! »

John entrò in acqua per stringergli la mano. « E voi mi avete aspettato. Grazie. »

« Un cavaliere francese mi ha recapitato il vostro messaggio. Quindi avete trovato la donna. »

« Venite, ve la presento. »

L'uomo fece un inchino.

« Emily, lui è il comandante Hawes. Vi chiedo scusa, non conosco il vostro nome di battesimo. »

« Charles. »

Emily si impegnò per fare il primo inchino della sua vita. « Emily Loughty. »

« È un onore. E siete scozzese! Ora capisco perché John ha smosso mari e monti per trovarvi. »

Simon e Antonio si avvicinarono e salutarono il comandante come vecchi amici, poi John gli presentò Caravaggio.

« Avete lo stesso nome di un rinomato pittore. »

« È il mio artista preferito, un uomo di raro talento », replicò lui, facendo l'occhiolino a Emily.

« Ho portato del vino, nel caso qualcuno abbia bisogno di tirarsi un po' su. »

« Io un goccio me lo faccio volentieri », disse John.

« Certe cose non sono cambiate », rise Emily.

Simon accese un fuoco sulla spiaggia, e tutti vi si riunirono attorno per brindare.

« Allora, adesso posso sapere l'identità dell'uomo per cui lavorate, colui che non è un sovrano ma offre la speranza per un mondo migliore? » chiese il comandante.

John guardò i compagni, che gli rivolsero un cenno d'assenso. « In realtà adesso è il re d'Italia. Si chiama Giuseppe Garibaldi. »

Antonio e Simon lo misero a parte del progetto del generale italiano.

Hawes ascoltò ogni parola con evidente ammirazione. « Mi piacerebbe unirmi a questa nobile e giusta causa. »

« Dopo che avrete accompagnato i nostri amici in Britannia, salpate pure alla volta dell'Italia. Le vostre qualità, la nave e i vostri uomini saranno assai graditi al nostro signore. »

« Sarei onorato di servire il vostro re. » Poi, con una risatina, aggiunse: « Dopotutto, non abbiamo altro luogo dove andare. Emily, John, è ora di tornare a bordo. È in arrivo una tempesta, la traversata non sarà semplice ».

Il momento dei saluti era giunto.

Emily abbracciò e baciò tutti, ridendo di qualcosa che Caravaggio le sussurrò all'orecchio. Poi si fece da parte.

Non era la prima volta che John diceva addio a dei compagni d'armi. Eppure, mentre abbracciava con vigore Caravaggio, Simon e Antonio, fu scosso da un'emozione mai provata in precedenza. Trattenendo a stento le lacrime, disse: « Non ho mai combattuto al fianco di tre uomini migliori di voi. Il ricordo di ciò che abbiamo fatto assieme mi accompagnerà per il resto dei miei giorni. Vi auguro di vincere la vostra guerra e di cambiare questo mondo. Grazie di tutto, davvero ». Quindi aiutò Emily a salire sulla lancia e le sedette accanto. « Cosa ti ha bisbigliato Caravaggio? »

« Mi ha detto che, se mai dovessi stancarmi di un uomo vivo, lui ne conosce uno morto pieno di fascino e talento. »

Duck era già impaurito prima che le urla cominciassero, e adesso era disperato.

Delia cercò di tranquillizzarlo, dicendogli che sarebbe andata da Woodbourne per tentare di calmarlo, ma quando aprì la porta le urla si fecero ancora più forti.

« Duck! Mi senti, piccolo bastardo? Ti strapperò il cuore appena ne avrò l'occasione. Puoi contarci! »

Delia si avvicinò agli agenti dell'MI5. « Non potete farlo stare zitto? »

« E come? »

« Non lo so. Io sono solo un'analista, non un operativo. »

« E quindi? »

« Be', siete grandi e grossi, e non credo proprio che quaggiù valga la convenzione di Ginevra. » Le fu subito chiaro che il suo umorismo non era stato apprezzato. « Sentite, fatelo tacere. Dategli un film, un budino, qualsiasi cosa. Il ragazzo di là sta dando i numeri ». Poi rientrò nella stanza e trovò Duck in lacrime. « Ho parlato con le guardie, non ti darà più fastidio. »

« Quel tizio mi ha sempre terrorizzato, non lo so mica perché non si è mai unito a una banda di erranti. »

« Chi sono gli erranti? »

« La feccia della feccia. Cannibali. »

« Buon Dio. »

« Non voglio stargli vicino il giorno dell'esperimento. »

« Sarà incatenato, Duck. Non potrà toccarti. »

« E se torniamo indietro assieme? Dall'altra parte potrebbe farmi quello che vuole. »

« Ne abbiamo già parlato, Duck. L'esperimento è fallito tre volte, fossi in te non mi preoccuperei. »

L'equipaggio dell'*Hellfire* non era felice di avere una donna a bordo. Hawes aveva ordinato al primo ufficiale di passare parola che, nel caso di Emily, le superstizioni non avevano valore, visto che lei era di un altro mondo. I marinai però non volevano sentire ragioni. Inoltre, essendo tutti disertori, pure la prospettiva di tornare in Britannia li innervosiva, e sulla nave si respirava aria di ammutinamento.

Il comandante cedette la sua cabina a Emily e John, raccomandandosi di non farsi vedere sul ponte. Tuttavia, a mezza giornata dalla partenza, con il vento che soffiava impetuoso e la nave che rollava paurosamente, John decise di andargli a parlare. Ma non aveva intenzione di lasciare Emily sola e indifesa nella cabina, quindi l'aiutò a mettersi in piedi nonostante il mal di mare e la portò con sé.

Sotto una pioggia sferzante, salirono i gradini viscidi e attraversarono il ponte per arrivare al cassero di poppa, dove Hawes li accolse con un rimprovero.

Il mare era nero e imperscrutabile come il cielo, da cui si distingueva solo per il fragore delle onde che si abbattevano sulle fiancate.

« Dove siamo? »

Hawes fissava il timoniere che tentava di mantenere la rotta e, ogni tanto, lanciava occhiate irritate a Emily. « Difficile a dirsi, senza le stelle o un punto di riferimento a terra. Purtroppo, però, temo che siamo ancora più vicini alla Gallia che alla Britannia. »

« Ci restano tre giorni e mezzo... »

« Lo so bene, John. Io farò il mio dovere, ma voi dovete fare il vostro. Portate la donna di sotto, al sicuro dagli elementi... e dal mio equipaggio. »

Trascorsero una brutta nottata. Emily dormì poco e male per via della nausea. John, che la teneva tra le braccia, non chiuse occhio, nel caso la nave avesse ceduto o la ciurma li avesse aggrediti.

A un certo punto, però, doveva essersi appisolato, perché sottili fasci di luce provenienti dalle finestre piombate gli accarezzarono le palpebre. Tirò fuori l'orologio: erano le dieci e mezzo del mattino. Seppur a malincuore, lasciò Emily dormire e raggiunse il cassero di poppa, dove un esausto Hawes faceva del suo meglio per restare sveglio.

« La tempesta si è placata, ma nel frattempo è scesa una fitta nebbia. Tutto ciò che posso fare è contare sulla bussola e puntare in direzione di Ramsgate. Quando saremo in vista della costa, navigheremo verso l'estuario e vi sbarcheremo con una lancia. Da quel momento, dovrete cavarvela da soli. »

« Quanto ci vorrà? »

« Non ne ho idea. Ma in un modo o nell'altro ce la faremo. »

Per il resto della giornata, John dormicchiò accanto a Emily e, quando lei fu in grado di stare seduta, le diede da mangiare una minestra calda. Le parlava con voce rassicurante, dicendole che si stavano avvicinando alla terra, a Dartford, a casa. Oltre a promettersi di passare assieme il resto della vita, i due conversarono anche dei loro piani per il futuro. Lei accarezzava l'idea di abbandonare il mondo della fisica sperimentale per insegnare all'università, lui avrebbe voluto aprire una scuola di arti marziali e autodifesa. Ogni volta che lei distoglieva lo sguardo, John controllava l'ora, angosciato dallo scorrere inesorabile del tempo.

Quando fu di nuovo notte, bussarono alla porta. Hawes, che a stento si reggeva in piedi, si accasciò su una sedia e sorrise. « Al crepuscolo, la nebbia si è diradata e la visibilità è migliorata nettamente. Abbiamo avvistato le bianche scogliere di Ramsgate. All'alba entreremo nel canale. »

Tutto ciò che Emily riuscì a dirgli fu: « Grazie ».

Alle prime luci dell'alba, Emily e John erano già in piedi. Il mal di mare le era quasi passato e lei poté mangiare un po' di pane e formaggio. John ne approfittò per andare a parlare con il comandante.

Con la tempesta ormai alle spalle, e il momento in cui la donna avrebbe lasciato la nave sempre più vicino, l'equipaggio era di ottimo umore.

Il mare era calmo e soffiava un vento vivace, ma ciò nonostante era scesa di nuovo la nebbia.

«Dove siamo?» chiese John, salendo sul cassero di poppa.

«Non lontano da Southend, credo. Tra breve la nebbia passerà e potremo imboccare il canale in sicurezza. Ci siamo quasi, John, ci siamo quasi.»

Si trattenne in sua compagnia per qualche altro minuto, godendosi l'aria fresca del mattino e ascoltando i versi dei gabbiani nascosti alla vista. Poi, come il comandante aveva previsto, la nebbia cominciò a diradarsi.

Fu allora che li videro.

Tre galeoni davanti all'ingresso dell'estuario, a soli duecento metri da loro.

Il primo ufficiale riconobbe le bandiere gialle. «Iberici! Tutti gli uomini ai posti di combattimento!»

I portelli sul lato di dritta delle navi spagnole si sollevarono.

«Erano in attesa del ritorno della flotta inglese!» urlò il primo ufficiale.

I falconetti spagnoli da dieci chili aprirono il fuoco, centrando in pieno la fiancata dell'*Hellfire*.

«Emily!» John si lanciò verso il ponte, mentre il comandante urlava agli artiglieri di prepararsi a rispondere al fuoco.

Ci fu un'altra scarica e lui si ritrovò ricoperto di sangue.

Girandosi, vide che tutto ciò che era rimasto di Hawes erano la parte inferiore del busto e le gambe, che con esasperante lentezza s'inclinarono in avanti e caddero sul legno viscido.

Si precipitò sottocoperta e spalancò la porta della cabina.

Acquattata accanto alla cuccetta, Emily tremava come una foglia. « Sei ferito! »

John le spiegò che il sangue non era suo. « Muoviti! Dobbiamo andarcene subito! »

In quell'istante, gli spagnoli fecero fuoco con l'artiglieria pesante.

Un proiettile centrò un barilotto di polvere da sparo sul ponte di batteria proprio sotto la loro cabina. Ci fu un boato assordante, seguito dal rumore fragoroso del legno che si squarciava.

Un lampo accecò John e tutto divenne nero.

31

John masticò qualcosa di salato e granuloso, e un attimo dopo iniziò a tossire, sputando sabbia e acqua.

Sbatté le palpebre alla luce intensa. Era faccia a terra, metà corpo in acqua e metà sulla spiaggia. Inarcò il collo per guardarsi attorno. Una distesa di sabbia punteggiata di macchie scure.

Cadaveri? Detriti?

I resti della nave venivano sospinti a riva dalle onde. L'acqua, coperta dalle vele, sembrava un enorme tappeto volante.

Quando girò la testa nell'altra direzione, vide degli uomini trasportare qualcosa nell'entroterra.

Chi erano? Cosa portavano?

Poi notò della stoffa che strisciava sulla sabbia. Un vestito.

Emily.

Scattò in piedi e cominciò a correre, sebbene gli stivali impregnati d'acqua lo rallentavano, dandogli l'impressione di affondare nella melassa. « Fermi, bastardi! Fermi! »

Gli uomini si voltarono e lasciarono cadere Emily sulla sabbia.

Erano in otto.

Avevano le spalle incurvate e la postura animalesca dei predatori notturni attirati fuori delle loro buie tane da una preda irresistibile.

Erranti.

Estrassero dei lunghi coltelli e John portò una mano alla cintura, ma la spada non c'era. Senza esitare, si lanciò contro di loro urlando come un ossesso.

Per primo attaccò il più vulnerabile, un tipo pelle e ossa con un'espressione intontita e pietrificata. Gli sferrò un pugno al pomo d'Adamo e gli sfilò il pugnale dalle dita ormai inerti.

Gli altri lo circondarono come vespe infuriate, ma John non si perse d'animo e cominciò a squarciare gole e tendini, assestare calci nei testicoli e strappare occhi con la mano libera. Poi sentì un forte dolore al fianco sinistro e capì di essere stato colpito. Ruotando su se stesso, affondò il pugnale nella bocca dell'aggressore, un tizio dalla pelle coriacea, l'alito che puzzava come una cella di putrefazione e un moncherino al posto della mano sinistra.

Doveva essere il capo del gruppo, perché i tre erranti superstiti se la diedero a gambe. John fece per inseguirli, ma poi si rese conto che stava perdendo troppo sangue e desistette. Infine cadde sulle ginocchia, tossendo e vomitando acqua e sabbia per la fatica e il dolore.

Qualche secondo dopo, riuscì ad alzarsi per raggiungere Emily, che giaceva immobile a qualche metro da lui.

Il polso era debole e il petto si alzava e si abbassava in maniera impercettibile.

La girò su un fianco, le pulì le labbra sporche di sabbia e la stese di nuovo sulla schiena. Poi le tappò il naso e le praticò la respirazione bocca a bocca. « Andiamo, piccola, andiamo! Non puoi mollare proprio adesso! »

Emily non reagiva.

Frustrato, le diede un pugno sul petto.

La botta le provocò un colpo di tosse talmente violento

che John venne investito in pieno volto da un fiotto di acqua calda e salata.

La girò di nuovo sul fianco e lei emise un gemito, il gemito più piacevole che John avesse mai udito in vita sua. «Sono io. Tranquilla, piccola, va tutto bene. Siamo sulla terraferma. Ce l'abbiamo quasi fatta.» Poi l'aiutò a mettersi seduta.

Gli occhi di lei erano vitrei, confusi. «Cos'è successo?»

«La nave è stata affondata dagli spagnoli.»

«Guarda!» Emily indicò gli uomini feriti che si contorcevano sulla spiaggia.

«Erranti. Non sono più un problema.»

«Ma tu stai sanguinando...»

«Già. Comunque parlo ancora, quindi non dev'essere niente di grave.»

Emily gli sollevò la camicia e trasalì alla vista del sangue che sgorgava da uno squarcio lungo due o tre centimetri e profondo chissà quanto.

«Riesci a fasciarmela in qualche modo?»

La donna raccolse uno dei pugnali degli erranti e strappò un lembo della gonna.

«Insomma, Emily, copriti quelle gambe! Vuoi metterci nei guai?» scherzò lui.

«Ce la fai a camminare?»

«Certo. Non è niente. Con una ferita del genere non prendi nemmeno una medaglia al valore.»

Completata la fasciatura, i due si misero in marcia.

«Aspetta un attimo.» John prese l'orologio dalla tasca e, imprecando, lo avvicinò a un orecchio. «Come immaginavo, è andato.»

«Quanto tempo siamo rimasti svenuti?»

«Non ne ho idea.» Alzò lo sguardo al cielo, pentendosi di non aver tenuto d'occhio il sole. « Comunque, al crepuscolo ci resteranno trentotto ore. »

« Allora andiamo. Seguiamo il corso del fiume. »

John annuì, ma un istante dopo imprecò di nuovo. « Accidenti, siamo sulla sponda sbagliata. Ci toccherà trovare un modo per passare dall'altra parte. » A ogni passo, si sforzava d'ignorare le fitte di dolore, ma spesso gli sfuggiva un gemito.

Sebbene lei fosse debole come un gattino, aveva capito di essere in quel momento la più forte dei due e lo spronava a proseguire: « So più o meno dove siamo. Dartford è a una cinquantina di chilometri. Anche a piedi, dovremmo arrivare in tempo ».

Camminarono per ore, mantenendo un'andatura lenta ma costante. Ogni volta che si fermavano per riprendere fiato, Emily gli stringeva la fasciatura, mentre le rare volte in cui sentivano delle voci si nascondevano tra i cespugli.

Secondo Emily, erano ormai arrivati nel punto dove, sulla Terra, c'era il molo di Southend. Purtroppo, non potendo attraversare il fiume, sarebbero stati costretti ad allungare il tragitto.

Il sole tramontò e cominciò a piovere.

Indebolito dalla perdita di sangue e tormentato dagli spasmi muscolari attorno alla ferita, John fu costretto a rallentare.

Poi, in lontananza, scorsero un filo di fumo che si levava verso il cielo scuro.

Si scambiarono un'occhiata.

« Non abbiamo scelta », affermò lui.

La casetta aveva il tetto in paglia e i muri a canniciata ricoperti di fango. L'unica finestra era sbarrata. Un cavallo pelle e ossa masticava del fieno legato a un palo.

«C'è nessuno?» chiamò John, da distanza di sicurezza. «Abbiamo bisogno d'aiuto. Non abbiamo cattive intenzioni.»

«Chi siete?» replicò la voce di un uomo.

«Mi chiamo John Camp.»

«Quanti siete?»

«Solo due.»

«Da dove venite?»

«È una lunga storia, amico.»

«Noi siamo al caldo e all'asciutto. Abbiamo tutto il tempo per sentire lunghe storie. E siamo armati.»

«Ne sono certo. Sentite, ve lo dico senza tanti giri di parole. Non siamo morti.»

L'uomo scoppiò a ridere. «Non siete morti?»

«Esatto.»

La finestra si aprì e spuntò un moschetto. «Avvicinatevi, tutti e due. Come si chiama l'altro?»

«Emily», rispose lei.

«Per la miseria, è una donna!» esclamò un'altra voce.

Nella casa c'erano quattro arzilli vecchietti, e i due più anziani erano sugli ottant'anni. John consegnò loro i coltelli, per tranquillizzarli. I quattro annusarono l'aria, li fissarono sbalorditi e, fra una cacofonia di esclamazioni d'incredulità, li invitarono a sedersi accanto al camino.

Il loro portavoce, Jack, condusse un interrogatorio sorprendentemente incisivo, prima di rivelare di essere stato un poliziotto nella Londra del XIX secolo. «Ricapitolando: siete vivi e, visto che non sembrate dei folli, il vostro racconto è talmente assurdo che deve per forza essere vero. Che io sia dannato! Oh, scusate il linguaggio, signora.»

Emily gli sorrise mentre sorseggiava la birra che le avevano offerto. «Nessun problema.»

« Dunque, siete naufragati nei pressi dell'estuario? »

« Sì. E mi sono ripreso giusto in tempo per fermare alcuni erranti che stavano portando via Emily. »

« Quanti erano? »

« Otto. »

« E poi cos'è accaduto? »

« Ne ho stesi solo cinque. Tre sono scappati. »

« Ricordate se qualcuno di loro aveva qualche tratto distintivo? »

« Il capobanda - o almeno così credo - non aveva la mano sinistra. »

I quattro uomini si scambiarono un'occhiata.

« Cosa ne è stato di costui? »

« Gli ho piantato un pugnale nella bocca. »

« Il cielo sia lodato! » esclamò Jack. « Che liberazione! »

Dopo aver riempito di nuovo le coppe di tutti, l'uomo raccontò che, da quando aveva memoria, quella banda di erranti aveva imperversato per quella zona. La notizia della loro fine li rese tutti euforici.

Venne messa sul fuoco una pentola con delle verdure e pezzi di carne.

Emily avrebbe voluto cambiare la fasciatura di John, ma lui le fece notare che il sangue si era coagulato e l'emorragia si era arrestata.

Mangiarono e chiacchierarono per un po', poi John disse che dovevano andare.

« Non penserete davvero di spostarvi di notte. »

« Ci aspettano trenta chilometri di strada e un fiume da attraversare, e purtroppo io non posso camminare veloce. »

Jack si appartò con i compagni in un angolo, poi tornò da loro grattandosi la barba. « Domattina vi avrei dato volentieri il nostro cavallo, ma gli altri, sebbene vi siano riconoscenti per averci liberato da quella banda di canaglie, mi hanno fatto giustamente notare che senza l'animale saremmo nei guai.»

John tirò fuori l'orologio. «È rotto, ma è d'argento puro. Facciamo uno scambio?»

Gli agenti di guardia informarono Delia che la notte era trascorsa tranquilla. A quanto pareva, Woodbourne si era calmato e Duck aveva potuto dormire senza essere infastidito dalle urla e dalle minacce.

Il ragazzo era in piedi già da un po'. Aveva fatto un'abbondante colazione mentre guardava i cartoni animati e, adesso, voleva fare una passeggiata.

«Non so se è una buona idea», obiettò Delia. «A prescindere da ciò che accadrà domattina, questo è l'ultimo giorno che passerai qui. Che ne dici di guardare tutti i tuoi cartoni preferiti e poi d'impacchettare le tue cose?»

«Dove andrò a stare?»

«Non me l'hanno detto, ma lo sapremo presto.»

«Ma io voglio fare una passeggiata», insistette lui, infilandosi le scarpe da ginnastica. «Me l'hai promesso.»

«E va bene», sospirò lei. «Chiederò all'agente Barry di accompagnarci. Ma staremo fuori pochi minuti.»

Era una splendida mattina primaverile, calda e assolata. Duck chiese se poteva andare al campo da tennis a cercare quelle palle gialle che gli piacevano tanto. Ne vide subito una vicino alla rete e corse a prenderla. La fece rimbalzare e poi cominciò a calciarla per tutto il campo.

Delia si avvicinò a Barry. «Sai dove ti manderanno dopo la chiusura del MAAC?»

«Non ne ho idea. Magari resterò disoccupato per un po'. Tu, invece?»

« Tornerò a Londra. »

« E Duck? Ti mancherà? »

« Dio, ma che ti salta in mente? » ridacchiò lei.

« Non è cattivo. Se l'esperimento dovesse fallire ancora, spero gli trovino un'altra casa. Ne sai qualcosa? »

« No, e non sono sicura di volerlo scoprire. »

Nel frattempo, Duck si era arrampicato sulla rete metallica che delimitava il campo da tennis.

« Ehi! Scendi subito di lì! » urlò Barry.

La recinzione del complesso era solo a un metro di distanza e Delia capì subito cosa aveva in mente il ragazzo. « Duck, fermati! Non fare sciocchezze! »

Ma era troppo tardi. Duck si arrampicò sulla rete perimetrale, scavalcò il filo spinato e, con sorprendente agilità, balzò dall'altra parte. Poi, zoppicando, si diresse verso un boschetto dietro il parcheggio.

« Presto, corrigli dietro! » urlò Delia.

Ma Barry non era uno degli agenti più in forma del servizio di sicurezza, e le disse senza mezzi termini che le possibilità di scavalcare le due reti erano prossime allo zero.

Quando Trevor e Wellington arrivarono sul posto, Delia era in preda a una crisi isterica. Dopo essersi fatti spiegare cosa fosse successo, furono costretti a informare la polizia dell'Essex che un altro uomo era fuggito dal MAAC.

« Non ci posso credere, Trevor », disse Wellington, quando rimasero finalmente soli. « Avevamo appena trovato Woodbourne... A ventidue ore dal riavvio, ci manca di nuovo un morto. »

Emily e John cavalcavano verso ovest. Sebbene il fianco gli facesse ancora male, per fortuna l'emorragia si era arrestata definitivamente e non gli era venuta la febbre. L'altra buona notizia era che, in fondo, avevano ancora un giorno intero per trovare una barca che li portasse sull'altro lato del fiume.

Nel giro di qualche ora, però, il loro ottimismo lasciò il posto a una sottile angoscia. Avevano stabilito di costeggiare la riva settentrionale fino ad arrivare all'altezza di Dartford, ma non avevano tenuto conto dei numerosi villaggi affacciati sul Tamigi. Per non rischiare di attraversarli in pieno giorno, furono costretti a seguire un sentiero secondario molto più a nord del fiume.

Con il crepuscolo ormai imminente, si fermarono per controllare di nuovo la loro posizione.

« Secondo me, abbiamo superato Dartford », disse John. « Se andiamo avanti, arriveremo a Londra. »

« È meglio riposare, per il momento. Aspettiamo che faccia buio, torniamo nell'ultimo villaggio che ci siamo lasciati alle spalle e cerchiamo una barca. »

Dovevano essere più o meno le otto quando scese la notte. Avevano ancora quattordici ore per raggiungere in qualche modo la sponda opposta del fiume e percorrere a piedi chissà quanti altri chilometri. Rimontarono in sella e tornarono sui propri passi.

Il villaggio era un disordinato agglomerato di casette molto più piccole e malandate rispetto a quella dei quattro vecchietti. Evitando con cura di avvicinarsi alle due uniche abitazioni da cui si levavano colonne di fumo, raggiunsero la riva del fiume tirando il cavallo per le briglie. Nonostante l'oscurità, i loro occhi erano così abituati alle tenebre da scorgerla subito: una piccola barca a remi.

« Speriamo stia a galla », sussurrò John.

« Fermi! » urlò un uomo con una lanterna in una mano e un lungo oggetto nell'altra.

John mantenne il sangue freddo. « Ehi, amico, andiamo di fretta, e mi chiedevo se potevate prestarci la barca per attraversare il fiume. »

« Non avevate nessuna intenzione di chiedermela, volevate rubarla! »

« Sì, avete ragione, ma siamo in una situazione disperata. »

« Levatevi dai piedi. »

Emily scoppiò a piangere. « Vi prego, aiutateci. »

« Una donna? C'è una donna con voi? »

« Sentite, non abbiamo tempo per discutere. Che ne dite di vendercela? »

« Che avete? »

« Un buon pugnale. »

« E il cavallo? »

« Certo, potete prendere anche il cavallo. »

« Va bene, infilate il pugnale sotto la sella e mandatemi l'animale. Poi potete prendere la barca. »

« Galleggia? »

« Questo lo scoprirete da voi. »

John la spinse in acqua e saltò a bordo assieme a Emily. La barca venne subito trascinata dalla forte corrente e, nell'oscurità, udirono le risate dell'uomo. Ben presto il motivo fu chiaro: c'era uno squarcio a prua. John si mise ai remi, ma la ferita gli impediva di equilibrare le vogate, così Emily si sedette accanto a lui sulla panchetta per dargli una mano.

A ogni vogata verso sud, la corrente li spingeva di qualche metro a est. E, ogni minuto che passava, imbarcavano sempre più acqua.

« All'università ero nella squadra di canottaggio », disse lei.

« Ah, sì? Hai vinto qualche medaglia? »

« No, eravamo scarsi. Di solito, finivamo all'ultimo posto. »

« Farò finta di non aver sentito. »

Continuarono a remare per quasi un'ora, con la linea di galleggiamento che si abbassava inesorabile. Quando l'acqua arrivò alle ginocchia, i due capirono che di lì a poco avrebbero dovuto nuotare.

Fu allora che la barca toccò qualcosa e si fermò.

Avevano raggiunto la riva.

I due si lasciarono cadere sull'erba alta e cominciarono a ridere.

John la baciò.

« Sono più brava a baciare che a nuotare », scherzò lei.

« Qualche medaglia? »

« Una galleria di trofei. »

Alle dieci di domenica sera, Wellington e Trevor erano seduti in ufficio. Ancora nessuna notizia di Duck.

« Allora? » fece Wellington.

« Che c'è? »

« Vuoi bere qualcosa? »

« Che hai? »

Wellington aprì la ventiquattrore e prese una bottiglia incartata con tanto di fiocco. « Un regalo per una cena cui mia moglie è dovuta andare da sola. Ce l'hai un cavatappi? »

« Certo. » Trevor stappò la bottiglia con un martello e un cacciavite e versò il vino in due bicchieri da caffè di polistirene.

« Al mio amico Trevor Jones, un figlio di puttana che verrà licenziato a breve. »

Lui annuì serio e disse: « Al mio amico Ben Wellington, un figlio di puttana che verrà licenziato a breve ».

Il dottor Quint entrò senza bussare e chiese se c'erano novità.

« Niente di niente », rispose Trevor. « Le va un goccio? »

« È vietato bere alcolici all'interno del complesso. Dovrebbe saperlo. »

« Davvero? Credevo che date le circostanze... »

Il suo walkie-talkie emise un crepitio e, un istante dopo, sentirono la voce di Barry: « Ragazzi, date un'occhiata alla camera sette ».

Sul monitor c'era Duck, di fronte a un ingresso secondario. Fradicio di pioggia, il ragazzo urlava di voler entrare.

Quando andarono a prenderlo, lui disse soltanto: « Non sapevo dove andare. Posso mangiare qualcosa e vedere un cartone? »

L'alba era spuntata da poco. John calcolò che fossero le cinque e mezzo o le sei del mattino. Si erano riposati per qualche ora, dal momento che non aveva senso mettersi a cercare Dartford al buio. Non erano neppure certi se fossero a est o a ovest del villaggio.

« Avanti, Emily, sei tu la scienziata. Da che parte andiamo? »

« Non so che dirti, anche se alla fine le probabilità sono cinquanta e cinquanta. Okay, andiamo a ovest. »

Costeggiarono la riva paludosa del Tamigi per un'ora, ignorando la fame e, nel caso di John, il dolore e i brividi di freddo. Aveva cominciato a sentire i primi sintomi di un'infezione nel corso della notte.

Dopo un po', Emily si fermò e fissò il fiume con le mani sui fianchi. «So dove siamo.»

«Cioè?»

«La vedi quell'ansa? Laggiù, quella specie di V capovolta. Siamo all'altezza di Swanscombe, ne sono certa.»

«E Dartford dov'è?»

«Ancora qualche chilometro. Però stiamo andando nella giusta direzione.»

«Non ho mai dubitato di te.»

«Da' un'occhiata al tuo orologio interiore. Quanto tempo abbiamo?»

«Tre ore scarse.»

«Sarà meglio sbrigarci, allora. Stai bene?»

«Sì, perché?»

«Sembri accaldato.»

«Sono solo un po' agitato, tutto qui.»

Con il passare dei minuti, però, John era sempre più debole. Un'ora dopo, non poteva più nascondere le sue condizioni a Emily. Era fradicio di sudore e intontito.

Ignorando le sue proteste, lei lo costrinse a fermarsi e a bere un po' d'acqua di fiume. Poi gli sollevò la camicia e trasalì. «Le bende sono verdi, John. La ferita è infetta.»

«Non fa niente, andiamo», replicò lui, trascinandosi a fatica.

Si rimisero in marcia, ma procedevano con estrema lentezza quando invece avrebbero dovuto accelerare il passo. Ormai John non era più lucido, quindi toccò a Emily cercare di calcolare il trascorrere del tempo.

«Ti prego, John, resisti. Ci resta solo un'ora.»

John sentì le gambe che gli cedevano e si lasciò cadere sull'erba.

Lei lo supplicò di alzarsi, ma lui quasi non la sentiva. La sua voce sembrava così lontana...

John raccolse uno stelo d'erba, lo strinse fra i pollici e lo avvicinò alle labbra per fischiare, come faceva spesso da bambino. Non se lo spiegava, ma era l'unica cosa che avesse senso fare in quel momento.

Fu allora che la vide.

Una colonna di fumo un chilometro a sud.

Dartford.

32

John fece appello a tutte le sue forze per affrontare quell'ultimo tratto di strada, eppure procedeva a passo di lumaca. Reggendosi con un braccio a Emily, arrancò fino a quando non furono in vista delle prime abitazioni.

« Quanto manca? » gracchiò, con la gola secca per la febbre.

« Non molto. Mezz'ora, forse meno. »

In giro c'erano alcune capre impastoiate, ma nessuna traccia di esseri umani.

La finestra sul retro della casa di Dirk era chiusa.

Fecero il giro ed Emily bussò alla porta.

Nessuna risposta.

« Prova di nuovo », disse John.

Ancora niente.

« Dirk! » urlò lui. « Sono John Camp! »

Le imposte si aprirono e una testa fece capolino dalla finestra. « Che mi prenda un colpo! » esclamò il ragazzo. « I due viventi! »

Allertati dalle voci, alcuni vicini si affacciarono per capire cosa stesse succedendo.

« Sei tornato! E io che credevo che non saresti neppure sopravvissuto », disse Dirk, uscendo di casa « Che io sia dannato... be', in effetti lo sono. »

« Certo che sono tornato, Dirk, hai la birra più buona di tutto l'Inferno. »

« Hai una faccia... Mi sa che un goccio ti farà bene. »

« Meglio dell'acqua », disse Emily.

« No, la birra va bene », ribatté John. « Un sorso e ci prepariamo. »

Poco dopo le nove, la reception comunicò a Trevor che la sua ospite lo stava aspettando. Uscendo dall'ufficio, quasi si pentì di averla invitata. Aveva concordato quella visita con i suoi superiori, ma adesso che Arabel era arrivata il nervosismo lo stava divorando. Di lì a un'ora, le avrebbe detto se Emily sarebbe tornata a casa oppure no. E l'ipotesi negativa aveva maggiori probabilità di verificarsi.

Il groppo alla gola si strinse ulteriormente quando vide che c'erano pure i figli.

Arabel notò la sua espressione e si scusò immediatamente: « Mi spiace, l'ho rifatto, ma avevo dimenticato che oggi era festa e non sono riuscita a trovare una babysitter. Sì, lo so, sembro un disco rotto ».

« Non c'è problema », la tranquillizzò lui, ma il tono suonò poco convincente. « Ehi, ragazzi, vi ricordate di me? » Si accovacciò per salutare Sam e Belle.

« Sei Trevor », disse Sam. « Alla mamma piaci. »

Arabel arrossì senza sorridere. Era troppo tesa e preoccupata.

« Be', e lei piace a me, ma anche voi due mi piacete. »

« Oggi avremo notizie di Emily? » intervenne Arabel.

« Sì, tra poco. Devo però chiederti di attendere nel mio ufficio fino alle dieci. Un'ultima riunione, e sarò in grado di dirti tutto. »

« Ti prego, sii sincero. È morta? »

« Solo un'ora, okay? Te lo prometto. »

« Va bene. Ho aspettato tutto questo tempo, immagino che un'altra ora non faccia differenza. C'è un distributore di snack da qualche parte? I bambini hanno fame. Avrei dovuto portare qualcosa da casa, ma stamattina ero troppo agitata per ricordarmene. »

« Un momento... » Trevor andò a fare una telefonata al banco della reception e tornò da lei. « Ho avuto il permesso di accompagnarvi in mensa. Di sotto c'è anche un televisore per i bambini. Che ne dici? »

Sam non attese la risposta della madre e cominciò a saltellare per l'entusiasmo.

Durante la lunga discesa in ascensore, Belle si tenne stretta ad Arabel per la paura. Il fratello invece era elettrizzato e, una volta arrivati, la madre dovette prenderlo per una mano per evitare che si mettesse a correre nel corridoio. Mentre passavano davanti alla sala controllo, un tecnico aprì la porta per entrare e Trevor si accorse che Arabel aveva lanciato un'occhiata all'interno. La donna, però, non fece domande.

La mensa si svuotava man mano che la sala controllo si riempiva. Gli ultimi tecnici presenti stavano finendo il loro caffè o buttando gli avanzi nei secchi della spazzatura.

« Be', è tutta vostra. » Trevor pescò alcuni spiccioli dalla tasca e li diede a Sam. « Questi sono per i distributori automatici, dividili con la tua mamma e tua sorella. D'accordo, giovanotto? »

Arabel guardò l'orologio.

« Tranquilla, tornerò tra meno di un'ora. »

« Ti ho portato il resto dell'altro pomeriggio. »

Lui le sorrise. « Ci vediamo dopo. »

La sala controllo del MAAC era gremita. E, quasi di certo, quella sarebbe stata l'ultima volta. Matthew Coppens si era preparato con estrema cura tutta la settimana per assicurarsi che il quarto riavvio filasse liscio come l'olio. Se si fosse rivelato un insuccesso come i precedenti, non sarebbe stato per motivi tecnici o per mancanza di pianificazione. Tuttavia, nel profondo del suo cuore, Matthew sapeva che le probabilità di rivedere Emily erano pari a zero.

Quint si avvicinò per sussurrargli un ultimo ordine: «Si mantenga a trenta TeV il più a lungo possibile. I dati di oggi ci saranno molto utili. I gravitoni sono la nostra scoperta, maledizione, non riusciranno a portarcela via».

Il direttore tornò nell'area riservata agli ospiti istituzionali. Erano tutti presenti: il segretario americano per l'Energia Leroy Bitterman e il ministro inglese Karen Smithwick, Cambell Bates dell'FBI e George Lawrence dell'MI5. Gli ultimi due erano preoccupati dalla mancanza di segnale dei loro cellulari, visto che avrebbero dovuto chiamare la Casa Bianca e Downing Street un minuto dopo lo scoccare delle dieci.

«Che sensazioni ha, dottor Quint?» chiese Bitterman.

«Per quanto riguarda i gravitoni, spero di raggiungere una significatività statistica di cinque sigma.»

«A dire il vero, stavo parlando della dottoressa Loughty e di John Camp.»

«Non so che dirle... Chi vivrà vedrà.»

A quindici minuti dal riavvio, con la temperatura dei magneti stabile a 1,7K, Matthew diede l'ordine di accendere il sincrotrone.

Scortato dagli agenti di sicurezza e da Delia, cinque minuti dopo entrò Duck, e nella sala calò il silenzio.

Con la sua tuta sportiva di nylon rossa e le scarpe da ginnastica gialle, sembrava uno dei tanti ragazzi che affollavano le strade di Londra. Ma ovviamente Duck era diverso, era una creatura rarissima.

Un cineoperatore dell'MI5 iniziò a riprenderlo e lui, che ormai si era abituato alle telecamere, fece un cenno con la mano e disse: « Ciao, io sono Duck! »

« Forza, conosci la procedura », lo esortò Delia. « Mettiti sopra la X. »

« E quelli? » Il ragazzo indicò un paio di spessi anelli d'acciaio imbullonati al pavimento.

« Una precauzione per Woodbourne. »

Un agente si chinò per legargli le caviglie con una catena.

« Ma che fa? » protestò Duck. « Capisco lui, ma io non ne ho bisogno. »

L'agente fissò la catena a uno degli anelli.

« Tranquillo », disse Delia. « Te li toglieremo non appena l'esperimento sarà finito. E dopo ti farò preparare un bel pranzetto. »

« Possiamo fare anche una passeggiata? »

« Certo che sì », replicò lei, sforzandosi di sorridere.

Le porte si riaprirono, e quella volta entrò Woodbourne.

« Sta' calmo, Duck, è immobilizzato. »

Quella mattina, Woodbourne si era scagliato contro le guardie e aveva opposto resistenza, quindi adesso aveva le caviglie incatenate e una camicia di forza sopra la tuta arancione sgualcita. Anche il cappuccio era abbassato sulla testa.

« Gli scopriranno il volto? » chiese Bates a Lawrence.

« Credo di sì, ma solo a un minuto dal riavvio. Più che altro a beneficio della telecamera. »

« Quante persone ha ucciso? »

« Dal ritorno dal regno dei morti? Credo sette. »

« Per fortuna ne è arrivato solo uno così pericoloso. »

« Già. »

Woodbourne era preceduto da Trevor e Wellington, che per tutta la mattina avevano dovuto gestire i suoi scoppi d'ira. Ai lati, due agenti lo trattenevano a stento. Da quando era uscito dalla cella, non aveva smesso un secondo di ringhiare sotto il cappuccio: « Dove cazzo sono? Levatemi questo cappuccio, voglio vedervi negli occhi, bastardi! Avete paura di me, figli di troia? »

Non appena fu spinto accanto a Duck, il ragazzo si spostò quel tanto che gli consentiva la catena.

Mentre le catene venivano fissate all'anello sul pavimento, Woodbourne annusò l'aria. « Senti, senti, c'è Duck! Aspetta che ti metta le mani addosso e vedrai che ti succede... »

« Lo faccia tacere, Jones », ordinò Quint.

Visto che nessuno aveva un fazzoletto per imbavagliarlo, Trevor si sfilò un calzino e glielo cacciò in bocca. « Tranquillo, amico. È fresco di giornata. »

« Ottima pensata. » Wellington gli diede una pacca sulle spalle.

Delia ne approfittò per chiedere il permesso di uscire dalla sala. « Preferirei non assistere. »

« Teme che possa sparire o ha paura che non succeda nulla? » chiese Wellington.

« Entrambe le cose. »

« In mensa ci sono la sorella e i nipoti di Emily », disse Trevor. « Magari potresti far loro compagnia. »

« Certo, nessun problema. »

A cinque minuti dal riavvio, lo spettrometro a muoni era operativo e il sincrotrone alla massima potenza. Poco dopo, Matthew diede inizio al conto alla rovescia finale per l'iniezione dei cannoni di particelle.

A Trevor non rimase altro che un pensiero: *Andiamo, John, puoi farcela. Dai, amico, riportala a casa.*

Emily era al centro dell'attenzione.

Quasi tutti gli abitanti del villaggio la stavano osservando dalle finestre o dalla strada. Un tipo dall'aria rude, un certo Alfred, s'incamminò verso di lei e, dal momento che John non era nelle condizioni d'intervenire, Dirk gli intimò di farsi indietro minacciandolo con un bastone. Alfred batté in ritirata, unendosi a tre amici a qualche metro di distanza.

« Credo fosse qui », disse Emily, tracciando un segno con il piede. « Tu che dici, John? »

« Sì, mi sembra di sì. »

« Dirk, trovami una sedia. »

« Corro. » Il ragazzo tornò di lì a poco con uno sgabello.

Lei lo piazzò sul segno e, dopo aver fatto sedere John, gli asciugò il sudore sul volto con la gonna, scoprendo diversi centimetri di gamba nuda che scatenarono dei commenti piuttosto grevi da parte degli uomini presenti.

« Va bene, va bene », urlò Dirk. « Lo spettacolo è finito, adesso fate i bravi. Soprattutto tu, Alfred. » Poi il ragazzo fece per avvicinarsi a Emily e John.

« No, rimani lontano », lo fermò lei.

« Ma quindi, se questa cosa funziona, Duck tornerà da me? »

« In teoria, sì. »

« E quando succederà? Potrebbero arrivare gli spazzini. »

« In qualsiasi momento da adesso. »

« Se tutto va bene », affermò John.

Lei gli prese una mano.

John gliela strinse, poi insistette per alzarsi.
Emily lo accontentò.

A un minuto dal riavvio, Matthew ordinò di iniettare gli ioni di piombo nei cannoni di particelle.

Trenta secondi dopo, Quint diede l'autorizzazione finale a procedere e disse a Trevor di togliere il cappuccio a Woodbourne.

Il cineoperatore inquadrò in primo piano il volto furioso dell'uomo, che tentava in tutti i modi di sputare il calzino di bocca, e quello terrorizzato di Duck.

« ... tre, due, uno. Accendete i cannoni. »

La telecamera si spostò per riprendere la mappa ellittica del MAAC e le orbite dei protoni lanciati a tutta velocità. Alcune guardie di sicurezza disposte lungo il perimetro della sala entrarono nell'inquadratura.

Matthew scandiva lentamente il valore dell'energia di collisione: « Venti TeV, venticinque, ventotto. Trenta TeV, la massima potenza ».

Dirk stava ripetendo ad Alfred di indietreggiare, quando le parole gli morirono in gola.

Emily e John erano spariti.

Al loro posto erano apparsi Duck e Woodbourne.

Duck era nudo a eccezione dei calzini e dei boxer di cotone che, privi dell'elastico, gli erano scivolati sulle caviglie. A Woodbourne era andata meglio: la tuta arancione era sopravvissuta al passaggio, mentre i ceppi di metallo e la camicia di forza erano svaniti nel nulla.

Per poco il cineoperatore non lasciò cadere la telecamera.

Nella sala controllo calò un silenzio stupefatto, poi esplosero esclamazioni di gioia e applausi.

Quint mise la penna nel taschino.

Matthew si accasciò sulla poltrona girevole.

Emily e John - mano nella mano - erano apparsi tra le catene cui, fino a un attimo prima, erano legati Duck e Woodbourne.

« Non ci credo! » esclamò Bitterman, prendendosi la testa tra le mani.

Ma l'euforia durò poco.

Emily e John svanirono e, al loro posto, comparvero Duck e Woodbourne.

Poi successe di nuovo, e altre due, tre, quattro volte. Gli scambi si succedevano a intervalli irregolari, ogni due o tre secondi. Emily e John per Duck e Woodbourne, Duck e Woodbourne per Emily e John.

Matthew si voltò, disperato. « Cosa devo fare? »

Ma Quint era pietrificato.

« Ben, seguimi! » esclamò Trevor.

« No! » intervenne Bitterman. « Verrete risucchiati anche voi! »

Ignorandolo, Trevor si fermò a un metro da Woodbourne. « Al mio segnale », disse a Wellington, che aveva capito le sue intenzioni.

Non appena vide ricomparire John, Trevor urlò: « Ora! » E gli si lanciò addosso, spingendolo contro i monitor alle sue spalle. Wellington fece lo stesso con Emily.

« Spegnete tutto! » fece Trevor.

Matthew obbedì immediatamente.

« Emily, ce l'abbiamo fatta », disse John.

« No, tu ce l'hai fatta », ribatté lei, accarezzandogli il viso.

Trevor allungò una mano per aiutare John a rialzarsi. « Bentornato, capo. »

« È bello essere a casa. »

« È stato un inferno, eh? »

John non trattenne un sorriso. « Divertente. »

« Ha bisogno di cure mediche », disse Emily. « Ora. »

Woodbourne si sfilò il calzino dalla bocca e afferrò Duck alla gola.

Dirk corse subito in aiuto del fratello, prendendo Woodbourne a bastonate sulla schiena e sulle gambe. Intervennero anche gli altri abitanti del villaggio, che cominciarono a tempestarlo di calci e pugni.

Infine Woodbourne riuscì a divincolarsi e scappò verso il fiume, lanciando insulti e giurando che un giorno l'avrebbe fatta pagare a tutti.

Duck, nudo e disorientato, era ancora immobile nel punto in cui era riapparso.

Dirk lo abbracciò. « Sei tornato! Non puoi immaginare quanto mi sei mancato. Anch'io ti sono mancato? »

« Certo che mi sei mancato. Ma aspetta che ti racconti cosa mangiavo in quel posto, e i video e i cartoni e i letti morbidi e quegli affari che fanno sparire la tua merda. »

« Intanto vieni a casa, tonto che non sei altro, sei completamente nudo. Abbiamo tempo per le tue storie. Scommetto però che non avevano una birra buona come la mia. »

Dopo qualche passo, però, sentirono delle urla.

E, quando si voltò, Duck rimase letteralmente a bocca aperta.

« Bentornata, dottoressa Loughty. » Quint scese le scale sorridendo amabilmente. « Non si preoccupi, ci siamo dati da fare in sua assenza. Abbiamo registrato dati a sufficienza per confermare l'esistenza dei gravitoni. E nessuno ci impedirà di pubblicare i risultati. Chi lo sa, potremmo addirittura vincere il Nobel. »

A causa della ferita, John non poteva usare la mano destra, ma l'altra andava bene lo stesso.

Un gancio alla mascella e Quint si accasciò a terra privo di sensi.

John era su una barella nell'infermeria del MAAC, con una flebo nel braccio. Il medico stava concordando al telefono il suo trasferimento a Londra, dove gli avrebbero curato la ferita alla schiena.

Emily chiese se poteva avere un caffè. « È dal giorno dell'esperimento che muoio dalla voglia. »

Fu allora che si accorse di avere in tasca il ritratto che le aveva fatto Caravaggio. Gli diede una rapida occhiata e lo ripiegò con cura.

D'un tratto, Trevor si ricordò di Arabel. Erano le dieci e trentacinque. « Diamine, tua sorella e i bambini, me n'ero dimenticato! »

« Sono qui? »

« Vado a prenderli. Arabel farà i salti di gioia quando ti vedrà. » Trevor corse verso la mensa, spalancò la porta e, passando in un attimo dalla felicità alla disperazione, mise mano alla pistola.

Arabel era sparita. I bambini erano spariti. Delia era sparita.

Al loro posto, quattro uomini maleodoranti, lerci e terrorizzati erano pigiati in un angolo, vicino ai distributori automatici.

Alfred si fece minacciosamente avanti, ma Trevor lo convinse a indietreggiare sparando un colpo al soffitto. Poi chiamò i rinforzi al walkie-talkie.

Wellington e gli agenti dell'MI5 arrivarono di corsa e ammanettarono i quattro uomini.

« Sono spariti, Ben. Sono spariti, cazzo! Che ho fatto? Perché ho portato Arabel e i bambini qui sotto? »

Wellington avrebbe voluto consolarlo, ma gli squillò il cellulare. Era il quartier generale dell'MI5. Dopo aver scambiato qualche parola con il suo interlocutore, rimise il telefono in tasca. « La polizia ha segnalato un problema a South Ockendon, a circa quindici chilometri da qui. »

« Conosco il posto. È proprio sopra il tunnel del MAAC. »

« A quanto pare, alcuni residenti di Irvine Gardens sono scomparsi nel nulla, e adesso degli sconosciuti si aggirano all'interno del complesso residenziale e nell'area circostante. »

Emily notò subito l'espressione afflitta di Trevor e si voltò dall'altra parte.

Allora fu John a prendere la parola: « Be'? Dov'è sua sorella? »

« Abbiamo un problema, capo », rispose Trevor, con voce tremante.

« Cos'è successo? »

Emily aveva già capito tutto. « È sparita, vero? »

« Sì. »

« Anche i bambini? »

Trevor annuì. « E un'altra donna che era con loro. »

« Perché diavolo li hai portati qui sotto? » urlò lei. « I campi di energia sono altamente instabili! »

« Ho commesso un errore, è colpa mia. »

Wellington mostrò a Emily e John una foto fatta con il cellulare dei quattro uomini nella mensa.

« Sì, erano dall'altra parte », confermò John. « A qualche metro da noi. »

« Nello stesso punto della mensa, suppongo », disse Wellington. « Mi hanno appena riferito che anche a una quindicina di chilometri da Dartford sono spariti dei civili. E al loro posto sono comparsi degli sconosciuti. »

Emily cominciò a piangere.

Prima che qualcuno potesse impedirglielo, John si staccò la flebo e le cinse la vita con un braccio.

« Mio Dio, John, dobbiamo tornare indietro. »

Le avventure
di John Camp e Emily Loughty
continuano in

DANNATI
LA PORTA DELLE TENEBRE

IN EDIZIONE TEA

1

« Mamma, dove siamo? »

Non ottenendo risposta, il piccolo Sam ripeté la domanda con più insistenza.

Sua sorella Belle, di soli due anni, scoppiò a piangere.

Arabel non poteva fare altro che guardarsi intorno, ammutolita e stravolta: un secondo prima era a Dartford, nella mensa del MAAC, in trepidante attesa di riabbracciare sua sorella Emily, e quello dopo in un luogo completamente diverso.

L'altra donna, invece, temeva di sapere dove fossero. Delia May abbracciò Belle sussurrandole di fare la brava e di non muoversi.

Erano in una casa poco più grande di un capanno da giardino; il pavimento in terra battuta, il caminetto con un pugno di ramoscelli accesi e un fetido uccello morto appeso a un gancio le conferivano un aspetto misero e rozzo. Sam cominciò a tossire a causa del fumo e Delia si affrettò a zittirlo. Poi, stringendo a sé la bambina, si avvicinò lentamente alla finestra e dischiuse un'imposta per dare un'occhiata all'esterno, da dove provenivano alcune voci. Aveva capito cosa stava accadendo, ma ciononostante quello che vide le fece trattenere il fiato. A pochi metri di distanza, su una strada ricoperta di fango, c'era Duck, il ragazzo che aveva avuto in custodia nell'ultimo mese. Era completamente nudo. Un uomo molto più grosso, che lei riconobbe subito come Brandon Woodbourne, lo stava strozzando. Ma proprio allora un secondo ragazzo si avventò contro l'aggressore e cominciò a bastonarlo sulla schiena. Infine, quando anche altri uomini si lanciarono nella mischia, Woodbourne batté in ritirata imprecando e urlando.

Nel frattempo Sam aveva notato l'uccello attaccato alla parete. Si mosse per andargli incontro, ma si fermò subito. « Mamma, i pantaloni! »

I jeans gli erano scivolati alle caviglie e le mutande stavano per fare la stessa fine.

Arabel si toccò gli abiti che indossava. La gonna era allentata, la camicia semiaperta, e il reggiseno slacciato: cerniere, bottoni e gancetti erano spariti. « Che sta succedendo? » chiese a Delia con voce tremante.

« Dobbiamo restare in silenzio », fece lei, allontanandosi dalla finestra. « Credo che siamo nello stesso posto in cui è stata tua sorella. »

« Ma di che parli? Cos'è successo? Dove sono la mensa e il laboratorio? Ci hanno drogati? »

« Abbassa la voce », la implorò Delia.

In tutta risposta, Arabel la superò con una spallata e spalancò la porta con una forza tale da farla sbattere contro il fianco della casa. Scioccata da quel che vide, ripeté la stessa domanda del figlio. « Dove siamo? »

Delia la trascinò dentro e richiuse la porta. Sapeva in che luogo erano finite, ma non voleva pronunciarne il nome. Non poteva, perché altrimenti l'avrebbe reso reale.

La parola che Delia non riusciva a pronunciare era *Inferno*.

2

Intorpidito e con la mente annebbiata, John Camp si svegliò in una stanza del Royal London Hospital. Il senso di spaesamento aumentò quando l'infermiere che gli stava controllando la pressione sembrò soffocare una risatina: l'uomo aveva appena saputo della curiosa richiesta che John aveva fatto ai medici un istante prima di soccombere all'anestesia.

« Mettetemi il doppio o il triplo dei punti necessari », aveva detto.

« Come mai? » gli era stato chiesto da dietro una mascherina chirurgica.

« Non posso dirvelo, fatelo e basta. »

« Ben risvegliato », disse l'infermiere.

John sbatté le palpebre. « Che c'è di così divertente? » La voce era flebile e rauca, le corde vocali simili a carta vetrata.

« Uh, niente. L'intervento è andato bene. »

« L'intervento? » Poi, con una smorfia, aggiunse: « Ah, sì, ora ricordo. Merda ».

« Sente dolore? »

« Sì. »

« Le faccio un'iniezione di morfina. »

Qualche istante dopo, con il narcotico che gli scorreva nelle vene, John si appisolò e cominciò a sognare.

Nel sogno si trovava all'Inferno.

Chiuso in una fetida cella di putrefazione, John batteva i pugni contro la porta sbarrata. All'esterno, Solomon

Wisdom gli ripeteva che non poteva farlo uscire. Nessuno poteva. Quello era il suo destino. Poi al suo fianco apparve Thomas Cromwell, inginocchiato in mezzo a un ammasso di carne umana.

Il cancelliere lo informò che re Enrico era molto arrabbiato con lui. Molto, molto arrabbiato. «Siete pentito?»

«Sì.»

Wisdom scoppiò a ridere. «Pentitevi pure, non ha importanza. Ciò che è fatto, è fatto.»

John si risvegliò mentre il tramonto tingeva la finestra d'arancione.

Emily era seduta accanto al letto e gli strinse piano una mano quando lo vide aprire gli occhi. «Come ti senti?»

«Peggio di prima.»

«Ho parlato con il medico che ti ha operato. Ha dovuto effettuare un'incisione profonda per asportare la parte infetta. Nella flebo ci sono un paio di antibiotici, in attesa che arrivino i risultati delle analisi.»

«Brutte bestie i microbi dell'Inferno, eh?» scherzò lui.

Dietro sua richiesta, Emily sollevò la parte superiore del letto per farlo stare più comodo e gli mise in bocca dei pezzetti di ghiaccio. «Meglio?»

«Meglio. Che hai fatto mentre mi davano una ripulita?»

«Ho analizzato alcuni dati in laboratorio.»

«E?»

«Matthew ha ragione. Le elevate energie di collisione hanno prodotto una sorprendente quantità di strangelet e gravitoni, la cui interazione ha causato il fenomeno.»

«Il fenomeno. È il più grande eufemismo di tutti i tempi.»

«Avanti, lo sai come parlano gli scienziati.»

«C'è già una stima?»

«Una stima?»

«Quanta gente è scomparsa?»

«Quattro persone a Dartford: Arabel, Sam, Bell e Delia, l'agente dell'MI5. South Ockendon è ancora nel caos. Al momento nessun dannato è stato acciuffato.»

«Che casino», commentò lui.

Emily annuì asciugandosi gli occhi con un fazzoletto. «Mi sento male al pensiero di Arabel e dei bambini... Saranno spaventati a morte.»

«Anche se è finito all'Inferno, Dirk non è un cattivo, spero che sia d'aiuto. E dovrebbe esserci anche il fratello con loro. Trevor mi ha detto che Duck ha legato con Delia May. Lei saprà certamente che organizzeremo una spedizione di soccorso.»

«Lo so, ho parlato con Trevor nel pomeriggio. Mi ha anche confessato di frequentare Arabel.»

«Davvero?»

«A quanto pare gli piace. Ed è preoccupato come me.»

«Be', Trevor è un brav'uomo. Non mi sorprenderebbe se si offrisse volontario.»

Emily appallottolò il fazzoletto e lo infilò in borsa. «Non voglio che tu vada, John.»

Lui soffocò una risata perché ridere gli causava parecchio dolore. «E io non voglio che ci vada *tu.*»

«Io non ho subito un intervento chirurgico e non ho contratto un'infezione potenzialmente letale.»

«Tra qualche giorno sarò come nuovo, guarisco in fretta. Sono un soldato, Emily, ci sono abituato. Quanto a te, be', sei stata fantastica, sono orgoglioso di come sei riuscita a sopravvivere. Ma sei una scienziata. Devi restare qui per risolvere il problema. Fa' ciò che sai fare meglio, io mi occuperò del resto.»

«Mi dispiace, John, ma ormai ho deciso. Se Arabel,

Sam e Belle non fossero rimasti coinvolti, non mi sarei mai fatta avanti. Non riuscirai a convincermi del contrario, lo sai quanto so essere testarda.»

«Anch'io.»

Si scambiarono un sorriso. Sarebbero partiti insieme...

Glenn Cooper
Dannati
L'invasione delle tenebre

Londra è una città fantasma. I pochi che non hanno voluto – o non hanno potuto – dare seguito all'ordine d'evacuazione del governo sono barricati in casa, nella vana speranza che tutto quello che stanno vivendo sia un incubo da cui presto si sveglieranno. Ma è tutto reale. Perché sono reali le vetrine infrante, i negozi saccheggiati, i cadaveri lasciati per strada. E, soprattutto, sono reali le bande di uomini violenti e spietati che, dopo essere comparsi all'improvviso dal nulla, stanno mettendo a ferro e fuoco la città e alcuni suoi sobborghi. E che continuano ad arrivare senza sosta, come l'onda di piena di un fiume immenso. Un fiume che ha la sua sorgente all'Inferno, come sanno bene John Camp ed Emily Loughty. Dal loro ultimo viaggio nel mondo dei Dannati, infatti, i varchi interdimensionali non soltanto si sono moltiplicati, ma sono anche rimasti aperti, portando letteralmente l'Inferno in Terra e catapultando centinaia d'innocenti « dall'altra parte ». E c'è solo una persona che sa come chiudere per sempre le Porte delle Tenebre: Paul Loomis, l'ex capo di Emily. Purtroppo Paul Loomis è morto, si è suicidato sette anni fa, dopo aver ucciso la moglie e l'amante di lei con due colpi di fucile. Ma Emily e John sanno dove trovarlo e come mettersi in contatto con lui. Perché lo hanno già incontrato all'Inferno...

NORD

Glenn Cooper
L'ultimo giorno

Milano, oggi. È la crisi più grave che il mondo abbia mai attraversato. Disorientati, giovani e anziani, credenti e atei si pongono tutti le stesse, angoscianti domande: cosa faranno ora che il più grande sogno dell'umanità si è trasformato in un incubo? Cosa succederà allo scoccare dell'ultimo giorno?
Boston, qualche mese prima. È l'indagine più complessa che Cyrus O'Malley abbia mai affrontato. Sconvolto, il detective dell'FBI osserva le foto delle vittime: per l'ennesima volta, si chiede perché, dopo averle strangolate, il serial killer abbia praticato loro un minuscolo foro alla base del cranio. Per Cyrus, quel caso è diventato un'ossessione. E non importa se, per risolverlo, sarà costretto a rinunciare a tutto ciò che gli è caro...
Londra, 1988. È la sensazione più travolgente che Alex Weller abbia mai provato. In estasi, il ragazzo osserva il fiume di luce che scorre davanti a lui: sull'altra sponda c'è suo padre, che lo esorta a raggiungerlo. Ma, per quanto si sforzi, Alex non riesce a muoversi e, d'improvviso, si trova di nuovo incastrato fra le lamiere, sul luogo del terribile incidente d'auto che ha causato la morte dei genitori. Da quel momento, Alex avrà un solo obiettivo: rivivere quell'esperienza. E non importa se, per farlo, sarà costretto a uccidere...

TEA

Glenn Cooper
La mappa del destino

Per settecento anni è rimasto nascosto in un muro dell'abbazia. Poi una scintilla ha scatenato un incendio e il muro è crollato. Stupito, l'abate Menaud sfoglia quel volume impreziosito da disegni di animali e di piante. È scritto in codice, ma le prime parole sono in latino: *Io, Barthomieu, monaco dell'abbazia di Ruac, ho duecentoventi anni. E questa è la mia storia.*
Per migliaia di anni è rimasto immerso nell'oscurità. Poi un'intuizione ha squarciato le tenebre. Incredulo, l'archeologo Luc Simard cammina in quel grandioso complesso di caverne, interamente decorate con splendidi dipinti rupestri. E arriva all'ultima grotta, la più sorprendente, dove sono raffigurate alcune piante: le stesse riprodotte nell'enigmatico manoscritto medievale...
Per un tempo indefinibile è rimasto avvolto nel mistero. È stato custodito da santi e da assassini, è stato una fonte di vita e una ragione di morte. Poi un imprevisto ha rischiato di svelarlo agli occhi del mondo. Spietati, gli abitanti di Ruac non hanno dubbi: i forestieri devono essere fermati. Perché la cosa più importante è difendere il loro segreto. A ogni costo.

TEA

Glenn Cooper
Il marchio del diavolo

Roma, 1139. Inquieto, un uomo alza gli occhi alla volta celeste. È arrivato nella Città Eterna per assistere all'eclissi che mostrerà un allineamento astrale unico e irripetibile. All'ora stabilita, la luna a poco a poco si dissolve nell'oscurità, rivelando 112 stelle. È il segno che l'uomo aspettava: ancora 112 papi, poi, sulle rovine della Chiesa, sorgerà un nuovo mondo.
Roma, 2000. Incredula, una giovane archeologa fissa il cielo. Poche ore prima, il Vaticano le ha ordinato d'interrompere gli scavi nelle catacombe di San Callisto, mettendo così fine alla sua carriera accademica. E adesso lei giace sull'asfalto, in una pozza di sangue. Tuttavia, nell'istante in cui l'aggressore le ha conficcato il pugnale nel petto, Elisabetta ha notato un dettaglio agghiacciante, impossibile da dimenticare.
Roma, oggi. Sconcertata, una suora studia i simboli astrologici tracciati sul muro. Ma quello non è il solo enigma custodito dall'antico colombario di San Callisto. Intorno a lei, infatti, ci sono decine di scheletri caratterizzati da un'anomalia inquietante: la stessa anomalia di colui che, anni prima, aveva cercato di ucciderla. Decisa a far luce sul mistero, suor Elisabetta entra in possesso di un raro esemplare del *Dottor Faust* di Marlowe e intuisce che quei versi sono il codice per svelare il cerchio diabolico che lega passato, presente e futuro...

TEA

Finito di stampare
nel mese di gennaio 2016
per conto della TEA S.r.l.
da Reggiani Arti Grafiche S.r.l.
Brezzo di Bedero (VA)
Printed in Italy